U0088765

# 古典文學研究輯刊

二一編

曾永義 主編

## 第6冊

# 清代書院與桐城文派的傳衍

陳春華 著

國家圖書館出版品預行編目資料

清代書院與桐城文派的傳衍／陳春華 著－初版－新北市：
花木蘭文化事業有限公司，2020〔民 109〕
目 4+214 面；19×26 公分
（古典文學研究輯刊 二一編；第 6 冊）
ISBN 978-986-518-053-9（精裝）
1. 書院 2. 清代 3. 桐城派 4. 古文
820.8 109000513

古典文學研究輯刊
二一編 第六冊 ISBN：978-986-518-053-9

# 清代書院與桐城文派的傳衍

作 者 陳春華
主 編 曾永義
總 編 輯 杜潔祥
副總編輯 楊嘉樂
編 輯 許郁翎、張雅淋 美術編輯 陳逸婷
出 版 花木蘭文化事業有限公司
發 行 人 高小娟
聯絡地址 235 新北市中和區中安街七二號十三樓
電話：02-2923-1455／傳眞：02-2923-1452
網 址 http://www.huamulan.tw 信箱 hml 810518@gmail.com
印 刷 普羅文化出版廣告事業
初 版 2020 年 3 月
全書字數 189630 字
定 價 二一編 16 冊（精裝）新台幣 35,000 元 版權所有・請勿翻印

# 清代書院與桐城文派的傳衍

陳春華　著

## 作者簡介

陳春華，男，1976 年出生於江蘇省宿遷縣，1999 年畢業於蘇州大學文學院漢語言文學教育專業，2006 年獲教育學碩士學位，2013 年獲古代文學博士學位，長期從事中小學語文教學和青少年蒙學教育工作，先後發表《論蓮池書院與桐城文派在河北的興起》《清代書院與乾嘉漢學的發展》《論吳德旋、梅曾亮與桐城文派在廣西的傳衍》《論曾國藩與晚清書院及文教的復興》等論文 30 餘篇。

## 提　　要

書院作爲有別於傳統官學體系的教育形式，通過創建者的學術提倡、著名學者的學術示範和生徒間的相互影響，在學術發展、學風形成、流派傳衍的過程中，發揮了相當重要的作用。本文選取了清代書院與桐城文派傳衍的關係作爲研究對象，著力探尋書院在桐城文派確立、發展及傳衍過程中所起的重要作用。

本文共分五個部分進行論述。第一章：書院對清代學術及文學的影響。從整體上把握清代書院政策的變遷及其對主要學術思潮和文學流派的影響。第二章：姚鼐與書院。論述姚鼐的文學理論體系、書院教育歷程以及姚門弟子對桐城文論的繼承與發揚，突出書院在桐城文派發展壯大過程中的重要價值。第三章：嶺西五大家與書院。論述「嶺西五大家」的古文理論、成長歷程和通過書院教學致力於桐城文論傳播的文化貢獻。第四章：曾國藩與書院。論述曾國藩對桐城文派的繼承與改造、對書院的扶持和建設以及曾門弟子對桐城文派的傳承與發揚。第五章：古文文選與桐城文派的發展。論述桐城代表人物編選的古文文選對桐城文派確立、發展及其傳衍的作用。

# 目次

# 序　論

書院是中國古代特有的教育組織，它的源頭可以追溯到漢代的精舍和精廬。然而，就藏書條件、管理體制、組織形式以及習業風尚而言，眞正意義上的書院始於唐而盛於宋，經元明而至清代，歷時千餘年。書院制度成爲中國歷史上別具一格的教育形式，並成爲我國傳統學術發展繁榮的重要淵藪。

關於書院的研究，近百年來一直沒有停止過，〔註 1〕近年來的研究成果更是層出不窮。就書院研究的意義而言，南京大學的徐雁平教授認爲，一方面是因爲書院這種教學機構在中國教育史和文化史上功不可沒，有其獨特的價值；另一方面是由於書院的教學方式對現今的大學教育模式有某種借鑒之用。〔註 2〕事實上，除此之外，書院對於學術文化的傳播與流派、學風的形成及傳衍有著重要的推助之功。徐雁平教授也顯然認識到這一點並致力於這方面的研究，這可從他的專著《清代東南書院與學術及文學》一書中比較清晰地反映出來。但學界的現實是書院的研究大多集中在教育史的研究範疇，文

〔註 1〕如：胡適《書院制史略》，《東方雜誌》第 21 卷 3 期，1924 年 2 月；柳詒徵《江蘇書院志初稿》，《江蘇國學圖書館年刊》4 期，1931 年 8 月；吳景賢《安徽書院志》，連載於《學風》1932 年二卷第 4 期到第 8 期；盛朗西《中國書院制度》，中華書局，1934 年版；王蘭蔭《河北書院制初稿》，載 1936 年師大月刊 25 期及 29 期；謝國楨《近代書院學校制度變遷考》，《張菊生先生七十生日紀念會論文集》，1937 年 1 月；孫彥民《宋代書院制度之研究》，臺北：國立政治大學教育研究所，1963 年版；大久保英子《明清時代書院的研究》，東京：國書刊行會，1976 年版；黃克武《詁經精舍與十九世紀中國教育、學術的變遷》，臺北《食貨月刊》第 13 卷 5、6 期，1983 年 9 月；吳新雷《南菁書院的學術研究及其對文化界的貢獻》，《南京大學學報》，1985 年第 2 期等等。

〔註 2〕徐雁平：《清代書院研究的價值、現狀及問題——以江南地區爲討論範圍》，《南京曉莊學院學報》，2005 年第 2 期。

學史領域的研究成果不是很多。〔註3〕

書院作爲有別於傳統官學體系的教育形式，並非僅僅具有教育職能，它還是學術文化原創和文學流派傳衍的基地。在學術發展、學風形成、流派傳衍的過程中，書院作爲知識人群的匯聚之地，通過創建者的學術提倡、擔任掌教的著名學者的學術示範和來自不同地區背景的生徒間的相互影響和傳播，發揮了相當重要的作用。一般來說，書院的學風和學術特色以其掌教大師爲代表。學術大師雲集書院講學，以書院爲依託，宣傳自己的學術觀點，並將書院作爲學術研究與創新的基地，許多著名書院大師的重要學術成果就是在書院講學過程中完成的。他們以弘揚儒家學術傳統爲己任，通過制定院規、學約等形式，教導士子，並身體力行，以此吸引後學，培植精英，以完成學術傳承的迴圈過程。許多著名學者、大師，青年時期都曾在書院讀書肄業，待學業有成或功成名就之後，又返回書院繼續主持書院講席。書院盛行講會制度，各地才俊匯聚書院，師生之間答疑問難、相互激蕩，從而獲得新的觀點、思想。各地文士、學者也經常造訪書院，開展學術研討活動，其間固不乏門戶之見，但不同學派的思想通過會講辯論得到傳播、繼承和發展，形成了空前活躍的學術氣氛，從而形成了以各大書院爲中心的地區性的學術中心。從歷史上看，朱熹學說的研究與傳播基本上都是在書院完成的，書院教育成爲其生命的重要組成部分；陸九淵正是通過象山書院講學完成其心學創建；胡宏在湖南主持湘潭碧泉書院、南嶽文定書院，既培養了大批學者，也開了湖湘學派的源頭，其門人張栻繼其衣缽，主持嶽麓書院，使之成爲湖湘學派重鎮；呂祖謙辦麗澤書院創建婺學；王陽明足跡所至便立書院廣播其學說，以至他逝世後，門人弟子遍及大江南北。延至清代，儘管書院的主體部分是考課式書院，服務於時文帖括，但書院本身依然是所在地區匯聚士人的中心，而主持者也多是知名度較高的學者，在沒有討論會和公共刊物等學術平臺的時代，無疑仍會起到交流傳播學術成果的作用，且對學派、學風的形成有促進之功。清初黃宗羲、孫奇逢、李顒、顏元的講學活動，以及學術的傳播，主要是借助書院的形式的。乾嘉學派在傳播與發展過程中，蘇州紫陽書院、南京鍾山書院、徽州紫陽書院、洋川毓文書院、婺源明經書院、揚州安定書院、梅花書院等都起到了重要的作用並成爲學術活動的中心。

---

〔註3〕當前可見的有徐雁平《清代東南書院與學術及文學》、劉玉才《清代書院與學術變遷研究》等少數幾部專著。

《禮記》曰：「君子之於學也，藏焉、修焉、息焉、遊焉。」書院提供的修藏遊息的氛圍，往往也可以窺測傳道授業的水準。書院要帶動群體性的風格成就，往往離不開師生或學子間的同遊共處。這種才俊交遊的形態往往可能導致學術或文學門派的成立。中國的學術統系與教育統系是緊密相聯的，時代愈向前推便愈是如此。「昔仲尼沒而微言絕，七十子喪而大義乖」（《漢書藝文志・序》），就是描述在以口耳相傳為主的那個時代，老師的講授對學術的規定、規範起著多麼大的作用。後世書籍愈來愈普及了，但老師的作用不僅在質疑解難，他們通過講授傳達給學生的心得，比起書本的知識容量來，不知要豐富多少。可以說書院與學術的關係是形與神的關係，書院之形離不開學術自由這一內在的精神支撐，同樣，學術思想的傳播需要書院這一實物載體。在影響文人集群或文學流派形成的諸因素中，書院起到的人才背景與文學舞臺的作用是不容忽略的。

本文力圖對清代書院與桐城文派傳衍的關係進行系統地梳理，努力探索書院在桐城文派不同發展階段所起的重要作用。這種論述不可能是面面俱到的，而只能是選取每個發展階段具有代表性的書院和人物進行論述，希望通過這項研究，在書院教育與文學流派傳衍的學科交叉點上尋找到新的突破口。當然，由於本人學疏才淺，認識有限，有許多論題還有待繼續努力，並極盼方家指教。

# 第一章　書院對清代學術與文學的影響

## 第一節　清代書院政策與書院發展

清朝是中國歷史上第二個由少數民族建立的大一統中央政權。滿族統治者揮師入關，秋風掃落葉般摧毀了腐朽的朱明政權以及李自成、張獻忠的大順、大西政權，憑藉強大的武力征服了一切反抗力量，開拓出比明代更爲遼闊的疆土。但是，如同歷史上任何一種落後文化企圖征服先進文化的結果一樣，得天下於馬上的清朝統治者遭遇了漢族讀書人非暴力不合作的抵制。清朝統治者通過剃髮易服、大興文字獄等手段粗暴蹂躪漢族的文化，肆意摧殘漢人的自尊與自信，妄圖以此達到征服漢族文化、統一意識形態、強化統治地位的目的。然而，隨著時間的推移以及兩種文化的激烈交鋒，清廷發現單靠武力鎮壓和鉗制政策根本無法達到目的。清朝統治者不得不逐漸改變其文化政策。就書院政策而言，「有一個由防患到疏引、由抑制到開放的總趨勢」〔註1〕，並最終將書院由外在變爲內在，納入國家的整個文化教育體系之中。

### 一、順治年間百般抑制的書院政策

順治年間（1644～1661），南明政權積極組織開展反清武裝鬥爭，以圖復國。李自成、張獻忠等農民起義軍也轉戰南北，不斷衝擊新建立的滿清政權。清朝統治者採取了「高壓」和「懷柔」並用的方針：政治上實行強化統治，駐軍各地，強令剃髮，大肆屠殺；文化教育方面則推行理學，大興科舉，創

〔註1〕鄧洪波著，《中國書院史》，第429頁，上海：東方出版中心，2006年版。

辦學校，籠絡人心。對於書院方面，清朝統治者惟恐明末民族主義思想及自由講學、清議朝政之風復活，更怕書院聚眾成勢，舉旗反抗，因此百般抑制。順治九年（1652），詔令「各提學官督率教官、生儒，務將平日所習經書義理，著實講求，躬行實踐。不許別創書院，群聚徒黨，及號召地方遊食無行之徒，空談廢業」〔註 2〕。由此可見，清初對待書院的政策是明令禁止的。同一年還頒布了《學校禁例十八條》，其中有《訓士臥碑文》八條，規定「軍民一切利病，不許生員上書陳言，如有一言建白，以違制論，黜革治罪」。清初統治者限制書院發展的根本原因在於他們看到明末書院別標門戶，聚黨空談，與當權者相對立的傾向，從而對書院中人總是懷有戒備心理。清初的文化高壓政策，直接導致書院講會之風的漸趨消歇。這一禁令直到順治十四年（1657）才開始有所鬆動。《清朝文獻通考》卷六十九記載：「撫臣袁廓宇疏言：『衡陽石鼓書院，崇祀漢臣諸葛亮及唐臣韓愈、宋臣朱熹等諸賢，聚生徒講學於其中，延及元明不廢。値明末兵火傾圮，祀典湮墜，今請倡率捐修以表彰前賢，興起後學，歲時照常致祭。』從之。」〔註 3〕滿清對待書院態度的改變，一方面反映了統治者對書院制度的妥協，另一方面也反映了數百年來所凝聚的書院精神仍然具有著強大的、不可抑制的活力。

## 二、康熙年間適當寬鬆的書院政策

康熙年間（1662～1722），隨著南明韓王政權的覆滅、臺灣割據政權的滅亡、三藩之亂的平定、準噶爾叛亂的鎮壓、《尼布楚條約》的簽訂，國家開始統一，社會趨向穩定，政權得到鞏固。清政府的書院政策也明顯發生了變化，採取了適當放寬的政策，但同時又不解除禁令，正如鄧洪波先生所言，「意在籠絡人心，而又防止書院走嚮明末清議朝政之路，從源頭上阻斷明遺民利用書院反清的一切可能，將書院疏引導入其所設計好的發展軌道」〔註 4〕。

康熙放寬書院創建禁令的主要表現是給書院賜書賜額。《清朝文獻通考》記載：

> （康熙二十五年）頒發御書「學達性天」四字匾額於宋儒周敦

〔註 2〕《古今圖書集成・選舉典・學校部》，卷三八三。

〔註 3〕《清朝文獻通考》卷六十九，見陳谷嘉、鄧洪波主編《中國書院史資料》（中），浙江教育出版社，1998 年版，第 853 頁。

〔註 4〕鄧洪波著，《中國書院史》，第 431 頁。

頤、張載、程顥、程頤、邵雍、朱熹祠堂，以及白鹿洞書院、嶽麓書院，並頒日講解義經史諸書。（《清朝文獻通考》卷七十三）

（康熙）三十二年，頒御書「學達性天」匾額於江南徽州紫陽書院。（《清朝文獻通考》卷七十三）

（康熙）四十二年，御書「學宗洙泗」匾額，令懸山東濟南省城書院。（《清朝文獻通考》卷六十九）

（康熙四十四年）御書「正誼明道」匾額懸董仲舒祠，「經述造士」匾額懸胡安國書院。（《清朝文獻通考》卷七十三）

（康熙）六十一年，頒御書「學道還淳」匾額於蘇州紫陽書院。（《清朝文獻通考》卷六十九）

據鄧洪波先生統計，康熙年間賜額書院就有 23 所。〔註 5〕從賜額的名稱中，可以明顯看出康熙皇帝對程朱理學的提倡，以及希望借助書院講學統一讀書人思想的目的。儘管當時清政府還沒有興辦書院的明令，但康熙皇帝對書院的重視和支持，也向民間傳遞了一個積極的信號，各地官府和士紳開始爭相興復、創建書院了。

## 三、雍正年間積極推行的書院政策

雍正初年，朝廷對於新設書院還是本著一種審慎的態度。雍正四年（1726），江西巡撫裴律度奏請揀選白鹿洞書院掌教，禮部議覆「應不准行」，雍正特頒布上諭給予嘉許：

朕臨御以來，時時以教育人材爲念，但期實有益於學校，不肯虛務課士之美名。蓋欲使士習端方，文風振起，必賴大臣督率所司，躬行實踐，宣導於先。勸學興文，孜孜不倦，俾士子觀感奮勵，立品勤學，爭自濯磨，此乃爲政之本。至於設立書院，擇一人爲師，如肄業者少，則教澤所及不廣；如肄業者多，其中賢否混淆，智愚雜處，而流弊將至於藏垢納污。若以一人教授，既能化導多人俱爲端人正士，則此一人之才德即可以膺輔弼之任、受封疆之寄而有餘。此等之人，豈可易得？當時孔子至聖，門弟子三千餘人，而史稱身通六藝者僅七十有二，其餘不必皆賢。況

〔註 5〕鄧洪波著，《中國書院史》，第 432 頁。

後世之以章句教人者乎？是以朕深嘉部議，不肯草率從裴（雙人旁加一個卒）度之請也。其奏請頒發未備之典籍，亦不知未備者是何等書。不便頒發。至於奏請特賜匾額，常年既經聖祖仁皇帝賜以御書，朕亦不必再賜。〔註6〕

此時的雍正帝對書院仍然帶有貶抑和排斥的態度，認爲書院教學之弊端或在「教澤所及不廣」，或在「賢否混淆、智愚雜處」，因此不僅不同意選授書院掌教之請，而且對於頒發典籍、御賜匾額等請求一律不准，充分說明雍正皇帝對書院還是存有防患之心的。然而清政府基於推行教化、尊尚理學的需要，開始逐漸認識到書院在確立和傳播主流意識形態方面的重要作用，書院政策的改變也就應運而生了。雍正十一年（1733），命直省省城設立書院，各賜帑金千兩爲營建之費。並頒布上諭曰：

諭內閣：各省學政之外，地方大吏每有設立書院聚集生徒講誦肄業者。朕臨御以來，時時以教育人材爲念，但稔聞書院之設，實有裨益者少，慕虛名者多，是以未嘗敕令各省通行，蓋欲徐徐有待而後頒降諭旨也。近見各省大吏，漸知崇尚實政，不事沽名邀譽之爲，而讀書應舉者，亦頗能屏去浮囂奔競之習。則建立書院，擇一省文行兼優之士讀書其中，使之朝夕講誦，整躬勵行，有所成就，俾遠近士子觀感奮發，亦興賢育才之一道也。督撫駐紮之所，爲省會之地，著該督撫商酌奉行，各賜帑金一千兩。將來士子群聚讀書，須預爲籌畫，資其膏火，以垂永久。其不足者，在於存公銀內支用。封疆大臣等並有化導士子之職，各宜殫心奉行，黜浮崇實，以廣國家菁莪棫樸之化。則書院之設，於士習文風有裨益而無流弊，乃朕之所厚望也。〔註7〕

雍正的此項舉措，其目的是想把書院納入官學化的軌道，借興賢育才之名，行思想控制之實。但滿清朝廷放開書院發展禁令的實質性政策拉開了清代書大發展的序幕，在書院發展史上具有里程碑式的意義，標誌著清代書院的創建進入高峰時期。各省官員秉承聖意，於是紛紛創辦書院，一時之間，清代書院的官學化可謂登峰造極。

〔註6〕《清世宗實錄》卷四十三，中華書局影印本。見陳谷嘉、鄧洪波主編《中國書院史資料》（中），浙江教育出版社，1998年版，第856頁。

〔註7〕《清朝文獻通考》卷七十，浙江古籍出版社，1988年影印本。

京師設立金臺書院，每年動撥直隸公項銀兩，以爲師生膏火，由布政司詳請總督報銷。直省省城設立書院，直隸曰「蓮池」，山東曰「濼源」，山西曰「晉陽」，河南曰「大梁」，江蘇曰「鍾山」，江西曰「豫章」，浙江曰「敷文」，福建曰「鼇峰」，湖北曰「江漢」，湖南曰「嶽麓」、曰「城南」，陝西曰「關中」，甘肅曰「蘭山」，四川曰「錦江」，廣東曰「端溪」、曰「粵秀」，廣西曰「秀峰」、曰「宣城」，雲南曰「五華」，貴州曰「貴山」，皆奉旨賜帑，贍給師生膏火。奉天曰「瀋陽」，酌撥每學學田租銀爲膏火，令有志向上、無力就師各生入院肄業。〔註 8〕

禁令一旦廢除，書院便如雨後春筍般迅速發展起來。除了京師、省會書院外，各府、州、縣書院也踴躍設立，這些書院中，「或紳士捐資倡立」，「或地方官撥公款經理」，書院一躍而成爲科舉官學體制的重要組成部分。根據曹松葉先生的統計，清代 1800 多所書院中，地方官員創辦的有 1088 所，督撫創建的有 186 所，京官創建的有 6 所，朝廷敕建的有 101 所，民間創建者 182 所。另有不明創建者 210 所，其他情況者 27 所。〔註 9〕關於山長、掌教的選授也放寬了限制，「由督撫學臣不分本省鄰省已仕未仕、擇經明行修、足爲多士模範者，以禮聘請」。而且，各省書院師長「實有教術可觀」、「著有成效者」，准許督撫學臣「請旨酌量議敘」。〔註 10〕這也給書院的多樣化發展注入了活力和動力。

## 四、乾隆年間全面扶持的書院政策

乾隆年間（1736～1795），清政府的書院政策相對穩定，逐步將書院納入官辦教育體系，在加強控制的前提下予以大力支持。乾隆元年（1736），在《訓飭直省書院師生論》中，清廷的書院政策表述得十分明確：

書院之制，所以導進人材，廣學校所不及。我世宗憲皇帝命設之省會，發帑金以資膏火，恩意至渥也。古者鄉學之秀，始陞於國，然其實諸侯之國皆有學。今府、州、縣學並建，而無遞陞之法，國子監雖設於京師，而道里遼遠，四方之士不能胥會，則書院即古侯

〔註 8〕《欽定大清會典事例》禮部，卷三十三，清光緒二十五年夏御製本。

〔註 9〕曹松葉：《宋元明清書院概況》，連載於《中山大學語言歷史研究所週刊》第十集第 111～114 期，1929 年 12 月～1930 年 1 月。

〔註 10〕曹松葉：《宋元明清書院概況》，連載於《中山大學語言歷史研究所週刊》第十集第 111～114 期，1929 年 12 月～1930 年 1 月。

國之學也。〔註 11〕

乾隆皇帝的這一上諭充分肯定了書院的作用和地位，將其定性爲「導進人材」，以「廣學校所不及」，而且將省會書院與「古侯國之學」並稱，形成了國子監與地方官學之間的「遞陞之法」，書院成爲了官學體系的有益補充和重要組成部分，進一步完善了政府的教育體系。

乾隆皇帝對書院的支持還體現在朝廷對於書院膏火、文獻資料的支持以及賜額上。乾隆四年（1739），「上以浙江敷文書院生童眾多，每歲帑金租息銀僅四百餘兩，不足以敷餼廩，特命加賜帑金一千兩，交與該撫經理，定取息銀，以資諸生膏火。」〔註 12〕乾隆十六年，「又奉上諭：經史，學之根柢也。會城書院聚黌庠之秀而砥礪之，尤宜示之正學。朕時巡所至，有若江南之鍾山書院，蘇州之紫陽書院，杭州之敷文書院，各賜武英殿新刊《十三經》、《二十二史》一部，資髦士稽古之學。」〔註 13〕在賜額方面，如福建鼇峰書院的「瀾清學海」、徽州紫陽書院的「道脈薪傳」、湖南嶽麓書院的「道南正脈」、江西白鹿洞書院的「洙泗心傳」、蘇州紫陽書院的「白鹿遺規」等。乾隆三十年（1765），在《慎選書院山長諭》中對書院山長的選用標準、考核獎懲作出了明確的要求：

> 前經降旨，令督撫等慎選山長，如果教術可觀，六年之後，著有成效，奏請酌量議敘。原以山長爲多士觀摩，若徒視爲具文，漫無考核，既無以爲激勸之資，則日久因循，未免殆於訓課，惟知戀棧優游，諸生或且習而生玩，恐於教學無裨。且在籍閒居之人，未嘗無端謹績學可主講書院者。若實心延訪，使之及早更代，自必鼓舞振興，共相淬勵，方不負設管育才之意。乃自降旨以來，各督撫並未見有遵旨具奏者，即如齊召南之在敷文書院，廖鴻章之在紫陽書院，豈止六年之久，何以從前未經辦及？朕所知已有二人，恐各省似此者尚復不少。著各該督撫將因何不行遵旨辦理之處，查明具奏。嗣後均以六年爲滿，秉公考察，分別核辦，庶於勸學程功均有實濟。〔註 14〕

〔註 11〕《清實錄高宗實錄》卷二十，中華書局影印本；見陳谷嘉、鄧洪波主編《中國書院史資料》（中），浙江教育出版社，1998 年版，第 857 頁。

〔註 12〕《清朝文獻通考》卷七十。

〔註 13〕《清朝文獻通考》卷七十。

〔註 14〕《清實錄高宗實錄》卷七百四十六，中華書局影印本。

傳統的書院教學模式，十分注重言傳身教，「山長爲多士觀摩」，書院山長的人格魅力和學術素養直接影響著書院教育的成敗，愼重選擇山長是辦好書院的前提和基礎。選定了山長之後，考核制度還要跟上，「若徒視爲具文，漫無考核，既無以爲激勸之資，則日久因循，未免殆於訓課」。因此，乾隆要求地方務必加強對山長的考核，並以六年爲期，「秉公考察，分別核辦，庶於勸學程功均有實濟」。

## 五、嘉、道、咸年間治理整頓的書院政策

隨著書院官學化程度的不斷深化，書院的管理越來越荒廢與鬆弛，書院的山長延聘越來越草率與腐敗，書院的教學品質越來越低下與衰落，清代官場的腐敗之風漸漸侵襲書院的各個環節。書院數量在不斷增加的同時，教育品質卻在持續地走下坡路。在許多書院裏，山長的延請，「不過情面薦託，山長到館不過因循於事」〔註 15〕。更是有些書院，山長大多來自權要，空拿束脩而對書院的教育與管理不作絲毫貢獻。有些山長受聘但不到館，濫竽充數。針對如此境況，朝廷開始不斷地頒布詔令，著手整頓書院。整頓的內容主要包括山長的延聘、教學指導思想的轉變等。關於山長的人選問題，朝廷屢頒詔令，加以約束。

如嘉慶二十二年（1817）上諭：「各省教官廢棄職業，懶於月課，書院、義學夤緣推薦，濫膺講席，並有索取束脩，身不到館者，殊失愼選師資之意。著該督撫學政等，務延經明行修之士講習討論，如有學品雍陋之人、濫竽充數者，立即斥退，以勵師儒而端教術。」〔註 16〕

道光二年（1822）上諭：「各省府廳州縣分設書院，原於學校相輔而行。近日廢弛者多，整頓者少。如所稱院長並不到館及令教職兼充，且有並非科第出身之人靦居是席，流品更爲冒濫，實去名存，於教化有何裨益。著通諭各直省督撫，於所屬書院，務須認眞稽查，延請品學兼優紳士，住院訓課。其向不到館支取乾俸之弊，永行禁止。至各屬教職，俱有本任課士之責，嗣後亦不得兼充，以責專成。」〔註 17〕

道光十四年（1834）再下諭旨：「……嗣後各省會書院院長，令學政會同督撫司道公同舉報。其各府州縣院長，由地方官會同教官、紳耆公同舉報。

〔註 15〕鄧洪波：《中國書院章程》，湖南大學出版社，2000 年版，第 256 頁。

〔註 16〕光緒《大清會典事例》卷三九六。

〔註 17〕光緒《大清會典事例》卷三九六。

務擇經明行修之人，認眞訓課。概不得由上司挾薦，亦不得虛列院長名目，並不親赴各書院訓課，仍令學政於案臨時，就便稽查，以昭核實。」〔註18〕

道光十五年（1835）又下諭旨重申：「延請院長，必須精擇品學兼優之士，不得徇情濫薦。」〔註19〕

上述諭旨表明，由於各省書院的山長人選延請不力、徇私舞弊、濫竽充數，而省學、府學、州學、縣學的教職人員往往兼任書院講席卻未能盡心盡力施教，從而導致書院師資力量的下滑和教學水準的下降。朝廷一方面認眞稽查身不到館卻索取束脩的行爲，一方面嚴格禁止各屬教職人員兼充書院講席；同時，再次重申了山長人選的標準必須是「經明行修之士」，並且山長的聘請應由地方官會同教官、鄉紳、耆老共同推薦。朝廷試圖通過抓住山長這一核心人物來達到重振書院生機與活力之目的。

此外，朝廷對於書院的教學內容方面也開始有所轉變。道光三十年（1850），咸豐皇帝繼位以後即頒布諭旨：要求各地督撫「於書院、家塾教授生徒，均令以《御纂性理精義》、《聖諭廣訓》爲課讀講習之要，使之家喻戶曉，禮義廉恥油然而生，斯邪教不禁而自化，經正民興，庶收實效」〔註20〕。由此可見，清朝統治者已放棄了對漢學的支持，重新回到了支持宋學的立場，希望借助推行程朱理學來加強思想控制。導致這一指導思想轉變的根本原因是太平天國起義對清廷的沉重打擊。統治階級認識到，太平天國運動使得「舉中國數千年禮義人倫、詩書典則，一旦掃地蕩盡。此豈獨我大清之變，乃開闢以來名教之奇變，我孔子孟子之所痛哭於九原」〔註21〕。深切的思想危機使朝廷上下認識到推崇程朱理學的重要意義，在書院教學中以性理諸書爲本的舉措表明了統治者試圖重振書院的願望。

## 六、清代晚期修復與變革的書院政策

同治年間（1862～1874），隨著太平天國運動最終失敗，長達14年的戰爭結束了，社會恢復穩定，洋務運動漸興，書院也獲得了一個高速發展的時機。

同治二年（1863），太平天國剛被鎮壓，朝廷就下詔清理因戰事而流失的書院財產，恢復辦學，上諭：「近來軍務省分各府州縣，竟將書院公項藉端挪

〔註18〕光緒《大清會典事例》卷三九六。

〔註19〕光緒《大清會典事例》卷三九六。

〔註20〕《東華錄》，道光三十年十二月己巳條。

〔註21〕《討粵匪檄》，《曾國藩全集・詩文》，嶽麓書社，1994年版，第232頁。

移，以致肄業無人，月課廢弛。嗣後，由各督撫嚴飭所屬，於事平之後，將書院膏火一項，凡從前置有公項田畝者，作速清理。其有原存經費無存者，亦當設法辦理，使士子等聚處觀摩，庶舉業不致久廢，而人心可以底定。」〔註22〕在朝廷發展文教、「底定人心」這一政策的指導下，在官方力量和民間力量的共同推動下，晚清書院進入了一個「超高速發展」〔註23〕的時期。特別是一批著名的地方軍政大員如曾國藩、李鴻章、左宗棠、丁寶楨、張之洞等，積極支持，大力發展文教事業，修復並創建了眾多書院，使得書院的發展就數量而言達到了歷史的最高峰。

然而，生逢內憂外患之際，面臨亡國滅種之時，同治光緒年間的書院發展注定是一個改革與蛻變的過程。首先，書院的教學指導思想開始由服務科舉之業向追求經世致用轉變。在通經致用的旗幟下，書院的教學內容出現了巨大變化，除了傳統的經義之學外，研究農桑、漕運、鹽課、水利、屯墾、兵法、馬政等的經濟致用之學普遍出現在晚清的書院中，通經致用的學術主張與治國救世的教學舉措有機地結合在了一起。甲午戰爭失敗後，書院課程改革的力度進一步加大，格致、商學、外交、算學等西方的人文科學與自然科學知識進入了書院的課堂。〔註24〕其次，書院通過修改章程，規範管理，開始建立起現代意義的教學管理制度。從山長聘請、生員管理、考課組織到經費管理等方面的制度逐步完善，特別是涉及人事、財務方面的監督制度的出現，體現了書院在社會大變革中的一種自我調整、自我完善的能力。〔註25〕第三，新型書院開始創立。同治、光緒年間，受到西方文化的浸染，很多新型書院相繼出現。首先是外國傳教士開始在中國大量創辦教會書院，總數有百餘所之多。〔註26〕比較著名的有傳教士林樂知創建的上海中西書院，設置的課程主要包括數學、化學、重學、航海測量、天文測量、地學、金石類考、西語、萬國公法等。其教學管理模式參照西方的學校，教學的內容也以西方的文化和科技為主。〔註27〕可以說，教會書院對中國傳統書院的發展方向具

〔註22〕光緒《大清會典事例》卷三九六。

〔註23〕鄧洪波《中國書院史》，第446頁。

〔註24〕參見劉琪、朱漢民《湘水校經堂述評》，載《嶽麓書院一千零一十週年紀念文集》第26～34頁，湖南人民出版社，1986年版。

〔註25〕鄧洪波：《中國書院史》，第565～566頁。

〔註26〕鄧洪波：《中國書院史》，第567頁。

〔註27〕林樂知：《中西書院條規》，引自陳谷嘉、鄧洪波《中國書院史資料》第2071～2074頁，浙江教育出版社，1998年版。

有一定的引領作用，中國傳統書院開始注入了新鮮的內容。比如上海的龍門、求志、正蒙、格致書院，陝西的味經、崇實書院，湖北的經心、兩湖、江漢書院等，這些新型書院的課程除了經史性理之外，還有輿地、格致、數學等，有的書院還增設了體育、英文、法文等課程，其經世致用的辦學思想十分明顯。

光緒二十年（1894），甲午戰敗，清政府從大夢中驚醒過來，開始深刻反思自身的政治制度、軍事管理、文化教育等現實問題。人民普遍認爲興學育才、整頓書院，刻不容緩。光緒二十四年（1898），光緒皇帝發布上諭，限定兩個月內將全國大小書院改爲兼習中學、西學的學校，史稱「戊戌書院改制」，其中書院改制的典範就是京師大學堂的開辦。光緒二十七年（1901），清政府又下達了書院改制上諭，責令各省均須在省城設立大學堂，各府及直隸州改設中學堂，各州縣改設小學堂。〔註 28〕經過清末 20 多年的書院改制，古老的書院歷經千年終於完成了自身的歷史使命，在疾風勁雨的改革中忽然沈寂在了文化的長河中。

## 第二節　書院與乾嘉漢學

乾嘉漢學是清代乾隆、嘉慶年間出現的以經學爲主要研究對象的全國性學術流派，它是在黃宗羲、顧炎武等大儒的引領之下，借助清廷稽古右文的文化政策，在乾嘉時期形成的以追求客觀實證的考據研究爲根本的學術流派。江藩在《國朝漢學師承記》中說：「有明一代，囿於性理，汨於制義，無一人知讀古經注疏者。自梨洲起而振其頹波，顧亭林繼之，於是承學之士知習古經義矣。」〔註 29〕黃宗羲、顧炎武之後，清代漢學出現了大發展，「三惠之學興於吳，江永、戴震繼起於歙，從此漢學昌明，千載陰霾，一朝復旦。」〔註 30〕繼吳派、皖派之後，揚州學派卓然崛起，對光大乾嘉漢學起到非常重要的作用。吳派、皖派和揚州學派的產生、發展都與書院有著不可分割的聯繫，書院作爲知識人群的匯聚之地，通過創建者的學術提倡、擔任掌教的著名學者的學術示範和來自不同地區背景的生徒間相互影響和傳播，在考據學風的形成過程中發揮了重要的作用。蘇州的紫陽書院、南京的鍾山書院成爲

〔註 28〕陳谷嘉、鄧洪波《中國書院史資料》第 2489 頁。

〔註 29〕江藩：《國朝漢學師承記》卷八，中華書局，1983 年版，第 132 頁。

〔註 30〕江藩：《國朝漢學師承記》卷一，第 6 頁。

吳派研習漢學的重要場所，徽州紫陽書院、洋川毓文書院成爲徽派的發源之地，揚州安定書院、梅花書院也與揚州學派密不可分。特別是以阮元爲代表的乾嘉漢學中堅直接創辦詁經精舍和學海堂，專課經史訓詁之學，將乾嘉漢學的發展推向了鼎盛。

## 一、蘇州紫陽書院、南京鍾山書院與漢學吳派

蘇州紫陽書院創建於康熙五十二年（1713），爲時任江蘇巡撫張伯行所倡立。張伯行爲學宗尚朱子，因此歷官所至，皆以理學化導士子。紫陽書院建成後，張伯行作《紫陽書院示諸生》，明確書院的教學宗旨爲「明道統以程朱理學爲歸，而闢陸王心學之弊」〔註31〕。雍正元年（1723），鄂爾泰任江蘇布政使時，對紫陽書院重加整葺。自張伯行至鄂爾泰，紫陽書院不僅在規模上有所擴大，其爲學風氣亦逐漸發生轉移。柳詒徵先生指出：「紫陽創於張伯行，而盛於鄂爾泰。雍正初年，鄂爾泰爲蘇藩，訪求才彥，召集省會，爲春風亭會課，躬宴之於署齋，已復留若干人肄業於書院。鄂爾泰與蘇之紳耆，及一時召集之士，所作之文若詩，匯刻爲《南邦黎獻集》。書院之由講求心性，變爲稽古考文，殆以是爲津渡。此康熙以降書院之美談也。」〔註32〕由張伯行之「講求心性」，經鄂爾泰而趨向「稽古考文」，三吳爲學風氣的轉移，即以紫陽書院而見端倪。〔註33〕

乾隆之後，執掌紫陽書院的山長皆爲漢學大師，如朱啓昆、陳祖範、吳大受、王峻、沈德潛、彭啓豐、錢大昕、吳鼒、吳俊、石韞玉、朱珔、俞樾等。〔註34〕他們以崇揚漢學爲己任，不僅培養了大量的漢學人才，而且擴大了吳派的學術影響。陳祖範「在蘇州紫陽書院三年，訓課有法，士子至今思之」〔註35〕。王峻早年受業於陳祖範，歷官至江西道監察御史，丁母憂歸里，先後執教於蘇州紫陽書院、徐州雲龍書院和揚州安定書院，而於紫陽書院時間最長。在他的引導下，錢大昕、王鳴盛、王昶注重史學研究，逐漸成爲乾嘉學派的中堅人物。

在紫陽書院的歷任山長中，以錢大昕的影響最大。錢大昕，字及之，又

〔註31〕張伯行：《正誼堂文集》卷十二《紫陽書院示諸生》，同治八年刻本。
〔註32〕柳冶徵：《江蘇書院志初稿》，《江蘇國學圖書館年刊》第4期，1931年出版。
〔註33〕光緒《蘇州府志》卷二五《學校一》，清道光九年刻本。
〔註34〕《蘇州府志》卷二五，《學校一》之《紫陽書院掌院題名》。
〔註35〕錢大昕：《陳先生祖范傳》，《潛研堂文集》卷三十八。

字曉徵，號辛楣，又號竹汀，江蘇嘉定（今上海市）人。雍正六年（1728）正月初七日，生於嘉定望仙橋河東宅，嘉慶九年（1804）十月二十日，卒於蘇州紫陽書院，享年七十有七。〔註 36〕乾隆十四年（西元 1749 年），錢大昕在其妻兄王鳴盛以及院長王峻之推薦下，進入蘇州紫陽書院學習。錢大昕曾言：「予年二十有二，來學紫陽書院，受業於虞山王艮齋先生。先生誨以讀書當自經史始，謂予尚可與道古，所以期望策厲之者甚厚。予之從事史學，由先生進之也。」〔註 37〕在紫陽書院讀書期間，錢大昕與同舍王昶、褚寅亮、褚廷璋、王鳴盛、曹仁虎等人相聚共學於紫陽書院，朝夕論學，質疑問難，「以古學相策勵」，自有一番進境。更爲幸運的是，錢大昕在紫陽書院求學期間，還結識了許多吳中老宿，如惠棟、沈彤、李果、趙虹、許廷鑅、顧詒祿諸人。諸老宿之中，尤以惠棟對錢大昕的影響更爲突出。錢大昕在爲惠棟《古文尚書考》所撰序中曾說：「予弱冠時，謁先生於泮環巷宅，與論《易》義，更僕不倦，蓋謬以予爲可與道古者。忽忽卅餘載，楹書猶在，而典型日遠，綴名簡末，感慨繫之。」〔註 38〕

自乾隆十六年（1751）結束書院求學，闊別蘇州三十八年之後，錢大昕於乾隆五十四年（1789）正月，應江蘇巡撫閔鶚元之聘，來主紫陽書院講席。至嘉慶九年（1804）逝世，錢大昕主紫陽書院講席凡十六年。在此十六年中，錢大昕以其博洽貫通之學識，加上之前提督廣東學政，及執教鍾山、婁東兩書院期間的經驗，對於陶鑄吳地人才，轉變吳地學風，發揚漢學傳統，做出了不可磨滅的貢獻。何元錫指出：嘉定錢竹汀先生，主講吳郡之紫陽書院，四方賢士大夫及弟子過從者，殆無虛日。所見古本書籍，金石文字，皆隨手記錄，窮源究委，反覆考證，於行款格式，纖悉備載，蓋古人日記之意也。〔註 39〕錢慶曾亦稱：「公在紫陽最久，自己酉至甲子，凡十有六年，一時賢士受業於門下者，不下二千人，悉皆精研古學，實事求是。如李茂才銳之算術，夏廣文文燾之輿地，鈕布衣樹玉之《說文》，費孝廉士璣之經術，張徵君燕昌之金石，陳工部稽亭先生之史學，幾千年之絕學，萃於諸公，而一折衷於講

〔註 36〕參見錢東壁、東塾《皇清誥授中憲大夫上書房行走日講起居注官詹事府少詹事兼翰林院侍讀學士提督廣東全省學政顯考竹汀府君行述》，《嘉定錢大昕全集》本，江蘇古籍出版社 1997 年版。

〔註 37〕錢大昕：《潛研堂文集》卷二四《漢書正誤序》。

〔註 38〕錢大昕：《潛研堂文集》卷二四《古文尚書考序》。

〔註 39〕何元錫：《竹汀先生日記鈔・跋》，《竹汀先生日記鈔》卷末。

席。餘如顧學士蓴、茂才廣圻、李孝廉福、陳觀察鍾麟、陶觀察樑、徐閣學頲、潘尚書世恩、戶部世璜、蔡明經雲、董觀察國華輩，不專名一家，皆當時之傑出者也。〔註 40〕何、錢二位先生均看出吳地書院與吳地漢學發展的重要關係。

錢東壁、錢東塾更詳列其父與四方學者及受業弟子論學情形曰：

> 四方賢士大夫，下逮受業生徒，成就講席，折中辯論文史。如盧學士文弨、袁太史枚、趙觀察翼、孫觀察星衍、段大令玉裁、周明經錫瓚、張徵君燕昌、梁孝廉玉繩、陳進士詩庭、黃主政丕烈、何主簿元錫、鈕君樹玉、夏君文燾、費君士璣、徐君頲、張君彥曾、袁君延檮、戈君宙襄、李君向、顧君廣圻、吳君嘉泰、沈君宇、李君福、王君兆辰、孫君延葦，或叩問疑義，或商論詩文，或持示古本書籍，或鑒別舊拓碑帖、鍾鼎款識，以及法書名畫，府君無不窮源競委，相與上下其論議，至人各得其意以去。而從兄弟東垣、繹、侗暨妹倩瞿君中溶、許君蔭堂，尤朝夕過從。府君每與談藝，必引申觸類，反覆講求。有時日旰燭跋，聽者跛倚，而府君語猶諄諄不已。即至愚不肖如不孝等，偶有質疑，亦必周詳指示。蓋府君樂育後進之懷，出於至誠，未嘗有不屑之教誨焉。〔註 41〕

蘇州紫陽書院，從康熙末張伯行創立，經鄂爾泰重葺，陳祖範、王峻諸儒宣導，至乾隆末、嘉慶初錢大昕主持講席，近百年間，書院的教學經歷了由「講求心性」到「稽古考文」的變遷，對漢學的宣導和傳播之功，不可小覷。

江寧的鍾山書院在乾隆年間也注重以漢學教授生徒，漢學大師楊繩武、盧文弨、錢大昕、孫星衍、朱珔等人先後擔任山長。乾隆二年（1737），楊繩武制訂《鍾山書院規約》，其要點包括先勵志、務立品、慎交遊、勤學業、窮經學、通史學、論古文源流、論詩賦派別、論制義得失、戒抄襲倩代、戒矜誇忌毀等。〔註 42〕安徽布政使晏斯盛在為《鍾山書院規約》所作的跋中進一

〔註 40〕錢慶曾：《竹汀居士年譜續編》，乾隆五十八年癸丑、六十六歲條。

〔註 41〕錢東壁，東塾：《皇清誥授中憲大夫上書房行走日講起居注官詹事府少詹事兼翰林院侍讀學士提督廣東全省學政顯考竹汀府君行述》。

〔註 42〕楊繩武：《鍾山書院規約》；見陳谷嘉、鄧洪波主編《中國書院史資料》（中），浙江教育出版社，1998 年版，第 1491～1496 頁。

步指出：「勵志、立品以端其趨，慎交以樂其群，勤學、通經、通史以敬其業，論詩賦古文制義之源流以修其藝，戒抄襲、矜誇忌毀以警其惰，本末兼該，鉅細備舉，井井班班，已合前賢書院之所以教者，而觀其備，又復由今入古而易於從，斯誠至教之典則，聖朝作人之隆規也。」〔註 43〕《鍾山書院規約》爲鍾山書院奠定了重漢儒訓詁之學的基本方向。此後，盧文弨曾經兩次執掌鍾山書院，前後共 11 年之久。〔註 44〕盧文弨在教學過程中特別注重校勘學的訓練，「抱經先生嗜古好書，每現罕見之本，輒課生徒分抄，抄竣，親以採筆校勘，所抄之書，卷以百計。」〔註 45〕。通過這種方式，提高了生徒的校勘水準，爲漢學研究奠定堅實的基礎。乾隆四十三年（1778）五月〔註 46〕，錢大昕接替盧文弨執掌鍾山書院，與「諸生講論古學，以通經讀史爲先」〔註 47〕。如是者四年，「士子經指授成名者甚眾，而江浦韓明府廷秀，上元董方伯教增、鮑文學璉，宣城孫州牧元玿，尤所獎賞者也」〔註 48〕。經過楊繩武、盧文弨、錢大昕等人的不懈努力，鍾山書院出現了「諸生執經問學者，日盈於庭」的盛況。

## 二、徽州紫陽書院、洋川毓文書院與漢學徽派

紫陽書院是對漢學皖派影響最大的書院。皖派的漢學大師方粲如、江永、凌廷堪、汪紱、汪龍等掌教或講學於書院，培養出戴震、程瑤田、金榜、江有浩、汪榮之、胡培翬等著名漢學家。關於紫陽書院漢學學風的形成，吳景賢先生《紫陽書院沿革考》有精闢的論述：「惟以當時宋學殘壘，已漸崩潰，樸學風氣，日趨優勝地位。此段時期，僅爲江戴學風之初漸。及至督學大興

〔註 43〕晏斯盛：《鍾山書院規約跋》；見陳谷嘉、鄧洪波主編《中國書院史資料》（中），浙江教育出版社，1998 年版，第 1495～1496 頁。

〔註 44〕根據柳怡徵《盧抱經年譜》：盧文弨曾於乾隆三十七年至四十三年，乾隆五十年至五十三年兩次執掌鍾山書院；《中央大學國學圖書館第一年刊》，民國十七年。

〔註 45〕柳詒徵：《盧抱經年譜》，見《中央大學國學圖書館第一年刊》。

〔註 46〕錢大昕：《竹汀日記》，乾隆四十三年戊戌歲三月十九日己卯條稱：「晴。午後秦太守來，致江寧高相國札，延予主鍾山書院講席，前院長盧抱經學士以母老辭歸故也。並致布政陶公易、十府糧道孫公廷槐、鹽道朱公履忠會銜帖，江寧府章公攀帖。隨作札覆高公，並回各憲帖，付江寧來人，約四月下旬赴江寧。」

〔註 47〕錢大昕：《竹汀居士年譜》，乾隆四十三年戊戌、五十一歲條。

〔註 48〕錢大昕：《竹汀居士年譜》，乾隆四十六年辛丑、五十四歲條。按錢東壁、東塾《行述》，被獎賞者中，又列有談泰。

朱竹君來皖，以江慎修、汪雙池品端學粹，著述等身，特錄其書，爲上四庫館。令有司建木主，入祀紫陽書院，並躬率諸生，展謁其主。一時傳誦，以爲盛典。自是以後，六邑學者，彝然皆宗漢學，治學皆主考證事物訓詁。戴東原、程易疇相踵繼起，蔚爲一世所宗，後進學者，無不聞風而從。紫陽學風，遂爲漸變，乃由狹意之擁朱復宋，而漸馳其範圍，臻於廣意之研經究古，是爲紫陽學風急轉突變之時期。」〔註49〕

婺源人江永治經數十年，尤精於《三禮》以及步算、鍾律、聲韻、地名沿革諸學，爲當時著名漢學大師，應郡守何達善之請定期來紫陽書院講論經義。時戴震自南京返鄉，掛籍書院，對江永之學一見傾心，遂以自己平日所學請益。江永對戴震也非常看重，二人相得甚歡。戴震後來被譽爲徽派宗師，追本溯源，其學問根柢的奠定，無疑與這段時期師友間的切磋論學，有著密切的關係。〔註50〕乾隆三十六年（1771），乾嘉漢學的重要宣導者朱筠督學安徽，極大促進了皖地漢學的發展。督學安徽期間，朱筠幕內漢學學者雲集，洪亮吉《傷知己賦》自注云：「歲辛卯，朱先生視學安徽，一時人士會集最盛，如張布衣鳳翔、王水部念孫、邵編修晉涵、章進士學誠、吳孝廉蘭庭、高孝廉文照、莊大令炘、瞿上舍華與余及黃君景仁皆在幕府，而戴起士震兄弟、汪明經中亦時至。」〔註51〕這些著名學者聚在一起，切磋論學，刊印書籍，形成了研究交流經史考據的學術氛圍。他們之中還有許多人掌教或講學於書院，又使得書院成爲傳播漢學的學術基地。朱筠還委託王念孫等校刊許慎《說文解字》，「廣布江左右，其學由是大行」〔註52〕。乾隆三十八年（1773），朱筠將江永、王紱著述呈送四庫館，並爲二人建木主，入祀紫陽書院，這一舉措成爲了紫陽書院學風變化的重要標誌。〔註53〕洪亮吉也談到：「先生去任後二十年中，安徽八府有能通聲音訓詁及講求經史實學者，類皆先生視學時所拔擢。」〔註54〕朱筠及其幕中學

---

〔註49〕吳景賢《紫陽書院沿革考》，《學風》第4卷第7期，第25頁，1934年版。

〔註50〕劉玉才：《清代書院與學術變遷研究》，第86頁，北京大學出版社，2008年版。

〔註51〕洪亮吉：《卷施閣文乙集》卷二。

〔註52〕孫星衍：《重刊宋本說文序》，《孫淵如外集》卷二，國立北平圖書館鉛印本，1932年。

〔註53〕事見朱筠《婺源縣學生汪先生墓表》，《笥河文集》卷十一，清嘉慶二十年椒華吟舫刻本。

〔註54〕洪亮吉：《書朱學士遺失》，《更生齋文甲集》卷四，中華書局《洪亮吉集》本，2001年版。

者對於皖地學風的推動十分關鍵。

乾隆五十五年（1790）邑人戶部尚書曹文植、內閣中書鮑志道、邑紳程光國重建紫陽書院，爲別於紫陽山中之紫陽書院（明正德十四年知府張文林建書院一所於紫陽山中，亦名「紫陽」），取名古紫陽書院。〔註 55〕在當地士紳的大力支持下，漢學在紫陽書院的地位更加鞏固。凌廷堪、汪龍、江有浩、胡培翬等一批漢學後進，繼承和發揚了江永、戴震開創的皖派學風，進一步推進了乾嘉漢學在安徽的傳播。

毓文書院創建於乾隆五十九年（1794），爲旌德商賈譚子文出資所建。教學宗旨及課程設置因山長而異，無學術門戶之見。曾以程朱理學爲宗，繼倡經史訓詁之學，後又以漢學教士。〔註 56〕著名山長有洪亮吉、包世臣、黃平甫、朱文翰、楊掄、趙良澍、張莖、阮文藻、夏炘等。洪亮吉（1746～1809），初名蓮，字華峰，後改名禮吉，字君直、稚存，號北江，江蘇武進人。清乾嘉年間著名經學家、方志學家、文學家、詩人。乾隆十一年（1746），生於常州中河橋東南興隆里賃宅中。先後拜惲銘、岳介錫、繆謙等 15 人爲師，習及經史子集。曾入朱筠、王杰、劉權之及畢沅幕。乾隆四十五年（1780）舉人，五十五年進士，點翰林，授編修。嘉慶朝，因批評朝政，遣戍伊犁。後赦還，改號更生居士，致力於主講書院、研究經史、修纂方志等事，至嘉慶十四年（1809）卒。毓文書院最初是崇尚宋明理學的，洪亮吉執教以後，就積極籌畫爲書院購買書籍多部，並以訓詁之學教授生徒，使漢學學風在毓文書院確立起來。吳景賢先生說：「起初的山長楊掄、朱文翰等以理學爲宗，等到洪亮吉主講席之後，倡言經名訓詁之學，於是學風爲之一變。」〔註 57〕洪亮吉之後，乾嘉學者趙良澍、夏炘、包世臣等人繼續主講書院，使毓文書院的漢學學風得到相當長時間的維繫。

## 三、揚州安定書院、梅花書院與漢學揚州學派

清代揚州學派的形成，是接受吳派和皖派的影響，對於光大乾嘉漢學發揮著至關重要的作用。揚州學派的形成與發展則與安定、梅花書院有密切關係。柳詒徵指出：「段（玉裁）、王（念孫）、汪（中）、劉、洪（亮吉）、孫（星

〔註 55〕季嘯風《中國書院辭典》，第 88 頁，浙江教育出版社，1996 年版。
〔註 56〕季嘯風《中國書院辭典》，第 91～92 頁。
〔註 57〕吳景賢：《洋川毓文書院考》，《學風》第 7 卷第 4 期，第 1～34 頁，1936 年版。

衍)、任（大椿)、顧（九苞）諸賢，皆出於邗之書院，可謂盛矣。咸、同以降，稍不逮前。然江南北之士，不試於揚州書院者蓋甚少。濯磨淬厲，其風有足稱焉。」〔註 58〕安定書院在揚州府東北三元坊，康熙元年（1662)，爲鹽政胡文學祀北宋經學家、教育家胡瑗所建。因胡瑗係揚州泰縣人，人稱安定先生，安定書院就是尊他爲祖師而得名。雍正十二年（1734)，鹽政高斌、運使尹會一重建。乾隆五十九年（1794)，運使曾燠增修學舍，重定條規。掌教之著名者有王步青、陳祖範、杭世駿、蔣士銓、趙翼等。〔註 59〕梅花書院始建於明嘉靖年間，原名甘泉書院，後又名崇雅書院。雍正十二年（1734)，郡人馬曰琯獨力興建堂宇，更名「梅花」，知府劉重選即其地課士。乾嘉時掌其院者有姚鼐、茅元銘、蔣宗海、張銘、洪亮吉等。〔註 60〕

安定、梅花二書院自重新修復以後，不少漢學大師相繼執教，如陳祖範、蔣恭斐、杭世駿、蔣士銓、趙翼、戴震、洪亮吉等，他們將漢學研究和教學結合起來，不少漢學研究成果被直接傳授給學生。如杭世駿在揚州生活時間比較長，乾隆三十一年（1766 年)，掌教安定書院，以實學課士。由於比較賞識汪中的學問，於是將其拔入書院，悉心指點。趙翼歸田之後，應鹽運使全德之聘，掌教安定書院。他在《七十自述》中說：「重到揚州設絳帳，論文又作數年淹。蠅頭細字宵燃燭，麈尾清談晝下簾。」他的經學著作《陔餘叢考》就是主講安定書院時撰寫的。戴震在揚州期間，曾在盧見曾幕府會見了漢學大師惠棟，兩人相處、交流的時間雖然短暫，但是對於戴震學術思想的轉變具有非常重要的意見。錢穆指出：「蓋乾嘉以往詆宋之風自東原起而愈甚，而東原論學之尊漢抑宋，實有聞於蘇州惠氏之風而起也。」〔註 61〕戴震在揚州時還應聘於禮部尚書王安國家，教其子王念孫讀書，王念孫同時掛籍安定書院。此外，戴震的另外一位重要傳人段玉裁也肄業安定書院。可見，戴震於揚州書院期間培養了漢學揚州學派的領軍隊伍。

正是由於延聘多位漢學大師執掌，安定、梅花二書院培養了大批的乾嘉學者。《揚州畫舫錄》卷三記載的肄業生徒有：裴之仙、管一清、楊開鼎、梁國治、謝溶生、蔣宗海、秦黌、王嵩高、任大椿、唐侍陛、唐仁埴、楊文鐸、申甫、何融、余瀛、侍朝、趙廷煦、郭聯、吳楷、段玉裁、李惇、王念孫、

〔註 58〕柳詒徵：《江蘇書院志初稿》，《江蘇國學圖書館年刊》第 4 期，1931 年出版。
〔註 59〕季嘯風主編：《中國書院辭典》，第 40 頁。
〔註 60〕季嘯風主編：《中國書院辭典》，第 44 頁。
〔註 61〕錢穆：《中國近三百年學術史》，第 322 頁，中華書局，1986 年版。

宋綿初、汪中、劉台拱、殷盤、徐步雲、楊倫、韋佩金、洪亮吉、江漣、萬應馨、金科、孫星衍、余鵬飛、朱申之、顧九苞、程贊普，一共38人。其中段玉裁、任大椿、汪中、王念孫、李惇、洪亮吉、孫星衍、顧九苞等都是乾嘉時期著名的漢學家。「安定、梅花兩書院，四方來肄業者甚多，故能文通藝之士萃於兩院者極盛。」〔註62〕安定、梅花兩書院漢學教育的成果的確非常豐碩。這些書院肄業的乾嘉學者多利用其他書院講學，如段玉裁就先後主講山西的壽陽書院、浙江的鴛湖書院、婁東書院、杭州的詁經精舍，任大椿則執掌淮安的麗正書院，對揚州學派思想的傳播起到了巨大的推動作用，也反映了清代書院之間存在學術交流與互動關係。

## 四、詁經精舍、學海堂與乾嘉漢學的鼎盛

詁經精舍和學海堂，對乾嘉漢學的傳播有著巨大的推動作用，是清代乾嘉漢學發展步入成熟期的重要標誌，同時也是清代書院發展的轉捩點和里程碑。〔註63〕詁經精舍和學海堂的創辦者阮元是一位經學大師，他秉承尊經崇漢的宗旨，大力開展漢學研究，積極進行人才培養，直接擴大了乾嘉漢學的影響。

詁經精舍創建於嘉慶六年（1801），民國時張崟在《詁經精舍志初稿》中介紹了詁經精舍創設情況：「先是，阮公於清嘉慶二年，督學浙江，爲輯《經籍纂詁》，特於孤山之陽構屋五十間，居修書之兩江雋彥。昱歲八月，書成，公擢兵部侍郎入都。迨奉命撫浙，乃於六年正月，就修書舊址，闢爲書院，名之曰詁經精舍」。〔註64〕阮元在《西湖詁經精舍記》中對「詁經精舍」題名緣由作了解釋：「精舍者，漢學生徒所居之名；詁經者，不忘舊業，且勖新知也。」〔註65〕爲了表明詁經精舍崇尚漢學訓詁的學術取向，阮元在精舍學生陸堯春、嚴傑、周中孚和主講孫星衍的建議之下，奉祀漢學大師許慎、鄭玄木主。〔註66〕其所親自撰寫的楹聯：「公羊傳經，司馬著史；白虎德論，雕龍

〔註62〕李斗著，陳文和點校：《揚州畫舫錄》卷三，第38頁廣陵書社，2010年版。

〔註63〕李國鈞主編《中國書院史》第906頁，湖南教育出版社，1998年版。

〔註69〕張崟《詁經精舍志初稿》，《文瀾學報》第二卷第一期，轉自陳谷嘉、鄧洪波主編《中國書院史資料》中冊，1387頁，浙江教育出版社，1998年版。

〔註65〕阮元：《西湖詁經精舍記》，《詁經精舍文集》卷三，清嘉慶七年揚州阮氏琅嬛仙館刊本，轉引自陳谷嘉、鄧洪波主編《中國書院史資料》中冊，1391頁，浙江教育出版社，1998年版。

〔註66〕張崟《詁經精舍志初稿》，《文瀾學報》第二卷第一期，轉自陳谷嘉、鄧洪波主編《中國書院史資料》中冊，1388頁，浙江教育出版社，1998年版。

文心」也明確展示了尊經崇漢爲教學宗旨。

在阮元撫浙期間，他延聘考據學名家王昶、孫星衍共同擔任詁經精舍的主講。「諸生請業之席，則元與刑部侍郎青浦王君述庵、兗沂曹濟道陽湖孫君淵如迭主之」。〔註 67〕關於精舍課試的內容和方式，孫星衍在其《詁經精舍題名碑記》中這樣記載：「其課士，月一番。三人者，迭爲命題評文之主。問以十三經、三史疑義，旁及小學、天部、地理、算法、詞章，各聽搜討書傳條對，以觀其識，不用扃試糊名之法。暇日聚徒講議服物典章，辯難同異，以附古人教學藏修息遊之旨。簡其藝之佳者，刊爲《詁經精舍文集》。」〔註 68〕講課的內容基本上還是以經解考據爲主，但在教學的形式上除了定期月課外，還經常在課外閑暇時間進行答疑問難、切磋辯論。錢泳也曾記載說：「余每遊湖上，必至精舍盤桓一兩日，聽諸君議論風生，有不相能者，輒吵嚷面赤。家竹汀宮詹聞之笑曰：此眞所謂洙泗之間齗齗如也。」〔註 69〕詁經精舍教學內容之精一、方式之靈活、學風之活躍，的確異於其他書院。後來主持講席的還有俞樾、黃體芳等，段玉裁、臧庸、顧千里等也曾受邀前來精舍講學。「這些大師的執掌和講學書院，不僅使詁經精舍能保持鮮明的漢學傳統，而且有利於精舍的教學和漢學研究相結合。」〔註 70〕

學海堂是阮元模仿詁經精舍建立起來的另一所專攻漢學的書院。「學海堂在粵秀山林巒幽勝處。道光四年八月總督阮元所建，爲端溪、粵秀、越華、羊城四書院諸生經學、史筆、辭賦季課公所。設學長八人。擬題閱卷，粵人知博雅皆自此。」〔註 71〕學海堂的宗旨，沿襲詁經精舍的傳統，專課經史詩文，不課舉業。創設初期，阮元親自主持講席，與諸生講課析疑，「凡經義子史前賢諸集，下及選賦詩歌古文辭，莫不思與諸生求其程，歸於是，而示以從違取捨之途」〔註 72〕。道光六年（1826），阮元出任雲貴總督，爲了避免學

〔註 67〕張鋆《詁經精舍志初稿》，《文瀾學報》第二卷第一期，轉自陳谷嘉、鄧洪波主編《中國書院史資料》中冊，1387 頁，浙江教育出版社，1998 年版。

〔註 68〕孫星衍：《詁經精舍題名碑記》，《孫淵如詩文集》，《平津館文稿》卷下，《四庫叢刊》本。轉引自陳谷嘉、鄧洪波主編《中國書院史資料》中冊，1704 頁，浙江教育出版社，1998 年版。

〔註 69〕錢泳：《履園叢話》卷二十三，雜記上，中華書局，1979 年版。

〔註 70〕鄧洪波：《中國書院史》，第 486 頁。

〔註 71〕《廣州府志》卷六十六，清光緒五年刊本。

〔註 72〕吳岳：《新建粵秀山學海堂記》，阮元編《學海堂集》卷十六，清道光五年啓秀山房刻本。

海堂因其離任而中止辦學，臨行之前特意制訂學海堂章程八條，並對經費事項進行了安排，從而在制度上和經費上保障了學海堂教學的延續和發展。學海堂在教學組織形式上採取了專經學習和專課肄業生制度，即肄業生徒在學習過程中，於規定的教學內容中，各因性之所近，自擇一書肄業。〔註 73〕阮元規定學海堂設學長八人，永不設山長，也不允許推薦山長，他解釋說：「學長責任與山長無異。惟此課既勸通經，兼該眾體，非可獨理。而山長不能多設，且課舉業者各書院已大備，士子皆知講習。此堂專勉實學，必須八學長各用所長，與各書院事體不同也。」〔註 74〕這既是學海堂專經學習和專課肄業生制度的需要，也再次表明了學海堂不課舉業的學術取向。首屆學長由吳蘭修、趙鈞、林伯桐、曾釗、徐榮、熊景星、馬福安、吳應逵等八人出任。專課生根據自身情況，分別於《十三經注疏》、《史記》、《漢書》、《後漢書》、《三國志》、《文選》、《杜詩》、《昌黎先生集》、《朱子大全集》諸書中自選一書，逐日研讀，在八位學長中擇師而從。各專課生在學長的指導下，通過句讀、評校、鈔錄、著述等程序，研讀所選經書。正是通過專業化的教育模式，不斷培養高層次的漢學人才。〔註 75〕據統計，學海堂共招收專科肄業生 16 屆，共 260 人。〔註 76〕

詁經精舍和學海堂培養了大批的漢學人才。孫星衍說：詁經精舍「不十年間，上舍之士，多致位通顯，入玉堂，進樞密，出則建節而試士，其餘登甲科，舉成均，牧民有善政，及撰述成一家言者不可勝數，東南人材之盛，莫與爲比」〔註 77〕。據楊念群先生估計，詁經精舍的生徒人數有 1500 人左右。〔註 78〕比較著名的肄業諸生有洪頤煊、洪震煊、徐養源、徐養浩、陳鴻壽、陳文傑、胡敬、徐雄飛、吳東發、汪嘉禧、孫同元、趙春沂、趙坦、范景福、何蘭汀、徐鯤、丁子復、李遇孫、金廷楝、陶定山、張鑒、沈濤、周聯奎、顧廷綸、邵葆初、蔣綗、李方湛、吳文健、陸堯春、朱壬、湯錫蕃、王仁、

〔註 73〕鄧洪波：《中國書院史》，第 486 頁。

〔註 74〕林伯桐編、陳澧續補：《學海堂志》「建置」，清光緒九年續刊本。

〔註 75〕民國・古公愚《學海堂述略》，載《新民月刊》第 1 卷第 7、8 期。

〔註 76〕民國・容肇祖《學海堂考》，載《嶺南學報》第三卷第三期。

〔註 77〕清・孫星衍《平津館文稿》卷下，《孫淵如詩文集》，《詁經精舍題名碑記》，《四部叢刊》本）。

〔註 78〕楊念群《儒家地域化的近代形態——三大知識群體互動的比較研究》第 441 頁，三聯書店，1997 年版。

朱爲弼、何起瀛、錢林、張立本等三十餘人。〔註 79〕

詁經精舍和學海堂提倡經史考據之學，在清代中後期具有非常鮮明的學術示範意義。一方面，詁經精舍和學海堂的掌教與肄業生徒紛紛到其他書院講學，如詁經精舍主講譚獻主講湖北經心書院，黃體芳仿照詁經精舍體制創辦了南菁書院，學海堂學長陳澧掌教菊坡書院，詁經精舍肄業生錢儀吉主講開封大梁書院等。據王建梁先生統計，學海堂的學長和生徒共有 40 人次執教過 23 所書院，地域涉及廣東、廣西、湖北、河南等省，〔註 80〕進一步擴大了乾嘉漢學的地域影響。另一方面，一些地方大員也傚仿詁經精舍和學海堂的教學模式創建了專門研習經史考據之學的書院。如兩江總督兼江蘇巡撫在南京創辦了惜陰書院，蘇松巡道丁日昌創設了龍門書院，廣西布政使鄭祖琛在桂林創建了榕湖經舍，晚清重臣張之洞先後創建了湖北經心書院、成都尊經書院、太原令德書院、廣州廣雅書院等，〔註 81〕都是受詁經精舍和學海堂的影響而建立起來的。

在乾嘉學派的形成和發展過程中，經過漢學大師和著名學者的積極提倡和學術示範，書院致力於研經治史，博習辭章，成爲了漢學交流傳播的基地，影響和帶動了當地學術風氣的變化，進一步擴大了經史考據學風的幅度和範圍，爲推動漢學在全國的發展發揮著極其重要的作用。

## 第三節　書院與程朱理學及桐城文派的發展

清初，朝廷爲了加強思想控制，維護和鞏固自己的統治地位，積極提倡程朱理學，視程朱「道統」爲維護「治統」的有力武器，故程朱理學在有清一代一直處於官方主流學術的地位，程朱義理也是維護清代社會的道德規範與社會秩序的重要理論基礎。顧炎武、黃宗羲、孫奇逢、李二曲諸儒也開始深刻反思王學末流之空疏，將王陽明心學視作國家滅亡的罪魁禍首，而重新將程朱理學推上了正學之位。理學名臣熊賜履、陸稼書、李光地等人仰承帝王意志，尊朱貶王，不遺餘力，最終確立了程朱理學在思想文化領域的核心地位。桐城派的創始人方苞標榜「學行繼程、朱之後，文章在韓、歐之間」

〔註 79〕錢泳《履園叢話》叢話二十三，雜記上，轉引自陳谷嘉、鄧洪波主編《中國書院史資料》中冊，1391 頁，浙江教育出版社，1998 年版。

〔註 80〕王建梁《清代與漢學的互動研究》，北京師範大學 2002 年博士論文，第 84 頁。

〔註 81〕參見鄧洪波：《中國書院史》，第 491 頁。

的行身祈向，不僅表明了自己文章家的身份，也表明了自己的學術選擇。作爲古文家的方苞對宋學的選擇不僅將古文與宋學緊密地聯繫起來，也使桐城派具有了維護社會道德、秩序的強烈色彩，這就使桐城派自開派之初就在文壇上奠定起正統的地位。作爲桐城派立派的關鍵人物姚鼐提出「義理、考據、詞章」三事說，順應了當時學術兼採的趨勢，故劉聲木說：「桐城文家雖喜言宋儒之學，然義理詞章考據三者並立，不偏重義理，所以能獨立千古。」〔註 82〕正是在這樣的政治和文化背景下，一大批崇尚程朱理學的書院得到了恢復和創建，許多理學大師紛紛投身於書院的建設和講學，直接推動了程朱理學的發展和繁榮。

## 一、書院與理學教化之推行

在程朱理學的官方地位得到確立以後，相當一批闡揚正學的書院開始在理學大師的支持和主持下蓬勃發展起來，包括江西白鹿洞書院、湖南嶽麓書院、河南嵩陽書院、大梁書院、江蘇紫陽書院、鍾山書院、浙江敷文書院、福建鼇峰書院、河北蓮池書院、北京金臺書院、山東濼源書院、廣東端溪書院、粵秀書院、廣西秀峰書院、宣城書院等。在書院中，理學大師將學術研究和科舉教學結合起來，積極開展學術研究和學術創新活動。書院不僅成爲科舉人才的搖籃，而且培養了大批的學術精英，逐步成爲了學術研究和傳播的重要基地。以下，僅選取張伯行創建的蘇州紫陽書院、沈起元主講的太倉婁東書院爲研究對象，通過考察書院教育實踐活動來探討書院對程朱理學發展與傳播的影響。

### （一）蘇州紫陽書院與張伯行的理學教化

張伯行是清代前期著名的官員和理學家，其爲學宗尚朱子，力主程朱理學，以躬行實踐爲己任，與陸隴其、李光地等理學大師齊名。張伯行注重理學的宣揚和傳播，其治民堅持「以養爲先，以教爲本」〔註 83〕。爲官期間，以興學育才爲己任，重視文教，並努力實踐，在許多州縣修建學校、義塾，培養人才，且以理學化導士子，大倡儒學，成就矚目。〔註 84〕尤其熱衷於書

〔註 82〕劉聲木：《萇楚齋隨筆》卷十，直介齋叢刊本。

〔註 83〕李元度：《國朝先正事略》卷 10，《名臣・張清恪公事略》，沈雲龍主編《近代中國史料叢刊》第 12 輯，臺北文海出版社，1967 年。

〔註 84〕李春光：《一代廉吏張伯行述評》，《遼寧大學學報：哲學社會科學版》，2004 年第 2 期。

院教育，「所至輒建書院，招來士子之有學行者，相與講明聖賢之道」〔註85〕，終其一生，張伯行先後在河南、山東、福建、江蘇等地創建、修復了眾多書院，並且相繼創建了兩所著名的省級書院——福建鼇峰書院和蘇州紫陽書院，在全國產生重要的影響。他不僅親自爲書院挑選學術醇正、操守清廉的著名學者、名儒擔任書院山長，還爲書院制定學規，使書院形成完備的教育教學制度；並拿出自己家藏書籍，搜求前賢遺書，在書院開展大規模藏書、校書、刻書活動，以振興教化。張伯行的書院教育實踐活動，取得了重要成績，爲清代書院的發展做出了貢獻。作爲一名著名的書院教育家，張伯行不僅積極創建、修復書院，更以「朱子之學」教育士子。張伯行將其理學思想充分應用在書院教育實踐中，不僅廣泛傳播其理學思想，更培養大批理學人材，從而產生了深遠的影響。

康熙四十六年（1707）春，張伯行被擢爲福建巡撫。「三月升福建巡撫，六月抵福建巡撫任，冬十月建鼇峰書院」〔註86〕。書院「前建正誼堂，中祀周（敦頤）、程（程頤、程顥）、張（載）、朱（熹）五夫子；後爲藏書樓，置經史子集若干櫥」，「士之來學者日給廩餼，歲供衣服，無耳口紛營之累，而有朋友講習之樂」〔註87〕。「一時有志之士，慕道偕來幾數百人」〔註88〕，傑出者如蔡世遠、藍鼎元、黎致遠、余祖訓等。張伯行聘羅源縣蔡璧（蔡世遠之父）主書院事，講授先儒爲學之旨及修己治人等有用的知識。張伯行更是直接參與了書院的教學和管理，「公餘之暇，輒爲學者指道統之源流，示人聖之門路」。同時，爲了開展書院的教學和學術研究，鼇峰書院還進行了大規模的校書、刻書活動。張伯行「出所藏書，搜先儒文集，刊布爲《正誼堂叢書》，以教諸生」〔註89〕。從上可以看出，張伯行建鼇峰書院是出於傳播理學、振興理學的目的，而且在張伯行撰寫的《鼇峰書院記》中，更爲具體地表明自己建立書院的目的是「講明濂洛閩關之學，以羽翼經傳，既表章其遺書，使行於世」〔註90〕。在張伯行的努力下，鼇峰書院形成了完備的教

〔註85〕賁元衡《誥授光祿大夫禮部尚書加二級贈太子太保諡清恪敬庵張先生行狀》，（清）錢儀吉《碑傳集》卷17，中華書局，1993年。

〔註86〕張師栻、張師載編：《張清恪公年譜》，康熙46年丁亥，57歲條。

〔註87〕張伯行：《鼇峰書院記》，福建《福州府志》卷十一，清乾隆十九年刊本。

〔註88〕張師栻、張師載編《張清恪公年譜》，康熙46年丁亥，57歲條。

〔註89〕趙爾巽等纂：《清史稿・列傳52》，卷265，中華書局，1977年。

〔註90〕張伯行：《鼇峰書院記》。

育教學制度，取得了良好的成績，在許多方面都取得了輝煌的成績。鼇峰書院成就人才甚眾，潘思榘在所撰《鼇峰書院序》中說：「嶺海知名者，類出其中焉」〔註 91〕。

康熙四十九年（1710）二月，張伯行調任江蘇巡撫。康熙五十二年（1713）十一月，張伯行於蘇州府學東尊經閣後仿鼇峰書院體制建紫陽書院，「其規模製度及講貫課試之法，大略與閩同」〔註 92〕。張伯行親筆撰寫了《紫陽書院碑記》、《紫陽書院落告朱夫子文》、《紫陽書院示諸生》、《紫陽書院讀書日程》四篇重要的文章，以程朱理學教導士子，將其理學思想充分運用到書院教育的實踐活動中，對紫陽書院產生了重要的影響。張伯行規定以「正學」，即程朱理學，作爲紫陽書院的教學內容，「朱子之道迭明迭晦於五百年間，迄未有定論。惟我皇上學術淵源躬行心得，默契虞廷十六字眞傳，獨深信朱子所云居敬以立其本，窮理以致其知，反躬以踐其實，其道大中至正而無所於偏，純粹以精而無所於雜。欽定《紫陽全書》以教天下萬世，其論遂歸於一。始知學者之所以爲學，與教者之所以爲教，當以紫陽爲宗，而俗學異學不得而參焉者矣。不佞樂與多士恪遵聖教，講明朱子之道而身體之。」〔註 93〕張伯行在書院大力提倡程朱理學，注重講學，講求心性，並不以科舉考試爲主要內容，他告誡士子：「夫所爲道者在人倫日用之間，體之以心，踐之以身，蘊之爲德行，發之爲事業，非徒以爲工文辭取科第之資已也。」〔註 94〕紫陽書院以理學爲主要內容、以傳統講學爲主要形式的教學體制，在當時大多數書院以科舉考試爲主要內容的背景下，應是別樹一幟的。

書院建成後，張伯行「擇所屬高材諸生肄業其中」〔註 95〕，聘「崇明縣教諭郭正宗、吳江縣教諭夏生董其事」，「三吳文學之士皆傾心誠服於先生；而四方之聞風來學者亦日眾」〔註 96〕。「風氣既張，不獨江南士子，即浙江、福建、江西、山東等地學人，亦多有負笈而來者」〔註 97〕。張伯行對書院培

〔註 91〕張伯行：《正誼堂全書・福建通志》，中華書局，1985 年。

〔註 92〕錢儀吉：《碑傳集・張伯行行狀》第 504 頁，中華書局，1993 年。

〔註 93〕張伯行：《正誼堂全集》卷 9，《紫陽書院碑記》，中華書局，1985 年。

〔註 94〕張伯行：《正誼堂全集》卷 9。

〔註 95〕同治《蘇州府志・書院》卷 25，清光緒九年刊本。

〔註 96〕費元衡：《誥授光祿大夫禮部尚書加二級贈太子太保諡清恪敬庵張先生行狀》，（清）錢儀吉《碑傳集》卷 17，中華書局，1993 年。

〔註 97〕張師栻、張師載編：《張清恪公年譜》，康熙 53 年甲午，64 歲條。

養預定目標的定位是「濬經史之精英，爲太平之黼黻，發程朱之金鑰，成一代之碩儒」〔註98〕。

另外，他還提出道、德、仁、義等書院教育內涵：

> 三吳士子來肄業者，皆恂恂執玉之容；四海儒生願追隨者，凜抑抑循牆之誠。庶乎道明德立，操修罔見晨昏，致知力行，踐履無虛歲月。自是居仁由義，於以見斯道之大行，從茲希聖希賢，方不失吾儒之正脈〔註99〕。

紫陽書院因張伯行首創，並貫徹其理學教化理念，最終發展成爲清代蘇州乃至全國範圍內影響最大書院之一，足以引起我們的重視！

### （二）婁東書院與沈起元的理學教育實踐

沈起元（1685～1763），字子大，號敬亭，江蘇太倉人，康熙六十年（1795）進士，是清代前期著名的理學家。沈起元自少即深入鑽研理學，謂「自少覃心理學，學問須知行合一，躬行實踐爲驗」〔註100〕。任官期間，留意文教，尤其重視書院教育，身體力行，不僅積極參與書院的創建和管理，而且還先後擔任鍾山、灤源、安定、婁東四所著名書院山長，〔註101〕直接參與書院的教學活動，爲書院教育做出了積極的貢獻。

乾隆二十一年（1756）9月，沈起元從揚州安定書院辭歸故里，恰逢婁東書院首任山長許廷鎔以年老辭，州牧王公「聞予既辭揚州，遂來致聘，余諾之」〔註102〕。於是，乾隆二十二年（1757）五月，沈起元正式擔任婁東書院山長，直到乾隆二十四年（1759）辭去山長之席，沈起元在婁東書院共三年，對婁東書院的發展做出了重要貢獻。

婁東書院在太倉文廟西，乾隆十七年（1752）由太倉知州宋楚望、鎭洋知縣冷時松倡建，〔註103〕是清代太倉地區規模最大、級別最高的學府。沈起

〔註98〕張伯行：《正誼堂全集》卷12，《紫陽書院讀書日程》，中華書局，1985年。

〔註99〕張伯行：《正誼堂全集》卷8，《紫陽書院落成告朱夫子文》，中華書局，1985年。

〔註100〕（清）王昶：《春融堂集》卷六十五《沈起元傳》，嘉慶十二年王氏塾南書舍刻本。

〔註101〕（清）王昶：《沈起元傳》，《春融堂集》卷65，嘉慶十二年王氏塾南書舍刻本。

〔註102〕《敬亭公年譜》卷下，「丙子72歲」條。

〔註103〕《嘉慶大清一統志》卷103，《江蘇太倉直隸州・學校》，臺北商務印書館，1966年。

元正式掌教婁東書院。當時書院有生徒 40 餘人，第二年又入學 12 人。〔註 104〕開館之初，沈起元即爲書院生徒制定規條，「宜以所得於庭訓，所聞於先達者，爲諸生相勸勉，望諸生其敬聽之。」〔註 105〕沈起元在昔年《鍾山書院規條》的基礎上，爲書院生徒制定規條六則：一曰士子以立品爲先，二曰爲學以窮經爲本，三曰人不讀史，識見必隘而陋，四曰古文作手近日頗罕，大都爲制義所誤，五曰詩學以吾婁東爲最正，六曰爲舉業者，先戒揣摩時墨。〔註 106〕此即著名的《婁東書院規條》（亦名「沈起元課士條言」），內容包括道德、經學、史學、古文、詩學、應舉等各個方面。

沈起元爲書院生徒制定的第一條規條就是「士子以立品爲先」，即士子應該首先培養高尚的品德。「聖賢千言萬語，無非教人做人，功令四書五經取士，誠以能讀是書，必能以經書所言爲科律，身體力行，進可宣力朝廷，退亦可表率里黨也」。爲此，他要求在院諸生，每日讀書，「將平日自己居心一一與之印證，必有通身汗下之處，及快然心得之時，於是見善即遷，有過即改……如此方爲不負讀書」〔註 107〕。

沈起元認爲「爲學以窮經爲本」，「學問須知行合一，躬行實踐爲驗」，而四書五經是「千聖之心源盡在」，如果人們能夠專注於此，仿如古聖先賢耳提面命，「自能養其心、淑其身，以歸於道」，「是以聖主右文，最重經學」〔註 108〕。但是士子習經卻只知擬題剽竊，「成文於擬題之外，概之不觀」。沈起元深感「經學之荒，莫此爲甚」，因此要求諸生「先將所習本經，窮起熟讀，本文考漢儒之訓詁，探宋儒之義理，更薈萃諸家同異之說，以尋至當不易之解。庶幾融洽貫穿，經旨可以煥然矣」。等到本經既通之後，再治他經，量力所能，兼通五經，才不愧爲通儒。〔註 109〕

經學、史學缺一不可，「人不讀史，識見必隘而陋」。但是初學者不可能遍讀全史，沈起元爲生徒制定了切實可行的讀史方法：「先看通鑒綱目等書，考其治亂興亡之所由，辨其賢姦邪正之所趨，綜其典章制度之沿革，稽其形

〔註 104〕《敬亭公年譜》卷下，「丁丑 73 歲條」、「戊寅 74 歲條」。
〔註 105〕沈起元：《敬亭文稿》卷六《婁東書院規條》，乾隆十九年刻增修本。
〔註 106〕沈起元：《婁東書院規條》。
〔註 107〕沈起元：《婁東書院規條》。
〔註 108〕沈起元《續集・灤源書院課藝序》，《敬亭文稿》卷 8，乾隆十九年刻增修本。
〔註 109〕沈起元：《婁東書院規條》。

勢都邑之離合。再次第細看歷代全史，以極其勝，是在有志者要之。然人資稟不同，各就其性之所嗜、資之所近，或經或史，各專一家，亦可卓然明世。」〔註 110〕

古文方面，沈起元指出「古文作手近日頗罕」的原因是「爲制義所誤」，「然昔之工於制義者，未有不從古文中來者也」。而古文之法，「昌黎與李翊書，柳州與韋中立盡之」。凡有志學爲古文者，如能「第守韓柳之所學，精心專力以求之，何韓柳之不可再見？」對於初學入門者，應「先讀八家，由八家而上溯之。史、漢溯之左國，更溯之孟子、尙書，而古文之道盡矣」〔註 111〕。

沈起元反對士子爲能在科舉考試中勝出而「揣摩時墨」，他批評「昔人以書治舉業，今人治舉業而廢書」〔註 112〕。雖然「自有制科以來，士子之得失有數，有司之程序無憑，唐宋已然」，但行文都有「一定之法，淺深順逆、開合疏密，不可不講也」。行文要以氣運法，以法御氣；再加之以書卷，發一意議，皆有根柢，用一字句，皆有來歷；更用審題之法；再看題位。如此，「必於成宏正嘉取其格律」，故多讀前輩一篇，勝讀時稿百首。如果僅揣摩時墨，則「作者與取者，皆出偶然，有何準式？而弊精神糜，歲月以爲之，不已惑乎？」〔註 113〕

沈起元掌教婁東書院，不僅是其書院教育活動的重要組成部分，更是他的理學思想發展與傳播的一次充分實踐。掌院期間，他重視詩賦經史，培養了大批人才，尤其是他爲書院制定的規條，爲後任山長所繼承，更是對書院的學風產生了深遠的影響。

## 二、書院與桐城文派的發展

明清易代，遺民作家痛定思痛，務實之風非常強勁。清初古文三大家汪琬、魏禧、侯方域等，皆宗唐宋韓、歐古文傳統，已然爲桐城派的崛起埋下伏筆。

---

〔註 110〕沈起元：《婁東書院規條》。

〔註 111〕沈起元：《婁東書院規條》。

〔註 112〕李慈銘：《書沈光祿起元題水西書屋藏書目錄後》，《越縵堂文集》卷 6，臺北文海出版社，1975 年。

〔註 113〕沈起元《婁東書院規條》。

康雍年間，桐城方苞提倡文宗韓、歐，學宗程、朱，以「義法」爲特色的桐城派古文正式走上清代文壇。經劉大櫆、姚鼐而蔚然成派。

關於桐城文派的發展脈絡，王先謙云：

> 自桐城方望溪氏以古文專家之學，主張後進，海峰承之，遺風遂衍。姚惜抱稟其師傳，覃心冥追，益以所自得，推究閫奧，開設户牖，天下翕然號爲正宗。承學之士如蓬從風，如川赴壑，尋聲企景，項領相望，轉相傳述，遍於東南。由其道而名於文苑者，以數十計。嗚呼！何其盛也！〔註 114〕

王先謙概述了桐城文派發展的大致面貌，即始於方苞，盛於姚鼐。總之，桐城派的出現是明清兩代復古派力求漢唐傳統，修正機械摹古的結果。

關於桐城派得名的由來，就早期而言，地域因素影響很大。在康熙至嘉慶初年，以方苞、劉大櫆、姚鼐等爲代表的一批桐城籍古文家，以桐城爲關係紐帶，前後傳承，互相呼應，使桐城派古文的影響逐漸擴大。因桐城這一特定地域而產生的各種人際關係，如同鄉關係、親緣關係、師生關係、學友關係爲桐城派的萌芽、發展、擴大、成「派」提供了重要條件。《清史稿・姚鼐傳》在論及桐城派成派過程時說：「康熙間侍郎方苞，名重一時，同邑劉大櫆繼之。鼐世父范與大櫆善，鼐本所聞於家庭師友間者，益以自得。所爲文高潔深古，尤近歐陽修、曾鞏。其論文根極於道德，而探原於經訓，至其淺深之際，有古人所未嘗言，鼐獨訣其微，發其蘊。論者以爲辭邁於方，理深於劉。三人皆籍桐城，世傳以爲桐城派。」〔註 115〕從這段敘述可以看出：「桐城」確實爲清代古文一派的成派過程提供了地域紐帶的重要作用。劉大櫆是藉桐城同鄉關係才得以在京城拜識方苞，姚鼐受教於劉大櫆則是得益於伯父姚範與同邑劉大櫆之間的關係。也許是歷史的偶然，三個前後相繼的古文大家都是桐城藉，正是這種外在的偶然性聯繫引起了世人的注意，故「三人皆籍桐城，世傳以爲桐城派」。

桐城派至姚鼐時，影響日廣，人員日益駁雜，傳播地域日益廣泛，最終走向全國，成爲有清一代影響最大的文學團體。曾國藩在《歐陽生文集序》中說道：

---

〔註 114〕王先謙：《續古文辭類纂序》，光緒八年虛受堂刻本。
〔註 115〕《清史稿・文苑二》第 44 冊，第 13396 頁。

姚先生晚而主鍾山書院講席，門下著籍者，上元有管同異之、梅曾亮伯言，桐城有方東樹植之、姚瑩石甫。四人者，稱爲高第弟子，各以所得傳授徒友，往往不絕。在桐城者，有戴鈞衡存莊，事植之久，尤精力之過絕人，自以爲守其邑先正之法，禮之後進，義無所讓也。其不列弟子籍，同時服膺，有新城魯仕驥絜非，宜興吳德旋仲倫。絜非之甥爲陳用光碩士，碩士既師其舅，又親受業姚先生之門。鄉人化之，多好文章。碩士之群從，有陳學受藝叔、陳溥廣敷，而南豐又有吳嘉賓子序，皆承絜非之風，私淑於姚先生。由是江西建昌有桐城之學。

仲倫與永福呂璜月滄交友，月滄鄉人有臨桂朱琦伯韓、龍啓瑞翰臣、馬平王錫振定甫，皆步趨吳氏、呂氏，而益求廣其術於梅伯言。由是桐城宗派，流衍於廣西矣。〔註 116〕

曾序勾勒了桐城文派的後繼情況。其中，姚鼐於鍾山書院的四大弟子可稱是此派最重要的一脈；廣西則有「嶺西五家」之說，書院也成爲重要的傳播途徑。序中還提到桐城文派在湖南的興起，他本人起了關鍵作用，友梅曾亮私淑姚鼐，使桐城文派得以中興。但是，並未提及曾門四弟子中的張裕釗和吳汝綸引桐城文派入河北事情。

明清時期，倡經造士和學術交流最重要途徑首推書院。對於桐城文派而言，自劉大櫆、姚鼐始，書院講學成爲桐城文派發展壯大，影響清代文壇，並培養後備力量的關鍵因素。

桐城派的發展突破了地域的限制，在南方的江蘇、湖南、江西、廣西等地形成了新的古文創作中心；在廣西一地，形成了呂璜、朱琦、彭昱堯、龍啓瑞、王拯等爲代表古文創作團體；在河北，曾門四弟子中的張裕釗和吳汝綸主講蓮池書院，將桐城文派引入河北。有關桐城文派傳衍的具體情況，筆者將在後文中進行詳細闡述，這裡不再贅言。就桐城諸家主講書院的盛況，現根據劉聲木《桐城文學淵源考》所述羅列如下：

〔註 116〕曾國藩：《歐陽生文集序》，《曾國藩全集·詩文》，第 246 頁，嶽麓書社，1986 年版。

《桐城文學淵源考》所錄桐城諸家主講書院表〔註117〕

| 姓名 | 字號 | 籍貫 | 師從（私淑） | 主講書院 |
|---|---|---|---|---|
| 毛燧傳 | 字陽溟，一字陽明 | 陽湖 | 歸有光 | 芍庭書院 |
| 杜貴墀 | 字吉階號仲丹 | 巴陵 | 吳敏樹 | 歷主芍庭書院、經心書院、岳陽書院、校經書院等書院講席 |
| 王元啓 | 字宋賢號惺齋 | 嘉興 | 歸有光 | 歷主道南、金石、樵川、華陽、崇本、灤源、嵩庵、重華、鯤池等書院講席三十年 |
| 孫原湘 | 字子瀟號心青 | 昭文 | 歸有光 | 歷主玉峰、毓文、紫琅、婁東、遊文、洋川等書院講席 |
| 吳嘉洤 | 字清如 | 吳縣 | 歸有光 | 平江書院 |
| 張昭潛 | 字次陶 | 濰縣 | 歸有光 | 尙志堂書院 |
| 歸立方 | □□ | 長洲 | 汪縉 | 建陽書院 |
| 陳祖望 | 字冀子一字拜香 | 山陰 | 歸有光 | 淇泉書院 |
| 虞景璜 | 字澹初號澹園 | 鎮海 | 歸有光方苞 | 主講靈山、蘆江等書院 |
| 趙國華 | 字菁衫 | 豐潤 | 歸有光方苞 | 尙志書院 |
| 葉酉 | 字書山號花南 | 桐城 | 方苞 | 主講鍾山書院十餘年 |
| 官獻瑤 | 字瑜卿一字石溪 | 安溪 | 方苞 | 鼇峰書院 |
| 沈廷芳 | 字畹叔號椒園 | 仁和 | 方苞 | 歷主鼇峰、粵秀、端溪、樂儀、敬敷等書院講席 |
| 陳浩 | 字紫瀾 | 昌平 | 方苞 | 大梁書院 |

〔註117〕徐雁平教授在其《清代東南書院與學術及文學》之「桐城文派諸家主講書院表」中共羅列桐城作家79人，本表共羅列桐城作家132人。徐雁平教授認爲劉聲木《桐城文學淵源考》所收錄的桐城文派諸家太過寬泛，故對其進行了取捨。筆者認爲，桐城文派之所以能夠縱貫有清，延續二百餘年，乃在其善於變革，與時俱進，故能成其大。而且由於桐城文派作爲清代文學的主流，影響十分深遠，身在別派而私淑桐城者不在少數，劉聲木將桐城文派之分支以及私淑桐城者均列入桐城一派亦非過於寬泛的。故筆者參照《桐城文學淵源考》，將其所錄桐城諸家主講書院者盡數羅列如下。

| 姓名 | 字號 | 籍貫 | 師從（私淑） | 主講書院 |
| --- | --- | --- | --- | --- |
| 成城 | 字成山<br>號衛宗 | 仁和 | 沈廷芳 | 松林書院 |
| 王昶 | 字述庵<br>號蘭泉 | 青浦 | 沈彤 | 主講婁東、敷文等書院 |
| 宋華國 | 字兩宜<br>號立崖居士 | 雩都 | 黃世成 | 雲陽書院 |
| 韓夢周 | 字公復<br>號理堂 | 濰縣 | 方苞 | 淮南書院 |
| 吳賢湘 | 字清夫 | 寧化 | 方苞<br>朱仕琇 | 主講樵川、泉上等書院 |
| 廖鴻章 | 字羽明<br>號南崖 | 永定 | 雷鋐 | 紫陽書院 |
| 單爲鏓 | 字伯平<br>號芙秋 | 高密 | 方苞 | 歷主濟南、長清書院講席 |
| 張甄陶 | 字希周 | 福清 | 方苞 | 主講五華、貴山、鼇峰等書院二十年 |
| 孫廷鎬 | 字庚炎<br>號蓮峰 | 無錫 | 方苞 | 蛟川書院 |
| 黃賢寶 | 字介卿<br>號心泉 | 長沙 | 周桐圃 | 主講環溪、仰高等書院 |
| 劉大櫆 | 字耕南<br>號海峰 | 桐城 | 方苞 | 主講敬敷、新安等書院 |
| 姚範 | 字南青<br>號姜塢 | 桐城 | 友劉大櫆 | 主講天津、揚州及黃岡問津書院 |
| 王灼 | 字明甫<br>號晴園 | 桐城 | 劉大櫆 | 主講東山、祁門、新安、衡山等書院 |
| 張敏求 | 字燮臣<br>號勖園 | 桐城 | 劉大櫆 | 歷主陝豫等地書院講席 |
| 方澤 | 字苧川<br>號待廬 |  | 友姚範 | 主講洪洞、王峰等書院 |
| 楊澄鑒 | 字伯衡 | 桐城 | 劉大櫆 | 歷主淝西、研經、三樂、培文等書院 |
| 姚鼐 | 字姬傳 | 桐城 | 姚範<br>劉大櫆 | 歷主梅花、敬敷、紫陽、鍾山書院講席四十年 |

| 姓名 | 字號 | 籍貫 | 師從(私淑) | 主講書院 |
| --- | --- | --- | --- | --- |
| 劉開 | 字明東<br>號孟塗 | 桐城 | 姚鼐 | 大雷書院 |
| 姚瑩 | 字石甫<br>號展如 | 桐城 | 姚鼐 | 欖山書院 |
| 宗稷辰 | 字迪甫<br>號滌樓 | 山陰 | 李宗傳 | 主講虎溪、濂溪書院，龍山苓社、香苓講社、群玉講社等 |
| 溫保琛 | 字明叔 | 上元 | 姚鼐<br>梅曾亮 | 安定書院 |
| 徐璈 | 字六襄<br>號樗尹 | 桐城 | 姚鼐 | 歷主亳州、徽州等書院講席 |
| 光聰諧 | 字律原 | 桐城 | 姚鼐 | 淮南書院 |
| 胡虔 | 字雒君<br>號楓園 | 桐城 | 姚鼐 | 主講紹興某書院，江西秀峰書院 |
| 蘇源生 | 字泉沂<br>號菊村 | 鄢陵 | 錢儀吉 | 主講河南文清書院十五年，後主鄢陵書院 |
| 徐熊飛 | 字渭陽<br>號雪廬 | 武康 | 秦瀛 | 浙江平湖書院、詁經精舍 |
| 徐子苓 | 字毅甫<br>號南陽 | 合肥 | 姚瑩 | 安徽夏邱書院 |
| 孔憲彝 | 字敘仲<br>號繡山 | 曲阜 | 李宗傳 | 山東聊城啓文書院 |
| 錢儀吉 | 字藹人<br>號定廬 | 嘉興 | 姚鼐 | 廣東學海堂、開封大梁書院 |
| 錢泰吉 | 字輔宜<br>號警右 | 嘉興 | 錢儀吉 | 主講海寧安瀾書院七年 |
| 劉庠 | 字慈民<br>號鈍叟 | 南豐 | 曾國藩 | 主講雲龍、敦善、崇實書院二十餘年 |
| 秦賡彤 | 字臨士 | 無錫 | 秦瀛 | 主講東林書院十餘年 |
| 趙紹祖 | 字繩伯<br>號琴士 | 涇縣 | 姚鼐 | 主講秀山、翠螺等書院 |
| 李炳奎 | 字石筠 | 夾江 | 姚鼐 | 主講刊水、文明等書院 |
| 秦濂 | 字士蓮<br>號最齋 | 無錫 | 秦瀛 | 河北永平敬勝書院 |

| 姓名 | 字號 | 籍貫 | 師從（私淑） | 主講書院 |
| --- | --- | --- | --- | --- |
| 蔣湘南 | 字子瀟 | 固始 | 錢儀吉 | 主講貴州鳳翔書院、陝西豐登、宏道、馮翊等書院 |
| 曹肅孫 | 字伯繩<br>號小亭 | 洛陽 | 錢儀吉 | 澗西書院 |
| 方昌翰 | 字宗屏<br>號滌儕 | 桐城 | 姚瑩 | 漢南荊山書院 |
| 潘眉 | 字稚韓<br>號壽生 | 吳江 | 郭麐 | 主講湖北黃岡書院五、六年 |
| 何如璋 | 字子莪 | 大埔 | 姚鼐 | 潮州韓山書院 |
| 顧廣譽 | 字惟康 | 平湖 | 姚椿 | 上海龍門書院 |
| 江五民 | 字後村 | 奉化 | 薛福成 | 錦溪書院 |
| 柳以蕃 | 字價人<br>號韜廬 | 吳江 | 姚鼐 | 切問書院 |
| 凌泗 | 字斷仲<br>號磬生 | 吳江 | 陳壽熊 | 切問書院 |
| 管同 | 字異之 | 上元 | 姚鼐 | 安慶敬敷書院 |
| 董士錫 | 字晉卿 | 武進 | 張惠言 | 歷主紫琅、廣陵、泰州、真儒等書院講席 |
| 周凱 | 字營道<br>號芸皋 | 富陽 | 張惠言 | 剡山書院 |
| 陳善 | 字扶雅<br>號壽容 | 仁和 | 張惠言 | 主講太平□□書院 |
| 劉儀 | 字翰俶<br>號五山 | 武進 | 張惠言 | 主講琴岡等書院 |
| 陸耀遹 | 字劭人 | 陽湖 | 張惠言 | 歷主□□書院、□□書院 |
| 呂世宜 | 字西村<br>號不翁 | 同安 | 周凱 | 歷主釜山、浯江、紫陽書院講席 |
| 戴熙 | 字醇士 | 錢塘 | 周凱 | 崇文書院 |
| 馬瑞辰 | 字元伯 | 桐城 | 張惠言 | 主講廬陽、白鹿等書院 |
| 姚椿 | 字子壽<br>一字春木 | 婁縣 | 姚鼐 | 歷主夷山、荊南、景賢、龍山等書院講席 |
| 呂璜 | 字禮北<br>號月滄 | 永福 | 吳德旋 | 臨桂榕湖經舍、秀峰書院 |

| 姓名 | 字號 | 籍貫 | 師從（私淑） | 主講書院 |
| --- | --- | --- | --- | --- |
| 梅曾亮 | 字伯言 | 上元 | 姚鼐 | 揚州梅花書院 |
| 吳嘉賓 | 字子序 | 南豐 | 梅曾亮 | 琴臺書院 |
| 王拯 | 字定甫<br>號少鶴 | 馬平 | 梅曾亮<br>呂璜 | 孝廉書院 |
| 朱琦 | 字濂甫<br>號伯韓 | 臨桂 | 梅曾亮 | 秀峰書院 |
| 張瑛 | 字純卿<br>號退齋 | 常熟 | 曾國藩 | 亭林書院 |
| 孫鼎臣 | 字芝房<br>號子余 | 善化 | 梅曾亮 | □□書院 |
| 陳溥 | 字稻孫<br>號廣敷 | 新城 | 梅曾亮 | 九峰書院 |
| 陳學受 | 字永之<br>號懿叔 | 新城 | 梅曾亮<br>朱琦 | 弋陽書院 |
| 秦湘業 | 字應華<br>號澹如 | 無錫 | 梅曾亮 | □□書院 |
| 孫衣言 | 字劭聞<br>號琴西 | 里安 | 梅曾亮 | 紫陽書院 |
| 楊彝珍 | 字季涵 | 武進 | 梅曾亮 | 朗江仰高書院 |
| 閻正衡 | 字季蓉 | 石門 | 楊彝珍 | 漁浦書院 |
| 楊士達 | 字希臨<br>號耐軒 | 金溪 | 梅曾亮 | 饒州書院 |
| 王棻 | 字子莊 | 黃岩 | 孫衣言 | 歷主清獻、文達、正學、宗文、中山、東山、肄經、經訓、九峰精舍等講席 |
| 龍繼棟 | 字松岑 | 臨桂 | 龍啓瑞 | 主講萬全縣及江寧尊經書院 |
| 方東樹 | 字植之 | 桐城 | 姚鼐 | 歷主海門、韶陽、廬陽、泖湖、松滋、東山等書院講席 |
| 方宗誠 | 字存之<br>號柏堂 | 桐城 | 方東樹 | 主講商河、衡水、廬江書院，創辦敬義書院 |
| 戴鈞衡 | 字存莊<br>號蓉洲 | 桐城 | 方東樹 | 桐鄉書院 |
| 馬起升 | 字愼甫<br>號愼庵 | 桐城 | 戴鈞衡<br>方東樹 | 麗澤精舍 |

| 姓名 | 字號 | 籍貫 | 師從（私淑） | 主講書院 |
| --- | --- | --- | --- | --- |
| 吳廷香 | 字奉璋<br>號蘭軒 | 廬江 | 方東樹 | 灊川書院 |
| 文漢光 | 字鬥垣 | 桐城 | 方東樹 | 祁門書院 |
| 李兆洛 | 字申耆<br>號養一 | 陽湖 | 姚鼐 | 暨陽書院 |
| 湯成烈 | 字果卿<br>號確園 | 武進 | 李兆洛 | 延陵書院 |
| 李聯琇 | 字小湖 | 臨川 | 李兆洛 | 主講師山、惜陰、鍾山書院十四年 |
| 鄭經 | 字守庭 | 江陰 | 李兆洛 | 主講毓文、延陵等書院 |
| 馮桂芬 | 字林一<br>號景亭 | 吳縣 | 李兆洛 | 主講惜陰、敬業、正誼等書院 |
| 張裕釗 | 字廉卿<br>號濂亭 | 武昌 | 曾國藩 | 歷主鳳池、鹿門、三原、文正、江漢、經心、蓮池等書院講席 |
| 吳汝綸 | 字摯甫 | 桐城 | 曾國藩 | 主蓮池書院講席十餘年 |
| 賀濤 | 字松坡 | 武強 | 張裕釗<br>吳汝綸 | 主講信都、文瑞、蓮池等書院 |
| 孫葆田 | 字佩南 | 濰縣 | 張裕釗 | 歷主令德、宛南、尙志、河朔、濼源、大梁、尊經等書院講席 |
| 范當世 | 字無錯<br>號肯堂 | 通州 | 張裕釗<br>吳汝綸 | 河北觀津書院 |
| 趙衡 | 字湘帆 | 冀州 | 吳汝綸<br>賀濤<br>王樹枏 | 深州文瑞書院、冀州書院 |
| 馬其昶 | 字通伯 | 桐城 | 方宗誠<br>張裕釗<br>吳汝綸 | 主講灊川書院、桐城中學、師範學堂、安徽高等學校、京師法政專門學校 |
| 姚永樸 | 字仲實 | 桐城 | 張裕釗<br>吳汝綸 | 主講廣東起鳳書院、山東大學、安徽高等學堂、北京大學 |
| 王振堯 | 字古愚 | 定州 | 張裕釗<br>吳汝綸 | 唐縣書院 |
| 王樹枏 | 字晉卿<br>號陶廬 | 新城 | 張裕釗<br>吳汝綸 | 主講蓮池、信都、萃升書院 |

| 姓名 | 字號 | 籍貫 | 師從（私淑） | 主講書院 |
| --- | --- | --- | --- | --- |
| 汪宗沂 | 字仲尹 | 歙縣 | 張裕釗<br>吳汝綸 | 主講安慶敬敷書院、蕪湖中江書院、歙縣紫陽書院 |
| 姚永概 | 字叔節 | 桐城 | 方宗誠<br>張裕釗<br>吳汝綸 | 武夷書院 |
| 李諧韺 | 字備六 | 冀縣 | 吳汝綸<br>王樹枏<br>賀濤 | 主講翹材書院，保定優級師範 |
| 齊令臣 | 字禊庭 |  | 張裕釗 | 易州書院 |
| 顧曾 | 字駿文<br>號少卿 | 長洲 | 私淑桐城 | 主講博羅書院 |
| 鄧顯鶴 | 字子立<br>號湘皋 | 新化 | 私淑桐城 | 歷主朗江、濂溪等書院講席 |
| 孔繼鎔 | 字宥函<br>號廓甫 | 曲阜 | 魯一同 | 鍾吾書院 |
| 鄧瑤 | 字伯昭<br>號小耘 | 新化 | 私淑桐城 | 濂溪書院 |
| 鄧瑔 | 字仲源 | 新化 | 私淑桐城 | 濂溪書院、鰲山書院 |
| 王柏心 | 字筠亭<br>號子壽 | 監利 | 私淑桐城 | 主講荊南書院二十餘年 |
| 郭嵩燾 | 字伯琛<br>號筠仙 | 湘陰 | 私淑桐城 | 城南書院 |
| 王先謙 | 字益吾<br>號葵園 | 長沙 | 私淑桐城 | 歷主思賢、城南、嶽麓等書院 |
| 吳昆田 | 字雲圃<br>號稼軒 | 清河 | 魯一同<br>孔繼鎔 | 主講奎文、崇實等書院 |
| 蔡復午 | 字佇蘭<br>號中來 | 吳江 | 私淑桐城 | 主講宜山、平江、當湖、毓秀、西溪等書院 |
| 朱仕琇 | 字斐瞻<br>號梅崖 | 建寧 | 私淑桐城 | 主講濉川、鼇峰書院 |
| 朱仕玠 | 字璧豐<br>號筠園 | 建寧 | 朱仕琇 | 鳳山崇文書院 |

| 姓名 | 字號 | 籍貫 | 師從（私淑） | 主講書院 |
| --- | --- | --- | --- | --- |
| 金榮鎬 | 字帝京<br>號芑汀 | 建寧 | 朱仕琇 | 主講建寧地方書院 |
| 高澍然 | 字雨農 | 光澤 | 陳績<br>陳善 | 主講杭州、廈門等地書院 |
| 何則賢 | 字道甫 | 閩縣 | 高澍然 | 景陽書院 |
| 吳煊 | 字退庵 | 南城 | 魯鴻 | 石渚書院 |
| 吳照 | 字照南<br>號白庵 | 南城 | 魯鴻 | 紫陽書院 |
| 劉存仁 | 字炯甫 | 閩縣 | 張紳<br>高澍然 | 道南書院 |
| 曾蓮炬 | 字啓照<br>號鏡潭 | 同安 | 高澍然 | 船山書院 |
| 楊希閔 | 字臥雲<br>號鐵傭 | 新城 | 魯九皋 | 海東書院 |
| 魯蘭枝 | 字德馨<br>號南畹 | 新城 | 魯九皋 | 主講灤源、皖江、豫章等書院 |
| 黃長霖 | 字襄南<br>號曼庵 | 新城 | 魯九皋 | 崇正書院 |

## 第四節　書院與陽湖文派的發展

陽湖文派是清代乾隆、嘉慶時期活躍於常州地區的一個重要散文流派。它脫胎於桐城文派，但又別具一格，特點鮮明，故將其單列一節進行論述。

### 一、陽湖文派的文學定位

關於其立派淵源，朱光潛在談清中期文學流派時曾指出：「當姚鼐提倡桐城文之時，劉大櫆有弟子錢伯坰，陽湖人，轉播其師說於同邑惲敬、張惠言。惲、張初習駢文，轉習古文，有意突破駢散界限，恢復駢散不分的魏晉古文，號爲『陽湖文派』，是桐城之修正。」這段話是陽湖文派師承關係及後來開宗立派的準確描述。劉聲木《桐城文學淵源考》中說：「錢伯坰，字魯斯，陽湖人，監生，師事劉大櫆，受古文法，轉以授之張惠言、惲敬，遂以能文名天下。論者謂伯坰得人而授，使桐城文學大明於世，賢於自爲。」〔註 118〕也從師承關係上指出了陽湖文派的形成是受桐城文派影響的。

關於陽湖文派的得名，起自光緒初年張之洞《書目答問》。「陽湖文派」本是一個事先沒有組織與綱領、沒有公認的領袖人物的文學流派。陽湖文派的文學主張、領袖人物、主要成員，都是由後來的學人們來命名、歸納、提煉、總結的。清代名臣、大儒張之洞，在他的學術著作《書目答問》裏，列舉清代古文學家文集時，立了 3 個目錄：一是桐城派古文學家：以方苞、劉大櫆、姚鼐爲宗師。二是陽湖派古文學家：以惲敬、張惠言、李兆洛爲宗師。三是不立宗派古文學家：有章學誠、袁枚等。這是較早的關於「陽湖文派」的提法。此外，《清國史・文苑傳》中載：「論者謂國朝文氣之奇推魏禧，文體之正推方苞，而介乎奇正之間者推惲敬。苞之文，學者尊爲桐城派。至敬出，學者乃別稱爲陽湖派云。」《清國史・文苑傳・陸繼輅傳》中載：「是時常州一郡多志節卓犖之士，而古文巨手亦出其間。惲敬、張惠言，天下推爲陽湖派，與桐城相抗。」《清史稿列傳・文苑三・陸繼輅傳》中載：「常州自張惠言、惲敬以古文名，繼輅與董士錫同時並起，世遂推爲陽湖派，與桐城相抗。然繼輅選七家古文，以爲惠言、敬受文法於錢伯坰，伯坰親業劉大櫆之門；蓋其淵源同出唐、宋大家，以上窺史、漢，桐城、陽湖，皆未嘗自標異也。」錢鍾書在《談藝錄》中說：「陽湖文派：指清代陽湖（今江蘇武進）人錢伯坰、惲敬、張惠言等，他們研究駢文。李兆洛編《駢體文抄》三十卷，宣揚駢文，與桐城派古文相抗衡。」

劉聲木《桐城文學淵源考》卷五「師事及私淑張惠言、惲敬諸人」、卷九「師事及私淑李兆洛諸人」大致反映陽湖派基本陣容。惲敬、張惠言、李兆洛、張琦、陸繼輅、馮桂芬等爲該派代表性人物。惲敬本好先秦法家和宋代蘇洵的文章，又兼學諸子百家；李兆洛、張惠言本治漢賦和駢文，又兼取二者之長。這是他們都接受桐城派主張，致力於唐、宋古文的結果。惲敬說：「百家之敝當折之以六藝；文集之衰當起之以百家。其高下遠近華質，是又在乎人之所性焉，不可強也已。」〔註 119〕想以此補救桐城派行文單薄和思想上專主孔、孟、程、朱的弊病。他對桐城派的評價並非人云亦云，如評方苞文說：

〔註 118〕劉聲木：《桐城文學淵源考》卷五，《桐城文學淵源・撰述考》，第 203 頁，黃山書社，1989 年版。

〔註 119〕惲敬：《大雲山房文稿二集》自序，民國《四部叢刊縮》印本。

「然望溪之於古文，則又有未至者，是故旨近端而有時而歧，辭近醇而有時而窳」〔註 120〕，評劉大櫆「識卑且邊幅未化」，「論事論人未得其平，論理未得其正」，「字句極潔而意不免蕪近，非眞潔也」〔註 121〕等。總之，陽湖派的主張不像桐城派那樣拘謹狹隘，可補桐城之失。

## 二、暨陽書院與陽湖文派的發展

眞正推動陽湖文派不斷發展、壯大的，是陽湖人李兆洛。李兆洛（1769～1841），字申耆，晚號養一老人，常州府陽湖縣人，清文學家、地理學家。清嘉慶進士，享有「治爲循吏，教爲名師」〔註 122〕之譽。李兆洛於道光三年（1823）掌教暨陽書院，至道光二十年（1840）辭講席，講學長達十八年之久，培養了眾多人才，爲陽湖文派的發展打下了堅實基礎。蔣彤在《武進李先生年譜》中這樣記載：

> 江陰人士延先生主講暨陽書院，先是鄉前輩丁安之先生履泰踐斯席者十餘年，常家居，歲時一往巡者而已，至是春正歿於里第。江陰諸故人稟縣令山陰蕭公瑾，轉達江蘇學政湘潭周公系英，公曰：甚喜。當代人師，無過斯人。而事出猝遽，雖具聘儀，江陰人無親至者，先生卻不受。與子常書曰：行媒納吉，事有次第，無端委贄於人，而轉致之意，以此爲不足與爲禮也。子常答書謝焉。又與書曰：此萬萬不可勉強，與其悔之於繼，不若愼之於始。今年姑應若士之意，明年洛更接手何如。江陰又合辭敦請，先生曰：吾有鮑氏之約，不可不一至揚州。三人行，必有我師，何必株待。若不得辭，必二月末乃返棹耳。乃以是月二十日解維赴揚。周公系英渴欲一見，而後出棚，蕭公急手札追及之常，收盦先生方招飲也。先生感其意，爲回舟赴江陰。〔註 123〕

一個書院的盛衰，與山長密切相關。暨陽書院的興盛，李兆洛功不可沒。俗話說：「經師可遇，人師難求」。確實，單憑豐富的學識，還不足以使學生傾心，更重要的是要有高尚的人格。李兆洛就是這樣的「經師人師」。李兆洛

〔註 120〕惲敬：《上曹儷生侍郎書》。
〔註 121〕惲敬：《大雲山房言事》。
〔註 122〕語出黃體芳《養一齋詩集序》，見李兆洛《養一齋詩集》卷首，清光緒八年刊本。
〔註 123〕蔣彤編：《武進李先生年譜》，北京圖書館藏珍本年譜從刊本，第 87～88 頁。

在暨陽書院時，「雖嚴冬或丙夜寢，未嘗晏起」，〔註 124〕弟子們愛惜老師身體，勸他不必如此自苦，李卻說：「晨氣清明，正好幹事。」他還興趣盎然在窗前寫了四個字「今日何成？」警示自己不要虛擲光陰。不過，他所認爲的「成」，並不是像今人在官場、商場上所謂「事業有成」，而是「讀書有成」之「成」。李兆洛「一日之中，或校讎，或閱文卷，或繕劄，或作字，或對客，無須臾休。」友朋舊好都說他「用心」超過了限度，而李回答道：「吾不解所謂用心，吾爲其所欲爲者而已。」在李看來，讀書並不是手段，或用來獵取功名富貴，或用來自炫學問淵博。讀書就是讀書，讀書就是目的，如果眞能爲讀書而讀書，也許就眞是到達了讀書的最高境界了吧。

在學術觀念上，李兆洛「獨治《通鑒》、《通典》、《通考》之學……其論學無漢宋，惟以心得爲主，而惡夫以餖飣爲漢，空腐爲宋也」〔註 125〕。李的學術成就以地理學的研究最爲突出，所以暨陽書院弟子在其師的督促指導下，地理學研究成績斐然。李在當時就被稱爲通儒，學問淵博，他在書院「教讀《通鑒》、《通考》，以充其學；選定《史記》、《漢書》、《春秋繁露》、《管子》、《呂氏春秋》、《商子》、《韓非子》、《賈子新書》、《逸周書》、《淮南子》目錄，以博其義」〔註 126〕。可見弟子們在書院的讀書之廣。當然，那時暨陽書院的聲望大振，還是由於它的學術研究和取得的學術成就。李兆洛在書院連續主講十八年，這是一個非常重要的原因。可見，書院的長盛不衰，也與山長能否長時期的執教有著密切關係。

除學術研究外，李兆洛在書院也很重視對制藝的訓練，這是現實的需要，也是李本人對制藝從不排斥的一貫立場。只是李更講究技巧，要求學生將眞正的學問（經學、史學）融入八股文中。李兆洛掌教暨陽書院期間，江陰士子在科舉考試中也屢獲佳績：道光十二年，季芝昌，殿試第三名（探花）。十六年，夏子齡，會試第一名（會元）。十七年，鄭經，江南鄉試第一名（解元）；曹毓英，拔貢得七品小京官。後來，季芝昌、曹毓英先後官至軍機大臣。歷屆鄉試中舉，每一科總不少於四五人，而那些在歲、科試中，以經解詞賦出眾而得選拔爲貢、監的人數，更常是爲常州府八縣之首，這在江陰的科舉史

〔註 124〕蔣彤：《養一子述》，繆荃孫，《續碑傳集》。
〔註 125〕魏源：《武進李申耆先生傳》，繆荃孫，《續碑傳集》。
〔註 126〕蔣彤：《養一子述》，繆荃孫，《續碑傳集》。

上是從來沒有過的事〔註 127〕。難怪李兆洛弟子蔣彤要說：「科名盛衰，固風會適然，或亦有子（按：李兆洛）宣導作興之效與？」〔註 128〕李兆洛治院十分嚴格。當時很多書院師生偷惰，因循苟且，正如時任江蘇巡撫陶澍所說：「今直省州縣，莫不有書院，率多虛設，未能有實濟。」〔註 129〕針對這種情況，李規定「月課必鎖院面試，即刻繳卷。」〔註 130〕即在院課生進行的是嚴格的閉卷考試，限時繳卷，而不能再像以前拖延時日甚至找人代做。

李兆洛對教學工作極端負責，不管返鄉探親還是訪故，總跟書院學生約定歸院時間，從不拖誤。批閱試卷，也十分認眞細緻，所謂「愼於閱卷，必再三反覆，甲乙乃定。」反覆斟酌才會定出最終的名次，得出公正的結果。李兆洛還有一套行之有效的教學方法，即針對院中學子的不同情況，「各就性情所近，分途講授」，因材施教，發展學生的個性特長。此舉效果顯著，「故二三有才氣者，頗能領悟其旨，學於其性之近，卓然有成。」

李兆洛執教暨陽書院幾近廿年，培養學子數以千計，對陽湖文派的發展壯大功不可沒。其友包世臣稱「四方艤舟問學者無虛日」，〔註 131〕可以想見當日暨陽書院之興旺發達。在眾多的門弟子中，學有所成者屈不勝數。如承培元之《說文解字》研究，宋景昌之天文曆算之學，六承如、六嚴之地理學，皆得其眞傳。

李兆洛時期的暨陽書院形成了激勵和薰陶才俊的環境，其特色也許可以從以下的兩個細節生動看出：其一，通過闡揚「輩學」精神，明確薪火相傳的學脈。暨陽書院的學舍中原有「輩學齋」，是李兆洛之師盧文弨於乾隆二十一年（1756）主講此地時所命名書額。道光三年（1823）李兆洛來此，雖舊額已不可尋，但李兆洛重書其額，並撰楹聯曰：「薪木百年餘手澤，文章幾輩接心傳。」〔註 132〕可見有心拓深該院的學統。「輩學」之義，出自鄭玄對《周禮》「會其什伍，而教之道義」之注：「五人爲伍，二伍爲什，會之者，使之

〔註 127〕上述李氏江陰籍弟子和他們的學術成就，均見光緒《江陰縣志》和《江陰縣續志》。

〔註 128〕蔣彤：《養一子述》。

〔註 129〕陶澍：《重修暨陽書院增置沙田記》，《江陰縣志》。

〔註 130〕蔣彤：《養一子述》。

〔註 131〕包世臣：《李鳳臺傳》，繆荃孫，《續碑集傳》。

〔註 132〕蔣彤：《武進李先生年譜》，《北京圖書館藏珍本年譜叢刊》本，北京圖書館出版社，1999 年，第 91 頁。

輩作輩學相勸。」賈公彥疏云：「必會和之者，欲使之宿衛時，語言相體、服容相識，是其輩作也。及其學問，又相親及切磋琢磨，是其輩學。」〔註 133〕李兆洛的楹聯更突出了代代傳承、人才輩出之意。就以文章寫作上的取法而言，李兆洛也是善於體悟先師的佳處，融會貫通，教學相長。

其二，重視書院藏書及研究條件的改善。姚瑩評價李兆洛時說：「閣下不惟無升斗之望於書院，且出其所有以養士，教導諸生以古爲式，表章修述，矻矻窮年。」〔註 134〕他的弟子蔣彤《先師小德錄》也記載他「除自奉外，一切未嘗吝財，弟子輩能治一家之學，即其所學之載籍器具，無不備致。」〔註 135〕《江陰縣續志》載：「兆洛名滿天下，多藏書，縱諸弟子觀。」〔註 136〕總之，雖然書院的物質條件有限，但是李兆洛不吝私財，與弟子輩分享個人藏書，甚至爲弟子輩的學業而購求「載籍器具」，營造治學的良好環境。清代李祖陶在《讀李申耆先生養一齋文稿書後》中稱賞「其主暨陽書院講也，視門弟子如家人，所訓廸表章者皆有體有用之學」〔註 137〕。以上所述，表明李兆洛具有仁厚慈愛的無私奉獻精神，如此情景，門生敢不發憤圖強，爭取早日成才嗎？

李兆洛以暨陽書院爲基地，對陽湖派的發展以及一地學風的形成起到了十分積極的引領作用和推動作用。《清史稿》本傳記載李兆洛的教育成就：「主講江陰書院幾二十年，以實學課士，其治經學、音韻、訓詁，訂輿圖，考天官曆術及習古文辭者輩出。如江陰承培元、宋景昌、繆尚誥、六承如等，皆其選也。」這裡提到的承培元，亦深得乃師駢文之傳，晚清屠寄主持編選的《國朝常州駢體文錄》收入其《說文解字繫傳校勘記後跋》一篇，該文以散爲主，與李兆洛融通駢散的文風一致。總之，書院作爲地方教育的視窗，在某種程度上能夠提供弘道傳藝的機緣。常州陽湖派在其興盛過程中，書院起到的背景與舞臺的作用還是不容忽略的。

〔註 133〕鄭玄注、賈公彥疏：《周禮注疏》卷三，《十三經注疏》本，北京：中華書局，1980 年，第 657 頁。

〔註 134〕蔣彤：《武進李先生年譜》，第 171 頁。

〔註 135〕蔣彤：《武進李先生年譜》附錄，第 203 頁。

〔註 136〕陳思、繆荃孫等纂修：《江陰縣續志》卷十五人物・繆尚誥。

〔註 137〕李祖陶：《邁堂文略》卷三，清同治刻本。

## 附：李兆洛重要弟子表

本表製造參考徐雁平製「李兆洛重要弟子表」(《清代東南書院與學術及文學》，第 135～139 頁)。

| 姓名 | 字號 | 籍貫 | 科名 | 師承與擅長 |
| --- | --- | --- | --- | --- |
| 蔣彤 | 字丹棱 | 陽湖 | 諸生 | 師事李兆洛最久，推首選弟子，淹雅閎通，篤守家法，精於考《禮》。 |
| 薛子衡 | 字子選 | 陽湖 | | 師事李兆洛，以文學名於一時。 |
| 宋景昌 | 字冕之 | 江陰 | 諸生 | 師事李兆洛及沈欽裴，曾助李兆洛輯《歷代地理韻編今釋》、《皇朝輿地韻編》等。能古文，尤工天文、曆數之學。 |
| 夏煒如 | 字永曦 | 江陰 | 諸生 | 師事李兆洛，受古文法。李兆洛主暨陽書院講席，當時夏煒如與承培元、宋景昌、徐思鍇、六承如、六嚴等最稱高第弟子。工詩古文詞。 |
| 承培元 | 字守丹 | 江陰 | 諸生 | 師事李兆洛，學問淵博，能古文，兼精天文曆數之學，佐輯《歷代地理志韻編今釋》、《恒星圖》、《皇朝輿地韻編》三種。 |
| 六承如 | 字庚久 | 江陰 | 諸生 | 師事李兆洛，篤行能文，作文不競時趨，佐輯《歷代地理志韻編今釋》、《恒星圖》、《皇朝輿地韻編》、《皇朝輿地略》四種。 |
| 六嚴 | 字德只 | 江陰 | 諸生 | 師事李兆洛，佐輯《歷代地理志韻編今釋》、《恒星圖》、《皇朝輿地韻編》、《皇朝輿地略》四種。 |
| 徐思鍇 | 字康甫 | 江陰 | 諸生 | 師事李兆洛，佐輯《歷代地理志韻編今釋》、《恒星圖》、《皇朝輿地韻編》三種。 |
| 夏灝 | | 江陰 | | 師事李兆洛，稱高第弟子。 |
| 湯成烈 | 字果卿 | 武進 | 舉人 | 師事李兆洛，授以作文之法，謂必讀諸子百家以輔翼之。掌教延陵書院十餘年，潛心經世之學，嫻掌故。 |
| 曹宗瑋 | 字蔗畦 | 江陰 | 諸生 | 師事李兆洛，博覽群書，尤肆力於濂洛關閩之學。 |
| 李聯琇 | 字小湖 | 臨川 | 進士 | 師事李兆洛，受古文法，爲學務實博綜，不存漢宋門戶之見。 |
| 高承鈺 | 字式之 | 陽湖 | 諸生 | 師事李兆洛，能詩文。 |
| 陸初堂 | 字文泉 | 陽湖 | | 師事李兆洛，工詞賦詩文。 |

| 姓名 | 字號 | 籍貫 | 科名 | 師承與擅長 |
|---|---|---|---|---|
| 許丙椿 | 字農生 | 桐城 | | 師事李兆洛，性喜爲詩。 |
| 楊夢篆 | 字師韓 | 陽湖 | 諸生 | 師事李兆洛，受古文法。 |
| 徐其志 | 字伯宏 | 宜興 | 諸生 | 師事李兆洛，爲入室弟子，博覽群書，工古文詞，尤講求經世之學。 |
| 鄭經 | 字守庭 | 江陰 | 舉人 | 師事李兆洛，佐輯《地理韻編》，稱高第弟子。 |
| 鄧傳密 | 字守之 | 懷寧 | | 師事李兆洛甚久，李兆洛中年撰述遊覽皆親見之。工篆隸，尤得家傳。 |
| 黃志述 | 字仲孫 | 武進 | | 師事李兆洛，佐輯《地理韻編》。 |
| 錢維樾 | 字蔭湘 | 無錫 | | 師事李兆洛，佐輯《恒星圖》。 |
| 吳以辰 | 字雲甫 | 崑山 | | 師事李兆洛，受古文法。 |
| 繆尚誥 | 字芷卿 | 江陰 | 舉人 | 師事李兆洛，致力於三史、《文選》，精求六書、古韻，旁及天文地理。 |
| 繆仲誥 | 字若芳 | 江陰 | 諸生 | 師事李兆洛，嘗以李兆洛教人讀書之法告人。 |
| 王坤 | 字簡卿 | 江陰 | 舉人 | 師事李兆洛，受古文法。 |
| 顧瑞清 | 字河之 | 元和 | 舉人 | 師事李兆洛，受古文法。 |
| 馮桂芬 | 字林一 | 吳縣 | 進士 | 師事李兆洛，肆力於古文，宗漢儒，亦不廢宋。主講惜陰、敬業、正誼等書院。 |
| 余治 | 字翼廷 | 無錫 | 諸生 | 師事李兆洛。 |
| 沉鐘 | 字伯揆 | 江陰 | 諸生 | 師事李兆洛。 |
| 陸瓛恩 | 字亞章 | 陽湖 | 舉人 | 師事李兆洛。 |
| 吳汝庚 | | 吳江 | | 師事李兆洛，受古文法。 |

# 第二章　姚鼐與書院

姚鼐與創始人方苞、劉大櫆並稱爲「桐城三祖」。吳孟復先生認爲：「方苞是桐城派的開山祖，但桐城派之成爲派，還在姚鼐時。姚鼐是桐城派的奠基者，是僅次於方苞的人物。」〔註1〕如果說方苞、劉大櫆主要是從理論上爲桐城古文立派做好了鋪墊，那麼姚鼐在繼承了方苞的「義法」說，劉大櫆的「神氣、音節、字句」說的基礎上，提倡文章要「義理」、「考證」、「辭章」三者相互爲用，形成了更加完備的理論體系，爲桐城文派統治清代文壇打下了堅實的理論基礎。此外，桐城派所以能巍然成派，相當程度上依託於中國傳統的書院教育制度。通過書院講學培養人才，使得桐城派的人員構成迅速擴展，成爲一個超地域的文學派別，爲桐城派發揚光大做好了隊伍建設上的準備。姚鼐一生在書院講學達四十年之久，傳播自己的學術理念和古文義法。通過遍布大江南北的姚門弟子和再傳弟子的努力，桐城古文的影響遍及天下，在清代文壇佔據了絕對的統治地位。

姚鼐（1731～1815），清代安徽桐城人，字姬傳，一字夢谷，室名惜抱軒，世稱惜抱先生、姚惜抱，清代著名散文家。姚鼐「爲文高簡深古，尤近歐陽修、曾鞏，其論文根基於道德，而探源於經訓，至其淺深之際，有古人所未嘗言，鼐獨抉其微，發其蘊，論者以爲詞近於方，理深於劉」〔註2〕。其爲文「以神、韻爲宗」〔註3〕，形成一種迂徐深婉，一唱三歎，而又耐人尋味，意蘊無窮的風格。近代學者章太炎謂之「謹」，劉師培稱之「丰韻」，都是對其文風的富於韻味、言簡意豐的高度評價。乾隆二十八年（1763）中進士，任

〔註1〕吳孟復：《桐城文派述論》，98頁，安徽教育出版社，2001年。

〔註2〕《清史稿・文苑・姚鼐傳》。

〔註3〕方宗誠：《桐城文錄序》。

禮部主事、四庫全書纂修官等。年才四十，辭官南歸，先後主講於揚州梅花、江南紫陽、南京鍾山等地書院四十多年，「所至，士以受業先生爲幸，或越千里從學。四方賢儁，自達官以至學人，過先生所在必求見焉。」〔註4〕由此可見姚鼐當時講學影響之大。經過四十年的不懈耕耘，桐城文派自是開始高視闊步，蓬勃發展了。

## 第一節　姚鼐與桐城文派的確立

### 一、姚鼐立志經營桐城文派的心路歷程

嘉慶、道光時期，統治者逐漸調整其文化政策，「不得不開始思想鬆綁，容忍學者憑藉經義以譏評時政」，「這種策略變化引起的效應，是思想界漸有活氣。潛心考據的漢學家關注風俗人心了，誦法朱熹的理學家講起經濟事功，並出現了善於用危言聳動輿論的所謂經今文學派」〔註5〕。嘉道時期的思想鬆綁，爲桐城文派重新佔據文壇的統治地位提供了寬鬆的學術氛圍。而桐城文派在清代文學和學術地位的確立，姚鼐起到了決定性的作用。姚鼐爲延續桐城文派所做的不懈努力，姚瑩在《惜抱先生行狀》中進行了高度概括：

> 先是，館局之啓，由大興朱竹君學士見翰林院貯《永樂大典》中多古書，爲世所未見，告之于文襄，奏請開局重修，欲嘉惠學者。繼而奉旨搜求天下藏書，畢出於是。纂修者競尚新奇，厭薄宋元以來儒者，以爲空疏，掊擊訕笑之，不遺餘力。先生往復辯論，諸公雖無以難，而莫能助也。將歸，大興翁覃溪學士爲序送之，亦知先生不再出矣。臨行乞言，先生曰：「諸君皆欲讀人未見之書，某則願讀人所嘗見書耳。」……先生以爲國家方盛時，書籍之富，遠軼前代，而先儒洛閩以來義理之學，尤爲維持世道人心之大，不可誣也。顧學不博不可以述古，言無文不足以行遠。世之孤生，待抱俗儒講學，舉漢唐以來傳注屏棄不觀，斯固可厭陋。而矯之者乃專以考訂

〔註4〕姚瑩：《惜抱先生行狀》，《中復堂全集・東溟文集》卷六，同治六年刊本。
〔註5〕朱維錚《求索眞文明——晚清學術史論》，上海古籍出版社，1996 年版，第 10 頁。

訓詁制度爲實學，於身心性命之說則斥爲空疏無據，其文章之士又喜逞才氣，放蕩禮法，以講學爲迂拙，是皆不免於偏弊。思所以正之，必破門户，敦實踐，倡明道義，維持雅正，乃著《九經說》以通義理考訂之郵，選《古文辭類纂》以盡古今文體之變，選《五七言詩》以明振雅祛邪之旨。……既還江南，遼東朱子穎爲兩淮運使，延先生主講梅花書院。久之，書紱庭尚書總督兩江，延主鍾山書院。自是揚州則梅花，徽州則紫陽，安慶則敬敷，主講席者四十年。所至，士以受業先生爲幸，或越千里從學，四方賢雋，自達官以至學人，士過先生所在，必求見焉。〔註6〕

姚瑩概括介紹了姚鼐辭官歸野的主要原因，而這恰恰又是姚鼐立志精心經營桐城派的重要推動因素。雖然嘉慶、道光時期的文化、思想政策開始逐漸鬆綁，但是，乾嘉時期遺留下來的學術風氣仍然深刻地影響著人們的思想，乾嘉漢學仍然佔據學術主要地位。姚鼐曾對當時的現狀進行了客觀描述，「往與程魚門、周書昌嘗論古今才士，惟爲古文者最少；苟爲之，必傑士也」〔註7〕，「近日後輩才俊之士，講考據者猶有人，而學古文者最少」〔註8〕。戴名世對於文學在清代的地位有這樣形象的描繪：「當今文章之事賤如糞壤，……同縣方苞以爲：『文章者窮人之具，而文章之奇者其窮也奇，如戴子是也』。」〔註9〕「文章之事」在清代已經到了賤如糞土的地步，足見桐城文派處境之尷尬。清代的學術風氣影響著讀書人的價値取向，他們認爲研經窮理才是大學問，因而不屑於古文創作；特別是士大夫階層不斷「掊擊訕笑」，視詩文創作爲小技末道，所謂「文章一小技，於道未爲尊」〔註10〕，文學沒有自己獨立的地位，給桐城派的傳播造成了一定的阻力。洪亮吉論及乾隆中葉學術風氣的轉折時也說道：

自元明以來，儒者務爲空疏無益之學，六書訓詁屏斥不談，於是儒術日晦，而遊談坌興……迨我國家之興，而樸學輩始出，顧處士炎武、閻徵君若璩首爲之倡，然奧奧未盡闢也。乾隆之初，海宇

〔註6〕姚瑩：《中復堂全集·東溟文集六卷外集四卷》卷六《朝議大夫刑部郎中加四品銜從祖惜抱先生行狀》，同治丁卯安神縣署刻本。

〔註7〕姚鼐：《惜抱軒全集》卷六，《復魯絜非書》，同治丙寅春省心閣重刊本。

〔註8〕姚鼐：《惜抱軒尺牘》卷二，《與翁覃溪》，成都昌福公司排印本。

〔註9〕戴名世：《與劉大山書》，《戴名世集》，中華書局，1986年版，第11頁。

〔註10〕吳汝綸：《答陳靜潭》，《吳汝綸全集》（一），黃山書社，2002年版，第56頁。

> 乂平已百餘年，鴻偉瑰特之儒，接踵而見，惠徵君棟、戴編修震，其學識始足方駕古人。及四庫館之開，君（邵晉涵）與戴君又首膺其選，由徒步入翰林，於是海內之士知向學者，於惠君則讀其書，於君與戴君則親聞其緒論，向之空談性命及從事帖括者，始駸駸然趨實學矣。〔註 11〕

面對考據派的巨大壓力，姚鼐雖經「反覆辯論」，然而終究道不同不相爲謀，姚鼐還是選擇了迴避，並於乾隆三十九年（1774）秋「乞病解官」〔註 12〕，時年 44 歲。大學士于敏中、梁國治先後動以高官厚祿，均被辭卻。姚鼐自己解釋爲「古之君子，仕非苟焉而已，將度其志可行於時，其道可濟於眾」，否則，不如「從容進退，庶免恥辱之在咎已爾」〔註 13〕。雖然辭官之心很堅決，但姚鼐對古文藝術的追求從未鬆懈，他曾直接言明自己對文章之學的一往情深：「鼐性魯知暗，不識人情向背之變、時務進退之宜，與物乖忤，坐守窮約，獨仰慕古人之誼，而竊好其文辭。鼐之求此數十年矣。瞻於目，誦於口，而書於手。較其離合而量劑其輕重多寡，朝爲而夕復，捐嗜捨欲。雖蒙流俗訕笑而不恥者，以爲古人之志遠矣。苟吾得之，若坐階席而接其音貌，安得不樂而願日與爲徒也？」〔註 14〕正是由於姚鼐始終堅持在極端寂寞的環境中苦苦掙扎，不畏訕笑，不懼譏諷，以文士自居，以文學爲樂，號召和帶動一大批文士致力於提高文學地位而不斷努力，才使得桐城派逐漸發展成爲清代文壇的主流派別。姚鼐也認識到，如果想把桐城薪火傳承下去，必須要培養大量的有志於古文創作的群體，在數量上取得與考據派抗衡的地位。因此，姚鼐開始刻意營建桐城派。「鼐於文藝，天資學問，本皆不能逾人，所賴者，聞見親切，師法差真。然其較一心自得，不假門徑，邈然獨造者，淺深固相去遠矣。猶欲謹守家法，拒厥謬妄，冀世有英異之才，可因之承一線未絕之緒，倔然以興。而流俗多持異論，不可與辨。」〔註 15〕在這種思想指導下，姚鼐以書院爲基地，秉承有教無類傳統，多方羅致人才，培養了不少桐城派作家。

---

〔註 11〕洪亮吉：《卷施閣文甲集・邵學士家傳》。

〔註 12〕鄭福照編，《姚惜抱先生年譜一卷》，《北京圖書館藏珍本年譜叢刊》，107 冊，第 581 頁。

〔註 13〕姚鼐：《復張君書》。

〔註 14〕姚鼐：《復汪進士輝祖書》。

〔註 15〕姚鼐：《惜抱軒尺牘》卷一，《與劉海峰先生》，成都昌福公司排印本。

## 二、姚鼐古文理論的基本思想

針對考據風盛行的現實，姚鼐著手全面總結古代文學的創作經驗，開始有意識地修正桐城派的古文理論，從而有力地促進了桐城派的建立和古文之學的繁興。

### （一）姚鼐提出了「道與藝合，天與人一」的古文創作目標

「文貴自然，渾然天成」是中國古代文論一個重要的理論命題。《孟子・離婁下》用了形象比喻來說明：「禹之行水，行其所無事也。」陸機《文賦》「挫萬物於筆端」，「賦體物而瀏亮」，李白「清水出芙蓉，天然去雕飾」，明代屠隆在《觀燈百詠序》說：「抒心而妙者，十常八九；體物而工者，十不二三。」這些思想都是一脈相承的。然而到了明代，摹擬之風大盛，使古文創作「摹擬剽賊，日就窠臼」，「故作聱牙，以艱深文其淺易」〔註 16〕。爲此，顧炎武指出：「近代文章之病，全在模仿，即使逼肖古人，已非極詣，況遺其神理而得其皮毛者乎？」〔註 17〕清初古文家魏禧說：「今天下治古文者眾矣，好古者株守古人之法，而中一無所有，其弊爲優孟衣冠。」〔註 18〕桐城派的興起正是對這種「優孟衣冠」式的「摹仿」之風的反撥。鑒於此，桐城派先驅戴名世寫作《送蕭端木序》，用「自然」之矛攻擊時弊之盾：「蓋余平居爲文，不好雕飾，第以爲率其自然而行其所無事，文如是，止矣！」〔註 19〕他把「率其自然」作爲文章的至高無上的藝術境界。眾所周知，散文的精華在於「形散而神不散」，散文創作要表現作者眞情實感而不應矯揉造作，無病呻吟。散文作品本身應自然無成，不事雕琢，不應刻意模仿。在《與劉言潔書》一文，戴氏系統地闡釋了「率其自然」文學理論：「僕平居讀書，考文章之旨，稍稍識其大端。竊以爲文章之爲道，雖變化不同，而其旨非有他也，在率其自然而行其所無事，即至篇終語止而混茫相接，不得其端，此自左、莊、馬、班以來，諸家之旨，未之有異也。」〔註 20〕「率其自然」表現在文章的篇章結構上要「混茫相接」，不露痕跡，指出這是自左丘明、莊子、司馬遷、班固以來的古文寫作一條共同規律。

---

〔註 16〕《四庫全書總目提要》，北京：商務印書館，1933 年版，第 899 頁。
〔註 17〕顧炎武：《日知錄》，上海：上海古籍出版社，1985 年版，第 1246 頁。
〔註 18〕魏禧：《魏叔子文集》，北京：中華書局，2003 年版，第 411 頁。
〔註 19〕戴名世：《戴名世集》，北京：中華書局，1986 年版，第 135 頁。
〔註 20〕戴名世：《戴名世集》，第 5 頁。

姚鼐接過戴氏「率其自然」的文旗，提出了「道與藝合，天與人一，則爲文之至」的鮮明觀點，強調詩文創作是一種通乎神明、法乎自然、獨立自在的精神創造活動，並不依附於義理之學、考據之學而存在。〔註 21〕這種觀點既不是把「文」與「道」對立起來，也不是把「文」僅當做「載道」的工具，而是把「文」歸結爲可與「道」合的「藝」，這就指明了文學自身的特殊性質和獨立價值。〔註 22〕而事實上，無論是宋儒以語錄爲文，還是漢學家以注疏爲文，漢宋兩派都是重道輕文的，甚至把文與道完全對立起來，宣稱「作文害道」〔註 23〕，對文學發展帶來了有害的影響。因此，劉師培在《論近世文學之變遷》一文中說：「至宋儒立義理之名，然後以語錄爲文，而語多鄙倍。至近儒立考據之名，然後以注疏爲文，而文無性靈。夫以語錄爲文，可宣於口，而不可筆之於書，以其多方言俚語也。以注疏爲文，可筆之於書，而不可宣之於口，以其無抗墮抑揚也。綜此二派，咸不可目之文。」〔註 24〕姚鼐把「文」歸結爲「藝」，將「文」從「道」的陰影中解放出來。此外，姚鼐還詳細辨析了「道」與「藝」的關係，他指出：「夫文技耳，非道也，然古人藉以達道。」〔註 25〕他說：「詩文皆技也，技之精者，必近道，故詩文美者命意必善。」〔註 26〕可見，姚鼐既肯定了「道」對「藝」的主導作用，又突出了「藝」對「道」的相對獨立性和積極作用，從此「藝」與「道」可以平等相處了。

姚鼐所說的道，並不僅僅限於孔、孟、程、朱之道，而是自然之道，是世間萬物客觀規律的本原體現，因此，「道」的內涵明顯擴大了。正如姚鼐在《海虞詩鈔序》中所說的，「吾嘗以謂文章之原，本乎天地。天地之道，陰陽剛柔之精，皆可以爲文章之美。」〔註 27〕在這裡，姚鼐點明了「文章之原」本乎自然之道，自然之道在於陰陽剛柔的和諧共生，符合自然之道方可成就文章之美。在《〈敦拙堂詩集〉序》中，姚鼐詳細闡述了「文章之美」的基本

〔註 21〕關愛和：《姚鼐的古文藝術理論及其對桐城派形成的貢獻》，《文藝研究》，1999 年第 6 期。

〔註 22〕周中明：《姚鼐文選・前言》，蘇州大學出版社，2001 年版。

〔註 23〕程顥，程頤：《二程遺書》，上海：上海古籍出版社，2000 年版，第 290 頁。

〔註 24〕劉師培：《劉師培學術文化隨筆》，北京：中國青年出版社，1999 年版，第 87 頁。

〔註 25〕姚鼐：《惜抱軒全集》，北京：中國書店，1991 年版，第 224 頁。

〔註 26〕姚鼐：《惜抱軒全集》，第 63 頁。

〔註 27〕姚鼐：《惜抱軒全集》，第 35 頁。

標準：「夫文者，藝也。道與藝合，天與人一，則爲文之至。世之文士，固不敢與文王、周公比，然所求以幾乎文之至者，則有道矣。」〔註 28〕姚鼐認識到「文章之原」、「文章之美」取決於它對自然之道的眞實反映，這接近於現實主義文學理論的創作原則。姚鼐對「文章之美」的要求很高，他在《復魯絜非書》中說道：「抑人之學文，其功力所能至者，陳理義必明當，布置取捨，繁簡廉肉不失法、吐辭雅馴不蕪而已。古今至此者，蓋不數數得。然尚非文之至。文之至者通乎神明，人力不及施也。」〔註 29〕其實，姚鼐所說的爲文之最佳境界是古文創作者所追求的永遠接近而又難以企及的目標。

姚鼐既強調「文章之原」的客觀性，又十分重視作家的主體性，這是對文學創作的雙重關照。姚鼐認爲作家的「言貴」在「合乎天地自然之節」，而「其貴也，有全乎天者焉，有因人而造乎天者焉。」〔註 30〕這就是說，除了語言本身要反映「天地自然之節」外，作家在主觀上既要有先天的天賦，又要有後天的努力。所謂後天的努力，不只是限於對文法技巧的學習，更重要的在於對客觀事物和社會生活的深入體察與正確把握。他認爲，要使得「文與質備，道與藝合」，作家須「心手之運，貫徹萬物，而盡得乎人心之所欲出。〔註 31〕可見，他所說的「道與藝合，天與人一」，他要發揮的作家的主體性，都離不開以客觀的社會生活爲文學創作的源泉。這在一定程度上有利於擺脫理論的神秘性和創作的封建性，因此具有相當的現實性和進步性。

### （二）姚鼐提出了「義理、考據、文章」三者兼長相濟的古文創作原則

姚鼐對桐城文派最大的貢獻就是提出了「義理、考據、文章」兼長的爲文原則。他提出這一主張並不是偶然的，既是時代思潮發展的需要，也是文派自身發展的要求。清朝是我國古代文化發展到集其大成的巔峰時期，全面總結了歷史與現實的經驗教訓。對各個學派和文學上的各種流派兼長相濟，相容並包，集其大成，正是清朝時代思潮的基本特色。《四庫全書總目・經部總序》中說：「國初諸家，其學徵實不誣，及其弊也瑣，要其歸宿，則不過漢學、宋學兩家，互爲勝負。夫漢學俱有根柢，講學者以淺陋輕之，不足服漢

〔註 28〕姚鼐：《惜抱軒全集》，第 36 頁。
〔註 29〕姚鼐：《惜抱軒全集》，第 71 頁。
〔註 30〕姚鼐：《惜抱軒全集》，第 36 頁。
〔註 31〕姚鼐：《惜抱軒全集》，第 37 頁。

儒也；宋學俱有精微，講學者以空疏薄之，亦不足服宋儒也。消融門戶之見，而各取所長，則私心祛而公理出，公理出而經義明矣。蓋經者非他，即天下之公理而已。今參稽眾說，務取持平。」〔註 32〕四庫全書館是漢學家的大本營，《提要》出自四庫全書總纂修官、漢學家紀昀之手。這說明：「消融門戶之見，而各取所長」、「參稽眾說，務取持平」不僅已經爲漢學家所接受，而且也成爲各個學派的共識。

從桐城文派自身發展來看，「義理、考據、文章」兼長的原則也是與戴、方、劉的文學思想一脈相承的。戴名世《己卯行書小題序》中提出：「道也，法也，辭也，三者有一之不備焉，而不可謂之文也。」〔註 33〕在他看來，道、法、辭是文章缺一不可的必要條件。但他所言的「道」指宋儒之道，他所說的「法」包括八股時文要求的「御題之法」和「文成而法立」的「行文之法」兩種，〔註 34〕顯然作者受到明清科舉制度的影響。方苞高舉「義法」旗幟，爲桐城文論打下了堅實基礎。方苞說：「《春秋》之制義法，自太史公發之，而後之深於文者亦具焉。義，即《易》之謂『言有物』也；法，即《易》之謂『言有序』也。義以爲經而法緯之，然後爲成體之文。」〔註 35〕方苞認爲，只有「言有物」與「言有序」有機結合，才成文章。「言有物」即程朱理學，是維繫封建社會存在的根基，「言有序」即作文之法。無疑，這是對戴氏觀點的進一步發揮。「義法」說對古文的內容和形式及兩者之間的關係做了全面的闡述，是對古文創作經驗的全面總結，具有重要的指導意義。方苞「義法」說對清初文壇重道輕文傾向，對無病呻吟、空洞無物、摹擬剽襲傾向都是極大地扭轉，拔開了清朝文人眼前的迷霧，糾正了古文發展偏離的軌道。

姚鼐把桐城派文學理論發展到了一個頂峰，他在《述庵文鈔序》中完善了方苞的「義法」說：「余嘗論學問之事，有三端焉，曰：義理也，考證也，文章也。是三者，苟善用之，則皆足以相濟；苟不善之，則或至於相害。」〔註 36〕將義理、考證、文章融爲一體，創造性地提出了漢宋調和、三者相濟的理論，爲古文創作注入了新的活力。姚鼐還分析了固執成見、抱殘守闕者的弊病：「今夫博學強識而善言德行者，固文之貴也；寡聞而淺識者，固文之

〔註 32〕《四庫全書總目・經部總序》，商務印書館，1933 年版。
〔註 33〕戴名世：《戴名世集》，第 109 頁。
〔註 34〕戴名世：《戴名世集》，第 109 頁。
〔註 35〕方苞：《方苞集》，上海古籍出版社，1983 年版，第 43 頁。
〔註 36〕姚鼐：《惜抱軒全集》，第 46 頁。

陋也。然而世有言義理之過者，其辭蕪雜俚近，如語錄而不文；爲考證之過者，至繁碎繳繞，而語不可了當。」並進而指出「天之生才雖美，不能無偏，故以能兼長者爲貴」〔註 37〕。比較方氏之說，姚鼐增添了「考據」。因爲他生當乾隆考據學風大盛之日，他雖然固守「義理」，但在此氛圍濡染下，不能遺世而獨立，由此可見社會對文學的影響。姚氏只有順著時代的潮流前進，桐城文才能爲官方文人所接納。他把考據學的徵實精神來彌補方苞「義法」說的空疏，以充實文章「有物」的一面。同時，他用方苞的「法」救治考據學家堆砌繁雜的痼疾，從根本上杜絕「蕪雜俚近」的語錄體和「繁碎繳繞」的箋注式文風。姚鼐作爲大家，洞觀當時漢學與宋學的對立之弊端，用自己的理論很好地克服兩派都存在的缺憾，也因爲如此，桐城文派在他的主持下得以長足的發展。

姚鼐「兼長相濟」說中的「義理」，並不是從程朱理學的概念出發的。用他的話來說：「彼以爲使人誦其書，莫可指謫者，必以爲聖賢之言如是其當於理也，而不知言之不切者，皆不當於理也。」〔註 38〕可見他以言之是否切合客觀實際作爲衡量「其當於理」與否的準繩，否則即使「聖賢之言如是」，亦「皆不當於理也」，這是姚鼐作爲文學家與理學家的主要區別所在。姚鼐所說的「考證」，也絕非僅據書本。他反對「妄引古記」，要求考其「實跡」〔註 39〕。在《登泰山記》中，他通過實地考察，確切寫出：「泰山之陽，漢水西流；其陰，濟水東流。陽谷皆入漢，陰谷皆入濟。當其南北分者，古長城也。最高日觀峰，在長城南五十里。」這種求實精神，類似於現實主義創作原則。至於「文章」本身，他更反對爲文而文的形式主義或唯美主義。他把文學語言的源泉歸結爲：「皆人之言，書之紙上者爾」；把「言之美」的標準歸結爲「在乎當理切事」，即要合乎客觀規律，切合事物的實際；特別指出文章之「貴」「不在乎華辭」。這些主張與現實主義的創作原則不謀而合。

如果說方苞的「義法」說解決了文章的內容與形式統一的問題，那麼姚鼐的三者兼長相濟之說，則進一步提出了文章與學問相結合的要求，試圖爲清代散文的發展奠定一個更爲堅實的基礎，開闢一條更爲廣闊的道路。桐城派的壯大和興盛以及在乾嘉時期被公認爲「正宗」決不是偶然的，這標誌著

〔註 37〕姚鼐：《惜抱軒全集》，第 46 頁。
〔註 38〕姚鼐：《惜抱軒全集》，第 6 頁。
〔註 39〕姚鼐：《惜抱軒全集》，第 195 頁。

具集大成特色的清代散文業已發展到成熟階段。義理、考證、文章三者「兼長」「相濟」主張撥正了我國古文發展的航向，扭轉了理學家以語錄爲文，是道非文的偏向，糾正了漢學家以注疏爲文，熱衷於煩瑣考據的弊端，從而以兼取義理、考證、文章三者之長，把古文創作引導到了「有唐宋大家之高韻逸氣，而議論考核，甚辨而不煩，極博而不蕪，精到而意不至竭盡」〔註40〕。的簡練雅潔、韻味無窮的「至美」境界，對引導我國古文健康發展的巨大功績和歷史意義應該予以首肯。

### （三）姚鼐提出了「神、理、氣、味、格、律、聲、色」八字文學藝術論

在我國古代文論中，以「神氣」論文，源遠流長。《孟子・公孫丑上》的「吾善養吾浩然之氣」，「其爲氣也，至大至剛，以直養而無害，則塞於天地之間」。曹丕《典論・論文》的「文以氣爲主，氣之清濁有體，不可以強而致」。蘇轍《上樞密韓太慰書》的「以爲文者，氣之所形」，他認爲氣可以「養而致」，與曹丕講氣「不可力強而致」的觀點有異。韓愈《答李翊書》則認爲「氣盛則言之短長與聲之高下者皆宜」。戴名世對「氣」這種抽象的難以捉摸的東西在《答張伍兩生書》形象地描繪出來：「有物焉，陰驅而潛率之，出入於浩渺之區，跌宕於杳靄之際，動如風雨，靜如山嶽，無窮如天地，不竭如山河。是物也。傑然有以充塞乎兩間而蓋冒乎萬有。」〔註 41〕文章之「氣」並非純屬作家主觀意念，而是對於所寫之物「陰驅而潛率之」的結果，它與作家自身氣質的修養關係密切。戴氏所講的「神」指文章的內心精神，即蘊含於文章之中的作者的優良的品質、廣闊的心胸、剛毅的氣質等。神「出乎言語文字之外，而居乎行墨蹊徑之先」，「尋之無端，而出之無跡者，吾不得而言之也。夫惟不可得而言，此其所以爲神也」〔註42〕。從中可見，「神」指文章整體表現出來的神韻，是由表及裏所體現的意境。近似於言有盡而意無窮的至高境界。劉大櫆對戴氏之論一脈相承，他在《論文偶記》開篇亮出自己的見解：「行文之道，神爲主，氣輔之。」「然氣隨神轉，神渾則氣灝，神遠則氣逸，神偉則氣高，神變則氣奇，神深則氣靜，故神爲氣之主。」〔註 43〕這裡

〔註40〕姚鼐：《惜抱軒全集》，第 46 頁。
〔註41〕戴名世：《戴名世集》，第 4 頁。
〔註42〕戴名世：《戴名世集》，第 4 頁。
〔註43〕劉大櫆：《論文偶記》，北京：人民文學出版社，1998 年版，第 3 頁。

所謂的「神」指作家的心胸氣質在文章中的自然流露，「氣」則指符合於作家的個性氣質且洋溢於文章的字裏行間的氣勢。神氣統一，就形成散文的藝術境界以及各種不同的風格特徵。

在散文藝術特徵上，姚鼐進一步發展「神氣」說，提出了「神、理、氣、味、格、律、聲、色」八字主張。他在《古文辭類纂序目》中說：「凡文之體類十三，而所以爲文者八：曰神、理、氣、味、格、律、聲、色。神、理、氣、味者，文之精也；格、律、聲、色，文之粗也。然苟捨其粗，則精者亦胡以寓焉？學者之於古人，必始而遇其粗，中而遇其精，終而御其精者而遺其粗者。」〔註 44〕姚鼐對文章要素的分析比前輩更加細緻，而且更加重視文章的風格神韻。他所說的「神」，不單指作家的主觀精神，更是指文章對客觀事物本身的描寫，要達到傳神入化的境界。「理」是指文理、脈理，即行文的客觀眞實性和內在邏輯性。他說：「當乎理，切乎事者，言之美也。」〔註 45〕他把「當乎理」與「切乎事」相提並論，可見他所說的不是脫離實際的空頭大道理，而是與實際事物相切合的「理」。「氣」指文章的氣勢。姚鼐認爲：「文字者，猶人之言語也，有氣以充之，則觀其文也，雖百世而後，如立其人而與言於此；無氣，則積字焉而已。」〔註 46〕他讚揚劉大櫆的《章大家行略》說：「眞氣淋漓，《史記》之文。」〔註 47〕可見他所說的「氣」，是指文章所描寫的活人之氣，亦即「眞氣」。「味」是指文章的風味、韻味、含蓄有味。他讚賞歸有光的散文「能於不要緊處，說不要緊語，卻自風韻疏淡，此乃於太史公深有會處」〔註 48〕。他指出劉大櫆的《樵髯傳》：「寫出村野之態如在目前，而文之高清遠韻自見於筆墨蹊徑之外。」〔註 49〕「格」是指各種不同文體的體裁、格局。在《古文辭類纂》中，他把古文體裁分爲論辯、序跋、奏議、書說、贈序、詔令、傳狀、碑誌、雜記、篇銘、辭賦、哀祭等 13 類，並向讀者示範每類文體值得師法的「高格」。「律」是指行文結構的具體規律、法則。他說：「布置取捨，繁簡廉肉不失法。」〔註 50〕認爲「法」並非僵死的，

〔註 44〕姚鼐：《古文辭類纂》，上海：上海古籍出版社，1998 年版，第 19 頁。

〔註 45〕姚鼐：《惜抱軒全集》，第 210 頁。

〔註 46〕姚鼐：《惜抱軒全集》，第 63 頁。

〔註 47〕吳孟復：《古文辭類纂評注》，合肥：安徽教育出版社，1991 年版第 1108 頁。

〔註 48〕王運熙：《中國文學批評史新編》，上海：復旦大學出版社，2005 年版，第 228 頁。

〔註 49〕吳孟復：《古文辭類纂評注》，合肥：安徽教育出版社，1991 年版第 1103 頁。

〔註 50〕姚鼐：《惜抱軒全集》，第 71 頁。

而是「文有一定之法，有無定之法。有定者所以爲嚴整也，無定者所以爲縱橫變化也。二者相濟而不相妨。故善用法者，非以窘吾才，乃所以達吾才也。」〔註51〕「聲」是指文章音調的高低起伏、抑揚頓挫。音節的重要在於它是「神氣之跡」，「神氣不可見，於音節見之。」〔註52〕「積字成句，積句成章，積章成篇，合而讀之，音節見矣，歌而詠之，神氣出矣。」〔註53〕姚鼐明言「大抵學古文者，必要放聲疾讀，又緩讀，只久之自悟。若但能默看，即終身作外行也。」「急讀以求其體執，緩讀以求其神味，得彼之長，悟吾之短，自有進也。」「詩、古文各要從聲音徵入，不知聲音總爲門外漢耳。」〔註54〕即要求寫作時要根據語言信號系統，形成一種最恰當的「語感」，寫出節奏和諧，音調優美，足以悅耳動聽的文章。「色」是指文章的辭藻、文采。他追求的文章色彩是平淡、自然，認爲：「文章之境，莫佳於平淡，措語遣意，有若自然生成者。」〔註55〕他以神、理、氣、味爲「文之精也」，格、律、聲、色爲「文之粗也」，要求「必始而遇其粗，中而遇其精，終而御其精者而遺其粗者」。這是從古文創作的客觀規律出發的，具有科學性和可操作性。〔註56〕

### （四）姚鼐闡明了「陽剛」「陰柔」文學風格論

在我國古代文論中，以陰陽剛柔論文學藝術風格的層出不窮，到姚鼐而始成爲體系。「姚鼐以陽剛、陰柔論文，從風格分類而言，較之前人，更簡約，更概況，更傳神，更具有理論價值和意義。」〔註57〕姚鼐認爲「文章之美」，在於「得乎陰陽剛柔之精」，他說：「吾嘗以謂文章之源，本乎天地；天地之道，陰陽剛柔而已。苟有得乎陰陽剛柔之精，皆可以爲文章之美。」〔註58〕對於陰柔、陽剛之美的內涵，姚鼐闡釋爲：

> 鼐聞天地之道，陰陽剛柔而已。文者，天地之精英，而陰陽剛柔之發也。惟聖人之言，統二氣之會而弗偏。然而《易》、《詩》、《書》、

〔註51〕王運熙：《中國文學批評史新編》，第229頁。
〔註52〕劉大櫆：《論文偶記》，第6頁。
〔註53〕劉大櫆：《論文偶記》，第6頁。
〔註54〕王運熙：《中國文學批評史新編》，第229頁。
〔註55〕姚鼐：《惜抱軒全集》，第222頁。
〔註56〕上述關於「神、理、氣、味、格、律、聲、色」的內涵闡釋，多有參照周中明先生所編《姚鼐文選》前言部分。
〔註57〕關愛和：《姚鼐的古文藝術理論及其對桐城派形成的貢獻》，《文藝研究》，1999年第6期。
〔註58〕姚鼐：《惜抱軒全集》，第35頁。

《論語》所載，亦間有可以剛柔分矣。值其時其人告語之體，各有宜也。自諸子而降，其爲文無弗有偏者。其得於陽與剛之美者，則其文如霆，如電，如長風之出谷，如崇山峻崖，如決大川，如奔騏驥；其光也，如杲日，如火，如金鏐鐵；其於人也，如馮高視遠，如君而朝萬眾，如鼓萬勇士而戰之。其得於陰與柔之美者，則其文如升初日，如清風，如雲，如霞，如煙，如幽林曲澗，如淪，如漾，如珠玉之輝，如鴻鵠之鳴而入寥廓；其於人也，漻乎其如歎，邈乎其如有思，暖乎其如喜，愀乎其如悲。觀其文，諷其音，則爲文者之性情形狀舉以殊焉。

且夫陰陽剛柔，其本二端，造物者糅，而氣有多寡進絀，則品次億萬，以至於不可窮，萬物生焉。故曰：「一陰一陽之謂道。」夫文之多變，亦若是已。糅而偏勝可也，偏勝之極，一有一絕無，與夫剛不足爲剛，柔不足爲柔者，皆不可以言文。今夫野人孺子聞樂，以爲聲歌管絃之會耳，苟善樂者聞之，則五音十二律必有一當，接於耳而分矣。夫論文者，豈異於是乎？宋朝歐陽、曾公之文，其才皆偏於柔之美者也。歐公能取異己者之長而時濟之，曾公能避所短而不犯。〔註 59〕

在這裡，姚鼐把陽剛之美與陰柔之美的不同特色，巧妙地通過各種自然現象加以類比，以一系列感性的詩化的比喻，作了極爲具體形象的描繪。他指出「其得於陽與剛之美者」，有如雷霆萬鈞，風馳電掣，氣吞山河般的雄壯和偉大，有如杲日、烈火、純金般的熾熱和崇高，有如高瞻遠矚，君臨一切，萬馬奔騰、決勝千里般的果敢與剛強。「其得於陰與柔之美者」，有如旭日初升，清風微拂，雲霞爛漫，煙霧嫋嫋，微波蕩漾的溫馨與徐婉，有如珠玉輝映、鴻鵠齊鳴般的可貴和高雅，有清浮、邈遠的思絮和或悲或喜的纏綿之情。從其描述中可以看出：陽剛包括了雄渾、豪放、峭拔、俊健、剛勁、壯麗等風格；而具有陰柔之美的文章多呈現含蓄、婉約、飄逸、平和、淡雅、高遠等風格特徵。姚鼐的描述把兩種美的屬性區分得涇渭分明，使其各自的風格特色具體化和形象化了。

姚鼐在《海愚詩鈔序》中對陽剛陰柔這一風格論也有重要論述：

〔註 59〕姚鼐：《惜抱軒全集》，第 71 頁。

> 吾嘗以謂文章之原，本乎天地。天地之道，陰陽剛柔而已。苟有得乎陰陽剛柔之精，皆可以爲文章之美。陰陽剛柔並行而不容偏廢，有其一端而絕亡其一，剛者至於僨強而拂戾，柔者至於頹廢而暗幽，則必無與於文者矣。
>
> 然古君子稱爲文章之至，雖兼具二者之用，亦不能無所偏優於其間，其故何哉？天地之道，協合以爲體，而時發奇出以爲用者，理固然也。其在天地之用也，尚陽而下陰，伸剛而絀柔，故人得之亦然。文之雄偉而勁直者，必貴於溫深而徐婉。溫深徐婉之才，不易得也，然其尤難得者，必在乎天下之雄才也。〔註60〕

姚鼐認爲，作品文學風格的形成，固然與不同的文體有關係，但更主要的還是取決於作者所具備的性情、稟賦及學術修養。「溫深徐婉之才」，所作必偏於陰柔風格；「雄偉勁直者」，所作必以陽剛而取勝。姚鼐文中「觀其文，諷其音，則爲文者之性情形狀舉以殊焉」，說的就是從作品中可以反觀作者之性情形狀。風格即人，道理就在於此。姚鼐認爲文章的風格之美，歸根結底是「本乎天地」，得之於陰陽剛柔的「天地之道」。他所說的「道」是指客觀世界的自然規律；陰和陽是構成這種規律的兩個基本的方面，陰陽相濟，互動互補，對立統一，使客觀世界生生不息，千變萬化，永無窮盡。他認爲文學創作的最高境界是「道與藝合」、「天與人一」、「意與氣相御而爲辭」，要求作家的主觀世界正確反映客觀世界，這樣就使作家的天賦才能與主觀努力得到了統一。

郭紹虞先生評價到，「方氏言藝法，而姚氏則超越義法而言道義」〔註61〕。總之，姚鼐文論有相當完整的體系性和周密的理論性，不只是對戴名世、方苞、劉大櫆等桐城派文論的繼承與發展，也是對整個中國古代文論和文學創作經驗的總結，成爲桐城文派理論集大成者。

## 第二節　姚鼐的書院教學經歷

姚鼐和他的前輩方苞、劉大櫆一起，被後人尊稱爲「桐城派」的「三祖」。三位代表性人物中，姚鼐一生先後主講於多家書院，甚至晚年，還仍然倚床爲弟子們批改文章。故而門生的數目也最多。以至於有人感歎：「桐城家法，

---

〔註60〕姚鼐：《惜抱軒全集》，第35頁。

〔註61〕郭紹虞：《中國文學批評史》，天津：百花文藝出版社，2008年8月第1版。

至此乃立，流風餘韻，南極湘桂，北被燕趙。」〔註 62〕因此，姚鼐稱得上是「桐城派」一代宗師，假如沒有姚鼐，「桐城派」絕對不可能在後來產生如此巨大的影響。自乾隆四十二年（1777）起，姚鼐先後主講揚州梅花書院、安慶敬敷書院、歙縣紫陽書院、南京鍾山書院，致力於書院講學 40 年，弟子遍及南方各省。這些學生篤守師說，遵桐城家法，爲桐城派的廣泛傳播發揮了重要的作用。王先謙《〈續古文辭類篹〉序》云：

> 自桐城方望溪氏以古文專家之學，主張後進，海峰承之，遺風遂衍。姚惜抱稟其師傳，覃心冥追，益以所自得，推究閫奥，開設户牖，天下翕然，號爲正宗。承學之士如蓬從風，如川赴壑，尋聲企景，項領相望。百餘年來，轉相傳述，遍於東南。由其道而名於文苑者，以數十計。嗚呼！何其盛也！〔註 63〕

姚鼐的弟子遍及南方各省，其中最著名的有本邑的方東樹、劉開、李宗傳、方績、姚瑩；上元梅曾亮、管同；宜興吳德旋；陽湖李兆洛；婁縣姚椿；新城魯九皋和他的外甥陳用光等。劉聲木《桐城文學淵源考》共收錄姚鼐門人及私淑弟子 142 人，可謂盛矣。

## 一、姚鼐人生價值取向與棄官從教原因探析

姚鼐出生在世代官宦的書香世家，從小受到良好的文化教養。他的伯父姚範，進士及第後爲翰林院編修，著有《援鶉堂文集》，學貫經史。姚範跟桐城派祖師之一的劉大櫆，又是過從甚密的摯友。因此，從姚鼐幼年始，姚範和劉大櫆便成爲他最崇敬的老師。用他在《劉海峰先生八十壽序》中的話來說：「鼐之幼也，嘗侍先生，奇其狀貌言笑，退輒仿傚以爲戲。及長，受經學於伯父編修君，學文於先生。」〔註 64〕乾隆三年（1738），姚鼐八歲，其在城南樹德堂的家宅售於張氏，移居北門口的初復堂。「時方侍廬先生館於鼐家，每日暮，則筆泉先生步來，與先君、方先生談說。鼐雖幼，心喜旁聽其論。筆泉先生尤善於吟誦，取古人之文，抗聲引唱，不待說而文之深意畢出。如是數年，鼐稍長，爲文亦爲先生所喜。」〔註 65〕左筆泉爲姚鼐家的鄰居，後

---

〔註 62〕金天翮：《皖志列傳稿》，民國二十五年（1936）鉛印本。

〔註 63〕王先謙：《〈續古文辭類篹〉序》，光緒丁未年上海商務版。

〔註 64〕姚鼐：《劉海峰先生八十壽序》，《惜抱軒文集》卷八，上海古籍出版社，1992 年版，第 114 頁。

〔註 65〕姚鼐：《左筆泉時文序》，《惜抱軒文集》卷四，上海古籍出版社，1992 年版，第 58 頁。

因隱居於媚筆泉而自號筆泉。方侍廬爲方東樹曾祖方澤，字芋川，號侍廬。他「少有異才高識」，因「久屈場屋」，而終生以教書爲業，作詩文自娛。姚鼐在《方侍廬先生墓誌銘並序》中說：「先生論學宗朱子，論文宗艾千子，惡世俗所奉講章及鄉會闈墨，禁其徒不得寓目。先生爲文，高言潔韻，遠出塵𡑒之外，場屋主文俗士不能鑒也。……如先生，乃眞通道篤而知所守者也。」〔註 66〕作爲姚鼐的啓蒙塾師，方侍廬的論學祈向和人生道路，對姚鼐一生的影響，也至爲顯然。

乾隆二十八年（1763）春，姚鼐會試得中二甲第三十五名，殿試後因文字書法優異被選爲庶起士，在翰林院庶常館中學習三年，於乾隆三十一年（1766）散館，未能留在翰林院，先分至兵部，不久改授禮部儀制司主事。乾隆三十三年（1768）七月赴任山東鄉試副考官，途經德州浮橋，他作《德州浮橋》詩，對自己經過長達十二年、六次應禮部試，才博得一第，頗有貽誤青春年華的遲暮之感：「嗟我遊中原，來往如飛鴻。弱冠一川水，屢照將成翁。」〔註 67〕這一年，姚鼐剛剛 38 歲，正是有爲之年，卻有如此蒼涼的心態，確乎與眾不同！

乾隆三十五年（1770），姚鼐得悉劉大櫆準備離開歙縣問政書院，回故鄉隱居，至爲掛念。在赴湖南任鄉試副考官途中，寫下《懷劉海峰先生》一詩，詩曰：「先生高臥楚雲旁，賤子飄零每憶鄉。四海但知存父執，一鳴常記値孫陽。於今耽酒能多少，他日奇文恐散亡。脫足耦耕如未晚，百年我亦髮蒼蒼。」幾多深情，幾多感喟，寄蘊筆端而動人心弦！在所作《懷程魚門舍人》詩中，姚鼐直抒胸臆云：「淮南倒屣盡賢賓，綸閣今稱老舍人。潦倒青春常似醉，交遊白首每如新。」同樣感人至深。

乾隆三十六年（1771），姚鼐充會試同考官，名士孔廣森、錢灃、周永年等皆爲本科進士，未幾，姚鼐被擢升爲刑部廣東司郎中。從乾隆三十二年到三十六年，姚鼐由試職兵部到任主事，由主事升爲員外郎，再升爲郎中，五年連升三職，可謂仕途一帆風順，官職青雲直上，理應倍感春風得意。然而在他被提拔爲刑部郎中之後的兩年間，卻成了他總共不到八年的仕宦生涯中最爲痛苦的時期。這是由於那實行嚴刑峻法的乾隆時期社會現實，與姚鼐主張實行仁政的

〔註 66〕姚鼐：《方侍廬先生墓誌銘並序》，《惜抱軒文集》卷十三，上海古籍出版社 1992 年版，第 207 頁。

〔註 67〕姚鼐：《惜抱軒文集》卷二，上海古籍出版社，1992 年版，第 433 頁。

理想，發生直接的尖銳衝撞。因此他在《述懷》詩中，滿懷憂慮地寫道：

> 刑官豈易爲？乃及末小子。顧念同形生，安可欲之死！苟足禁暴虐，用威非得已。所慮稍刻深，輕重有失理。文條豈無說，人情或不爾。不肖常淺識，倉卒署紙尾。恐非平生心，終坐再三起。長揖向上官，秋風向田裏。〔註 68〕

這首詩不只表現了對於封建統治者施行嚴刑峻法的不滿情緒，流露出他早已有退隱的念頭，且以生與死、性與理、法與情的尖銳矛盾，既生動地刻畫了詩人內心的痛苦，又深刻地揭示了當時所實行的嚴刑峻法本身的殘暴性與不合理性。

乾隆三十八年（1773），因安徽學政朱筠等人提議，清朝開《四庫全書》館，選一時翰林宿學爲纂修官。並特詔徵召一批著名漢學家入館，以紀昀爲總纂官。姚鼐因劉統勳、朱筠的聯名推薦，由刑部入館充校辦。當時不是翰林而參與纂修者共 8 人，其中姚鼐、戴震、程晉芳、任大椿四人最爲人稱道。《四庫全書》的編修是我國文化史上一項浩大的文獻整理工程，該書幾乎囊括了乾隆以前中國古代重要著作，保存了許多珍本秘笈，享有「千古巨製，文化淵藪」之美譽。姚鼐能參與這件盛事，實在榮幸，但他本以古文起家，一向以宋儒之學爲治學根本，認爲「儒者生程、朱之後，得程、朱而明孔、孟之旨，程朱猶吾父師也」〔註 69〕。這就使他與紀昀、戴震等爲代表的四庫館臣之間產生極大分歧，格格不入，難以調和。

據姚瑩的《惜抱先生行狀》透露，當時四庫館內，「纂修者競尚新奇，厭薄宋、元以來儒者，以爲空疏，掊擊訕笑之不遺餘力，先生往復辨難，諸公雖無以難，而莫能助也。將歸，大興翁覃溪學士爲敘送之，亦知先生不再出矣」〔註 70〕。另據清人葉昌熾《緣督廬日記》卷四載：「乾隆中葉開四庫館，姚惜抱鼐與於校之列，其擬進書提，以今《提要》勘之，十但採用二三，惜抱學術本與文達（紀昀）不同，宜其枘鑿也。」〔註 71〕紀昀是漢學家，以他爲總纂修官的四庫館，成了漢學家的大本營。尊崇宋學的姚鼐在其中任纂修官，因受到「掊擊訕笑」而辭官，自在情理之中。

---

〔註 68〕姚鼐：《惜抱軒詩集》卷二，上海古籍出版社，1992 年版，第 454 頁。

〔註 69〕姚鼐：《再覆簡齋書》，《惜抱軒文集》卷六，上海古籍出版社，1992 年版，第 102 頁。

〔註 70〕姚瑩：《惜抱先生行狀》，《東溟文集》卷六。

〔註 71〕葉昌熾著：《緣督廬日記》卷四，江蘇古籍出版社，2002 年影印本。

在抑漢尊宋這一點上，姚鼐和皖派漢學大師戴震也是「道不同不相爲謀」。乾隆二十年（1755），戴震以諸生遊京師，新科進士紀昀、王鳴盛、錢大昕等人仰其學問，紛紛折節下交。姚鼐時已中舉，因欽佩戴震學問，他曾鄭重提出要拜戴震爲師，震回信說：「欲以僕爲師，則別有說，非徒自顧不足爲師，亦非謂所學如足下，斷然以不敏謝也。古之所謂友，固分師之半，僕與足下無妨交相師，而參互以求十分之見。」〔註 72〕「交相師」，令姚鼐感到不快，此次兩人一起參加《四庫全書》編纂，遇事常常爭執不下。姚鼐對程朱爲代表的宋學是十分尊崇的。他認爲詆毀程、朱就是「詆訕父師也」。甚至把「毛大可、李剛主、程綿莊、戴東原，率皆身滅嗣絕」，誣衊成是由於「其人生平不能爲程、朱之行，而其意乃欲與程、朱爭名」，「爲天之所惡」的結果。〔註 73〕在他進入四庫館第二年寫的《贈錢獻之序》中，他就公開批評「宗漢之士」，「欲盡捨程、朱」，「專求古人名物、制度、訓詁、書數，以博爲量，以窺隙攻難爲功」，是「枝之獵而去其根，細之蒐而遺其巨」，是「蔽」而不明。〔註 74〕

因學術立場的不同，以及治學環境不甚理想，姚鼐決心回歸田園和他的古文領域。終於乾隆三十九年（1774）夏秋之間，姚鼐入四庫館兩年未到即稱疾請辭。

周中明先生認爲，姚鼐辭官隱退，除了學術觀點分歧之外，其更深層的根本原因在於他不滿於清朝的暴虐統治「有甚於秦」，〔註 75〕姚鼐《雜詩》云：「堂上有萬里，薄帷能蔽日。言者巧有餘，疏者拙不足。」〔註 76〕已經表明他不滿官場的污濁黑暗和阿諛奉承，使自己「自從通籍十年後，意興直與庸人侔。」〔註 77〕不但無法實現「濟於眾」的理想，且難以「庶免恥辱之大咎」〔註 78〕；

〔註 72〕戴震：《與姚孝廉姬傳書》，《戴東原集》卷九，乾隆五十七年（1792）段氏經韻樓刻本。

〔註 73〕姚鼐：《再覆簡齋書》，《惜抱軒文集》卷六，上海古籍出版社，1992 年版，第 102 頁。

〔註 74〕姚鼐：《再覆簡齋書》。

〔註 75〕姚鼐：《漫詠》，《惜抱軒詩集》卷一，上海古籍出版社，1992 年版，第 419 頁。

〔註 76〕姚鼐：《雜詩》，《惜抱軒詩集》卷三，上海古籍出版社，1992 年版，第 468 頁。

〔註 77〕姚鼐：《於朱子潁……所作詩題贈一首》，《惜抱軒詩集〉卷三，上海古籍出版社，1992 年版，第 463 頁。

〔註 78〕姚鼐：《王叔明山水卷》，《惜抱軒詩集》卷三，上海古籍出版社，1992 年版，第 477 頁。

著書講學的人生道路是傳統文人保持節操的方式之一。因此，告別仕途，從事古文辭的教學、研究與寫作，遂成爲他終生最重要也是最後的抉擇。〔註 79〕

另一方面，姚鼐受其伯父影響較大，導致了他的人生觀和價值觀的獨特性。他的伯父姚范進士之後，授職編修，任過順天鄉試同考官，參與纂修「三禮」，不到八年即致仕而歸，時年 47 歲。後往來天津、揚州之間，主講書院，教授生徒，晚年鄉居，寒暑不廢經史。姚鼐與姚範人生道路極其相似：少年求學，長而入仕，中年歸隱，執教以終。他所受的影響極其明顯。

在他辭官後的第三年，乾隆四十二年（1777），他所撰寫的《劉海峰先生八十壽序》中，不但巧妙地引用他人的話第一次正式打出了桐城派的旗號，且把它歸功於桐城的「天下奇山水」；其原文這樣寫道：

> 曩者鼐在京師，歙程吏部、歷城周編修語曰：「爲文章者，有所法而後能，有所變而後大。維盛清治邁逾前古千百，獨士能爲古文者未廣。昔有方侍郎，今有劉先生，天下文章其出於桐城乎？」鼐曰：「夫黃、舒之間，天下奇山水也。郁千餘年，一方無數十人名於史傳者。獨浮屠之俊雄，自梁、陳以來，不出二三百里，肩背交而聲相應和也。其徒遍天下，奉之爲宗。豈山川奇傑之氣有蘊而屬之邪？夫釋氏衰歇，則儒士興，今殆其時矣！」既應二言。其後嘗爲鄉人道焉。接看又寫在童幼時即「嘗侍先生」，辭官歸里後，「猶得數見先生於樅陽。先生亦喜其來，足疾未平，扶曳出以論文，每窮半夜。」〔註 80〕

從這篇「壽序」的字裏行間，人們不難看出，姚鼐欲借「山川奇傑之氣有蘊而屬之」，從大自然之中吸取文學創作的源泉和靈感，繼方苞、劉大櫆之後，而使桐城文派得以發揚光大，享譽天下。這是姚鼐在走出仕途後，爲自己的人生之旅所設計並自覺追求的宏偉目標。

姚鼐辭官以後，生活壓力變大。而且要使桐城派發揚光大．還必須使「後進者聞而勸。」〔註 81〕乾隆四十一年（1776），揚州任兩淮鹽運使朱子潁於揚州興建梅花書院，請姚鼐去擔任書院主講，並囑其攜家眷一起去。於是這年

〔註 79〕上文參見周中明：《姚鼐評傳》。

〔註 80〕姚鼐：《劉海峰先生八十壽序》，《惜抱軒文集》卷八，上海古籍出版社，1992 年版，第 115 頁。

〔註 81〕姚鼐：《惜抱軒文集》卷八，第 114 頁。

的秋季，姚鼐便攜其家室起程赴揚州。途中作《江行》詩道：「散人隨意江南北，處處青山戶牖同。」〔註 82〕雖以「散人」自居，卻能充分發揮自己的思想見解，對於自己即將走上書院講學生涯也不無自適之意。

## 二、姚鼐四十年書院教育實踐與顯著成就

乾隆四十一年（1776），朱子穎調任兩淮鹽運使，在揚州興建梅花書院，延請姚鼐出任山長，相隔 18 年後，姚鼐重返揚州。

梅花書院在廣儲門外，乃若水書院故址，雍正年間馬曰琯重建，「先後校士院中者，鹽政則有朱續晫，知府則有蔣嘉年、高士鏞。知縣則有江都朱輝，甘泉蔡鑒諸公」，至朱子穎任轉運使，又「廓新其宇」，並「親為校課，匝月一舉，謂之官課，延師校課，亦匝月一舉，謂之院課，主講席者，謂之掌院。」〔註 83〕「劉重選建梅花書院，親為校士，而無掌院。適劉公後，歸之有司，皆屬官課，朱公修高，乃與安定同例，均歸鹽務延師掌院矣。安定書院自王步青始，梅花書院自姚鼐始。」〔註 84〕

姚鼐居揚州期間，講學餘暇，仍舊手不釋卷，閉室筆耕，日子過得平淡如水。「與歙吳殿麟同居梅花書院，嘗以所作視殿麟。殿麟以為不可，即竄易至數四，必得當乃止。殿麟，海峰弟子也。殿麟嘗語用光曰：『先生虛懷善取，雖才不已若者，苟其言當，必從之。』於為文尚如是，於為學可知也。故退居四十餘年，學日以盛，望日以重。」〔註 85〕吳殿麟（1744～1809），名定，少與姚鼐同受古文法於劉大櫆，尤相友善。吳氏師事劉大櫆，始於劉氏之官徽州，劉氏歸樅陽，定又從之，故得力甚深，論詩文最嚴於法，有詩集文集行世，又深於義理之學，為姚鼐畏友。〔註 86〕當時，姚鼐的老友王文治辭官家居，正主講鎮江書院。因是久別重逢，相互間的走動便很頻繁，給孤寂的書院生活帶來許多樂趣，「子穎官兩淮鹽運使，延姬傳主梅花書院，於是三人者復相聚於江淮之間」。〔註 87〕姚鼐在該詩集序中云：「與先生別十四年矣，

〔註 82〕姚鼐：《惜抱軒詩集》卷八，第 554 頁。
〔註 83〕李斗：《揚州畫舫錄》，北京：中華書局，1960 年版，第 62 頁。
〔註 84〕李斗：《揚州畫舫錄》，第 65 頁。
〔註 85〕陳用光：《姚先生行狀》，見《太乙舟文集》，卷三，咸豐四年孝友堂刻本（續修四庫全書本），第 291 頁。
〔註 86〕見《清史稿》卷四八五，《文苑傳二》。
〔註 87〕王文治《夢樓詩集序》，見《夢樓詩集》卷首，乾隆六十年食舊堂刻本道光二十九年補修本（續修四庫全書本），第 401 頁。

而復於揚州相見，其聚散者若此，豈非天耶？先生好浮屠道，近所得日進，嘗同鼐宿運使院，鼐又渡江宿其家食舊堂內，共語窮日夜。」亦可見二人切磋之樂。王文治以詩歌、書法著於世，文人習氣濃厚，退歸後沉酣歌舞，買僮教之度曲。故而與姚鼐交談時，滿口都是屏棄俗念，反求本性之類的佛家語，往日豪縱之氣已經衰減。姚鼐生性恬淡，年輕時即對老莊之道有所參悟，中年以後，在王文治影響下，逐漸對佛學產生了較大興趣，下筆爲文作詩，暗蘊佛理禪趣，平添一段氣韻。桐城市博物館收藏姚鼐對聯一副，聯文「萬類同春人已合，太虛爲室歲年長」，落款「惜抱居士鼐」，估計即爲晚年所書。

梅花書院自姚鼐之後，據李斗所記，有掌院四人，多爲進士和舉人，故學師皆「知名有道之士」。「安定梅花兩書院，四方來肄業者甚多，故能文通藝士萃於兩院者極盛。」〔註 88〕姚鼐「風規雅峻，獎誘後學，賴以成名者甚多。……弟子胡虔，字雒君，盡得其文之法，謝蘊山太守撰《西魏書》，虔任校閱之事。」〔註 89〕又梅花書院弟子中有貴徵，「善屬文，尤工漢魏六朝駢儷之作。姚姬傳山長知之最先。」〔註 90〕據錢公仲聯《中國文學家大辭典・清代卷》所載：胡虔，生卒年不詳，安徽桐城人，諸生。自厲於學，師事姚鼐受古文法，家貧，客遊爲養，歷主翁方綱、謝啓昆、秦瀛等幕府，尤與謝啓昆稱莫逆。謝啓昆爲布政、巡撫，必請與偕，爲代纂《西魏書》、《小學考》、《廣西通志》。平生勤於撰述，有史地著作多種。〔註 91〕貴徵，字仲符，號奕唐，江蘇儀徵人。乾隆五十四年進士，官吏部文選司郎中，改道員。著有《安事齋古文存稿》一卷，《安事齋詩錄》四卷、《詞錄》二卷。〔註 92〕

姚鼐主講揚州梅花書院時，認爲文法不可以憑空而論，於是編選《古文辭類纂》，旨在爲人們提供範文，啓示古文寫作門徑。以後四十年的講學生涯中，不斷斟酌修訂，以期更加完善。錢基博曾言，「所恃惟一部《古文辭類纂》」，稱讚該書「分類必溯其源，而不爲杜撰；選辭務擇其雅，而不爲鉤棘。薈斯文於簡編，示來者以途轍。」〔註 93〕的確，與梁蕭統《昭明文選》分類繁雜、內容不豐和清初吳楚材、吳調侯之《古文觀止》選文雖精，惜分量不足相比，

〔註 88〕李斗：《揚州畫舫錄》，第 67 頁。
〔註 89〕李斗：《揚州畫舫錄》，第 64 頁。
〔註 90〕李斗：《揚州畫舫錄》，第 73 頁。
〔註 91〕錢仲聯主編《中國文學家大辭典・清代卷》，中華書局 1996 年版，第 561 頁。
〔註 92〕錢仲聯主編《中國文學家大辭典・清代卷》，第 585 頁。
〔註 93〕錢基博：《古文辭類纂解題及其讀法》序，中華書局，1929 年版。

姚鼐《古文辭類纂》內容形式俱精，文辭兼備，博而不蕪，得到學人普遍接受。自嘉慶年間姚氏門人康紹鏞刊之以來，二百年間，代有所傳。

乾隆四十三年（1778）閏六月一日，姚鼐繼室張夫人卒於梅花書院。八月，姚鼐辭去教職，運柩回桐城，厝之於縣南五里。大約在這前後，朝廷嘉賞《四庫全書》編修人員，念及姚鼐辛勞，欲任姚鼐爲御史，業已記名，被姚鼐婉言辭謝。大學士梁國治看重他的才學，託親信轉告：「君若出，吾當特薦，可得殊擢。」姚鼐回函，藉口「仲弟先殞，今又喪婦，老母七十，諸稚在抱，欲去而無與託，又身嬰疾病以留之。」予以謝絕。

居鄉未及兩年，姚鼐即被安慶敬敷書院聘爲主講，一任就是八年。敬敷書院是清代安徽省規模最大、辦學時間最長的一所官辦書院，從清順治九年（1652）創辦到光緒二十七年（1901）改辦爲安徽大學堂止，250 年間在安慶曾三易其址、三易其名。1652 年在安慶城內建成，初名爲培原書院，1733 年奉旨改爲官辦，1736 年定名爲敬敷書院，「敬敷」之詞，語出《尚書》，意思是恭敬地布施教化。乾隆四十五年至乾隆五十二年，姚鼐主講安慶敬敷書院。姚鼐在敬敷書院的生活情況可從《敬敷書院値雪》中窺見一斑：「空庭殘雪尚飄蕭，時有棲鴉語寂寥。久坐不知身世處，起登高閣見江潮。」〔註 94〕在姚鼐的詩文集中，關於在敬敷書院的經歷著墨不多；單從上面這首詩來看，可以感覺姚鼐的生活是比較孤寂的，比起在梅花書院時的詩酒交會，在安慶難免有落寞之感。在教學方面，姚鼐選編了《敬敷書院課讀四書文》作爲書院生徒時文寫作的範本，共收錄明隆萬以來的時文二百五十一篇；其中明隆萬間四書文七十二篇，啓禎間八十三篇，清朝四書文九十六篇；收錄的作家包括明人方應祥、許獬、趙南星、湯顯祖、陳際泰、黃淳耀、章世純、金聲、陳子龍等，清人方舟、王汝驤、方苞、韓菼、張玉書、熊伯龍等皆爲入選篇目較多的名家，其中方苞有十四篇之多。《敬敷書院課讀四書文》成書於乾隆四十五年，也就是姚鼐主講敬敷書院之初，他的目的就是爲書院生徒指示作文門徑。他在《敬敷書院課讀四書文》序目中明確指出：「所錄體制不必同，大抵雖高古，不至枯寂而難求；雖卑近，不至濫惡而入俗。守法不可以無才，使才不可以背法，隨人天分，皆可成就，不出此集，固已足矣。以兩三月之工，誦之可畢，此後不須更增時文，但日限誦經數百字，誦子史唐宋文數百字，習貫深思，不及三年，中人之資，必有成立。讀四書文者欲知行文體格，

〔註 94〕姚鼐撰，姚永樸訓纂，《惜抱軒詩集訓纂》，黃山書社 2001 年版，第 363 頁。

乃因題立義，因義遣辭之法，故無取乎多。若夫行氣說理，造句設色，一皆求之於古人，徒讀四書文則終身不能過人也。伏讀聖諭，有云先正名家之法，置而不講，經史子集之書，束而不觀，今學者之病，豈不在此！夫日誦鄙陋濫惡、世之所謂墨卷者，積至千篇，必須千日。千日之功費於無用科名，得失初不在此，徒自暗塞心胸，穢蔽智慧而已。」〔註 95〕姚鼐在這裡開宗明義闡述了學習時文亦有體制法度的觀點，深刻剖析了有些讀書人「先正名家之法，置而不講，經史子集之書，束而不觀」的弊病，強烈批判了「日誦鄙陋濫惡、世之所謂墨卷者」「暗塞心胸，穢蔽智慧」的愚蠢行爲，明確告訴學生要學好「時文」，不僅要認眞誦讀此選本，更要於經史子集上下工夫，而且必須日久方有過人之處。《敬敷書院課讀四書文》與《古文辭類篹》都是姚鼐爲教學的需要而選編的教材，而且都是出自書院講學期間，對於指導讀書人汲取經典古文之營養，提升時文寫作之水準有重大的啓迪意義。

乾隆五十三年春姚鼐應邀主講歙縣紫陽書院，秋初歸里。閒居兩年後，乾隆五十五年至嘉慶五年，姚鼐主講江寧鍾山書院，共十一年。嘉慶六年（1801），姚鼐已經 71 歲了，因年老體衰，畏涉江濤，改主安慶敬敷書院，爲時四年。嘉慶十年（1805），再主江寧鍾山書院，直至病逝，姚鼐又在鍾山書院講學十一年，前後共二十二年之久。鍾山書院創建於雍正二年（1724），總督查弼納在全省選拔優秀學子入學讀書，月給膏火，延聘經明行修之師講授，雍正帝還親書「敦崇實學」匾額賜之，雍正十一年，雍正帝又賜庫銀 1000 兩重加修葺南京的鍾山書院。乾隆時，令傚仿朱子白鹿洞書院的經制。鍾山書院規模最大、影響最廣，能任書院山長的多爲當時名氣較大的一代大師。乾隆四十三年，著名學者錢大昕曾任四年山長。乾隆五十五年，姚鼐主持鍾山書院。這是鍾山書院的鼎盛時期。姚鼐在鍾山書院時期，將桐城文派推向了鼎盛時期，幾位有名氣且能傳其學的弟子大多肄業於鍾山書院。姚鼐在主講南京鍾山書院時，其古文已榮譽滿天下，故一時四海學人蜂擁鍾山書院，以授業於姚鼐爲榮幸，有的不遠千里歸附從學，「四方先賢俊，自達官以至學人士過先生所，在必求見焉。」是爲當時南京文壇上的盛況。姚鼐能吸引眾多學子，不只因爲其學術淵博，文章絕倫，而且清心淡泊與世無爭，於名利無所求，專心向學，因此，受到人們的景仰。姚鼐做官所得束脩多分贈給窮人，家中常無餘資。他在遺書中說：「人生必死，吾年八十有五，死何憾哉！

〔註 95〕姚鼐，《敬敷書院課讀四書文》，不分卷，道光十三年重刊本。

吾棺不得過七十金，綿不得過十六斤，凡親友來助喪事者，便飯而已！不得用鼓樂，諸事如此。汝兄弟不得以財帛之事而生芥蒂……」足見其一生標格。

姚鼐在主持鍾山書院時，已年屆古稀，仍創作不止。嘉慶十一年，《惜抱軒詩文集》26 卷，在廣東粵秀書院付梓重刻，直到去世前，仍有文章問世，留下了大量優秀古文。據《姚惜抱先生年譜》所記，姚鼐在鍾山書院撰寫或刻成的著作有：乾隆五十七年「陳用光校刻先生文集十卷」：嘉慶二年《九經說》刻成，江寧諸生爲刻《春秋三傳補注》三卷、《國語補注》一卷刻成；嘉慶三年《五七言今體詩鈔》十八卷付梓；嘉慶四年「補刻詩集五卷」；嘉慶五年「江寧諸生合爲鐫刻文集十六卷」；嘉慶十四年「《九經說》刻成後，先生復有所論，增益舊文，合得十七卷，冬，門人陶定申爲補鋟於江寧」。此間，姚鼐還負責撰修了《江寧府志》，爲弘揚南京文化作出了不可磨滅的貢獻。南京爲六朝都會，文化燦爛，名人輩出，《江寧府志》自康熙七年陳開虞修過之後，歷時 140 年沒能重修。百年間，人物風情發生極大的變化，亟須重新編修府志。嘉慶十六年，江寧知府呂燕昭開館延士，重新修《江寧府志》，並請當時已年屆八旬的姚鼐負責總修。姚鼐等人廣搜博訪，將所得資料「缺者補之，訛者正之，謬者削之」，經過七個多月的艱苦勞動，最終成書 56 卷。嘉慶十五年（1810），姚鼐與詩人趙翼赴江南鄉試鹿鳴宴，時年八十，仍耳聰目明，齒牙未豁，「行步輕健如飛，見者以爲神仙中人。」趙翼「亦八十餘，然行步需人扶掖矣。」嘉慶二十年（1815）七月，85 歲的姚鼐偶染微疾，遷延數月，竟至不治，於九月二十三日卒於鍾山書院。至嘉慶二十四年（1819）十一月初八同元配張夫人合葬於桐城東南鄉樺陽崗保大楊樹灣鐵門口。一代文宗，長眠於此，清風明月相伴左右，文氣詩韻長縈故園。

姚鼐自 40 餘歲遠絕仕祿，一直任書院山長，主講江南四十年，培養人才眾多。劉聲木《桐城文學淵源考》在姚鼐門下開出長長一串名單，也僅是其中名聲顯著者而已。曾國藩《歐陽生文集序》將管同、方東樹、梅曾亮和姚瑩並稱爲姚門四大高第弟子。此說影響較大。其實，「姚門四傑」並不足以涵蓋姚門弟子整體創作實力和特點。「姚門四傑」中，管同受到姚鼐稱賞較多，尤長於古文，且能自成面目。梅曾亮與管同是同鄉，後轉師姚鼐，改習駢文爲古文，並深得姚氏眞傳，成爲桐城派繼往開來的關鍵人物。曾國藩稱讚到，「單緒眞傳自皖桐，不孤當代一文雄」，其弟子遠達桂、贛、湘、晉各省，使桐城派的影響由江南擴展到中西部地區。方東樹爲桐城人，崇拜朱熹，著《漢學商兌》對乾嘉漢學提出質疑；著《昭昧詹言》闡發桐城派詩旨，皆極有見地。姚瑩爲姚鼐侄孫，論文重視才、學、識，文章指陳時弊，大多慷慨深切。另外，劉開詩古文頗具陽剛之氣，反映了乾、嘉時期儒教傳統對於個性解放思潮的一種妥協。江西新城人陳用光（1767～1835）之古文、江蘇宜興人吳德旋（1767～1840）之文論，都對桐城派發展壯大產生了不同層面、不同程度的影響。

劉聲木《桐城文學淵源考》著錄姚鼐弟子一百四十二人，其中除私淑或其他途徑所收弟子外，在鍾山書院培養的弟子爲數眾多。除了上面提到的幾名傑出弟子外，姚鼐在鍾山書院精心培育和指點的文士還有很多。這可從陳作霖編的《金陵文徵小傳》中得到有益補充，現摘錄幾條如下：

1.張庭珏，字牖奇，號西潭，上元廩生……肄業鍾山書院，爲盧抱經姚惜抱兩山長所賞。

2.余秋農，以字行，上元廩生，好聚書，專以治經爲業。胡豫堂學使、姚姬傳山長均賞之。

3.吳翼元，字石倉，上元廩生，爲文下筆不苟，故能闢奧獨開……肄業鍾山，爲姚姬傳先生所賞。

4.談承基，字念堂，堯階先生孫，江寧歲貢生，鍾山姚姬傳山長極賞之。

5.江兆虹，字玉飛，號澹生，庠生，尊宋儒，爲格致誠正之學，立敬怠善過格，晝動暮休，得失離合悉書於冊以自省，事親敬長，克盡孝悌，爲文必求發古聖賢之旨，書法宗顏平原，嘗知於姚惜抱先生。

6.顧喬，字敬嶽，仙沂先生次子，江寧廩生，有文名，束脩自好，見賞於姚姬傳山長，鐵筆亦傳其家法。

7.張德鳳，字子韶，號梧岡，西潭先生仲子。……爲文有逸氣，博覽群書，旁及詩古文辭，後受業姚惜抱山長，爲所擊賞。

正是由於姚鼐四十年如一日致力於書院教學，培育後進，才使得桐城門庭不斷擴大，桐城家法眞正確立。門下諸弟子秉持遺訓，勤奮創作，尋求新變，使桐城派沿著「三祖」開闢的道路向前推進。可以說，姚鼐奠定了桐城派「立家法」的導師地位，如果沒有姚鼐，「桐城派」或許不會在中國文化史上產生如此廣泛深遠的影響。

## 第三節　姚門弟子與桐城文派的發展壯大

在姚鼐的諸多弟子中，最富盛名的要數上元管同、梅曾亮和桐城方東樹、劉開、姚瑩。管同最受姚鼐青睞，其詩文也頗受姚鼐贊許，因此姚鼐認爲管同可以託受衣缽，傳己之法。他評價管同「智過於師，乃堪傳法。須立志跨越老夫，乃爲豪傑耳」〔註 96〕。然而管同一生落拓失意，仕途不順，東奔西走，寄人籬下，最後英年早逝，客死他鄉。梅曾亮出身學術世家，六世祖梅文鼎是清初著名的天文曆算家。梅曾亮二十歲入鍾山書院，與管同、方東樹等人相交。他起初熱衷於駢文的寫作，後來在姚鼐、管同的影響和指點下，梅曾亮轉向古文並迅速提高。他在《復陳伯遊書》中說：「某少喜駢體之文，近始覺班、馬、韓、柳之文可貴。蓋駢體之文如俳優登場，非金鼓絲竹佐之，則手足無措。其周旋揖讓非無可觀，然以之酬接則非人情也。」〔註 97〕梅曾亮在這裡委婉地批露了駢文過於雕琢的侷限，就表現形式而言，不如散文之運氣自如，縱橫開合。梅曾亮登第之後，長期在京爲官，與大批文人相交，文名大盛，成爲傳播桐城古文的主將。方東樹的曾祖方澤是著名的經學家，也是姚鼐的經學啓蒙老師。方東樹既繼承家學，又入鍾山書院從姚鼐學習古文文法，他極力排斥漢學，其治學主張爲桐城文派的發展增添了濃厚的理學色彩。劉開是桐城文派重要的古文理論家，他年僅十四歲就上書時任鍾山書院院長的姚鼐，表明自己的學術志趣。姚鼐預言「此子他日當以古文名家，方、劉之墜緒賴以復振」，「悉心傳授其古文家法」〔註 98〕。劉開在桐城古文門戶森嚴的駢散問題上表現了折中變通的傾向，他提出「駢中無散，則氣壅而難疏；散中無駢，則辭孤而易瘠；兩者但可相成，不能偏廢」〔註 99〕。姚瑩是姚鼐的侄孫，從小就跟隨姚鼐問學，是桐城派嫡傳弟子。他文宗桐城義法，積極提倡學者多務爲經濟之學，把文學創作與濟世救民結合起來，把桐城派文學理論引向更加健康、更具活力的發展道路。

上述姚鼐諸弟子中，管同和劉開皆英年早逝，對桐城文派發展壯大起到重要作用和影響的是梅曾亮、姚瑩、方東樹等人。

---

〔註 96〕管同，《因寄軒文集》卷八，清道光十三年管氏刻本。
〔註 97〕梅曾亮，《復陳伯遊書》，《柏梘山房文集》卷二。
〔註 98〕劉開，《劉孟塗集・文集》卷十，清道光六年姚氏檗山草堂刻本。
〔註 99〕劉開，《劉孟塗集・駢體文》卷二，清道光六年姚氏檗山草堂刻本。

## 一、姚鼐之後桐城文派的擎旗者——梅曾亮

梅曾亮（1786～1856），字伯言，江蘇上元（今南京）人。原籍安徽宣城，是姚鼐的高足之一。道光二年（1822）中進士，先後入安徽巡撫鄧廷楨與江蘇巡撫陶澍幕府。後入貲爲戶部郎中，在京期間，抗顏爲師，廣交文友，爲桐城文派的傳播做出了不可磨滅的貢獻。中年之後辭官出京，在各地書院講學，道光末年回鄉後曾一度主講揚州梅花書院。「時治古文者，必趨梅先生，以求歸、方所傳」（吳敏樹《梅伯言先生誄辭》）。據吳敏樹等所記，彼時江西的吳嘉賓、浙江的邵懿辰、湖南的吳敏樹、孫鼎臣、曾國藩、楊彝珍、廣西的王拯、朱琦、龍啓瑞，大概皆通過梅曾亮而接受「桐城派」的「義法」。「桐城派」的影響是通過梅曾亮而擴大到全國範圍的。

梅曾亮在姚鼐之後，成爲了傳播桐城文派的旗手。他「詩、古文功力無與抗衡者，以其所得，爲好古文者宣導，和者益眾」〔註100〕，受到高度的評價：「我朝之文，得方而正，得姚而精，得先生而大。」〔註101〕「先生」即梅曾亮，肯定了梅曾亮在桐城古文承先啓後的地位。他在堅守桐城文派的文統、道統的基礎上，積極適應社會形勢的變化，對方、姚古文理論進行了修正與創新。梅曾亮的文論思想主要體現在以下幾方面：

第一，在思想上，梅曾亮主張義理要通時和變，文章要因時立言。這種觀點突出表現在其《答朱丹木書》中：「惟竊以爲文章之事莫大乎因時。立吾言於此，雖其事之至微，物之甚小，而一時朝野之風俗好尚，皆可因吾言而見之。使爲文於唐貞元、元和時，讀者不知爲貞元、元和人，不可也；爲文於宋嘉祐、元祐時，讀者不知爲嘉祐、元祐人，不可也。韓子曰：『惟陳言之務去』，豈獨其詞之不可襲哉？夫古今之理勢，固有大同者矣；其爲運會所移，人事所推演，而變異日新者，不可窮極也。執古今之同而概其異，雖於詞無所假借者，其言亦已陳矣……文之隨時而變者，亦如是耳。」〔註102〕這是「通時合變」的具體解釋。「古今之理勢，固有大同」，然而「變異日新者，不可窮極」，因此，梅曾亮主張「因時」「立言」。所謂「因時」，一方面是指文章

〔註100〕姚瑩：《惜抱先生與管異之書跋》。

〔註101〕朱慶元：《柏梘山房文集跋》，《柏梘山房詩文集》附，咸豐六年（1856）楊以增楊紹谷刻本。

〔註102〕梅曾亮：《答朱丹木書》，《柏梘山房文集》卷二，咸豐六年（1856）楊以增楊紹谷刻本。

應該反映現實，具有時代氣息，作家要創作適應時代需要的文學作品，即「一時朝野之風俗好尚，皆可因吾言而見之」；另一方面，隨著時代的變化，文學也應變化，而不能陳陳相因，一成不變。要做到因時立言，那就務必要去「陳言」。「陳言」不僅指語言上的因襲剽擬，也包括文章內容的過時守舊。「惟陳言之務去」就是要在文章的形式和內容兩方面進行創新，賦予文章鮮明的時代特色。梅曾亮還對「海內魁儒畸士，崇尚鴻儒，繁稱旁證，考核一字，累數千言不能休」〔註 103〕的狀況不滿，「今雖居文學之職，其用心習技，必以古爲師，是習鍾鼎文以書試卷，必不售矣。」〔註 104〕批評了一味擬古的作風。

梅曾亮在自己的創作實踐中也積極貫徹了這一觀點，寫作了不少與時代、社會密切相關的文章。他還特別重視論事之文，尤其推重漢人的文章，其《與姚柏山書》中說：「文章至極之境，非可驟喻以言有用，則論事者爲要耳。宋人文明健酣適，然時失之冗；戰國策士文，可謂雄矣，然抑揚太甚，有矜氣，令人生不信心；簡而明，多而不令人厭生者，惟漢人耳。」梅曾亮自己的論事之文，風格也較接近漢代的一些簡短的政論文，簡明犀利而切合時事，如他寫了《與陸立夫書》、《上某公書》等反映鴉片戰爭的佳作，與經世派遙相呼應。梅曾亮也有一些客觀記事的因時之作，如《記棚民事》，反映了一定的社會問題，但對這些問題又束手無策，只好「記之以俟夫習民事者」。

作爲姚鼐的高徒，梅曾亮自然也繼承了姚鼐講「義理」的一面，但在不同的時代風氣之下，講「義理」的作用和目的在梅曾亮那裡也發生了新的轉變。其實，在姚門四大弟子中，梅曾亮是最短於考證和少談義理的，正如他自己所說：「向於性理微妙未嘗窺涉，稍知者獨文字耳。」〔註 105〕梅曾亮以文人自居，既不長於考據，也不潛心性理。他認爲「考證性命之學」，徒使「學者日靡刃於離析破碎之域，而忘其爲興亡治亂之要最。」〔註 106〕梅曾亮所講的「義理」，其主要部分，已不是宋明理學的「身心性命」之學，甚至也不是儒家的綱常倫理之學，乃是「致用」之學。因此，梅曾亮講「義理」，是爲了反對煩瑣的考證，希望將世人的目光從埋頭考證轉移到關注國家的興亡治亂上來，這與他注重實際、「因時立言」的觀點相一致，而與方苞、姚鼐，乃至

〔註 103〕梅曾亮：《春秋湖志序》，《柏梘山房文集》卷二。
〔註 104〕梅曾亮：《復鄒松友書》，《柏梘山房文集》卷二。
〔註 105〕梅曾亮：《贈汪寫園序》，《柏梘山房文集》卷三。
〔註 106〕梅曾亮：《復姚春木書》，《柏梘山房文集》卷二。

同門方東樹等人號召服習宋儒理學有著明顯的區別。因此，梅曾亮「因時」「立言」和「通時和變」的主張，將文學創作與社會變遷結合起來，使桐城派文論的方向從宣揚義理轉向了關注現實，給思想上日趨僵化、創作上日趨形式化的桐城散文注入了新的活力，使其能夠適應新的時代情況而繼續發展下去。

第二，在風格上，梅曾亮主張文章要近古求工，做到文氣貫通。梅曾亮年輕時喜歡駢體文，後來轉學桐城古文，因此他兼長駢散兩種文體。梅曾亮的散文，學秦漢，學《史記》，又學柳宗元、歸有光，吸收桐城古文的長處，而又稍變桐城義法。《清史稿・文苑傳》說：「義法本桐城，稍參以異己之長，選聲煉色，務窮及筆勢。」梅曾亮的古文創作，書序、贈序、壽序等文字較多，往往選聲煉色，姿韻安雅，筆力微弱。梅曾亮在文字上用工夫，不爲浮詞讚語，亦能達到自然清新的效果。他的一些描繪自然風景的小品文，如《遊小盤谷記》、《卜山餘霞閣記》等文字洗煉傳神，無一長語浮詞，富有文采。

梅曾亮認爲文章應該注重形式美，滿足人們的審美需求，而不僅僅爲了實用。他在《復鄒松友書》中說：「夫文章之事，不好之則已，好之則必近於古而求其工。不如是，則古文詞與括帖異者，特其名耳，又果足樂乎？否也。今雖居文學之職，其用心習技，必以古爲師，是習鍾鼎文以書試卷，必不售矣。居其職而不稱其職，不可也。稱其職矣，則所爲者又能合乎古而又樂乎心耶？不足以樂乎心，則所爲之妨於吾所樂者，文章之敗人意與薄書一也。」〔註 107〕梅曾亮認爲文章要注重形式美，要「樂乎心」，滿足人們的審美需求，否則文章就與公文沒有區別了。他強調文學與實用文體的區別，文學是以「樂乎心」爲目的的，實用文體是以實用爲目標的，兩種文體有著不同的寫作目的。

文章要達到「樂乎心」的境界，還必須講究「聲」和「氣」。梅曾亮繼承了劉、姚的「因聲求氣」理論，也很重視詩文的「聲」。他曾說：「詩之道，聲而已矣」〔註 108〕。在《與孫芝房書》中，他從理論上闡明了關於「聲」與「氣」的作用：「夫古文與他體異者，以首尾氣不可斷耳。有二首尾焉，則斷矣。退之謂六朝文雜亂無章，人以爲過論，夫上衣下裳相成而不復也，故成章。若衣上加衣，裳下有裳，此所謂無章矣。其能成章者，一氣也者。」〔註 109〕他認爲古文與其他文體的不同之處就在於有文氣貫穿始終，不能任意割斷。

〔註 107〕梅曾亮：《復鄒松友書》，《柏梘山房文集》卷二。
〔註 108〕梅曾亮：《閒存詩草跋》，《柏梘山房文集》卷五。
〔註 109〕梅曾亮：《與孫芝房書》，《柏梘山房文集》卷二。

在這裡，梅曾亮強調了誦讀的重要性，從誦讀前人的佳文入手，在誦讀中領悟文章的精妙所在。好的文章應該是適合誦讀的，而差的文章因缺少情理而使文氣無法貫通，自然也不適合誦讀，即「世俗之文，揚之而其氣不昌，誦之而其聲不聞，循之而詞之豐殺厚薄緩急與情事不相稱，若是皆不能善讀文者也」〔註 110〕。在梅曾亮看來，養氣就是要長期的誦讀，而他自己也時常誦讀佳文，其《復陳伯遊書》（文集・卷二）中記述自己在城外授徒時，「做伴一小童，多睡甚熟，每夜取古人佳文縱聲讀之，一無所忌，結約之氣，略爲一伸。」〔註 111〕可見，梅曾亮也深知在誦讀之中可以獲得審美愉悅感。其後，曾國藩亦受此影響，常誦讀古文佳篇，重視聲情相通。再經過吳汝綸等人的進一步發展，「因聲求氣」就成爲桐城文論中至爲重要的理論之一了。

梅曾亮論文之所以重視「聲氣」，也與其欣賞與創作的風格有關。散文中要形成貫穿於全文的氣勢文脈，必然在美學風格上提倡雄奇、峻拔的壯美。要形成這種氣勢和風格，也離不開駢散兼用的語言以及駢文風格的影響。桐城派方東樹等人主張揚散抑駢，但文章一般格局狹小而少變化，以雅潔、陰柔爲主要的美學特點，缺少縱橫磅礴的氣勢。梅曾亮本具有駢文家的背景，由駢入古，故能衝破師輩們嚴格區分駢散的界限，形成自具特色、風格俊潔的作品，這與他講求「聲氣」的觀點大有關係。

第三，在內容上，梅曾亮主張文章要立誠求眞，體現藝術個性。文學作品應眞實的地反映生活、表達情感，這是中國古代文論中一個常見的藝術命題。梅曾亮在繼承前人觀點的同時，更加明確地把「眞」作爲評判文學作品優劣的標準，並進一步將「眞」與作家的藝術個性聯繫起來，強調文章要立誠求眞，這樣的主張在中國文學理論批評史上具有重要的意義。梅曾亮在《黃香凝詩序》中充分論述了「物之可好於天下者，莫如眞也」〔註 112〕，認爲「眞」是文學作品稱得上「好」的首要條件。關於文學之「眞」，梅曾亮有很好的論述，他除了強調文學應眞實反映社會現實之外，還特別強調要抒寫眞感情。他說：「見其人而知其心，人之眞也；見其文而知其人，文之眞也。……失其眞，則人雖接膝而不相知；得其眞，雖千百世上，其性情之剛柔緩急，見於言語行事者，可以坐而得之。蓋文章之眞僞，其輕重於人也固如此。」〔註 113〕

〔註 110〕梅曾亮：《台山氏論文書後》，《柏梘山房文集》卷六。
〔註 111〕梅曾亮：《復陳伯遊書》，《柏梘山房文集》卷二。
〔註 112〕梅曾亮：《黃香凝詩序》，《柏梘山房文集》卷五。
〔註 113〕梅曾亮：《太乙舟山房文集序》，《柏梘山房文集》卷五。

梅曾亮認為「眞」是表達作家個性的主要因素，而作家也應該帶著眞情實感去創作。失其眞，情則近於僞情，文則近於僞體。「人之眞」與「文之眞」密切相關，正所謂文如其人，「太白之詩豪而誇，子美之詩深而悲，子建之詩怨而忠，淵明之詩和而傲，其人然，其詩亦然。」〔註 114〕歷代著名詩人的詩歌之所以各具特色，就是因為他們眞實地表達了自己的心聲。

文章要做到立誠求眞，就必須展現作家的個性。因此梅曾亮把「肖乎我」作為衡量「眞」的主要標誌之一。「古人之作肖乎我，今人之作肖乎人；古人之作生乎情，今人之作生乎學。」〔註 115〕古人的創作因為「肖乎我」、「生乎情」而得其「眞」，那麼今人的創作「肖乎人」、「生乎學」，如何能做到「眞」？在這裡，梅曾亮涉及到了文學創作中「學」與「情」的問題，但他認為學習前人若能得其性情，即「學乎人而近乎性情」，「尤之我也」。所以「始雖僞，其後必眞。」因此在梅曾亮看來，學習古人，意在求眞，「學」與「情」並不矛盾，兩者是可以在「眞」的基礎上統一起來的。在指出「眞」的標誌是「肖乎我」之後，梅曾亮又進一步探討了如何求得「眞」的問題。他認為，求「眞」就是要「適乎境而不誇，稱乎情而不歉，審乎才而不剽竊」〔註 116〕。文學作品首先要「適乎境」，準確地反映客觀事物的眞實情況，其中又應滲透作家的個性和情感，而不是簡單複製生活，即「稱乎情」。「適乎境」和「稱乎情」的統一是文學藝術眞實性的主要來源，梅曾亮繼承了前人有關「情境交融」的理論而有所發展，並兼顧了作家的表現才能，即「審乎才」的問題，全面周到地論述了如何寫出具有個性和眞實性的作。所謂「千古文章，傳眞不傳僞」，梅曾亮對於「眞」的認可與追求，也是其散文創作能夠廣泛流傳並得到後人褒獎的重要原因之一。

梅曾亮是姚氏之後桐城派的領袖，他深得姚氏正傳，而且享年甚高，居京師二十餘年，晚年又主講揚州書院，亦一時之大師，當時治古文者無不從問義法。王先謙曾說：「道光末造，士多高於周秦漢魏，薄清淡簡樸之文不足為，梅郎中、曾文正之論，相與修道立教，惜抱遺緒，賴以不墜。」〔註 117〕梅曾亮繼承了姚鼐的文學主張，並進一步豐富和發展，對桐城派的發展有一定的貢獻。其門下學成者籍貫分別為桂 4 人、贛 3 人、湘 6 人、蘇 3 人、浙 3

〔註 114〕梅曾亮：《雜說》，《柏梘山房文集》卷一。

〔註 115〕梅曾亮：《雜說》，《柏梘山房文集》卷一。

〔註 116〕梅曾亮：《黃香凝詩序》，《柏梘山房文集》卷五。

〔註 117〕王先謙：《續古文辭類纂序》。

人和晉 2 人。桐城之學進一步深入各省。可見繼姚鼐之後，在梅曾亮的影響下，桐城派的範圍更加廣泛久遠。

## 二、擴大桐城文論堂廡的變革者——姚瑩

姚瑩（1785～1853），字石甫，號明叔，晚號展和，又以「十幸」名齋，自號「幸翁」，世籍桐城麻谿。嘉慶十三年（1808）中進士，後即南遊廣東，嘉慶二十一年（1816）起，歷任平和、龍溪、臺灣、武進等縣縣令。道光十八年（1838），為臺灣兵備道，旋因抗英被逮，貶官四川，再罰入藏，至道光二十八年（1848）引疾歸里。1850 年咸豐帝即位後，與林則徐等一起起用，授為廣西按察使，參與鎮壓太平天國革命，不久即病死於軍中。著有《中復堂全集》。姚瑩治學作文，繼承了曾祖姚範、從祖姚鼐的傳統，這對他早期思想和文學觀的形成起過重要作用。

姚瑩是成為桐城派的嫡傳弟子和中堅人物，但豐富的經歷、學歷與愛國思想讓對桐城文派古文理論進行了不斷豐富，使他的文學理論較桐城傳統有較大的發展，在一定程度上擴大了桐城文論的堂廡，擴大了桐城文派的影響。主要表現在：

其一，思想上堅守桐城義法。姚瑩「少學於其從祖姬傳先生，與其鄉方植之、劉太學孟塗友善」〔註 118〕。特別是姚鼐主講敬敷書院期間，姚瑩「居院中，先生（鼐）與言學問文章之事，始得其要」〔註 119〕。這說明姚瑩確是接受了桐城派的衣缽，是桐城派古文大師的嫡傳弟子。正如李兆洛在為姚瑩的《東溟文集》寫「題識」時說的：「姜塢、惜抱兩先生，經術文章，閎深簡要，為世碩儒。石甫服習傳緒，擴以通敏。」後來，姚瑩在論文時，也強調「以所聞於先正者略言其要」〔註 120〕，表示要「負荷家學」，仰承「惜翁文章」〔註 121〕，以張大其家學自任。得天獨厚的家學淵源，加之敏而好學，使姚瑩成為桐城派的嫡傳弟子和中堅人物。他文宗桐城義法，竭力「倡明道義，維持雅正」。他文章所表達的內容皆有獨到之處，表現出「義有所不安，命有所當受」的社會使命感和責任感以及為國獻身的可貴品德。他一再申明自己一

〔註 118〕徐子苓：《誥授通議大夫廣西按察使司按察使姚公墓誌銘》。

〔註 119〕《中復堂全集》附錄姚瑩年譜。

〔註 120〕姚瑩：《復陸次山書》。

〔註 121〕姚瑩：《與姚春木書》。

生恪守儒家禮法，「兢兢自求，唯一義字」〔註 122〕。當然，姚瑩在堅守桐城義法的前提下，對其內涵和外延已經進行了變革和創新，注入了許多新的內容。在爲官之道上，他主張爲政在於得民。他認爲，「服官之道，當以愼勤爲本，忠信爲質」〔註 123〕，因此他十分注重「親接貧賤，廣問以達下情」，以期「官民一體」〔註 124〕。在堅持氣節上，他秉承宋儒「餓死事小，失節事大」的宗旨，以義自持，捨生取義。當他被強加「冒功欺上」罪名而被革職投獄之時，他大義凜然，堅決拒絕與俘虜對質以「辱國」。他還不止一次地痛斥投降派，不知「潛心理學」，以致「不知禮義廉恥爲何事」，「爭以悅媚夷爲事，而不顧國家之大辱」〔註 125〕。在忠君報國上，他「視天下國家之事皆如己事」〔註 126〕，不「苟且目前，爲一身之私計」，始終以「忠義之士」自勵。在鴉片戰爭期間，他臨危不懼，置生死於度外，團結孤懸於海外的臺灣軍民，堅決抗英，「夷五犯臺灣，不得一利；兩擊走，一潛遁，兩破其舟，擒其眾而斬之」〔註 127〕。在他遭遇貶黜，流放邊疆之時，仍發憤著書，寫下了《康輶紀行》等書，詳細介紹了西藏以及英、法、俄、印、廓爾喀（尼泊爾）、哲孟雄（錫金）等有關地理、歷史情況，繪製了世界和中國西南邊疆的地圖，爲中國人民開眼看世界作出了重要貢獻。總而言之，姚瑩所言之「義」，「明顯帶上了近代先進人物探求救國救民眞理的色彩」〔註 128〕，是在桐城「義理」思想的指引下，與社會現實以及人生經歷相結合的產物，是對傳統「義法」思想的繼承與發揚。

其二，內容上強調經世致用。「經世致用是指面對現實，以研究和解決現實問題爲中心，運用古今中外之學爲當前現實服務，力求實事求是的一種人文精神和學風。……其核心就是要將學問與社會現實聯繫起來，強調學問的實踐價值。」〔註 129〕姚瑩作爲作爲嘉道時期開風氣之先的經世派代表人物，一生都以經世自任，其經世思想也體現在其文論中。

在《與吳岳卿書》中，姚瑩第一次提出了他的經世思想：「古之學者不徒

---

〔註 122〕姚瑩：《倈林制軍書》。

〔註 123〕姚瑩：《復程中丞書》。

〔註 124〕姚瑩：《答李齋信論臺灣治事書》。

〔註 125〕姚瑩：《復黃又園書》。

〔註 126〕姚瑩：《康輶紀行》。

〔註 127〕姚瑩：《復光律原書》。

〔註 128〕黃霖：《姚瑩與桐城派》，《江淮論壇》，1982 年第 5 期。

〔註 129〕章翅，《論姚瑩的經世思想及其形成原因》，《淮北煤炭師範學院學報（社會科學版）》，2008 年第 1 期。

讀書，日用事物出入周旋之地皆所切究。其讀書者，將以正其身心、濟其倫品而已。身心之正明其體，倫品之濟達其用。要端有四：曰義理也，經濟也，文章也，多聞也。」〔註 130〕與姚鼐「義理」、「考證」、「文章」爲學問三要素之說比照，除了將「考證」易爲更切實際的「多聞」外，更補入了「經濟」爲第二要端，在思想上有很大飛躍。姚瑩宣導的是學術經世，強調學以濟時致用，他認爲：「顧學術是非，非文章不能以自顯。瑩於經術之文，嘗慕董膠西、劉中壘；論事之文，嘗慕賈長沙、蘇眉山父子。非徒悅其文章，以爲數子之學皆精通明達，所謂其言有物者。……瑩之魯劣，實愧諸君，乃其私願則與諸人大異，所不欲以爝火之明耀光於日月也。但使道術粗明，志業成就，稍有萬分之一裨於一人一物，則此生不虛。」〔註 131〕著意申論了自己的學術經世主張。

姚瑩的經世思想還體現在重視師之引導教化作用，提倡破格選拔人才。他認爲「今夫古禮之不可復也，亦猶江河之不可復返矣，激而行之，不若順而導之之利也」〔註 132〕。因此要充分發揮師者的傳道、解惑、引導作用，引導士子「優游乎仁義之途，馳驅乎經濟之用，卓絕乎峻直之行，博辯乎華實之說」〔註 133〕。在他任淮南監掣同知期間，兩江總督委令由淮南監掣同知每月親臨樂儀書院課士，姚瑩承命伊始，就對書院進行了改革，更新充實課士內容：「書院之設，雖業在課文，而講求道義，敦崇實學，尤爲教士之本。爾來風俗頹靡，競末亡本，士子但知重科名，而於修己治人之道、經史子集之書，未能知所從事。……應請現訂山長早日蒞臨長住，課文之外，講求先賢遺規，切於人倫之用，俾諸生有所觀摩，培成令器，或於國家教士儲才不無裨益也。」〔註 134〕關於人才的選拔，姚瑩主張在社會變革時期，要不拘一格選拔人才。唯有如此，國家方可得到非常之才。他說：「登進之法，宜有常格以絕奔競之門；甄拔之途，必有殊科以收非常之用」，因爲「夫有雄材絕智、抱濟時之具者，此其人類不能斤斤於言行稱譽之間矣」〔註 135〕。

其三，文風上提倡沉鬱頓挫。方苞論文重「雅潔」，姚鼐並舉「陽剛」「陰

〔註 130〕姚瑩，《東溟文外集》卷二，臺北：文海出版社，1974 年版。

〔註 131〕姚瑩，《東溟文集》卷三，臺北：文海出版社，1974 年版。

〔註 132〕姚瑩，《師說上》，《東溟文集》卷一，臺北：文海出版社，1974 年版。

〔註 133〕姚瑩，《師說中》，《東溟文集》卷一。

〔註 134〕姚瑩，《東溟文外集》卷二，臺北：文海出版社，1974 年版。

〔註 135〕姚瑩，《通論上》，《東溟文集》卷一。

柔」之美，雖崇尚「陽剛」，而自己所作乃偏於「陰柔」，這是由所謂「康乾盛世」與方苞、姚鼐的生活地位所決定的。姚瑩生當內憂外患的嘉道亂世，危阨困頓的遭遇養成其沉鬱頓挫的文風，進一步突破了桐城派的傳統家法。他在《答張亨甫書》中就詳細地論述了文章「不窮不奇，不奇不可以大而久」的觀點。其中列舉了孔子、老子、莊子、屈原、賈誼、司馬遷、曹植、李白、杜甫、韓愈等不同文體的優秀之作，以為它們都可稱為「奇」，然後議論說：

是奇也，大抵有所爲而後發。……非困頓沉鬱，勢極情至而不可已，則發之也淺，其成之也不可以大而久。……非困窮憂患，則聖人之遇不奇；非絕無僅有，則宇宙之奇不泄。諸子也各以其窮爲其奇而不朽。蓋從古無安常處順坐至富貴而能奇者，斯其與草木同腐耳。〔註 136〕

在《康輶紀行》中他更標舉「文貴沉鬱頓挫」的主張，對於這種風格的藝術特徵與其情思、學識和生活基礎作了細緻的分析：

古人文章妙處，全是沉、鬱、頓、挫四字。「沉」者，如物落水，必須到底，方著痛癢，此沉之妙也。否則，仍是一「浮」字。「鬱」者，如物蟠結胸中，輾轉縈遏，不能宣暢；又如憂深念切而進退維艱，左右窒礙，塞阨不通，已是無可如何，又不能自已。於是一言數轉，一意數回，此鬱之妙也。否則，仍是一「率」字。「頓」者，如物流行無滯，極其爽快，忽然停住不行，使人心神馳響，如望如疑，如有喪失，如有怨慕，此「頓」之妙也。否則，仍是一「直」字。「挫」者，如鋸解木，雖是一來一往，而齒鑿巉巉，數百森列，每一往來，其數百齒必一一歷過。是一來，凡數百來；一往，凡數百往也。又如歌者，一字故曼其聲，高下低徊，抑揚百轉。此挫之妙也。否則，仍是一「平」字。文章能去其浮、率、平、直之病，而有沉、鬱、頓、挫之妙，然後可以不朽。《楚辭》、《史記》、李杜詩、韓文是也。嗚呼！此數公者非有其仁孝忠義之懷，浩然充塞兩間之氣，上下古今窮情盡態之識，博覽考究山川人物典章之學，而又身歷困窮險阻驚奇之境，其文章亦烏能若是也者！今不求數公之所以爲人，而惟求數公之所以爲文，此所以數公之後罕有及數公者也。〔註 137〕

〔註 136〕姚瑩：《答張亨甫書》。
〔註 137〕姚瑩：《康輶紀行》。

姚瑩上述觀點與文論思想的形成應該與他的經歷與遭遇有關。面對列強入侵，國內變亂，他又因反抗侵略，被誣入獄，貶謫蜀中，再罰入藏，在「困窮憂患」之中，深刻感悟到古代大家之所以能爲不朽之文，很大程度上與他們「又身歷困窮險阻驚奇之境」密切相關。由此可見，姚瑩強調「不窮不奇」，不僅僅是一般地繼承了司馬遷的「發憤著書」、韓愈的「不平則鳴」和歐陽修的「詩窮而後工」的傳統理論，更是其關心社會現實，重視經世致用思想的集中反映。

姚瑩也注意詩論，表現出與其文論同樣宗旨。如《復楊君論詩文書》說：「夫詩之與文，其旨趣不同矣。顧欲善其事者，要必有囊括古今之識，胞與民物之量，博通乎經史子集以深其理，遍覽乎名山大川以盡其狀，而一以浩然之氣行之，然後可傳於天下後世；豈徒求一韻之工，爭一篇之能而已哉？」〔註138〕又說：「詩之與文，尤無二道也。」他也特別讚揚沉雄悲壯的詩風，如稱湯鵬「感慨抑鬱，詩多悲憤沉痛之作」〔註139〕；稱張際亮「以其窮憂慷慨牢落古今之意發爲詩歌，益沉雄悲壯」〔註140〕。姚瑩還有《論詩絕句六十首》，其中不乏眞知灼見，如第二首云：「辛苦十年摹漢魏，不知何故遠風騷；而今悟得興觀旨，枉向凡禽乞鳳毛。」深刻地諷刺了詩壇摹擬漢魏古詩的形貌而遺棄《國風》、《離騷》精神的風氣，指出了「興觀群怨」是作詩的要旨，這是對宋嚴羽詩論以至明清時代摹凝漢魏盛唐復古之風的批判。又如對李商隱的詩，姚瑩也強調了他的《有感》《重有感》等感時憂國的詩，而不贊成歷來論者的一味崇慕其纏綿情思之作：「牙旗玉帳眞憂國，莫向《無題》覓瓣香。」姚瑩在論陸游詩時，更突出了其中的愛國主義精神、恢復失地的雄心壯志：「鐵馬樓船風雪裏，中原北望氣如虹；平生壯志無人識，卻向梅華覓放翁。」姚瑩這些論詩的絕句，在抉發前人憤世匡時的眞情實感中，也寄託著自己時代身世的感概與抱負。

姚瑩還十分關注桐城古文的傳播和書院教育的發展。道光二十六年（1846年），他受桐鄉書院院長戴鈞衡之請，撰寫了「桐鄉書院記」：

> 吾桐之名，始見春秋群舒之一也。漢初，地之西北境爲龍舒，東南境爲樅陽，二縣唐並爲桐城。今之孔城，即古桐鄉，蓋龍舒地也。

〔註138〕姚瑩：《復楊君論詩文書》。
〔註139〕姚瑩：《湯海秋傳》。
〔註140〕姚瑩：《張亨甫傳》。

宋時，孔城爲桐城九鎮之一，見《元豐九域志》。地有桐梓山，水環其下，以出於江。桐之得名，雖未必以此山，而茲地茲山其名古矣。自朱大司農爲桐鄉嗇夫，有令德，後世論吾桐人物者，必以朱司農爲始。夫地氣之盛衰，與世運不其同哉。開闢幾萬年，而地之名，始見於經；又數百年，而人士之賢，始見於漢；又千年，而唐之曹松，始以科名著，宋之三李，始以節操聞。由明迄今，氣節、文章、道德、功業、名位、科目，爲海內望邑者，數百年矣。或以爲山川磅礴鬱積之氣，有待而盛，是固然矣。然地氣不能有盛而無衰，猶世運不能有隆而無污也。則將一聽諸氣運乎？曰：不然。惟有人焉能維持乎？地氣世運與之爲盛隆，而不與之爲衰污。故春秋有孔子，戰國有孟子，三國有諸葛武侯，祿山亂，而郭、李興；南渡危，而朱子出。皆大振其衰，而滌蕩其污，人實爲之，天地胥有賴焉？在豪傑所自命耳。孔城於近代有南山戴先生，樅陽則海峰劉先生，實其故里。吾桐言文章者，於二鄉必稱二先生。茲鄉之人，景仰前哲，將欲振興文風，乃醵金爲書院，名之曰：「桐鄉書院」，從其實也。道光甲辰，余過孔城，戴生鈞衡邀觀之，則桐梓一峰，俯瞰其東，大河環出其下，形勝足以眺覽。矧前輩流風遺跡，足以睪然仰慕者乎。戴生乞一言以志其成，諾之，而未暇也。明年方使西域，而生以書來趣之，乃舉氣運賴人之說，以告此鄉之有志者。嗟呼，豪傑之士，其可不知所自勵哉？司農與二先生斯其近焉者矣。道光丙午十月，姚瑩撰記。

從姚瑩撰寫的《桐鄉書院記》中可以看出，他對有漢以來，桐城境內文風昌盛、名家輩出的景象感到無比自豪，對孔城的人文、地理非常讚賞，對桐鄉書院寄予厚望。特別是對戴南山、劉海峰兩位桐城先賢的尊敬仰慕之情溢於言表，表達了桐鄉書院承繼桐城文派傳統與文脈的願望。

## 三、堅守桐城文派陣地的衛道者——方東樹

方東樹，字植之，安徽桐城人，有《儀衛軒文集》、《昭昧詹言》等。他是桐城派的忠實繼承者，並強化了該派文論。在道統方面他極力宣傳程朱理學，著《漢學商兌》以反對乾嘉漢學，聲稱「余平生讀書，惟於朱子之言爲獨契，覺其與孔、孟無二，故見人著書凡與朱子牴觸者輒恚恨。」〔註 141〕因

〔註 141〕方東樹：《漢學商兑》三序。

此，他在論文時標榜程朱，鼓吹義理比他的先輩方苞、姚鼐等走得更遠。「姚門四傑」中，梅曾亮古駢兼善，姚瑩經世名世，而方東樹則以捍衛理學傳統著稱。他對於桐城文論發展的主要體現在以下三點：

一、思想上，竭力維護程朱理學。乾嘉年間，漢學大盛，海內學者、名公巨卿之輩熱心於繁瑣考證，更有甚至，秉持門戶之見，不遺餘力攻擊程朱理學，考據之學風行一時，影響深遠。爲捍衛程朱理學，姚鼐挺身而出，力排眾議，著文辨之，然勢單力薄，難以匹敵。到了鴉片戰爭期間，一批有識之士，面對著社會的危機、民族的災難，紛紛開始面向現實，探求革新政治、強國禦侮的途徑和方法。於是，一股提倡經世致用，呼籲社會變革的思潮在社會上激蕩起來。梅曾亮、管同、方東樹、姚瑩等姚門高第弟子積極適應社會變革的潮流，高舉程朱義理旗號，攻擊漢學考據之風，不斷革新桐城文論思想。他們攻擊「漢學」主要是爲了反對煩瑣考證，脫離現實。他們標榜「宋學」，並不崇尚空談，閉門修性，他們眞正重視的，乃是經世致用，以適應當時的社會變革。

方東樹作爲桐城派中期的中堅作家，一直潛心於宋明理學，「十八九時，讀孟子書，憮然悟學之更有其大者、切者，遂屏文章不爲，性喜莊、老及程、朱、陸、王諸賢書，讀之若其言皆如吾心之所發者。」〔註142〕可見其少時爲學頗雜，然於百家之學中，卻顯然更鍾情於義理心性之學，這與當時所尚是背道而馳的。當他二十八歲時致書姚鼐，自述「近大用功心性之學」，姚鼐聞此，在與同鄉學者胡虔的一封書簡中表達了極大的欣慰和寄望之情，謂「若果爾，則爲今日第一等豪傑耳。」〔註143〕他三十歲時，姚鼐又在與陳用光的一封書簡中贊許道：「敝郡殊乏人才，更求一方植之乃不可得。」〔註144〕方東樹博觀百家之書，然其自謂「少時亦嘗泛濫百家，惟於朱子言有獨契，覺其言言當於人心，無毫髮不合，直與孔、曾、思、孟無二，以觀他家，則皆不能無疑滯焉。」〔註145〕由此可知方東樹選擇朱子之學作爲自己的爲學宗旨是個人興趣的選擇和獨立思考的結果。四十歲以後，不欲以詩文名世，研極義理，而最佩服朱熹。每日雞鳴即起至深夜，嚴寒酷暑，苦讀精研不斷間。哪

〔註142〕方東樹：《答姚石甫書》，《考槃集文錄》卷六，光緒二十年刻本。
〔註143〕姚鼐：《與胡雒君》，《惜抱軒尺牘》卷三，成都昌福公司鉛印本。
〔註144〕姚鼐：《與陳碩士》，《惜抱軒尺牘》卷六。
〔註145〕方東樹：《漢學商兌序略》，《書林揚觶》，《書目類編》，據蘇州文學山房排印本影印本。

怕安睡枕上，偶有心得，即披衣省覽，執筆錄之。乘船江上或坐車路上，憂戚病患之時，只要心有所疑，事有感悟，注時日以記，無一日懈怠。

方東樹在姚門諸弟子中以衛道者著稱。在清代中期學術史上，他以《漢學商兌》聞名於世，是書於道光十一年（1831）刊行，自此，方東樹被視爲與漢學對抗的宋學勢力的代表。張舜徽在《清人文集別錄》中指出：「東樹一生，以衛道自任，於世儒之非毀程朱者，詆斥不遺餘力。」〔註 146〕然而，方東樹並非全盤否定漢學，恰恰相反，他對漢儒「辛勤補綴，修明而葺治」之功給予高度評價，「漢儒之功，萬世不可沒矣」。他所極力反對的是「逮於近世，爲漢學者，其蔽益甚，其識益陋，其所挾惟取漢儒破碎，穿鑿謬說，揚其波而汨其流，抵掌攘袂，明目張膽，惟以詆宋儒、攻朱子爲急務。要之，不知學之有統，道之有歸，聊相與逞志快意以鶩名而已」。由此可見，方東樹所指謫的不僅僅是近世逐漸形成的一種繁瑣的、爲考據而考據的學風，更是不遺餘力地批判漢學者詆毀宋儒、攻擊程朱，「逞志快意以鶩名」的學術傾向。爲了釐清漢學與宋學的學術淵源，方東樹以農耕爲喻，他說：「經者，良苗也；漢儒者，農夫之勤菑佘者也，耕而耘之，以殖其禾稼；宋儒者，獲而舂之，蒸而食之，以資其性命，養其軀體，益其精神也。非漢儒耕之，則宋儒不得食；宋儒不舂而食，則禾稼蔽畝，棄而無用，而群生無以資其性命。」形象地表明了「漢儒、宋儒之功，並爲先聖所攸賴，有精粗而無軒輊」的辯證關係。爲何會出現如今漢、宋水火不容的局面呢？方東樹接著說明：「今之爲漢學者，則取其遺秉滯穗而復殖之，因以笑舂食者之非，日夜不息，曰：吾將以助農夫之耕耘也。」將漢學者識陋蔽甚，撿小遺鉅的弊端揭露無遺。基於此，方東樹更是毫不留情地攻擊漢學者「畢世治經，無一言幾於道，無一念及於用，以爲經之事盡於此耳矣，經之意盡於此耳矣。其生也勤，其死也虛，其求在外，使人狂，使人昏，蕩天下之心而不得其所本」。方東樹作爲桐城派的著名理論家，站在程朱理學的立場上，無情批判漢學繁瑣考據的弊端，竭力維護桐城文派立論之基，對桐城文論的發展起到了重要的作用。〔註 147〕

方東樹不僅從批判漢學者入手維護桐城派的地位，還極力推崇桐城文派代表人物的文論思想。他曾在《答葉溥求論古文書》中說：「夫眞知又有所待

〔註 146〕張舜徽：《清人文集別錄》，北京：中華書局，1980 年版，第 91 頁。

〔註 147〕本段未標注引文均出自方東樹：《漢學商兑重序》，《考槃集文錄》，光緒二十年刻本。

而定耶。往者姚姬傳先生纂輯古文辭，八家後，於明錄歸熙甫，於國朝錄望溪、海峰，以爲古文傳統在是也。而外人謗議不許，以爲黨同鄉。先生晚年嫌起爭端，悔欲去之。樹進曰：此只當論其統之眞不眞，不當問其黨不黨也。使二先生所傳非眞耶，雖黨焉不能信後世。如眞也，今雖不黨，後人其能祧諸。要之，後有韓退之、歐陽永叔者出，則必能辨其是非矣。此編之纂，將以存斯文於不絕，紹先哲之墜緒，以待後之學者，何可不自今定之也，而疑之乎？孟子論道統，捨伯夷、伊尹而願學孔子、管、晏，豈足顧哉？古之善言文者，必之江海；善觀江海者，必觀共瀾。熙甫、望溪、海峰三先生之得，與於江海者，其瀾同也，學者亦必涉其瀾而可哉。」〔註148〕方東樹由「眞人」、「眞知」立論，稱讚姚鼐《古文辭類纂》「存斯文於不絕，紹先哲之墜緒」，並特意對其中選錄方苞、劉大櫆文章進行辯護，這也清楚地表明了方東樹維護桐城文派的堅定立場。

二、內容上，崇尚經世實用之學。受家學、師承、清初致用學風以及嘉道之際社會形勢的共同影響，方東樹的文論內容突出體現在經世致用上，他所論的義理氣節也重在適時用世。他在《辨道論》中說：「人第供當時驅役不能爲法後世，恥也；鑽故紙著書作文冀傳後世而不足膺世之用，亦恥也。必也才當世用，卓乎實能濟世，不幸不用而修身立言足爲天下後世法。古之君子未有不如此勵志力學者也。」〔註149〕可見，方東樹沒有空談其理，而是以「古之君子」自勵，強調文章要面向現實，具有「濟世」的實用性。他在《答葉溥求論古文書》一文，強調文章要以「道德以爲體，聖賢以爲宗，經史以爲質，兵刑政理爲以用」〔註150〕。總之，方樹東論「文」，強調經世致用之功效和建功立業之目標。

方東樹崇尚經世實用之學並非只是喊喊口號而已，他雖是一介寒儒，但憂國憂民，與公卿交往，敢於進言獻策。道光十一年，桐城發大水，災情嚴重，不少百姓流離失所，生活無依。縣令楊大縉貪婪虐民，變本加厲搜刮民財。百姓苦不堪言，民怨沸騰，上萬人圍困縣衙，聲言要驅逐楊大縉出境。楊大縉惶恐不安，以百姓騷亂爲由，上報大府，請求派兵鎭壓。其時，方東樹在鄧延楨幕府，向鄧延楨陳述實情，並陳說利害，且以身家性命擔保。鄧

〔註148〕方東樹：《答葉溥求論古文書》，《考槃集文錄》卷一，光緒二十年刻本。
〔註149〕方東樹：《辨道論》，《考槃集文錄》卷一。
〔註150〕方東樹：《答葉溥求論古文書》，《考槃集文錄》卷一。

延楨一向敬重方東樹，責成楊大緡要安撫災民，妥善處理，事態始得平息。道光十八年，方東樹在廣東巡撫鄧延楨幕府。當時英國人販賣鴉片，毒害中國人民，方東樹憂心如焚，上《匡民正俗對》，陳述鴉片之害，請厲禁鴉片，並指出英國駐廣州領事義律，桀驁囂張，不受清廷法律約束，勸鄧延楨拘捕殺之，以絕後患，張揚國威。鄧延楨怕引起事端，爲英國人入侵製造藉口，沒有採納。後來義律果然滋事，百般挑釁，有恃無恐。鴉片戰爭爆發後，東南各省官員紛紛退避，惟恐得罪英國人，大多不戰而逃。其時，方東樹蟄居家中，見國勢日非，痛心切齒，泣涕如雨，憂憤成疾，作《病榻罪言》，洋洋萬言，痛批投降派謬論，論制責之策，從戰略方針到具體措施，從發動民眾到收服漢奸，慷慨激昂，直言無隱，字裏行間洋溢著愛國主義熱情。

方宗誠在《儀衛先生行狀》中也說：「先生少補縣學生，銳然有用世志，凡禮樂兵刑河漕水利錢穀關市大經大法皆嘗究心，曰：『此安民之實用也，道德義理所以用此權衡也。』」〔註151〕然而，用世之才並不是都有用世的機遇，現實給方東樹安排的命運是：「久困不能自伸，家貧無以供菽水給衣食之奉，奔走求所入爲養，二十餘年顛沛失蕩，所至輒窮憂，患疾病，日與死迫。羈旅異地，每遇良辰會節，瞻望家園，凶祥莫卜，中夜推枕起歎，戚然不知涕之流落也。」〔註152〕他就是以遊幕、教書的生涯結束了一生的，空懷報國之志，而無建功立業之機會。但其積極用世之心還是昭然天下，在他的文集裏還有一些如《治河書》、《讀禹貢》等經世致用之作，其中最引人注目的，就是那些有關「禁煙制夷」的文章，現在讀來還虎虎有生氣。事實證明，方東樹雖然標榜宋學，謹守桐城家法，但他並非崇尚空談，閉門修性，他眞正重視的，乃是經世致用，應變救世，順應了歷史的進步潮流。

三是在古文寫法上強調善因善創。關於古文的寫作技法，方東樹的論述也比較多。他在《切問齋文鈔書後》云：「夫有物則有用，有序則有法，有用尙矣，而法不可借。」〔註153〕這裡所說的「法」即是指古文的寫作技法。在桐城文論中關於古文寫作技法的批評與總結，主要表現在一些評點之中，像劉大櫆《論文偶記》一類著作是極少的。評點，本是我國古代文學批評的一種獨特形式。宋明以來，古文家在評點方面已做了不少工作。特別是桐城文

〔註151〕方宗誠：《柏堂集前編》卷七，光緒六年刊本。
〔註152〕方東樹：《答姚石甫書》，《考槃集文錄》卷六，光緒二十年刻本。
〔註153〕方東樹：《切問齋文鈔書後》，《儀衛軒文集》六。

人所崇拜的歸有光，也曾將《史記》等加以五色圈點，從中揭示了所謂「全篇結構」、「逐段精彩」、「意度波瀾」等「治文之方」。因而，方東樹對於這類著作非常重視，認爲它們可以使「傳法不廢」，「不如是不足以明也」〔註 154〕。他針對有人片面地否定評點之學，否定總結古文技法，在《書歸震川史記圈點評例後》針鋒相對地指出：古文有法，識精者能識其法，且有必要總結這些法，而圈點抹識正是總給古文之法的一種有效的「日新之物」，應該予以珍視，以求得文章的眞傳。他的觀點，對於簡單地否定我國古代頗有特色的評點之學，否定探討文章技法，是一個有力的回擊。

就古文創作而言，方東樹主張作家在因襲前人的基礎上，必須有自己的個性和創造。他指出，「文章之道，必師古人而不可襲乎古人，必識古人之所難，然後可以成吾之是」，既要學習古人，又不可一味模仿古人；關鍵要做到「善因善創，知正知奇，博學之以別其異，研說之以會其同」。在學習古人的成法和精神時，要「懼其似也，而力避之」，做到「無一字不自己出」，「久之乃益得乎人之精神」。因此，方東樹認爲「文章之難，非得之難，爲之實難」〔註 155〕。當然，僅僅懂得師古與創新還是不夠的，方東樹還特別強調做文章必須「有本」，也就是有平日立身之「經濟德業」，即經世治民的政治才乾和道德功業。他說：「欲爲文而第於文求之，則其文必不能卓然獨絕，足以取貴於後世。周秦及漢，名賢輩出，平日立身，各有經濟德業，未嘗專學爲文，而其文無不工者，本領盛而辭自充也。故文之所以不朽天壤萬世者，非言之難，而有本之難。」〔註 156〕有道德功業爲本，有飽覽博學爲基，有善因善創爲法，古文創作方可步入正軌，窺得旨要，取得成效。

關於「善因善創」的問題，方東樹借水爲喻，形象地批判了「劌心刳肺，齗齗焉以師乎古人」的錯誤傾向。

> 嘗觀於江河之水矣，謂今之水非昔之水耶？則今之水所以異於昔者安在？謂今之水猶昔之水耶？則昔之水已前逝，今之水方續流也。古之人不探飲乎今之水，今之人不扳酌乎古之水，古水今水是二非一，人皆知之；古水今水是一非二，則慧者難辨矣。蚩蚩者日飲乎今之水，有人曰：「吾必飲乎古之水，而不飲今之水」，則人必

〔註 154〕方東樹：《合刻歸震川圈識史記例意劉海峰論文偶記跋》，《儀衛軒文集》六。
〔註 155〕方東樹：《答葉溥求論古文書》。
〔註 156〕方東樹：《答葉溥求論古文書》。

笑之矣。蚩蚩者飲乎今之水，有人曰：「若所飲今之水，實乃即古之水。」則人猝然未有不罔於心而中夫惑疾者也。夫有孟、韓、莊、騷，而復有遷、固、向、雄，有遷、固、向、雄，而復有韓、柳，有韓、柳，而復有歐、蘇、曾、王，此古今之水相續流者也，順而同之也。而由歐、蘇、曾、王，逆推之以至孟、韓，道術不同，出處不同，論議本末不同，所記職官、名物、時事情狀不同，乃至取用辭字、句格、文質不同。而卒其所以爲文之方，無弗同焉者，此今水仍古水之說也，逆而同之也。古今之水不同，同者濕性；古今之文不同，同者氣脈也。〔註 157〕

方東樹以水爲喻，說明江河中所流之古水、今水有同有異。比之文章古今之文儘管面目各異，但氣脈相同，所以有師古之必要。但各個時代的作家「道術不同，出處不同，議論本末不同，所紀職官名物時事情狀不同，乃至取用辭字句格文質不同」，所以不能一味沿襲。他不贊成因襲甚至剽竊前人之語，而要形成自己的藝術個性，以免「將見子不復識其父，弟不可辨其兄，群相怪惑，無能求審此人而目之眞，而己安在哉！」所以，方東樹說，「爲文之難非合之難，而離之難」，即爲文之難，在獨創，而不在蹈襲古之成法。由此可見，方東樹在論文之法時，既強調借鑒古人成功經驗，又要重視創新發展。方氏此論，無疑發展了桐城三祖的理論，對以後的桐城派古文家來說，是一種切實有效的指導思想〔註 158〕

總而言之，梅曾亮、方東樹、姚瑩等姚門高第弟子，他們師承了桐城三祖的「義法」之說，並積極鼓吹桐城的道統、文統，儼然以桐城派的嫡傳自居。但是，急劇變化的時代教育了他們，各自獨特的經歷、交遊和思想，使他們對先輩的理論有不同的理解和發揮，在繼承的基礎上有了創新和發揚，從而推動了桐城文論向更加務實、更加寬容、更加開放的方向發展。

---

〔註 157〕方東樹：《答葉溥求論古文書》。

〔註 158〕本段未標注引文均出自方東樹：《答葉溥求論古文書》。

# 第三章　嶺西五大家與書院

「嶺西五大家」是清代嘉慶、道光年間廣西桐城派的作家群體，也是這一時期桐城派的中堅力量。他們包括呂璜、朱琦、彭昱堯、龍啓瑞和王拯。他們的成長，離不開早期在當時廣西省城書院學習切磋的經歷；他們的壯大，也離不開書院的傳播之功。嘉慶二十年（1815）姚鼐逝世後，桐城派曾一度衰落。然而在吳德旋和梅曾亮的精心指點下，在呂璜的宣導帶動下，桐城派開始在嶺西興起，並確立了「嶺西五大家」在文壇的歷史地位，成爲了一支拯救嘉道之際桐城之衰的勁旅。

## 第一節　嶺西五大家概說

嘉道之際，桐城文派在廣西興起，有「嶺西五大家」之說。「嶺西五大家」是指呂璜、朱琦、彭昱堯、龍啓瑞、王拯等五位文宗桐城的廣西古文家。這五人以其對桐城派理論的篤誠和活躍的創作熱情，迅速崛起，成爲嘉道時期桐城派的中堅，以致時爲桐城派領袖的梅曾亮也不禁發出「文章其萃於嶺西乎」〔註 1〕的感慨。嶺西桐城派五位代表人物或有師承關係，或有同鄉之誼，關係較爲密切。

呂璜（1777～1839），廣西永福縣人，三十五歲時中進士踏人仕途，先後在浙江諸地任知縣。道光五年（1825），呂璜獲罪罷官後潛心於學問，詩文理論漸趨成熟。道光八年（1828），呂璜以文就質於姚鼐弟子宜興吳德旋，由此而來的《古文緒論》基本上反映了姚鼐的古文理論。從此呂璜埋頭精研桐城

〔註 1〕朱琦《自記所藏〈古文辭類纂〉舊本》，《怡志堂文集》卷六，民國 24 年（1935）桂林典雅鉛印本。

家法，返鄉後又將其傳至粵西，直接導致了桐城古文在廣西的興起。龍啓瑞（1814～1858），廣西臨桂縣人，官至江西布政使。師從呂璜與梅曾亮學習古文義法。他的文章立論通達，文字通暢，王先謙的《續古文辭類纂》就選他所著的史論多篇。朱琦（1803～1861），廣西臨桂人。道光十一年（1831），朱琦以鄉試第一名中舉，十五年（1835）中進士，官至監察御史。道光二十七年（1847）憤而告歸。咸豐十一年（1861）太平軍攻破杭州時，朱琦死於混戰之中。朱琦的詩和古文深得桐城嫡派的學問根柢，他學宗程朱，重視桐城古文，義理、考據、辭章三者兼長相濟。他始終把「嚴於義法」作爲恪守不變的原則；「經世致用」、「漢宋兼採」的學術主張爲其創作理正辭醇的桐城古文以思想和理論上的指導。文章與永福呂璜齊名，在「嶺西五大家」中居於承前啓後的地位。彭昱堯（1809～1851），廣西平南縣人。五次入都赴試，均無功而返。不過，在京師遊學期間，在王拯引見下，他有幸見到梅曾亮，並經常伴隨左右出入文宴詩會，學習古文。由於他英年早逝，又無顯官知名度，故其詩文集被傳抄得少，以至罕見於世，而人們在談到「五大家」時也很少提及他。幸其《致翼堂文集》最終傳世，人們終可窺其「學博氣偉」的獨特人生於一斑。王拯（1815～1876），原名錫振，廣西馬平人。在「五大家」形成時期，王拯與朱琦、龍啓瑞、彭昱堯等人虛心向呂璜、梅曾亮學習，爲「五大家」地位的確立作出重要貢獻。後呂、彭、朱、龍等先後逝世，他則更多從事詩詞的創作，從此「嶺西五大家」的古文創作高峰陷入低潮。

## 一、「嶺西五大家」出現的時代背景

廣西古稱粵西，長期以來，由於地處邊陲，經濟、文化相對於全國先進地區來說步伐較慢。這主要表現在：第一，作家數量少，分布散。唐代的「二曹」，雖然「嶺外詩聲起二曹，古來參佐幾名高」〔註2〕。「有唐曹鄴與曹唐，嶺外風騷始破荒」，但緊接而來的卻是「此調千秋幾絕響，後來幾輩許升堂」〔註3〕。曹唐與曹鄴之後，詩歌領域的顯赫人物較少。第二，優秀作品數量少。除了曹鄴等少數作家的少數幾首作品如《官倉鼠》之類，廣西籍作家作品很少出現。第三，批評理論家較少關注粵西文學。除了研究人員的視域問題之外，廣西作家作品因爲數量和品質的限制，長期沒有產生足夠的影響引起評論家的重視。

〔註2〕王拯：《十月廿五日廣州登舟從弟芝庭甯氏兩甥袁氏侄送至花埭舟中》九首之七，《龍壁山房詩集》卷十四。

〔註3〕李宗瀛：《讀九芝堂集》，《杉湖十子詩鈔》卷十七。

然而，這種情況到了清代後期，也就是晚清的道光、咸豐、同治、光緒、宣統五朝，即西元 1821 年到清朝滅亡的 1911 年這九十年的時間裏，有了很大的改變，無論是作家的數量還是作品的數量及其影響等，均有了質的飛躍，因此這可以說是廣西文學在中國文壇上的第一次整體性崛起。在這一時期，廣西出現了一些影響較大的作家和作家群，例如「嶺西五家」、「杉湖十子」、「臨桂詞派」等。這些具有明顯的地域特點的廣西作家群的出現，不僅改變了長期以來的廣西作家孤軍奮戰、單打獨鬥的局面，更重要的是它昭示了一個新的時代已經來臨。這種作家群體的出現本身就說明了廣西文學在這個時期已經有了巨大的發展，顯示出集體的力量。廣西近代學者陳柱曾經說過：「唐宋而後，古文之盛，首推遜清二百餘年。而長沙王氏繼桐城姚氏撰《古文辭類纂》，於近代選本最謹嚴，中間作者凡三十有九，江蘇凡十有三家，爲最盛；次安徽，凡八家；次湖南、廣西，各凡五家；次江西，凡四家；次山西，凡二家；次福建、浙江，各凡一家，餘省蔑焉。」〔註 4〕陳柱的這個統計，從數量上最爲直觀地說明了當時廣西作家古文創作在全國的地位，在全國名列第三，與湖南並駕齊驅，這是一個廣西文學史上從來未曾出現過的。《續古文辭類纂》是當時比較謹嚴和比較權威的古文選本，「嶺西五家」的作品能比較多地進入這樣的選本中，作家的數量又名列全國第三，完全說明了當時廣西作家在古文的創作上已步入了全國的先進行列。

作爲一個長期以來經濟、文化、文學和社會發展都遠遠落後於全國的偏遠地區，「嶺西五大家」爲何可以在清朝晚期強勢崛起呢？究其原因，大致可以歸納如下：

第一，教育事業的空前發展。這突出地表現在科舉上，至清代尤其是晚清達到了巔峰。自開科取士以來，廣西文科中進士的情況如下：唐代十二人，宋代二百七十九人，明代二百三十九，清代五百八十七名。〔註 5〕可見，廣西中進士的人數在不斷增多這不僅表現在一般中進士的人數有了大量增加，而且狀元、榜眼、探花這些名列前茅的科舉人才已經在全國居於領先地位了。以狀元爲例，道光二十年的龍啓瑞、光緒十五年的張建勳、光緒十八年的劉福姚，他們占整個廣西科考狀元總人數的三分之一。加上嘉慶二十五年創造

〔註 4〕楊新益、梁精華、趙純心：《廣西教育史——從漢代到清末》，廣西師範大學出版社，1997 年版，第 249 頁。

〔註 5〕龍啓瑞：《經德堂文集》卷四，《彭子穆遺稿序》，光緒四年（1878）京師刻本。

了連中三元神話的桂林人陳繼昌，使桂林擁有「狀元城」、「鳳凰城」的美譽。這說明，尤其以桂林爲中心的粵西地區，憑藉大量的書院爲基礎，培育出科舉成功的桂地士子，爲官、治學或二者兼有之，如龍啓瑞、朱琦、鄭獻甫、王拯、呂璜等。所以說，嶺西五大家的崛起是以晚清廣西書院教育的發達爲時代背景的。

其次，理學氛圍的不斷薰陶。廣西受湖湘文化影響，理學氛圍一直濃鬱。雍正年間的廣西，出現了陳宏謀這樣的理學名臣。他治宋代程、朱之學，強調明體達用、知行合一。《清史稿・陳宏謀傳》：

> 乾隆間論疆吏之賢者，尹繼善與陳宏謀其最也。尹繼善寬和敏達，臨事恒若有餘；宏謀勞心焦思，不遑夙夜，而民感之則同。宏謀學尤醇，所至惓惓民生風俗，古所謂大儒之效也。於義督軍儲、策水利，皆秩秩有條理。大受剛正，屬吏憚之若神明，然論政重大體，非苟爲苛察者比。」〔註 6〕可見他爲官、之學都頗有成績。陳宏謀「早歲刻苦自勵，至宋五子之學，宗薛瑄、高攀龍，內行修飭。……輯古今嘉言懿行，爲《五種遺規》，尚名教，厚風俗，親切而詳備。」〔註 7〕陳宏謀還有著強烈的經世致用思想，他說：「古人窮經足以致用，凡不能致用者，不可謂之窮經。然窮經而不能求其切於身心倫物者，亦必不能致用。近見人畢生讀書而不能有用，皆坐看得書中所言不甚親切之故，而經義尤甚也。〔註 8〕

陳宏謀的學問人品對包括「嶺西五大家」在內的廣西學子，產生了很大的影響。呂璜曾說：「余生平不喜爲矯矯近名之行，聞人譽已輒自慚，有志於『庸近切實』四字而氣或昏之，不能自勝也。嘗愛陳榕門先生『學問須看勝過我者，境遇須看不如我者』二語，佩之勿諼。」〔註 9〕朱琦嘗「慕同里陳宏謀之爲人，以氣節自勵」〔註 10〕，辭官回鄉之後，「銳志鄉學，慕其鄉故大學士陳宏謀之爲人，思以學術勵當世，不務躁進」〔註 11〕。彭昱堯曾寫

〔註 6〕趙爾巽：《清史稿・列傳百六十五》，卷三百七十八，中華書局 1976 年版。

〔註 7〕《平南縣志》，第 974 頁，廣西人民出版社，1993 年版。

〔註 8〕唐鑒：《學案小識》卷五，光緒十年（1884）重鐫四砭齋原本。

〔註 9〕呂璜《自撰年譜》，見《月滄文集》卷末。

〔註10〕《清史稿・列傳百六十五》，卷三百七十八。

〔註11〕《朱御史傳兩浙忠義錄》，見張景祁等纂《浙江忠義錄》卷二，同治十二年（1873）浙江採訪忠義總局刊本。

過《三書院詩和梁芷林中丞・宣成書院》曰：「況薰古之儒，張呂先民程。文藝本器識，詎畏月旦評。鄉賢企榕門，仰止能無情。願言後起者，理學蜚英聲。」〔註 12〕全詩對鄉賢「榕門」陳宏謀充滿懷念尊敬之情。

清雍正二年（1724），李紱任廣西巡撫。李紱，字巨來，號穆堂，江西臨川人，清代著名政治家、理學家和詩文家。李紱崇尚陸象山理學，論學主張躬身實踐，經邦濟世。著有《陸子學譜》20 卷、《朱子晚年學譜》20 卷、《陽明學錄》，《穆堂類稿、續稿、別稿》百數卷。撫桂時間雖短，但爲奠定清代廣西的理學傳統作出了重要貢獻。李紱上任伊始，積極修復縣學書院：「州縣之學宜修亟矣。就州縣論，有尤亟者焉，則文學最盛之區是也。」〔註 13〕李紱十分重視書院對於理學教化的作用，更加看重教育對於「化民成俗」的重要意義。因此，除了加強官方學校教育體系外，他還特別主張通過恢復書院教學，培育優秀人才。任內僅一年，即修復了多所著名書院，離任前仍不忘交待：

余奉命來撫廣西，陛辭之日，即請修書院以課多士。考廣西舊志有宣成書院。蓋宋經略公朱公禩孫建以祀南軒張宣公、東萊呂成公者。……余至粵親訪書院，則垣頹瓦落，鞠爲茂草。……余亟命臨桂湯令闢而新之，聚粵士之秀者肄業其中，延鄉先達學士蔣公爲之師，仍署額曰宣成，以復書院之舊。又修祠以祀張、呂二公，新郝公與王、高二君主配食。親致祭焉，無廢古蹟，無棄前勞。〔註 14〕

李紱不僅全力修復書院，還積極延請名儒主講，刊刻、購買大量書籍供諸生閱讀；每月親自到書院主持考課，並批閱諸生考卷。如此，廣西學子對理學的接受順理成章。因此，當呂璜回鄉宣導桐城派古文義法時，桐城派理論很容易得到廣西士子諸生的支持和回應，爲以「嶺西五大家」爲代表的桐城文派在廣西的發展壯大打下良好基礎。

其三，京師文學圈子的宴遊聚會。不少因科舉而入京爲官的廣西人，有機會接觸到當時全國第一流文人群體，他們之間宴遊唱和，學術思想的交流比較頻繁。曾國藩在《歐陽生文集序》中所說的「仲倫與永福呂璜月滄交友，月滄之鄉人有臨桂朱琦伯韓、龍啓瑞翰臣、馬平王錫振定甫，皆步趨吳氏、

〔註 12〕轉引自張維：《「嶺西五大家」與書院》，《南京曉莊學院學報》，2006 年第 1 期。

〔註 13〕李紱，《穆堂別稿》卷三十《修全州學記》，乾隆五年無怒軒刊本。

〔註 14〕李紱：《穆堂別稿》卷三十《復修宣成書院記》，乾隆五年無怒軒刊本。

呂氏，而益求廣其術於梅伯言。由是桐城宗派，流衍於廣西矣」〔註 15〕，清楚表明廣西文學的一些代表人物朱琦、龍啓瑞、王拯等，正是在梅曾亮等當時的一流作家的影響下才不斷成熟的。

龍啓瑞曾說：

> 往余同里交遊能詩者，有商麓原書濬、曾芷堂克敬、龔茂田一貞、關梅生修四人，皆才而早世。平南彭子穆昱堯差後出，余時已舉鄉試，至京師，子穆亦以舉人試禮部。子穆曩從學，使國子監司業池公受業，學益開敏宏達。又從受古文法於鄉先生呂月滄璜。至京介王少鶴錫振得交梅先生伯言。……諸君自司業池公、梅先生外，皆吾粵人也。方是時，海宇承平既久，粵西僻在嶺嶠，獨文章著作之士未克與中州才俊爭騖而馳逐，逮子穆與伯韓、少鶴、仲實先後集京師，凡諸公文酒之宴，吾黨數子者必與。語國內能文者，屈指必及之。梅先生嘗曰：「天下之文章，其萃於嶺西乎！」〔註 16〕

龍啓瑞此言表明當時廣西文學創作出現了前所未有的盛況。此外，王拯《龍壁山房文集》載：

> 比官京師，稍聞當世賢豪論議，於是斷斷爲漢宋之學者，日聒於耳，往往所談既不以行於身，爲文至不能通其意，不佞深有戒焉。〔註 17〕

京中的學習經歷顯然對王拯的文風及學術思想的形成產生了巨大的影響。可見，廣西作家充分利用在京的機會，轉益多師，互相切磋，促成了廣西文學的崛起。

綜上而言，「嶺西五大家」在廣西的崛起，與當時書院發達、理學薰染、京城交遊等因素密切相關。

## 二、「嶺西五大家」得名的由來

嶺西五家之說最早見於光緒二十四年侯紹瀛編《粵西五家文鈔》，前有謝元福序：

〔註 15〕曾國藩：《曾文正公文鈔》卷一《歐陽生文集序》，同治十二年（1873）上海醉六堂刊本。

〔註 16〕龍啓瑞：《經德堂文集》卷四，《彭子穆遺稿序》，光緒四年（1878）京師刻本。

〔註 17〕王拯：《龍壁山房文集》卷一，《大學格物解》文後自注，光緒癸未善化向氏校刊本。

嘉道之際，永福呂禮北、臨桂朱伯韓兩先生始以桐城之文導鄉黨，馬平王氏、臨桂龍氏兩先生復起而和之，於是粵西之文且爲世所指名。上元梅郎中伯言至謂：海内文章殆在粵西。雖一時好尚，遂闢吾鄉文辭之正軌，則亦若有運會存乎其間，非偶然也。吾友侯東洲大令習聞諸先生之學，閒嘗約採其本集諸文薈爲一編，復傳以吾師鄭先生之文，命曰五家文鈔。〔註 18〕

這裡所說的「五家」是指呂璜、朱琦、龍啓瑞、王拯和鄭獻甫。爲何是鄭獻甫而非彭昱堯？黃蓟在《嶺西五家詩文集跋》裏已有說明：「昔謝子受（元福）鄉先輩及黔陽金子誠觀察，嘗欲合刊五家詩文集，亦以未得子穆全稿爲憾。」〔註 19〕可見，謝元福原本是想把呂璜、朱琦、龍啓瑞、王拯和彭昱堯等五人的詩文集刊刻合集的，但由於沒有找到彭昱堯的全稿而只能作罷。於是，他才「復傳以吾師鄭先生之文」，勉強湊成五家之數。侯紹瀛、謝元福的本意並非要以鄭獻甫來取代彭昱堯，事實上，他們是贊同呂璜、朱琦、龍啓瑞、王拯和彭昱堯作爲「嶺西五大家」這一觀點的。

第一次完整提出「嶺西五大家」並將其五人的詩文合璧的是民國人黃蓟。他在《嶺西五家詩文集》跋中寫道：「有清道光、咸豐之交，桐城之學流衍於廣西，而月滄、伯韓、翰臣、定甫、子穆諸子詩古文辭並著名當世。曾文正公於《歐陽生文集序》述其淵源特祥，長沙王益吾、遵義黎蓴齋兩先生復相繼以其文選入《續古文辭類纂》，由是天下學者莫不知有嶺西五大家矣」。〔註 20〕至此，「嶺西五大家」作爲晚清桐城派著名的作家群體而得到了世人的公認，並爲後世所熟知。關於「嶺西五大家」得名的淵源，魏繼昌在《嶺西五家詩文集・後跋》中進行了明確的闡述：「月滄歸響桐城，宦浙時嘗問義法於宜興吳仲倫，歸以所學餉之後進。伯韓、翰臣、定甫、子穆皆聞風興起。其後四人同集京師，又請業於上元梅曾亮，所學益進。伯言爲之語曰：天下之文章，其萃於嶺西乎。由是海內學者蓋莫不知有五家者。」〔註 21〕作

〔註 18〕謝元福：《粵西五家文鈔序》，見《粵西五家文鈔》卷首， 光緒二十四年刊本。此條材料及以下關於嶺西五家之論述，多有參考張維《嶺西五大家研究》（江蘇古籍出版社 2003 年版）之處，特此說明。

〔註 19〕民國・黃蓟：《嶺西五家詩文集・跋》，民國 24 年（1935）桂林典雅鉛印本。

〔註 20〕民國・黃蓟，《嶺西五家詩文集・跋》，民國 24 年（1935）桂林典雅鉛印本。

〔註 21〕民國・魏繼昌，《嶺西五家詩文集・後跋》，民國 24 年（1935）桂林典雅鉛印本。

爲桐城文派的中堅人物，梅曾亮對嶺西文章的稱讚，可以說是確定了嶺西諸家在當時文壇上的地位。「天下文章，其萃於嶺西乎？」基本上就是「天下之文章，其出於桐城」的翻版，寥寥數字，卻有宣言的意思。梅曾亮的稱許，嶺西五家也相當珍視，朱琦的《自記所藏〈古文辭類纂〉舊本》和龍啓瑞的《彭子穆遺稿序》中都記錄了這句標誌性的話語及其因緣：

> 伯言居京師久，文益老而峻，吾黨多從之遊，四方求碑版者走集其門。先是吾鄉呂先生以文倡粵中，自浙罷官講於秀峰十年。先生自言得之吳仲倫，仲倫亦私淑姚先生者。是時同里諸君如王定甫、龍翰臣、彭子穆、唐子實輩，益知講學。及在京，又皆昵伯言，爲文字飲，日夕講摩，當是時，海內英俊皆知求姚先生遺書讀之，然獨吾鄉嗜之者多。伯言嘗笑謂琦曰：文章其萃於嶺西乎？〔註22〕

> 梅先生古文爲當代宗匠，子穆與少鶴暨朱伯韓琦、唐仲實啓華及不肖，每有所作，輒相就正，得先生一言以爲定。而蘇虛谷汝謙，故茂田客密友，在京閉門卻掃，與君談詩，學尤精邃。諸君自司業池公、梅先生外，皆吾粵人也。方是時，海宇承平既久，粵西僻在嶺嶠，獨文章著作之士未克與中州才俊爭騖而馳逐，逮子穆與伯韓、少鶴、仲實先後集京師，凡諸公文酒之宴，吾黨數子者必與。語海內能文者，屈指必及之。梅先生嘗曰：『天下之文章，其萃於嶺西乎！』」〔註23〕

雖然梅曾亮沒有明確提出「嶺西五大家」的這一名號，但他的讚語的確給後來的命名提供了最有力的依據。

## 三、「嶺西五大家」的基本文學取向

「嶺西五大家」與姚門弟子的關係十分密切，受到姚氏古文理論的影響非常大，儘管「五大家」每個人的學術修養不盡相同，但其文學取向還是基本一致的。

一，恪守程朱之學。與許多桐城派代表人物一樣，「嶺西五大家」學宗程朱的學術取向是不變的。呂璜在很多文章中都明確表達了他對程朱之學的

〔註22〕朱琦：《怡志堂文初編》，同治四年運甓軒刻本，卷六，《自記所藏古文辭類纂舊本》，第246頁，民國24年（1935）桂林典雅鉛印本。

〔註23〕龍啓瑞：《經德堂文集》卷四，《彭子穆遺稿序》，光緒四年（1878）京師刻本。

推崇：「有宋眞儒輩出，相與心聖人之心，行聖人之行，言聖人之言，自食息起居以迄乎經緯天地，運量古今之大一，皆默參離合，推見至隱，蘄有當於堯、舜、禹、湯、文、武、周公、孔、孟，不啻面稽而眾喻焉。百世而下誦其書，潛玩其旨，斂容起敬，想見省察，存養粹然至善，修之一身，措之國家，天下無在，非天理之流，行由其道，雖希賢入聖可也，雖萬世太平可也。」〔註 24〕行事遵循程朱理學，於個人可以「希賢入聖」，於國家可以「萬世太平」，可見呂璜對宋學的敬仰之情。在《沈石齋學博六十壽序》一文中，呂璜把自己學宗程朱的學術取向闡述得更爲明確「今夫古學人，惟日孜孜，未有捨身心倫物，徒挾冊讀書者。至學處憂患，則用志尤勤。自訓詁詞章之習慣，所學或非所用，一遇盤錯，輒瞋眴失據，記問所儲，適以發蕭騷，長其傲睨，甚乃遺棄一切，不事事。壹不知子輿氏所謂動心忍性，子厚氏所謂玉汝於成。非故爲是高論，以慰蹇連。人苟志氣清明，愈頓撼則愈振奮。攻玉之石，惟其礪也，確也，所以利磢錯也。」〔註 25〕朱琦受理學影響較深，他的《辨學》、《孟子說》等文章都明確表達了積極維護程朱理學的觀點。劉師培也指出，「道光中葉，清室之臣有倭仁、吳竹如，以程朱之學文淺陋，別有山陽潘德輿、順德羅惇衍、桂林朱琦、仁和邵懿辰，以古文理學馳聲京師，其學略與方姚近。」〔註 26〕可見，朱琦的學術傾向應是恪守程朱理學的。龍啓瑞作文論文也總是以程朱理學作爲學術評判的標準，「吾友龍君翰臣，每作必衷諸道，其論性、論學諸篇，深入理奧，擷宋五子之精而衍其傳，眞得文之醇者。」〔註 27〕鄒明鶴爲龍啓瑞摯友，他的評論應是中肯的。

二，遵守古文義法。受吳德旋的影響，呂璜回到廣西後，積極宣導古文義法，而且他還將吳德旋講述的古文理論整理、編纂成冊，這就是《古文緒論》，作爲書院講學的綱領。朱琦、龍啓瑞、王拯、彭昱堯等人傳承呂璜衣缽，也都自覺遵守古文義法。因此，我們讀「嶺西五大家」的文章，能夠很容易把握文章的中心，能夠清晰地感受到作者行文的脈絡，也就是說，「義」與「法」

〔註 24〕呂璜：《月滄文集》卷四《贈趙生夢齡序》，民國 24 年（1935）桂林典雅鉛印本。

〔註 25〕呂璜：《月滄文集》卷四《沈石齋學博六十壽序》，民國 24 年（1935）桂林典雅鉛印本。

〔註 26〕劉師培：《清儒得失論》，見民報十四號，1907 年 6 月 8 日出版。

〔註 27〕鄒明鶴：《德經堂文集序》，見龍啓瑞《德經堂文集》卷首，光緒四年（1878）京師刻本。

在文章中得到了很好地體現。這些我們還可以從龍啓瑞的《隱公論》、《書歐陽子縱囚論後》，王拯的《山塘泛舟記》、《嫛砧課誦圖序》，彭昱堯的《曹參論》等文章中得到眞切的體會。這些文章觀點明確，思路清晰，說理透徹，層次分明，都可以稱得上桐城古文的範本。

三，不廢考據之學。在中國傳統學術中，漢宋之爭是個長久委決不下的問題。姚鼐提出「義理、考據、辭章」三者兼顧的古文理論其實也是對漢宋之爭的調和。「嶺西五大家」在恪守程朱理學的同時也非常講究考據，以其紮實的經學功底，不斷充實古文的內容。如呂璜在《書元祐黨籍石刻後》就運用了大量考證的手法，他說，廣西融縣眞仙岩的碑文上刻的「公適兗」的「兗」應該寫作「袞」；「龔史」的「史」應該寫作「夬」。「又章惇上有王珪，此碑故有之，今殆漫滅耶。」「嘗讀《西事珥》，搜討嶺表古蹟，不爲不詳，以此碑校之，其所著錄，乃訛舛多至六十餘字。」因此，呂璜感歎道：「金石文字所以貴於古今，蓋信乎其可貴云。」〔註 28〕王拯在《遊百泉記》一文中也鋪陳大量筆墨對百泉的地理方位、人文勝蹟進行了詳盡考證。錢基博評價龍啓瑞的文章說：「大抵論學不廢考據，而不甚重考據；論文不廢義法，而不專重義法，皆承桐城家言之緒論。」〔註 29〕也客觀點出了龍啓瑞不廢考據的學術取向。

四，堅持駢散兼修。桐城派古文理論發展到嘉、道年間，許多代表人物對於文章的形式、風格已經不再墨守成規了。嶺西五大家也已不再囿於桐城義法的藩籬，文章的形式開始趨向於不拘一格、駢散兼修了。如呂璜關於古文形式的觀點就集中體現在了他的《壽堂雜著序》裏，他說：「《左氏內外傳》詞令之美，原本《尙書》，敻乎邈矣。西漢陳事之文，簡質有味，東京而後，莫之能及。唐宋諸家卓然雄於文，尙有希風漢氏者。元明以還，義取昭顯，去古爲益遠焉。時代遷流，所承襲者，成爲風氣，若非是不足以指事而達情，雖使漢之能文章如揚子雲、司馬長卿生今日，其能以聱牙語作官中文字耶？」〔註 30〕對於語言形式的發展演變進行了辯證的分析，強調表達方式用駢用散應因人因時因事而定，不應拘泥成法，一成不變。龍啓瑞、彭昱堯等在文章

〔註 28〕呂璜：《月滄文集》卷一《書元祐黨籍石刻後》，民國 24 年（1935）桂林典雅鉛印本。

〔註 29〕錢基博：《讀清人文集別錄》，見錢基博《中國文學史》附錄，中華書局，1993 年。

〔註 30〕呂璜：《月滄文集》卷三，《壽堂雜著序》。

創作中也會適時嘗試駢體文，雖然不是創作的主流，但也足以看出五大家不侷限於古文創作，堅持駢散兼修的爲文取向。

毋庸置疑，「嶺西五大家」是桐城派在嘉慶和道光年間最爲活躍的古文創作群體之一，是姚門弟子梅曾亮等以桐城宗派思想爲指導，擴大和延續桐城派所取得的最顯著戰果。「嶺西五大家」的興起，不僅爲當時漸顯衰態的桐城派注入了新的生機和活力，同時客觀上也爲後來曾國藩全面中興桐城派起到了很好的鋪墊和預示作用。

## 第二節　吳德旋、梅曾亮與嶺西五大家

吳德旋、梅曾亮與「嶺西五大家」之間有著十分密切的關係，他們對桐城文派傳入廣西起到非常重要的作用。朱琦的《自記所藏〈古文辭類纂〉舊本》中有一段文字對其進行了詳細的記載：

> 伯言居京師久，文益老而峻，吾黨多從之遊，四方求碑版者走集其門。先是吾鄉呂先生以文倡粵中，自浙罷官講於秀峰十年。先生自言得之吳仲倫，仲倫亦私淑姚先生者。是時同里諸君如王定甫、龍翰臣、彭子穆、唐子實輩，益知講學。及在京，又皆昵伯言，爲文字飲，日夕講摩，當是時海内英俊皆知求姚先生遺書讀之，然獨吾鄉嗜之者多。〔註31〕

另外，曾國藩在《歐陽生文集序》中說：

> （吳）仲倫與永福呂璜月滄交友，月滄之鄉人，有臨桂朱琦伯韓、龍啓瑞翰臣、馬平王錫振定甫，皆步趨吳氏、呂氏，而益求廣其術於梅伯言，由是桐城宗派，流衍於廣西矣。〔註32〕

由此可見，桐城文派傳入廣西，先後有兩條路徑：吳德旋與呂璜一線；梅曾亮與王拯、龍啓瑞、彭昱堯一線。但是不管哪一種方式，都與書院講學有關。

### 一、吳德旋與嶺西五大家

吳德旋，字仲倫，江蘇宜興人。受姚鼐編纂的《古文辭類纂》影響，對

---

〔註31〕朱琦：《怡志堂文初編》卷六《自記所藏古文辭類纂舊本》，同治四年運甓軒刻本，第246頁，民國24年（1935）桂林典雅鉛印本。

〔註32〕曾國藩：《曾文正公文鈔》卷一《歐陽生文集序》，同治十二年（1873）上海醉六堂刊本。

姚鼐仰慕不已：「側聞今天下爲古文者，惟桐城姚惜抱先生學有本原，而得其正，然無由一置身其側，親承指教以爲恨。」〔註 33〕從此以後，吳德旋「一意宗法桐城，深求力索於子長、退之之義法。其論文專主於法，以爲文之不可不講於法。」「其爲文優柔恬淡，潔而不蕪，屈而不突，議論有根據，深造自得，幾於自然，於古人法度無不合；而柔淡之思、蕭疏之氣、清婉之韻、高山流水之音，與歸有光、姚鼐爲近。」〔註 34〕劉聲木評價他說：「理當格峻，氣清辭雅，實爲桐城正宗。」〔註 35〕吳德旋四十歲時「始獲親謁惜抱先生而請益焉」〔註 36〕。「先生（姚鼐）以禪喻文，謂須得法外意。德旋聞之而若有證也，而先生亦深許德旋爲可與言文」〔註 37〕。「先生誨之曰：子之論文主於法，是矣。然此學者之始事也，其終也，幾且不知有法而未始戾乎法。子其歸而求之周秦諸子及司馬子長之書乎？德旋曰唯唯。」〔註 38〕正是在姚鼐的精心指導下，吳德旋的古文風格傾於「優柔恬淡」，古樸典雅，與歸有光、姚鼐非常接近。而且名望愈來愈高，「當乾隆季年，已以文學服海內」〔註 39〕，「數十年來，寓內言古文家，罄才智，刓精神，各欲陵藉乎當世。惟桐城姚刑部爲澹蕩閒遠，而一澤於淵醇。蓋窮經主乎義理，時藉有宋大儒之書厚其養焉，匪惟熟講於古作家律度，獨有師承也。先生（吳德旋）文置諸刑部集中，殆無以辨，豈非探其源於至道之歸，而博其趣味於浩乎？沛然長短高下之皆宜，於刑部無不合焉……刑部往矣，方今文章學殖，先生實巍然於斗之南。」〔註 40〕

吳德旋在文學上成就顯著，在生活中也樂爲人師，誨人不倦。「篤好論詩文，津津樂道而不厭。有能信受聽從，無不以夙所聞於師友之訓及平日辛苦於古人而僅有之者，倒廩傾囷出之以相授，故成就弟子甚眾」〔註 41〕。當時，

〔註 33〕吳德旋：《初月樓文集續鈔》卷八《姚惜抱先生墓表》，光緒十年（1884）刻本。

〔註 34〕劉聲木：《桐城文學淵源・撰述考》，第 221 頁，黃山書社，1989 年版。

〔註 35〕劉聲木：《桐城文學淵源・撰述考》，第 221 頁。

〔註 36〕吳德旋：《初月樓文集》卷五《七家文鈔後序》，光緒十年（1884）刻本。

〔註 37〕吳德旋：《初月樓文集續鈔》卷八《姚惜抱先生墓表》，光緒十年（1884）刻本。

〔註 38〕吳德旋：《初月樓文集》卷五《七家文鈔後序》，光緒十年（1884）刻本。

〔註 39〕姚椿：《吳仲倫先生墓誌銘並序》，見繆荃孫《續碑傳集》卷七十七，近代中國史料叢刊，臺灣文海出版社，1969 年。

〔註 40〕呂璜：《月滄文集》卷二《與吳仲倫先生書》，民國二十四年（1935）桂林典雅鉛印本。

〔註 41〕劉聲木：《桐城文學淵源・撰述考》，第 221 頁。

許多人都拜吳德旋爲師。據劉聲木《桐城文學淵源・撰述考》記載，師事、私淑吳德旋者有 20 餘人，其中，呂璜就曾得到吳德旋的精心指點。呂璜「師事吳德旋，往復議論，深得德旋古文義法，爲桐城嫡派。……粵西能古文者，實璜有以開其先。歷主榕湖、秀峰兩書院講席十餘年，以桐城古文義法宣導後進。其能得璜之眞傳雖無幾，能傳璜之義法者亦有人。」〔註 42〕據呂璜自編年譜所記，呂璜與吳德旋相識是在道光八年，其時呂璜五十二歲，因會稽德清案褫職，在杭州滯留。「璜削籍當去，乃久不去，而使得邂逅先生，遂其平昔仰企，以止此文字趨。雖自顧才分蹇淺，萬萬無能爲役，亦安得不踊躍欣抃，思出其臃腫不中繩墨之所有，以求進於大匠耶？」〔註 43〕這一年，呂璜先以文就質於吳德旋，獲益良多；又恰逢吳德旋經杭州返宜興，呂璜於是邀請他來到自己的住所從桂山房，留住二十餘日，暢談古文義法。吳德旋回憶說：「憶歲在戊子（1828 年）之春，予授經甬上，君在杭州，於友人處見予文而善之，以其所撰述郵視於予，商榷可否。是年冬，予歸途過杭州，造訪之，宿留於其所居之叢桂山房二十餘日，議論往復，益切深。自是予每過杭，必就與談藝。君年少予九歲，予故弟畜之。及君別予而歸，各以不得復相見爲恨，然郵書通問訊無虛歲，幾忘其爲相隔五千里之遠也。」〔註 44〕正是由於呂璜與吳德旋在杭州的這次會晤，以及今後的不斷交往與切磋，呂璜於「古文義法乃益窺其深」〔註 45〕，古文修養得到極大的提高，逐步形成了自己的古文創作理論。之後，呂璜將其與吳德旋在從桂山房的談話內容條而記之，整理成冊，這就是著名的《古文緒論》。《古文緒論》所收六十條語錄涵蓋面較廣，多爲心得之語，基本反映了姚鼐的古文理論要旨，成爲呂璜回廣西在書院講學的重要內容。

應該說，呂璜之所以能夠成爲「嶺西五大家」的領軍人物和桐城文學傳入廣西的第一人，吳德旋無論是在理論上還是精神上，都給予了呂璜直接而又深遠的影響。呂璜曾經在給陳用光的信中寫道：「然碩師既不可遇，其所爲上繼歸太僕以追躡唐宋名人之故，未之能窺。且方絓於吏事，亦無暇講此也。削籍後，稍稍治舊業，獲交宜興吳仲倫明經，聆其緒論，然後知南宋以來，

---

〔註 42〕劉聲木：《桐城文學淵源・撰述考》，第 222 頁。

〔註 43〕呂璜：《自撰年譜》，見《月滄文集》卷末。

〔註 44〕吳德旋：《呂月滄墓表》，見《月滄自編年譜》卷首，道光二十一年刻本（北京圖書館年譜珍本叢刊本），第 429 頁。

〔註 45〕呂璜：《自撰年譜》。

其理裕而未吐辭者務修詞，而故示晦澀險詖佻巧以自矜許者，氣暴不靜者，雖一時負盛名，終無與於文章之正軌。於是昭昭然若有以啓其蒙矣。然自顧所嘗試爲之者，其庳隘蹇淺非惟無望於古人，且無以自儕於並世能文之列。間出以示明經，雖亦蒙謂爲可，實未敢遽信其然。」〔註 46〕呂璜自稱其學習古文是由吳德旋啓蒙的，雖然是自謙之辭，但吳德旋對呂璜的影響和點撥之功是顯而易見的。這也集中體現在呂璜對吳德旋古文理論的繼承與發揚上。

首先，呂璜和吳德旋都肯定「六經」是古文的典範。呂璜說：「六經之道簡嚴易直，得其粹者爲宇宙之正人。而發之於文，亦多浩然之氣，而籟所矢合乎自然，即作者亦不知所以然也。」〔註 47〕這顯然是吳德旋所宣導的六經是文章本源的翻版，吳德旋說：「六經，聖人之文，其言至精至大，萬物畢具。聖人既沒，迄乎戰國之時，諸子百家紛紛淆亂，惟孟子、荀卿採六經之文以著書，發明仁義禮樂之旨，粹如也，廓如也。自是厥後，作者代興，而司馬子長、韓退之傑然相望於千百年中，如山之有泰華焉。即其辭考之，違於道者亦鮮矣。蓋古之爲能文者，理莫暢於孟子、荀卿，法莫備於子長、退之。此四君子者，其文皆本於六經，由其道可以上達孔氏，後之學爲文而求合於聖人之道者，捨四君子，其奚適哉？」〔註 48〕而關於怎樣由「四君子之文」上達「聖人之道」的路徑選擇，吳德旋在給呂璜傳授古文義法時，作了明確的說明：「上等之資從韓入，中資從柳、王二家入，庶幾文品可以峻，文筆可以古。人皆喜學歐、蘇，以其易肖，且免艱澀耳。然此兩家當於學成後，隨筆寫出，無不古雅。乃參之以博其趣，庶不流於率易。」〔註 49〕由此可見，吳德旋深刻體會到，學習古文最重要的是尋找門徑，掌握方法。而呂璜也牢記吳德旋的教誨，按照其所指引的路徑潛心研究，終有所獲。呂璜還將這一路徑、方法運用到今後的書院教學中，爲培養後進提供了方便之門。

其次，呂璜和吳德旋一樣，注重古文義法，尊崇桐城爲古文正宗。吳德旋「一意宗法桐城」，特別強調遵守古文義法的重要意義，「以爲文之不可不講於法。如弓之有規矩焉，如射之有彀率焉；雖曰神明，而變化之存乎其人。然欲捨規矩、彀率而別求所以神明變化之方，其究恐歸於迷謬而無所得」〔註 50〕。

〔註 46〕呂璜：《月滄文集》卷二《上陳碩士先生書》。
〔註 47〕呂璜：《月滄文集》卷三《應未堂先生時文序》。
〔註 48〕吳德旋：《初月樓文集》卷四，《小峴山人文集序》，光緒十年（1884）刻本。
〔註 49〕吳德旋：《初月樓古文緒論》，人民文學出版社，1959 年版，第 23 頁。
〔註 50〕吳德旋：《初月樓文集》卷五，《七家文鈔後序》。

呂璜年輕時就傾心於桐城古文義法，「弱冠時，即聞古文一脈，惟桐城爲正。顧年三十許，始得方侍郎文讀之。及成進士，作令浙中，乃先後得讀姚刑部、劉徵君兩集，因以略識義法韻度之粹美」〔註51〕。呂璜在叢桂山房親承吳德旋「口講指畫」之後，「於古文義法乃益窺其深。」〔註52〕從此，他開始埋頭研究桐城派的文論，並在今後的書院教學中不斷強化桐城古文的正宗地位。「自來言之無文，行之不遠，此童而習聞者。然雅密固文，疏濶亦未必不文。吾人性有所近，習亦因之，及擩染既久，遂若各懸一鵠於意中，期以必至。苟不怠棄而畢殫其智力，則適肖。夫量之大小而皆有所成，子固之於班，永叔之於司馬，塗軌殊而所至則一，不相訾，亦未始不相入也。師承在近日惟桐城爲正，由之而光益爛焉，則務加其膏爾。」〔註53〕

其三，呂璜與吳德旋都以韓愈、歸有光作爲學習的楷模。吳德旋十分推崇韓愈、歸有光的古文，他曾說過：「德旋所爲文去歸熙甫尚遠，何敢望入昌黎窔奧，但生平志向實在於此。」〔註54〕呂璜對韓愈、歸有光評價也非常高：「其（韓愈）所取材則自秦漢以上之書，莫不抉擇浸淫咀之，而擷其粹精。夫是故成一家言，雄視百代如彼，其卓卓也。」〔註55〕「昔歸太僕以古文雄一代，初讀之若平平，反覆把玩，始悟其揖歐曾而追史漢，乃神似非貌似也。」〔註56〕所以，呂璜「爲文章必遵韓歐之正軌，其或岐而出者，雖有鴻才絢彩足以驚動一世，視之若不肖也」〔註57〕。

吳德旋對呂璜的影響，不僅僅在古文理論方面的指導，還有精神上的鼓勵。呂璜「嘗欲治古文，苦無師承，又牽於事，不果爲」〔註58〕。後來，二人在杭州相遇，一起探討古文義法，呂璜深受啓發，並堅定了回鄉傳播桐城古文理論的決心。吳德旋鼓勵呂璜擔負起恢復古文傳統的重任：「德旋之所期於執事者蒙莊、史遷，以執事之宏才卓識而從事於斯，深以數年之功力，震川、惜抱宜可紹而兼也。……德旋聞桂海間往往平地孤岩拔起，削立千仞，造物者之爲，至是而夐，無以尙其氣，鬱積數千年，必有所屬以發之者，今

〔註51〕呂璜：《月滄文集》卷二《上陳碩士先生書》。

〔註52〕呂璜：《自撰年譜》，見《月滄文集》卷末。

〔註53〕呂璜：《月滄文集》卷二《答毛生甫書》。

〔註54〕吳德旋：《初月樓文集》卷二《答張皋文書》。

〔註55〕呂璜：《月滄文集》卷三《陳厚齋文集序》。

〔註56〕呂璜：《月滄文集》卷三《歸春泉詩集序》。

〔註57〕吳德旋：《月滄呂君墓表》。

〔註58〕呂璜：《自撰年譜》。

安知非執事邪？」〔註 59〕呂璜並沒有辜負吳德旋的期望，他在回鄉後通過書院講學，致力於古文傳播，並以此報答吳德旋的知遇之恩：「賢子過杭，既拜大集之貺，春木出示手書，又感先生不鄙璜，而垂眷之者甚厚且殷。璜於此事誠無望矣，然僻處嶺表，交遊中或頗有志乎此。他日還山，得舉所聞先生之訓，廣其流傳，安必無知而爲，爲而竟焉者，持此以報先生，倘亦先生之所許耶？」〔註 60〕呂璜回鄉以後，不僅精心傳授古文義法，而且注重培養士風和文風，得到朱琦、龍啓瑞、王拯、彭昱堯等人的積極回應，在他的周圍逐漸形成了一個古文創作群體。他們以桐城派古文義法爲指導，不斷嘗試創作，積累了一定的實踐經驗，爲「嶺西五大家」的形成與發展奠定了基礎。

## 二、梅曾亮與嶺西五大家

梅曾亮在嶺西五大家的形成與發展過程中具有不可替代的作用。可以這麼說，呂璜將吳德旋的古文理論帶回廣西，使得嶺西五大家得以有機會全面接觸桐城古文義法，因此呂璜也就成了廣西傳播桐城古文理論的第一人。但是，真正讓廣西桐城古文生根落地、枝繁葉茂的，離不開當時享譽京城、擔負桐城派傳承重任的大師——梅曾亮。

梅曾亮（1786～1856），字伯言，江蘇上元（今南京）人，原籍安徽宣城。他與管同、方東樹、姚瑩（一說劉開）並稱「姚門四傑」，成爲姚鼐的得意門生，姚鼐對他們也是寄以厚望。道光二年（1822），梅曾亮考中進士；道光十二年（1832）入都任職，擔任戶部郎中，從此開始了其一生中極爲重要的京師交遊活動。到了道光後期，由於劉開、管同相繼去世，方東樹、姚瑩也久離京城，傳承桐城派的重任自然落到了梅曾亮的身上。「當時異之與梅伯言、方植之、劉孟塗稱姚門四傑。然孟塗、異之蚤卒，植之著述雖富而窮老不遇，言不出鄉里。獨伯言爲戶部郎，官二十餘年，植品甚高，詩古文功力無與抗衡者，以其所得爲好古文者宣導，和著益眾，於是先生之說益大明。」〔註 61〕梅曾亮一生的交遊經歷，對桐城派的發展、傳播起到了巨大的作用。尤其是在京師的近二十年中，其文名遠播，一時之間，「治古文者，必趨梅先生，以

〔註 59〕吳德旋：《初月樓文集續鈔》卷二《復呂月滄書三》。

〔註 60〕呂璜：《月滄文集》卷二《與吳仲倫先生書》。

〔註 61〕姚瑩：《東溟文集外集》卷十《惜抱先生與管異之書跋》，同治丁卯安福縣刊本。

求歸、方所傳」〔註 62〕。梅曾亮在京爲官時期，廣交文友，逐漸在其周圍形成了一個研習古文的圈子。正如朱琦在《柏梘山房文集書後》中，稱梅曾亮「居京師二十餘年，篤老嗜學，名益重，一時朝彥歸之。自曾滌生、邵位西、余小坡、劉椒雲、陳藝叔、龍翰臣、王少鶴之屬，悉以所業來質，或從容談讌竟日。」〔註 63〕

道光之後，桐城派文統歸於梅氏，梅曾亮被視爲一代文宗，其門徒遍涉江浙、湖廣等廣大地區，以致有「惜抱遺緒，賴以不墜」〔註 64〕之譽。而姚鼐之後，梅曾亮成爲傳承桐城派最重要的人物，其原因也不難理解。道光後期，姚鼐的弟子如陳用光、吳德旋、劉開、管同等都已去世；姚瑩、方東樹等也久離京城，而梅曾亮此時居京已十多年，其間心無旁騖，潛心於詩古文辭，且與京中名流顯宦俱有交往。其言姚氏之古文義法，已有了極大的名氣，且梅曾亮自己的古文造詣此時也臻於成熟，能夠自成一家，在京師「無與抗衡者」，故能「以其所得，爲好古文者宣導，和者益眾」〔註 65〕。正如李詳在《論桐城派》中所說：「至道光中葉以後，姬傳弟子，僅梅伯言郎中一人，同時好爲古文者，群尊郎中爲師，姚氏之薪火，於是烈焉。復有朱伯韓、龍翰臣、王定甫、曾文正、馮魯川、邵位西、余小坡之徒，相與附麗，儼然各有一桐城派在其胸中。伯言亦遂抗顏居之不疑。」〔註 66〕梅曾亮借助自身的學識和聲望廣泛傳播桐城文法，使其周圍形成了一個規模相當的古文圈子，其中江蘇有許宗衡、魯一同、鄒鳴鶴，山西有馮志沂，浙江有邵懿辰，江西有吳嘉賓、陳學受，湖南湖北有曾國藩、孫鼎臣、劉傳瑩，廣西有王錫振、龍啓瑞、朱琦等。這些人並不都是單純的文人，他們之間也並不拘於嚴格的師承關係，而是一個介於師友之間、亦師亦友、互相切磋的圈子。並且他們中一些人在當時及此後都有比較大的影響，於是桐城古文的影響也隨著他們的流動而繼續傳播，最終從京師流衍至全國各地。故朱慶元謂：「我朝之文，得方而正，得姚而精，得先生而大」〔註 67〕，此說法確有道理。

---

〔註 62〕吳敏樹：《柈湖文錄》卷六《梅伯言先生誄詞》，同治八年（1869）刻本。

〔註 63〕朱琦：《怡志堂文集》卷六《柏梘山房文集書後》，民國二十四年（1935）桂林典雅鉛印本。

〔註 64〕王先謙：《續古文辭類纂序》。

〔註 65〕姚瑩：《東溟文後集》卷十《惜抱先生與管異之書跋》。

〔註 66〕李詳：《論桐城派》，《清文舉要》，安徽教育出版社 1996 年 9 月版，第 248 頁。

〔註 67〕朱慶元：《柏梘山房文集跋》，《柏梘山房詩文集》附，咸豐六年（1856）楊以增楊紹谷刻本。

道光二十五年（1845），梅曾亮六十壽辰之際，京中同人集於龍樹寺置酒爲壽，參與者有朱琦、王拯、邵懿辰、馮志沂、彭昱堯等，眾人皆作詩以賀。同年楊以增以其六十，屬抄錄舊稿，將刊行爲壽。道光二十七年（1847）六月二十日，好友邵懿辰以黃山谷生日爲名，召吳子序、張穆、朱琦、趙伯厚、曾國藩、馮志沂、龍啓瑞、劉蕉雲及梅曾亮等人集於寓舍，以詩相唱和。六月二十一日歐陽修生日，梅曾亮與朱琦、曾國藩、龍啓瑞、孫鼎臣等七人集於邵懿辰舍，以「天下文章，莫大乎是」爲韻作詩。這一年中，梅曾亮與邵懿辰唱和頗多，此時邵懿辰正用功於姚鼐的《惜抱軒集》，梅曾亮贈詩並與之講論，《答邵位西讀惜抱軒集見贈》（詩集・卷八）、《和邵位西風寒懷人詩》（詩集・卷八）等都作於此時。梅曾亮不僅頻繁地參加此類文人雅士的聚會，更時常與林則徐、湯鵬等具有經世愛國思想的官員往來。他曾作不少詩文贈與林則徐，如《贈林侍郎序》（文集・卷三）宣其盛德；林則徐奉旨入關，署陝甘總督，曾亮亦作詩賀之等等。梅曾亮與湯鵬（海秋）的交往也十分重要。湯海秋於道光二十三年（1843）九月置酒萬柳堂宴姚瑩之時，梅曾亮始識海秋，並讀其《浮邱子》。湯鵬的《浮邱子》九十一篇，「大抵言軍國利病，吏治要最，人事情僞，開張形勢，尋躡要眇。」〔註 68〕湯鵬少年登科，富有才氣，且意氣蹈厲，勇言事，爲也具有經世之志的梅曾亮所賞識。既而，湯鵬以憂悶卒於京師。梅曾亮撰其墓誌銘，姚瑩亦作《湯海秋傳》。梅曾亮與這些思想開明、具有用世之心的進步知識分子們聲氣相通，彼此之間相互獎掖，關心時政，也反映了當時士林風氣的主導傾向，「於是士大夫喜言文術政治，乾嘉考據之風稍稍衰矣」〔註 69〕。

梅曾亮在以文會友的交遊過程中，對文學後進的指點頗多，其中對於桐城派的傳播，意義最爲重要的是嶺西五家和曾國藩。「嶺西五大家」分別指永福呂璜（1778～1838）、臨桂朱琦（1801～1861）和龍啓瑞（1814～1858）、平南彭昱堯（1809～1851）、柳州王拯（1815～1876）等 5 位廣西籍古文家。「嶺西五大家」與桐城派的關係，曾國藩在《歐陽生文集序》中做了說明：「（吳）仲倫與永福呂璜月滄交友，月滄之鄉人，有臨桂朱琦伯韓、龍啓瑞翰臣、馬平王錫振定甫，皆步趨吳氏、呂氏，而益求廣其術於梅伯言，由是桐城宗派，

〔註 68〕梅曾亮：《柏梘山房文集》卷十四《湯海秋墓誌銘》，咸豐六年（1856）楊以增楊紹谷刻本。

〔註 69〕趙爾巽：《清史稿》卷四四，《文苑三・梅曾亮傳》，中華書局 1979 年版。

流衍於廣西矣。」〔註 70〕

嶺西五家中，朱琦與梅曾亮的關係最爲深厚。他在《柏視山房文集書後》一文中記敘與梅曾亮交往相得益彰：「先生亦謂琦曰：自交吾子，天下之士益附」。文中還提到他自己「識先生差早」，結識梅曾亮在眾人之先，並且「跡雖友而心師之」〔註 71〕。道光十九年（1839）朱琦來到京師，結識梅曾亮並從其遊。此後，龍啓瑞、王拯、彭昱堯等人相繼進京赴考，同時有意進一步求得古文眞諦。王拯記載了在京中求學時與梅曾亮等師友相互論文的情形：「往時上元梅先生，在京師與邵舍人懿辰輩過從論文最歡，而皆嗜熙甫文。梅先生嘗謂舍人與余曰：『君等嗜熙甫文，孰最高？』而余與邵所舉輒符，聲應如響，蓋《項脊軒記》也，乃大笑。」〔註 72〕

此外，「嶺西五家」的詩文集中，有些批註也出自梅曾亮之手。例如彭昱堯現存的《致翼堂文集》兩卷 42 篇中，很多文章都曾得到梅曾亮的點定。字裏行間看似簡短的評語，使彭昱堯得以及時彌補不足，如《謝氏家廟碑》、《天窮子哀辭》等都是在梅曾亮的點評之下完成的，因而成爲彭氏後期的代表作。「嶺西五家」從遊於梅曾亮，在梅的悉心指導下，古文創作皆更趨成熟，文章風格日益顯現。同時他們也與從學於梅曾亮周圍的邵位西、馮志沂、吳嘉賓、余坤一等交往密切，相互切磋。「嶺西五家」於梅曾亮處得桐城古文之法，桐城派遂流衍於廣西之地，一時人文薈萃，蔚爲大觀。

## 第三節　嶺西五大家與書院

桐城派傳入廣西，離不開書院的傳播之功；五大家的成長與發展，也離不開書院的教育與啓迪。同時，五大家在學有所成或步入仕途之後，或致力書院講學，或支持書院建設，也都不同程度地對廣西書院的發展做出了自己的貢獻。因此，書院的發展有助於促進人才的培養、流派的傳衍和文化的發展；反之，人才的繁榮也有力地推動了書院的發展。本節將著重探尋「嶺西

〔註 70〕曾國藩：《歐陽生文集序》，《曾文正公全集》文集卷三，李瀚章編輯，李鴻章校刊，《近代中國史料叢刊續輯》，沈龍雲主編，文海出版社 1998 年版。

〔註 71〕朱琦：《怡志堂文集》卷六《柏梘山房文集書後》，民國二十四年（1935）桂林典雅鉛印本。

〔註 72〕王拯：《龍壁山房文集》卷一《歸熙甫項脊軒記後》，《嶺西五家詩文集》，桂林典雅鉛印本 1935 年版。

五大家」與廣西書院的關係。〔註 73〕

## 一、清代廣西四大書院

書院是中國古代特有的教育機構，是中國古代文化傳播的重要場所，是我國特有的一種文化教育組織模式。書院教育有著千餘年的歷史，是我國古代文化史、教育史上的一顆燦爛的明珠，對古代社會生活的各個方面都發生了深遠的影響，在學術思想史、文化史、教育史上具有十分重要的地位。廣西地處祖國邊疆，遠離中原，交通不便，文化開發相對落後，不及中原發達，但廣西教育的發展卻有著悠久的歷史和優良的傳統，廣西教育有文字可考的歷史始於漢初，歷時兩千多年，創建了大量的學校以傳播文化、培養人才。自南宋以來，由於廣西經濟加快發展、中原先進文化的進一步傳播民族融合進程的加快、統治者加強對廣西的統治和開發等因素，廣西的書院也興盛發展起來。據查，廣西有書院始於南宋紹興間，至清末廢科舉興學堂而湮滅，歷時約八百年，共辦書院 298 所，其中宋代 11 所，元代無，明代 64 所，清代 223 所（其中新建書院 207 所，興復前代書院 16 所）。〔註 74〕這些書院對廣西人才的培養，爲發展廣西的文教事業，做出了歷史性的貢獻。

清代廣西書院的發展與興盛始於雍正十一年（1733）。在朝廷的政策以及經費扶持下，桂林的秀峰書院和宣成書院得到恢復重建。這兩所書院與後來建立的經古書院（又稱榕湖經舍）、桂山書院（又稱孝廉書院）成爲清代桂林的四大書院。〔註 75〕

宣成書院創建於南宋景定三年（1262），當時是爲紀念兩大理學名家張拭和呂祖謙而建的，張拭謚「宣公」、呂祖謙謚「成公」，於是書院以二人謚號命名爲「宣成」。後來毀於兵火，雍正十一年（1733）重建，但書院教學仍舊秉承理學傳統。秀峰書院創建於城東疊彩山與獨秀峰之間，故名。書院有講堂 5 間、書廳 5 間、東西學舍各 15 間。雍正十三年（1735）朝廷御賜銀 1000

〔註 73〕嶺西五大家與書院的關係研究，廣西大學文化與傳播學院張維副教授潛心鑽研，用力至深，成果顯著，她的《嶺西五大家研究》、《嶺西五大家與書院》等專論論述深刻，材料詳實，具有極強的參考價值。本節在論述過程中也多有借鑒，在此謹表謝意！

〔註 74〕參見楊新益、梁精華、趙純心：《廣西教育史——從漢代到清末》，廣西師範大學出版社，1997 年版，第 164 頁。

〔註 75〕張維：《「嶺西五大家」與書院》，《南京曉莊學院學報》，2006 年第 1 期。

兩置學田，又撥道庫鹽餘銀每年 1692 兩、米 77 石，與宣成書院共用，爲宣成、秀峰兩書院的發展奠定了堅實基礎。秀峰書院與宣成書院最大的不同在於，秀峰書院是一所純官方辦學的書院，而且是專門爲應考鄉試而設的，因此帶有很深厚的官方背景。榕湖經舍是道光十四年（1834）廣西布政使鄭祖琛創建的，王拯爲山長時，訂有《藏書借書條例》。專課經史文詞，注重經世致用之學。同治十年（1871 年）廣西巡撫康國器奏請皇帝頒發「書岩津逮」匾額賜給桂林秀峰書院，「道德陶鈞」匾額賜給「宣成書院」，「經明行修」匾額賜給榕湖書院，〔註 76〕從中可以看出這三所書院培養各有側重，學風不盡相同。桂山書院在道光年間由廣西巡撫鄭祖琛創建。咸同間，因戰火停辦。同治十一年（1872），廣西巡撫劉長祐重新恢復。因爲書院專課舉人，所以又名孝廉書院。〔註 77〕

## 二、榕湖經舍與「嶺西五大家」

榕湖經舍與「嶺西五大家」關係比較密切。關於書院設立的原由以及基本情況，鄭祖琛在《創建榕湖經舍記》中作了詳細介紹：

> 粵西僻處嶠外，涵濡聖化垂二百載，都人士不後於中邦，四千年來清越秀發，緊惟我熙朝爲最。省垣舊有秀峰、宣成兩書院，專課時藝，書尠善本，無所考正。其文清辨有繩尺，而於經古文辭乃往往未暇逮焉。余以壬辰旬宣此邦，嘗月集諸生，課以經藝試賦，間及各體。應官有暇，親爲評騭之。既期年，多士頗躍然，知經術之足尚，而古學之未可後也。有請建書院者，卜地於麗澤門孔子廟東，且前時修貢院有羨貲董事馬君秉良任其勞，閱三月而工畢。講堂三楹，其西三楹，所以館都講。其南十四楹，析爲二十八舍，以聚諸生，初不意其成之速如此。……池籥庭學使、阿鏡泉廉訪又將捐貲多購經籍貯存書院，俾資循誦，從此可久可大。……故取名經舍者，所重在經也，且以別於兩書院也。道光甲午三月記。〔註 78〕

鄭祖琛十分重視廣西的文化教育，經常來到秀峰、宣成書院「集諸生，課以經藝試賦，間及各體。」閑暇之時，他還會親自評閱諸生課卷。鄭祖琛

〔註 76〕《廣西資料輯錄（五）》，廣西人民出版社，1988 年版，第 53 頁。
〔註 77〕張維：《「嶺西五大家」與書院》。
〔註 78〕鄭祖琛：《創建榕湖經舍記》，見黃泌《臨桂縣志（卷十四）》，光緒 31 年刻本。

發現，秀峰、宣成兩書院「專課時藝」，「而於經古文辭乃往往未暇逮焉」。於是他決定創建經古書院，「所重在經也」，專以古文辭育人，以區別於秀峰、宣成兩書院。

榕湖經舍落成後，恰逢呂璜辭官回鄉，於是鄭祖琛延請呂璜出任榕湖經舍山長。呂璜任山長期間，「教人先行而後文，踐履篤實，爲諸士先」〔註79〕，「專以培養士風，矯正文體爲己任」〔註80〕。由此可見，呂璜在日常書院教學外，高度重視培養諸生的品行道德修養。他認爲人品與文品是一致的：「夫經義之垂七百有餘歲，大旨假聖賢語言以闡明斯道，文之禮宜，莫尊於是矣。然高才博涉之士，往往鄙夷之，以爲不足爲業，舉子者或亦等之若筌蹄。然當其操觚時，與行誼幾茫渺不相涉。夫爲文之與植品，事雖異而不異者，志也。爲文之與敷政，途雖歧而不歧者，識也。往余嘗以驗於交遊朋好之間，其文晰於理，洞達於事，昌明於詞氣者，其人不自立，其官不自貴重，任之事不立辦，蓋十不一二焉。又嘗進而求之前史，若名臣，若循吏，苟不以文見則已耳，以文見，有或詭於理，暗於事，浮遊晦澀於詞氣者乎？」〔註81〕

呂璜還教導學生利用豐富的藏書，刻苦研讀儒家經典，並以經世致用作爲讀書的最終目的。他曾寫詩勉勵諸生道：

> 古人貴通經，所貴在致用。近人務說經，乃務以譁眾。群經述作殊，大旨條貫共。漢唐箋注家，談言只微中。宋賢炳薪傳，道積鑿斯洞。論足周聖涯，亦足醒昏霧。奈何嵬瑣流，囂然復聚訟。黨護故紙堆，張漢而抑宋。瓦礫偶拾取，浪詡怪石供。供之猶自可，持作彈丸弄。豈知仁義府，高堅幾不動。
>
> 將爲古文章，漢唐多可宗。北宋有作者，亦復稱豪雄。其義相六經，其語羞雷同。學詩溯漢魏，千九百年中。師資轉益多，畢竟將安從。取法必最上，超超自行空。老氏貴知希，詩文理常通。人世交口譽，境地知未崇。果且進於古，笑譏或易叢。倘求合於人，古音聽誰聰。
>
> 嶺西少藏書，亦少專已儒。轉恐嗇於義，或病稽古疏。著述矢

〔註79〕蘇宗經：《廣西通志輯要（卷四）》，光緒15年刻本。
〔註80〕劉典：《永福縣志（卷三）》，民國6年刻本。
〔註81〕呂璜：《月滄詩集（卷三）》，《應未堂先生時文序》，民國24年桂林典雅鉛印本。

天籟，不受繩墨拘。專集凡幾宋．未恢宏遠樸。大府幸鑒此，首闢博雅途。汎濫極瀛海，因之識歸墟。成韶有正聲，豈容雜笙竽。終期收遠名，始亦愼所趨。伊余愧簿劣，況入風塵驅。謂我比老馬，我材實蹇駑。平生憶交遊，談藝時不孤。咫聞或多矣，分餉心區區。〔註82〕

呂璜的教育思想和古文理論讓榕湖經舍諸生耳目一新，使古文初學者找到了入門的途徑，並開啓了書院良好的學風，爲此後的發展奠定了基礎。

## 三、秀峰書院與「嶺西五大家」

呂璜在執掌榕湖經舍一年之後，開始主講秀峰書院。〔註 83〕在這裡，呂璜依舊秉持作文先做人，學問品爲先的一貫傳統，十分注重對諸生進行品德教育，而且他深知身教重於言教的重要性，在日常教學中，堅持做到以身作則。正如吳德旋所說：「已而主講秀峰書院，其教人先行而後文，以身相示，故弟子皆服從，而則傚之。」〔註 84〕「君於學無所不窺，詩古文皆有法，而尤嚴於檢身。嘗服膺其鄉先哲陳文恭公『學問須看勝我者，境遇須看不及我者』二語以自治，即以誨人，含和履義，相悅以解。」〔註 85〕在教學內容方面，呂璜在秀峰書院最重要的貢獻就是傳播桐城古文義法。彭昱堯對當時的情形這樣描寫道：「先生既歸，大吏聘掌秀峰講席，研精澈瑩，礱沙磨刑，辨淄與澠，既廉且貞，諸生始而駭，繼而孚，終而悅……」〔註 86〕朱琦在聽了呂璜所傳授的古文理論之後，也深有感慨道：「文字無今昔，六經爲根核。夫子抱遺篇，狂簡愼所裁。講席秀峰尊，百史能兼賅。……弟子逡逡進，白髮笑口開。論道有繩尺，舉酒方歡眙。指謂舊師友，徜徉不我猜。初月照高炯，乃自桐城來。義法守方姚，無異管與梅。……憶昔束髮初，執卷心忽摧。每恨古人遠，津逮難沿洄。豈期生並世，几席獲追陪。勖以堅操履，閉門絕梯媒。庶幾傳樸學，一使志業恢。」〔註 87〕可見，呂璜所傳授的桐城理論給當時廣西文壇所帶來的強烈反響。

---

〔註82〕呂璜：《月滄詩集（卷二）》，《示經古書院諸生之三》，民國 24 年桂林典雅鉛印本。

〔註83〕呂璜：《自撰年譜》，見《月滄文集》卷末。

〔註84〕呂璜：《月滄文集》，民國 24 年桂林典雅鉛印本。

〔註85〕梁章鉅：《皇清浩授奉政大夫浙江西塘海防同知除名月滄先生墓誌銘》，見《月滄文集》卷首。

〔註86〕彭昱堯：《致翼堂文集》卷二《呂月滄先生哀辭》。

〔註87〕朱琦：《怡志堂詩集（卷二）》，民國 24 年桂林典雅鉛印本。

由於呂璜在秀峰書院的講學有四年的時間，他的古文理論更加深入人心，影響也更加深遠。呂璜的高風亮節與博學多聞讓投其門下的弟子們徹底折服，諸位弟子也對其做出了高度的評價。

> 自桐城方侍郎以義法爲古文，厭而矯之者挾雄誕曼衍之說，騁其藻繪襞積之材，以飾閭巷之目則有餘，以厭同然之心則不足。故治古文者，卒奉桐城爲正宗，以其本韓歐曾王之法嚴焉，而峻其閒擷關閩濂洛之精潔焉，而滌其腐爲可貴也。其時江之南北，則有劉學博海峰、姚郎中姬傳、張編修皋文，江西則有陳侍郎碩士。數公所造各殊，而醞釀之醇，淵源之正，不可謂非桐城也。惟五嶺之外、瀟湘之南，數千里間未有以古文倡之者。自先生作令浙中，一旦棄其簿書案牘之勞，研尋古今作者之趣，涵揉探索，博儲約發，鏘然破蟲鳴而奏金石，淵然排塵坌而掬清泠也，如作室然，牆宇整矣，莫窺其中之宏麗也。如琢玉然，圭璧澤矣，不見其璞之瑕纇也，閟焉而光騰，蘊焉而義洽。於是三吳之英，兩浙之傑，皆赫然有意先生之文。……先生既歿，粵人之治古文者，蔪然傑出矣。而其源則自先生始，啓迪之功豈淺鮮哉？〔註 88〕

從上述彭昱堯對呂璜的評價中可見一斑。秀峰書院的弟子們對呂璜的敬重之情、景仰之心溢於言表，呂璜對廣西桐城古文理論的傳播與發展確實發揮了不可替代的重要作用。

總之，呂璜在榕湖和秀峰書院的五年時間裏，爲書院的建設和發展立下汗馬功勞，爲廣西文風的振興當好了領航人。劉聲木評價呂璜說：「司馬主講榕湖及秀峰兩書院，教授甚盛。鄭獻甫小谷云：吾鄉之後學得先生之眞者雖無幾，而傳先生之法者亦有人。侯紹瀛東洲云，乾嘉以後，呂先生出，始聞桐城之風而悅之，持其超雅之才，悉屏歧途，拳拳向學，卒成其業。時臨桂朱氏、龍氏，及馬平王氏諸先生，爲文宗旨適與先生同，且相爲師友，能植其學於昭曠之原，遂皆有以發名成業。由是諸先生所作，巋然爲吾鄉文辭之正軌，可謂具兼人之識，特立之操者已。謝元福子受亦謂，永福呂禮北、臨桂朱伯韓兩先生，始以桐城之文導鄉黨，遂闢吾鄉文辭之正軌云云。三人所云，均以鄭重出之，可見司馬在粵西以桐城文學教授鄉里，關係匪細。」這是對呂璜在廣西桐城文派發展中地位和作用的十分中肯的評價。

---

〔註 88〕彭昱堯：《致翼堂文集》卷二《呂月滄先生哀辭》。

通過對榕湖書院和秀峰書院的分析可以看出，書院不僅培養了「嶺西五大家」，而且成就了「嶺西五大家」。通過書院這一媒介，不僅讓桐城派古文理論在廣西扎根生長，而且還極大地促進了廣西文化教育的發展，並形成了濃鬱的學術和文學氛圍。可以這麼說，正是由於「嶺西五大家」以書院的發展帶動了本土文化發展，並以書院爲根據地傳播江南、中原等地區的學術成果，才直接提高了當地的文化教育水準。

# 第四章　曾國藩與書院

## 第一節　曾國藩與桐城文派的中興

曾國藩是中國近代史上聲名煊赫的風雲人物。他不僅學貫古今，才兼文武，功蓋群臣，而且借自己的聲威和名望廣傳儒教，發揚文章。曾氏堪稱晚清文壇一位舉足輕重的詩文大家，其古文上接桐城，下啓湘鄉；其詩歌推崇宋詩，舉世影從。曾國藩以自己的文學創作及理論建樹給予近代文壇深遠的影響。他奉桐城方苞、姚鼐爲「文學正宗」，又針對桐城派「文敝道喪」，提出「氣盛」主張，要求引入駢辭，增加「經濟之學」種種措施，在一定程度上達到「中興桐城」的夙願。正如朱自清在《經典常談》中指出：「曾國藩出來，中興了桐城派……桐城文的病在弱在窄，他卻能以深博的學問，弘通的見識，雄直的氣勢，使它使死回生。他才眞回到韓愈，而且勝過韓愈。」〔註1〕曾國藩的文學理論給桐城派文論帶來新的轉機，爲桐城古文後期發展帶來生機。

### 一、注重文章的經世致用之功

姚鼐作爲桐城派的宗師，在《述庵文鈔序》中提出了桐城派文論的綱領：義理、考據、辭章三者的統一。這種古文創作觀，既體現了一種嚴謹踏實、相容並包的學風，也使桐城文論以其成熟的理論形態而成爲後世古文家理論依據。曾國藩的古文理論源於姚鼐，他在《聖哲畫像記》中說：「然姚先生持論閎通，國藩之粗解文章，由姚先生啓之也。」〔註2〕對於桐城派姚鼐的文論

〔註1〕朱自清：《經典常談》，上海：復旦大學出版社，2004年版，第154頁。
〔註2〕曾國藩：《曾國藩全集（詩文）》，長沙：嶽麓書社，1994年版，第250頁。

思想，曾國藩一方面給予了充分的肯定。他在《歐陽生文集序》中說：「姚先生獨排眾議，以爲義理、考據、詞章，三者不可偏廢。必義理爲質，而後文有所附，考據有所歸。」〔註3〕這段話表現了曾國藩對姚鼐「獨排眾議」而提出「義理、考據、詞章三者不可偏廢」這種做法的崇敬與欣賞。但是在《復吳敏樹》中又說：「至姚惜抱氏雖不可遽語於『古之作者』，尊兄至比之呂居仁，則亦未爲明允。惜抱於劉才甫不無阿私，而辨文章之源流，識古書之正僞，亦實有突過歸、方之處。……至尊緘有曰：『果以宗桐城爲派，則侍郎之心殊未必然。』斯實搔著癢處。」〔註4〕這段話儘管多少透露了曾國藩並不認爲姚鼐能夠與他心目中理想的「古之作者」相提並論，但他還是針對吳敏樹信中對姚鼐的批評作了辯護。值得一提的是，他也坦率地承認吳樹敏信中所作的「果以宗桐城爲派，則侍郎之心殊未必然」的判斷「斯實搔著癢處」，看來他對桐城派文論既不一筆抹煞，也不輕易苟同，持論是較爲公允的。特別是到了道咸年間，由於人們過度關注於姚氏的義理、考據、詞章，這也最終導致了桐城末流不可避免地走向空疏玄談，與當時內憂外患交相煎迫的社會現實格格不入，也順理成章地受到當時以魏源爲代表的強調經世致用的進步散文家的猛烈抨擊。

爲了力挽桐城狂瀾於既倒，曾國藩在姚氏義理、考據、辭章的基礎上，特地加入「經濟」之學，構成四者合一的理論。在《勸學篇示直隸士子》亮出了自己的文學主張：「致力如何？爲學術有四：曰義理，曰考據，曰辭章，曰經濟。義理者，在孔門爲德行之科，今世目爲宋學者也。考據者，在孔門爲文學之科，今世助漢學者也。辭章者，在孔門爲言語之科，從古藝文及今世制義詩賦皆是也。經濟者，在孔門爲政事之科，前代典禮、政書，及當世掌故皆是也。」〔註5〕曾國藩認爲：「義理」指德行，而「經濟」指政事。他將「經濟」融入「義理」，並強調將二者合而爲一，義理便成了「德行」與「政事」的統一，使「義理」由空疏變爲實用，從而帶上了明顯的政治色彩。在「義理、考據、辭章、經濟」四項中，曾國藩認爲義理是最重要的。他說：「蓋自西漢以至於今，識字之儒約有三途：曰義理之學，曰考據之學，曰詞章之學。各執一途，互相詆毀。兄之私意，以爲義理之學最大，義理明則躬行有要而經濟有本。詞章之

〔註3〕曾國藩：《曾國藩全集（詩文）》，第246～247頁。
〔註4〕曾國藩：《曾國藩全集（書信）》，第1154頁。
〔註5〕曾國藩：《曾國藩全集（詩文）》，第442頁。

學，亦所以發揮義理者也。考據之學，吾無取焉矣。」〔註6〕由此可見，曾國藩認爲「義理」的地位高出其他眾技，在文學創作中是一種爲文的品質。他將「義理」與「經濟」合而爲一，使「義理」具備了實用的功效。他將桐城派單純、空泛的義理變成了「經濟」的「義理」，避免了文人們或空談義理，或沉溺於考證的空疏之病，從而使「義理」更貼近現實，大大擴充了「義理」的內涵。

曾國藩在桐城派文論中加入「經濟」一說也並不是偶然的，而是其所處的特殊的歷史環境洗禮的結果。在那個國家和民族危機四起的近代，社會各階層都需要一種能夠解決現實問題、拯救民族危機的學問，經世致用自然和國計民生緊緊相聯。關於曾國藩的「經濟」觀，郭延禮先生在《中國近代文學發展史》中說：「經濟，經國濟世也。曾國藩用於此實爲經世致用的代名詞」〔註7〕。曾國藩自幼受湖湘經世傳統薰陶，經世致用思想早有根基，後受唐鑒啓發：「爲學只有三門……經濟之學，即在義理內。」唐鑒還告訴他致力「經濟」的途徑：「經濟不外看史，古人已然之跡，法戒昭然；歷代典章，不外乎此。」〔註8〕受其影響，曾氏一生酷愛史書，其中兩本最有心得：「經濟之學，吾之從事者有二書焉：曰《會典》，曰《皇朝經世文編》。」〔註9〕曾國藩所理解和宣導的義理顯然不再是桐城空虛的玄談，而是深層挖掘了傳統儒學本身就包含的經世濟民的因素加以體現，賦於義理以經世致用的現實精神和內涵，爲爲文者指明了一條「明理習道修身濟世」的文道一統的道路。

## 二、推崇光明俊偉的陽剛之美

文章風格是指作家在其創作的文章中所表現出來的個性，而這種個性，是從文章的內容與形式、思想與藝術的統一中表現出來的。姚鼐在主張文章陽剛陰柔相濟的同時，還是比較偏向於陰柔之美。他在《與王鐵夫書》中說：「故文章之境，莫佳於平淡，措語遣意，有若自然生成者，此熙甫所以爲文家之正傳，而先生眞爲得其傳矣。」〔註10〕他認爲歸有光的平淡風格才使其

〔註6〕曾國藩：《曾國藩全集（家書）》，第55頁。

〔註7〕歐立軍：《膠著與裂變——從「經濟」觀看桐城派散文的近代化》，《婁底師專學報》，2001年第1期。

〔註8〕曾國藩：《曾國藩全集（日記）》，第92頁。

〔註9〕曾國藩：《曾國藩全集（日記）》，咸豐元年七月。

〔註10〕姚鼐：《與王鐵夫書》，《惜抱軒詩文集》，上海古籍出版社，1992年版，第289～290頁。

文「爲文家之正傳」，對其平淡的風格給予了高度的評價。而且姚鼐本人的創作也體現了「平淡」的風格。曾國藩的文學理論建立在姚氏之基礎上，「吾嘗取姚姬傳先生之說。文章之道，分陽剛之美、陰柔之美二種。大抵陽剛者，氣勢浩瀚；陰柔者，韻味深美；浩瀚者，噴薄出之；深美者，吞吐而出之。」〔註 11〕但他也並非完全贊同姚鼐的寫作風格，他在《復吳敏樹》中說道：「其不厭人意者，惜少雄直之氣，驅邁之勢。姚氏固有偏於陰柔之說，又嘗自謝爲才弱矣。」〔註 12〕

曾氏坦言「平生好雄奇瑰瑋之文」。他對「雄奇」的偏嗜經常流露在他的文字中：「古文一道，國藩好之，而不能爲之。然謂西漢與韓公獨得雄直之氣，則與平生微尙相合，願從此致力不倦而已。」〔註 13〕「文章之道，以氣象光明俊偉爲最難而可貴。」〔註 14〕同時，他還認爲如果能「含雄奇於淡遠之中」則「尤爲可貴」，「思作書之道，寓沉雄於靜穆之中，乃有深味。…作古文、古詩亦然。」〔註 15〕「柔和淵郭之中必有堅勁之質、雄直之氣運乎其中。」〔註 16〕他認爲這是文章風格的至高境界。作爲桐城文派的變革者，曾國藩將姚鼐的陽剛理論向前發展了一大步，他根據文境之美將陽剛、陰柔各析爲四：「陽剛之美曰雄、直、怪、麗，陰柔之美曰茹、遠、潔、適。蓄之數年，而略得八美之一以副斯志。」〔註 17〕關於陽剛陰柔風格的代表人物，他說：「昔姚惜抱先生論古文之途，有得於陽與剛之美者，有得於陰與柔之美者。二端判分，畫然不謀。余嘗數陽剛者約得四家：曰莊子，曰揚雄，曰韓愈、柳宗元。陰柔者約得四家：曰司馬遷，曰劉向，曰歐陽修、曾鞏。」〔註 18〕在《聖哲畫像記》中，曾國藩又把它落實到具體作品中：「西漢文章，如子雲、相如之雄偉，此天地遒勁之氣，得於陰與柔之美者也。此天地之義氣也。劉向、匡衡之淵懿，此天地溫厚之氣，得於陰與柔之美者也。此天地之仁氣也。東漢以還，淹雅無慚於古，而風骨少隤矣。韓、柳有作，盡取揚、

〔註 11〕曾國藩：《曾國藩全集（日記）》，第 475 頁。
〔註 12〕曾國藩：《曾國藩全集（書信）》，第 7496 頁。
〔註 13〕曾國藩：《曾國藩全集（書信）》，第 5766 頁。
〔註 14〕曾國藩：《曾國藩全集（詩文）》，第 554 頁。
〔註 15〕曾國藩：《曾國藩全集（日記）》，第 595 頁。
〔註 16〕曾國藩：《曾國藩全集（書信）》，第 934 頁。
〔註 17〕曾國藩：《曾國藩全集（日記）》，第 1105 頁。
〔註 18〕曾國藩：《曾國藩全集（書信）》，第 934 頁。

馬雄奇萬變，而內之於薄物小篇之中，豈不詭哉！歐陽氏、曾氏皆法韓公，而體質於匡、劉爲近。文章之變，莫可窮潔。要之，不出此二途，雖百世可知也。」〔註 19〕在曾國藩看來，歷朝歷代文學風格不外乎陽剛與陰柔。但對其本人來說，更傾向於前者。他在《海寧州訓導錢君墓表》中表達了心中強烈的情感：「古今才智之士，常思大有爲於世，其立言雄駿自喜。莫文章不求雄駿，而但求平淡；德業不求施於世，而但求善於一身一家。此殆非智者愉快事也。」〔註 20〕

曾氏推崇文章的雄奇之美，一方面與他剛毅好強的性格有關，我們可以看作是他作爲一個政治家、軍事家在當時風雲際會的時代，意欲扭轉乾坤、建功立業的壯志豪情在文章學領域的外現。另一方面，曾氏倡「光明俊偉」的陽剛之美，也是爲了衝擊桐城末流衰弱不振的文風，達到重振桐城文章的目的。

姚鼐在談論文學風格時，完全將陽剛陰柔歸知爲天授，曾國藩一方面也強調天授：「文章之道，以氣象光明俊偉爲最難而可貴。如久雨初晴，登高山而望狂野；如樓俯大江，獨坐明窗淨几之下，而可以遠眺；如英雄俠士，褐裘而來，絕無齷齪猥鄙之態。此三者皆光明俊偉之象，文中有此氣象者，大抵得於天授，不盡關乎學術。」〔註 21〕他認爲古文之事多本於天授，雖「有博學多聞之士，而下筆不能顯豁者多矣」〔註 22〕。但另一方面，曾氏認爲爲文雖本於天分，但「人之氣質，由於天生，本難改變，惟讀書則可變化氣質」〔註 23〕，強調後天的修養和學習因素。如此既強調先天之才氣，又強調後天學習、修養因素，較之姚氏諸人顯得更爲科學全面。

## 三、主張調和駢散以弘文章之氣

桐城派主張「雅潔」，反對駢偶滲入，嚴格駢散界限，走向一個極端。與此恰恰相反，以李兆洛爲首的陽湖派等一批文學家又大力張揚駢文，反對揚散抑駢，阮元甚至主張「文必尚偶」，這又走向了另外一個極端。錢基博在《清代文學綱要》中指出：「陽湖之所以不同於桐城者，蓋桐城之文，從唐宋八大

〔註 19〕曾國藩：《曾國藩全集（詩文）》，第 249 頁。
〔註 20〕曾國藩：《曾國藩全集（詩文）》，第 344 頁。
〔註 21〕曾國藩：《曾國藩全集（詩文）》，第 554 頁。
〔註 22〕曾國藩：《曾國藩全集（讀書錄・東坡文集）》，第 327 頁。）
〔註 23〕曾國藩：《曾國藩全集（家書）》第 827 頁。

家人;陽湖之文,從漢魏六朝人。迨李兆洛起,放言高論,盛倡秦漢之偶儷,……乃輯《駢體文鈔》,以當桐城姚氏之《古文辭類纂》;而陽湖之文,乃別出於桐城派以自張一軍。」〔註 24〕為救桐城文氣虛辭弱之弊,曾國藩主張調和駢散,雜取駢文麗藻以弘文章之氣。

桐城前輩治學規模狹小,門戶之見極深,至姚鼐始對漢學持融通態度。但後期桐城文人中,除梅曾亮外,方東樹及其他大多數人都完全站在宋儒的立場,排斥漢學。方東樹指責漢學家「眾口一舌,不出於訓詁小學、名物制度、棄本貴末,違戾詆誣於聖人」,「名為治經,實足亂經;名為衛道,實則叛道」〔註 25〕。在語言表達上,桐城前輩強調文字清澄雅潔,不許將「魏晉六朝人藻麗俳語,漢賦中板重字法」入古文,大大削弱了語言表現的力度,使桐城文的語言流於簡樸無味,從而給漢學家留下了詆毀之把柄:「曩所稱義理之文,淡遠簡樸者,或屏棄之,以為空疏不足道。」〔註 26〕對於桐城派在駢散問題上所恪守的嚴格家法,曾國藩大膽地進行了變通,破除了桐城派對駢文的摒棄做法。他首先論證了駢偶之文互相補充而不相排斥的道理。在《送周荇農南歸序》中首先闡述了「一奇一偶,互為其用」的辯證道理:「天地之數以奇而生,以偶而成。一則生兩,兩則還歸於一。一奇一偶,互為其用,是以無息焉。物無獨,必有對,……故曰:一奇一偶者,天地之用也。文字之道,何獨不然。」〔註 27〕這就從本體上舉出了駢散並不矛盾的依據。接著他又舉出了散文史上駢散之文互補且不相排斥的例子:「自漢以來,為文者,莫善於司馬遷。遷之文,其積句也皆奇,而義必相輔,氣不孤伸,彼有偶焉者存焉。」〔註 28〕也就是說司馬遷之文正因為「奇」與「偶」相輔而成為至文。在這種既有理論基礎又有事實支持的情況下,曾國藩提出「古文之道與駢體相通」也就自然而然了。他說:「偶思古文之道與駢體相通。由徐、庾而進於任、沈,由任、沈而進於潘、陸,由潘、陸而進於左思,由左思而進於班、張,由班、張而進於卿云。韓退之之文比卿雲更高一格。解學韓文,則可窺六經之閫奧矣。」〔註 29〕

〔註 24〕錢基博:《清代文學綱要》,見錢基博《中國文學史》附錄,上海:東方出版中心,2008 年版。
〔註 25〕方東樹:《漢學商兌序》,見《儀衛軒文集》卷五。
〔註 26〕曾國藩:《曾國藩全集(詩文)》,第 334 頁。
〔註 27〕曾國藩:《曾國藩全集(詩文)》,第 162 頁。
〔註 28〕曾國藩:《曾國藩全集(詩文)》,第 162 頁。
〔註 29〕曾國藩:《曾國藩全集(日記)》,第 475 頁。

曾國藩認爲經史百家各有所長，都可以作爲古文語言的取法對象，不必拘泥於一家，而應博採眾長，爲古文創作服務。「古文、詩、賦、四六無所不作，行之有常。將來百川分流，同歸於海。則通一藝即通眾藝，通於藝即通於道，初不分而二之也。」〔註30〕他認爲古文與駢文都通於「道」，二者儘管殊途，但都「同歸於海」。他認爲要想成就「蔚然天下之至文」，必須「自周、秦諸子，馬、班群史，許、鄭詁訓，杜、馬典章，洛閩之淵源，唐宋名賢之詩古文辭，以及目錄校讎，金石書畫，方志雜說，一孔半枝，無所不詢，蓋亦無所不辨」〔註31〕。他在《復許孝廉振禕書》中詳細地從著字、造句、謀篇、聲調四個方面闡述了他心目中古文創作的典範：「國藩以爲欲著字之古，宜研究《爾雅》、《說文》、小學、訓詁之書，故嘗好觀近人王氏、段氏之說；欲造句之古，宜倣傚《漢書》、《文選》，而後可砭俗而裁僞；欲分段之古，宜熟讀班、馬、韓、歐之作，審其行氣之短長，自然之節奏；欲謀篇之古，則群經諸子以至近世百家，莫不各有匠心，以成章法。如人之有肢體，室之有結構，衣之有要領。大抵以力去陳言、戛戛獨造爲始事，以聲調鏗鏘，包蘊不盡爲終事。」〔註32〕

桐城文章規模狹小、文氣弱，不宜抒發長篇大論。基於此，曾氏提出援引漢賦之氣入古文的設想：「閱文選雜擬，古人措辭之深秀，實非唐以後人所可及，特氣有騫翥駿邁者，亦有不盡然者，或不免爲辭所累耳。若以顏、謝、鮑、謝之辭而運之以子雲、退之之氣，豈不更可貴哉！」〔註33〕他還對駢文的文氣與音調給予了充分的肯定，對桐城派古文「雅潔」的訓條提出了質疑：「駢體文爲大雅所羞稱，以其不能發揮精義，並恐以蕪累而傷氣也。陸公則無一句不對，無一字不諧平仄，無一聯不調馬蹄；而義理之精，足以比靈斯濂、洛；氣勢之盛，亦堪方駕韓、蘇。」〔註34〕此外，他認爲古文中應多用結構整飭的句式，特別是排比句，他以賈誼、司馬遷、韓愈、蘇軾等人的文章爲例教導其子：「古文如賈誼《治安策》、賈山《至言》、太史公《報任安書》、韓退之《原道》、柳子厚《封建論》、蘇軾《上神宗書》，時文如黃陶庵、呂晚村、袁簡齋、曹寅谷，墨卷如《墨選觀止》、《鄉墨精銳》中所選兩排三迭之

〔註30〕曾國藩：《曾國藩全集（家書）》，第80頁。
〔註31〕曾國藩：《海寧州訓導錢君墓表》《曾國藩全集（詩文）》，第343頁。
〔註32〕曾國藩：《曾國藩全集（書信）》，第1971頁。
〔註33〕曾國藩：《曾國藩全集（日記）》，第699頁。
〔註34〕曾國藩：《曾國藩全集（詩文）》，第162頁。

文，皆有最盛之氣勢。」〔註 35〕這裡所說的「兩排三迭之文」即排比、對偶句式，是駢散結合、奇偶並用，形式不拘一格、參差變化的，而且這種句式可以使文章形成流暢、雄渾的氣勢。他在回答紀澤「時藝可否暫置，抑或它有所學？」的問題時，他甚至認爲「余惟文章可以道古，可以適今者，莫如作賦。」〔註 36〕關於這一點，吳汝綸在《與姚仲實》中給予了高度評價：「桐城諸老，氣清體潔，海內所宗，獨雄奇瑰偉之境尚少。蓋韓公得揚、馬之長，字字造出奇崛。歐陽公變爲平易，而奇崛乃在平易之中，後儒但能平易，不能奇崛，則才氣薄弱，不能復振，此一失也。曾文正公出而矯之，以漢賦之氣運之，而文體一變，故卓然爲一大家。」〔註 37〕曾國藩以包容的態度，用駢散合一的做法打破了桐城古文在「義法」桎梏下的「雅潔」的形式主義傾向，從而拓寬了古文的疆界，極大地豐富了桐城文的創作，經曾氏解放後的桐城文規模大開，聲采炳煥，文氣大振。朱東潤在《古文四象論述評》中說：「曾氏之言古文，既包經史百家言之，而旁通之於駢文，故古文之領地，至是遂最爲龐大，自韓愈以降，逮明代何、李、李、王諸人之時，莫能及也。」〔註 38〕這是曾氏作爲一個軍事家的拓荒精神在辭章學領域的表現，也由此帶來了桐城新的文境。

## 四、更加強調光大「自然之文」

「文貴自然，渾然天成」是中國古代文論的一個重要命題，歷代文人多有論述：《孟子・離婁下》用比喻形象說明「禹之行水，行其所無事也」；陸機《文賦》「挫萬物於筆端」，「賦體物而瀏亮」；李白「清水出芙蓉，天然去雕飾」。早期桐城派其實也有崇尙自然之文的傳統。戴名世爲文不好雕飾，將「率其自然」作爲文章至高境界，他在《與劉言潔書》中系統闡釋了這一觀點：「竊以爲文章之爲道，雖變化不同，而其旨非有他也，在率其自然而行其所無事，即至篇終語止而混茫相接，不得其端，此自左、莊、馬、班以來，諸家之旨，未之有異也。」又說：「彼眾人者，耳剽目竊，徒以雕飾爲工，觀其菁華爛慢之章，與夫考據排纂之際，出其有惟恐不盡焉，此其所以枵然無

〔註 35〕曾國藩：《曾國藩全集（家書）》，第 1204 頁。

〔註 36〕曾國藩：《曾國藩全集（家書）》，第 436 頁。

〔註 37〕吳汝綸：《與姚仲實》，賈文昭編著《桐城派文論選》，第 398 頁，中華書局，2008 年版。

〔註 38〕朱東潤：《中國文學論集》，北京，中華書局，1983 年版，第 154 頁。

有者也。君子之文，淡焉泊焉，略其町畦，去其鉛華，無所有，乃其所以無所不有者也。」〔註39〕他認爲「率其自然」表現在文章結構上「混茫相接」，不露痕跡；同時反對過分雕飾，要求「去其鉛華」，擺脫了形式上的種種羈絆，進入無拘無束的創作境界，內心情感自然就能淋漓盡致地抒發出來，筆尖流淌的純是自然之文，這是文章寫作的極高境界。可惜到了方苞，標舉義法，追求清正醇厚，給創作限定的條條框框太多，離自然之文越來越遠。當時桐城文人在「義」、「法」尺規及過多教條束縛下，創作出現了「有序之言則多，而有物之言則少」的局面，曾國藩據此提出了光大「自然之文」的主張。

作爲一個在儒家文化浸潤中成長起來的一代英才，曾氏很自然地繼承了傳統的「文以載道」說。他在《致劉孟容》中說：

> 即書籍而言道，則道猶人心所載之理也，文字猶人身之血氣也。血氣誠不可以名理矣，然捨血氣則性情亦胡以附麗乎？……知捨血氣無以見心理，則知捨文字無以窺聖人之道矣。周濂溪氏稱文以載道，而以「虛車」譏俗儒。夫「虛車」誠不可，無車又可以行遠乎？孔、孟沒而道至今存者，賴有此行遠之車也。吾輩今日苟有所見，而欲爲行遠之計，又可不早具堅車乎哉？〔註40〕

他所謂的「堅車」即文采，強調文學的藝術形式與審美特徵，在他看來，道因文見，早具「堅車」是傳道於後世的行遠之計。因而其文學價值觀也表現出功利與審美並重的取向。他在《湖南文徵序》中集中闡釋了光大「自然之文」主張：

> 竊聞古之文，初無所謂「法」也。……若其不俟摹擬，人心各具自然之文，約有二端：曰理，曰情。二者人人之所固有，就吾所知之理，而筆諸書而傳諸世，稱吾愛惡悲愉之情，而綴辭以達之，若剖肺肝而陳簡策，斯皆自然之文。性情敦厚者，類能爲之，而淺深工拙，則相去十百千萬而未始有極。自群經而外，百家著述，率有偏勝。以理勝者，多闡幽造極之語，而其弊或激宕失中；以情勝者，多悱惻感人之言，而其弊常豐褥而寡實。〔註41〕

---

〔註39〕戴名世：《與劉言潔書》，賈文昭編著《桐城派文論選》，第21～22頁，中華書局，2008年版。

〔註40〕曾國藩：《曾國藩全集（書信）》，第8頁。

〔註41〕曾國藩：《曾國藩全集（詩文）》，第333～334頁。

不盲目追摹前人，不恪守成法，有自得之理，眞摯之情，不吐不快，這樣寫出來的文字或許「率有偏性」，但卻是値得肯定的自然之文。

曾氏所強調的「平實愜適」的自然之文，在語言表達上要求平實淡永，不事塗飾。他分析歸有光的文章之所以爲「近世綴文之士」所稱述的原因就是「一切棄去，不事塗飾，而選言有序，不刻畫而足以昭物情。」〔註 42〕同時批評桐城末流一些人好爲瑰瑋奇異之辭，然而才力不逮，結果多不倫不類之作：「高才者好異不已，往往造爲瑰瑋奇麗之辭，仿傚漢人賦頌，繁聲僻字，號爲復古。曾無才力氣勢以驅使之，有若附贅懸疣，施膠漆於深衣之上，但覺其不類耳。」〔註 43〕他認爲文人造句，無非「雄奇」、「愜適」兩端，「雄奇者，得之天事，非人力所可強企；愜適者，詩書醞釀，歲月磨練，皆可日起而有功。愜適未必能兼雄奇之長；雄奇則未有不愜適者。學者之識，當仰窺於瑰瑋俊邁，詼詭恣肆之域，以期日進於高明。若施手之處，則端從平實愜適始。」〔註 44〕可見，曾氏更強調一種平實淡永、空明澄澈的文境，惟有如此反覆修煉，才有可能達成光明俊偉、詼詭恣肆的至高美學理想。

曾國藩作爲中興桐城文派的領袖人物，在對桐城傳統有所繼承的同時，表現出了更多的變革意識和創新意識，擴大了桐城文派的堂廡，開闊了桐城文派的視野，在清代文壇有著非常重要的地位和影響。王先謙《續古文辭類纂序》云：「道光末造，士多高語周、秦、漢、魏，薄清淡簡樸之文爲不足爲。梅郎中、曾文正之論，相與修道立教，惜抱遺緒，賴以不墜。」可見桐城派再振，曾國藩居功至偉。黎庶昌《續古文辭類纂序》言：當桐城文章「有文弊道喪之患」時，「至湘鄉曾文正公出，擴姚氏而大之，並功德言於一塗，挈攬眾長，轢歸掩方，跨越百氏，將遂席兩漢而還之三代，使司馬遷、班固、韓愈、歐陽修之文，絕而復續。豈非所謂豪傑之士，大雅不群者哉？蓋自歐陽氏以來，一人而已。」又云：「本朝文章，其體實正自望溪方氏，至姚先生而辭始雅潔，至曾文正公始變化以臻於大。」〔註 45〕周作人在《中國新文學的源流》中說得更明白：「假如說姚鼐是桐城派定鼎的皇帝，那麼，曾國藩可說是桐城派中興的明主。在大體上，雖則曾國藩還是依據著桐城派的綱領，

〔註 42〕曾國藩：《曾國藩全集（詩文）》，《書歸震川文集後》，第 149 頁。

〔註 43〕曾國藩：《曾國藩全集（詩文）》，《重刻茗柯文編序》，第 322 頁。

〔註 44〕曾國藩：《曾國藩全集（詩文）》，第 373 頁。

〔註 45〕黎庶昌：《續古文辭類纂序》，賈文昭編著《桐城派文論選》，第 374 頁。

但他又加添了政治經濟兩類進去，而且對孔孟的觀點，對文章的觀點，也都較爲進步。」〔註 46〕曾氏憑藉自己的政治地位及文學實績使清代文壇最大的散文流派——桐城派再度振興，得以與滿清王朝國運相終始，在桐城派發展史上，曾氏無疑是一個繼往開來的里程碑式的人物，其對於中國傳統文化的承傳所作出的積極貢獻是不容簡單否定的。

## 第二節　曾國藩對書院的扶持之功

曾國藩雖然沒有擔任過書院的山長，但他高度重視書院的興辦和修復，積極捐助膏火，親自延聘山長，並時常督課閱卷，對清末書院的復興做出了巨大的貢獻。爲了使書院充分發揮移風易俗、振興文化的作用，曾國藩還將書院教育內容進行了規範，強調必須以「禮」爲根本，推行「義理之學」，他選擇山長的標準也要求是集經師、人師、時文、詩賦於一身，皆爲經明行修之士，對一地學風之形成以及學術之傳衍做出了巨大的貢獻，特別對桐城文派的傳承與張揚發揮了重要的推助作用。

### 一、曾國藩與晚清書院建設

曾國藩作爲一個政治家而兼文人，爲王前驅之政事家與吟詠性情之文人的雙重心態使他的文學價值觀產生社會與審美功能的雙重期待，表現爲「載道行遠」的濟世情懷和「自淑淑世」的審美情結。面對太平天國對思想文化領域的毀滅性的掃蕩，身爲湘軍主帥的曾國藩深知僅武力鎭壓是不夠的，更要從文化上解除太平天國的思想武裝，消除太平天國「無父無君」的異端思想。太平天國從文化層次上講是一種異質文化，它採取拜上帝教的形式，借用西方基督教的教義，爲眾多的士人視爲異類，而其公然以貶損「至聖先師」孔子來進行反朝廷的活動，更爲一般士人所不容。文化的隔閡比政見歧異更爲可怕，何況高扛「斬妖誅邪」旗號的太平天國，不僅以武裝起義的形式打亂了清王朝的統治秩序，更以對儒家文化的掃蕩威脅到傳統知識分子的精神家園。太平天國起義軍「所陷之處，凡學宮正殿兩廡木主亦俱毀棄殆盡，任意作踐，或堆軍火，或爲馬廄，江寧學宮則改爲宰夫衙，以壁水環橋之地爲

〔註 46〕周作人：《中國新文學的源流》，上海，華東師範大學出版社，1995 年版，第 48 頁。

椎牛屠狗之場」〔註 47〕。曾國藩深知禮治教化的社會功用，他們在武力鎮壓農民起義軍的同時，把推行「禮治」作爲挽救時局，醫治人心的治本之方。曾國藩認爲「將欲黜匿而反經，果超何道哉？夫亦曰隆禮而已矣」〔註 48〕「自內焉者言之，捨禮無所謂道德；自外焉者言之，捨禮無所謂政事」〔註 49〕，推行禮治，「澆風可使之淳，敝俗可使之興」〔註 50〕，因此，湘軍集團提出「學禮宜急」，主張「天下郡縣牧民之吏，應把日教民以孝悌仁義之經」〔註 51〕作爲首要任務。曾國藩在征討太平軍之前發布了一通名爲《討粵匪檄》的檄文，稱「自唐虞三代以來，歷代聖人，扶持名教，敦敘人倫，君臣父子，上下尊卑，秩然如冠履之不可倒置。」痛斥「粵匪」惡劣行徑：「舉中國數千年禮義人倫、詩書典則，一旦掃地蕩盡。此豈獨我大清之變，乃開闢以來名教之奇變，我孔子、孟子之所痛哭於九原！」進而號召「凡讀書識字者，又烏可袖手安坐，不思一爲之所也！」〔註 52〕。曾國藩將清朝的統治和「名教之奇變」聯繫在一起，把清的危亡與孔孟之道聯在一起。基於此，曾國藩在鎮壓太平軍、收復失地的過程中，大力推行封建教化，著力扶持書院教育，使數十年遭劫的傳統教育得以逐漸恢復，爲戰後社會秩序的穩定與重建發揮了積極的促進作用。

曾國藩、左宗棠、胡林翼在與太平軍的交戰中，是邊收復城池邊興辦文教。「所至郡縣，即興學校，講文藝，崇儒重道，不數年間東南元氣逐漸以復，此其綱維國本者，豈不偉耶。」〔註 53〕咸豐十一年（1861），湘軍攻克安慶後，曾國藩巡視安慶城垣，「度地擬建試院一區，令上下江分闈鄉試」。〔註 54〕後因戰事未果。同治三年（1864）七月，湘軍攻陷天京，十多天後，曾國藩巡視江南貢院，委派記名臬司黃潤昌領人趕緊興修。九月，江南貢院修建竣工，曾國藩通令兩江各地屬官出示曉諭，定於十一月舉行鄉試，「兩江士人聞風鼓

〔註 47〕中國近代史資料叢刊之《太平天國》（三），上海：神州國光社，1952 年版，第 327 頁。

〔註 48〕曾國藩：《曾國藩全集（詩文）》，第 337 頁。

〔註 49〕曾國藩：《曾國藩全集（詩文）》，第 358 頁。

〔註 50〕郭嵩燾：《曾文正公墓誌銘》，見李瀚章編撰，李鴻章校刊《曾文正公全集》（一），北京：中國書店，2011 年版，第 34 頁。

〔註 51〕曾國藩：《曾國藩全集（詩文）》，第 175 頁。

〔註 52〕曾國藩：《曾國藩全集（詩文）》，第 232 頁。

〔註 53〕慕玄父：《柏堂師友言行記・序》，見《柏堂師友言行記》卷首。

〔註 54〕黎庶昌：《曾文正公年譜》卷七，李瀚章編撰，李鴻章校刊《曾文正公全集》（一），北京：中國書店，2011 年版，第 158 頁。

舞，流亡旋歸，商賈雲集」〔註 55〕。同時，曾國藩請旨簡放考官，並「札飭江西藩司趕辦江南朱墨卷各一萬八千套，定期解赴金陵」〔註 56〕。這對於戰後江南文化經濟的恢復起了重要作用。同年，曾國藩著手修葺安慶敬敷書院，招集大批士人入讀，「每月按期課試，校閱文藝，其優等者捐廉以獎之。於嘉惠寒士之中，寓識拔才俊之意。皖中人士，莫不感奮。」〔註 57〕。曾國藩先後延請「學正而守介」的侍讀學士馬雨農，「言忠信行篤」的楊璞庵等人主講安慶敬敷書院。在這一時期的曾國藩日記中也有其關心支持書院教學的記載。同治三年八月廿四日，曾國藩「出門至敬敷書院月課，題魯欲使樂正子爲政一章」〔註 58〕；同治四年四月初三日，曾國藩帶夜批閱「陳心泉所刻敬敷書院課藝」〔註 59〕；同治六年四月初一日，曾國藩「請緵雲及諸君閱敬敷書院課卷」〔註 60〕；同治七年二月二十二日，曾國藩「已刻閱敬敷書院卷十本」〔註61〕。後來，當曾國藩到金陵之後，依然十分關心敬敷書院的教育教學：

> 弟在安慶多年，愧未與書院士子講求修身力學之事，並未至院招進諸生誨晤一二次……（課）藝略觀十數頁，大抵說理欲精，審題欲細，猶存先正風格。前明及國朝諸老工制藝者皆以說理審題爲重，故作文與作人之道不分爲二事，自後風會屢變，此調久已不彈。而閣下與璞庵兄獨篤守而不渝，又得雨農兄崇尚雅正，般般化導，遂會此編，余標清眞，典型未墜，涵濡日久，皖中當有學道之儒，唱然興起。〔註62〕

當曾國藩收復金陵之後，他所面對的是戰亂後的一片廢墟，滿目瘡痍，百廢待興。曾國藩依舊堅持以興辦文教來穩定人心，將工作重心轉移到戰後重建與文化復興方面來：「曾公既克復金陵，立書院以養寒士，立難民局以招流亡，立忠義局以居德行文學之士，立書局校刊四書、十三經、五史，以聘博雅之士；故江浙被難者，無不得所依歸。」〔註 63〕「曾文正戡亂石城，開

〔註55〕黎庶昌：《曾文正公年譜》卷九，第 204 頁。
〔註56〕黎庶昌：《曾文正公年譜》卷九，第 204 頁。
〔註57〕黎庶昌：《曾文正公年譜》卷七，第 160 頁。
〔註58〕曾國藩：《曾國藩全集（日記）》（二），嶽麓書社，1987 年版，第 1053 頁。
〔註59〕曾國藩：《曾國藩全集（日記）》（二），第 1128 頁。
〔註60〕曾國藩：《曾國藩全集（日記）》（二），第 1367 頁。
〔註61〕曾國藩：《曾國藩全集（日記）》（二），第 1477 頁。
〔註62〕《曾文正公書札》，卷二十九，光緒二年刻本（續修四庫全書本），第 596 頁。
〔註63〕方宗誠：《柏堂師友言行記》，卷三，民國十五年京華書局鉛印本，第 71 頁。

館冶山，搜羅天下才俊，論議其中，吾鄉人士相與談道講業，頡頏上下，於是東南壇席稱爲極盛，而七子尤時輩所推挹云。」〔註 64〕金陵復興後的文教興盛局面由此可見一斑。

曾國藩對金陵書院發展所做的貢獻集中體現在四個方面：

一是提供書院經費。書院要獲持久發展，充裕的經費必不可少的。自同治年初曾國藩修復書院以來，直至光緒年末，金陵一地的書院如鍾山書院、尊經書院、惜陰書院、鳳池書院等都得到了穩定的發展，經費的保證發揮了基礎性的作用。據柳詒徵《江蘇書院志初稿》記載：「其經費有後湖租、有典商生息、有淮鹽引捐。同治以來取之善後局……迨光緒初孫方伯衣言憂局項日絀，難於持久。五年秋司道請籌一專款，庶期經久。在籍紳士石楷遵即會，議在於儀棧北鹽餘科款內提銀六千兩，又於兩淮運庫收存善後一成項下，按年撥解銀三千兩。又師課增給，減半膏火，係光緒五年二月分起，奉沈公札飭海分司，於淮北經費項下按季撥解銀五百兩作爲定額，以上各項俱解江寧府收支。」〔註 65〕金陵各書院日常費用數目頗爲可觀，如無主政者鼎力支持，書院的前景是不可想像的。

二是精心挑選山長。曾國藩對於書院山長的要求非常高，甚至帶有苛刻的成分。「鄙意書院山長，必以時文詩賦爲主。至於一省之中，必有經師人師名實相副者一二人，處以賓友之禮，使後進觀感興起，似亦疆吏培養人才之職。」〔註 66〕經師易得，人師難求。曾國藩對書院山長的要求是經師、人師兼備，並且要時文詩賦俱佳，這樣的條件不可謂不高。當時蓮池書院山長李鐵梅因「士子時有違言」，想要離開，於是曾國藩「令各州縣遴選才德之士，舉報送省，……現在各屬士子已先後踵至，其間不乏可造之才。欲得篤古好道者誘進於大雅之林，延訪尤難。」〔註 67〕曾國藩爲了得到一個品學兼優的書院山長，不僅下令各州縣推薦人才，還「於書院外另闢一區以相接待」〔註 68〕，渴求之心，殷殷之情，可昭天地。

〔註 64〕翁長森（鄧嘉緝代）：《石城七子詩鈔》，卷首，光緒十四年。

〔註 65〕柳詒徵：《江蘇書院志初稿》，第 42 頁。

〔註 66〕曾國藩：《復吳竹如侍郎》，見李瀚章編撰，李鴻章校刊《曾文正公全集》（七），第 167 頁。

〔註 67〕曾國藩：《復吳竹如侍郎》。

〔註 68〕曾國藩：《復吳竹如侍郎》。

曾國藩歷來主張為文駢散兼重，風格雄奇瑰瑋，而且對小學、《文選》、詞賦十分重視，這些觀點也逐步滲入到書院教學中。此外，曾氏是以復興文教為己任的，他主張在書院教學中必須突出以科舉為重的發展方向：「鄙意書院常課，必當以舉業為主，非精熟八股八韻之學，則群弟子不相親附；若八股八韻既足服應試者之心，而經史古文又足饜高材生之望，此為山長上選，不可多得」〔註 69〕。培養生徒制藝能力是挑選山長的必備條件。因此，曾氏延請山長十分用心，考慮十分周全。曾經有人推薦汪梅村擔任某書院山長，曾國藩認為「梅村兄學問演雅，人品高潔，鄙人素所正佩。但棄置帖括，為時太久，目疾亦難痊癒，閱文費力，若掌教鄉間書院，恐曲高和寡，從者寥寥，終歲更無跫然之音」〔註 70〕。除去身體因素外，汪梅村雖然具備經師、人師的條件，但由於棄置制藝太久，曾國藩還是認為其不適合擔任山長。決定聘請李聯琇〔註 71〕為鍾山書院選山長時，曾國藩也著實下了一番工夫的。他先是花了一些時間閱讀李聯琇的詩文〔註 72〕，藉以探明其文章學問之道；然後，曾國藩親自給李聯琇寫信，誠摯邀請他來擔任鍾山書院山長。〔註 73〕李小湖接受邀請，來到金陵以後，曾國藩以上賓待之，「中飯後，李小湖來久談。……小湖自篪軒處歸，又談，即留在署中一宿。……夜飯後與小湖久談。……因說話太多也，不甚成寐。」〔註 74〕三日後，曾國藩依照禮聘山長的規定，親自送李小湖到鍾山書院：「巳刻出門，至鍾山書院送館，賓主各行

〔註 69〕曾國藩：《復丁果臣》，見李瀚章編撰，李鴻章校刊《曾文正公全集》（七），第 37 頁。

〔註 70〕曾國藩：《復丁果臣》。

〔註 71〕李聯琇（1820～1878）字季瑩（一作秀瑩），號小湖，別號好雲樓主人。清代詩人、學者。道光二十年（1840）中舉，二十五年（1845）中進士，改庶起士，散館授編修。咸豐二年（1852）大考第一，擢侍讀學士，充會試同考官，署國子監祭酒，期滿調福建學政。咸豐三年，擢大理寺正卿。五年調江蘇學政，任滿，乞病居通州數年。後受曾國藩相邀主講鍾山、惜陰二書院，請業者雲至。李聯琇學識淵博，且重切實之學，凡天文輿地、名物訓詁、典章制度、瑣聞軼事、考證解釋等均有獨到見解。平生治經學重漢、唐注疏及宋儒義理之說，徐世昌《晚晴簃詩匯》評曰：「其學精於治經，而詩文亦戛戛獨獨，無一語落人窠臼。」見錢仲聯：《中國文學家大辭典清代卷》，第 151 頁。

〔註 72〕曾國藩同治四年正月初六至十四日的日記中有閱讀李小湖《好雲樓全集》的記錄。

〔註 73〕曾國藩：《致李小湖大理》，見《曾文正公書札》，卷二十九，第 594～595 頁。

〔註 74〕曾國藩：《曾國藩全集（日記）》，第 1119 頁。

四拜禮，山長即李小湖大理也。」〔註 75〕以曾氏中興名臣、封疆大吏之身份親自依禮送學，尊師重道之心意昭然天下，其影響自然十分深遠。

三是致力刊刻經史。金陵經戰火洗禮，文化遭受嚴重摧殘，以至於「當金陵初行鄉試時，士子欲買四書不可得」〔註 76〕。曾國藩十分重視書籍刊刻，早在攻克安慶之後，「曾國藩爲江督駐安慶，……捐貲養士，刻王夫之遺書。軍書旁午之時，文人學者，輻輳安慶，從事校刊」〔註 77〕。「延請宿儒江寧汪梅村（士鐸）、獨山莫子偲（友芝）、儀徵劉伯山（毓崧）、南匯張嘯山（文虎）等分任校勘，皆先生（洪汝奎）素交也。……初曾文正公規復皖城敬敷書院，由先生經理一切，至是將赴金陵，遂將院事交李和甫觀察（蘊章）接管焉。」〔註 78〕金陵收復後，書局移到了江寧府學的飛霞閣，「公（曾國藩）乃先刻四書、十三經，繼刻《史記》、兩《漢書》」。〔註 79〕書院與書局並舉，這是曾國藩興辦文教的一項重要舉措。

四是關心書院教學。曾國藩對金陵書院的復興，除了上述政策性、方向性的支持外，還經常參與課卷之批閱、送館等具體工作。在曾國藩的日記中多處提及閱卷、出題、送館等事項。同治四年三月初二日，曾國藩「早飯後，至貢院甄別鍾山、尊經兩書院，出題『待文王而後興者一章』，詩題云『近蓬萊常五色，得常字』。旋至新葺之鍾山書院一看，辰正歸」。三月初五日，「請縵雲與倪豹岑及幕府諸君閱書院卷」。三月初九日，「巳刻出門，至鍾山書院送館，賓主各行四拜禮，山長即李小湖大理也。又至尊經書院，與山長周縵雲行賓主禮，午初歸」。同治六年三月初九日，「二更後翻閱《四書》，因明日考書院，久不理八股故業，故出題須略審慎」。三月十二日，「請龐省三、倪豹岑來閱書院甄別之文」。三月十五日，「早飯後請李小湖、周縵雲來書院課卷，與之久談」。三月十八日，「辰正出門，至鍾山書院送諸生上學。旋至鳳池書院一看，將留爲竹如住眷屬之一地。又至縵雲宅中，送尊經書院諸生上學，午初三刻歸」。四月初一日，「請縵雲及諸君閱敬敷書院課卷，與談頗久。……中飯後，與閱卷諸君久談」。四月初二日，「李小湖代看惜陰書院課

〔註 75〕曾國藩：《曾國藩全集（日記）》，第 1120 頁。
〔註 76〕方宗誠：《柏堂師友言行記》，卷三，第 74 頁。
〔註 77〕柳詒徵：《國學書局本末》，見《江蘇省國學圖書館第三年刊》，第 1 頁。
〔註 78〕章洪鈞、陳作霖編，魏家驊重編：《涇舟老人洪琴西先生年譜》，北京圖書館藏珍本年譜叢刊，第 417 頁。
〔註 79〕方宗誠：《柏堂師友言行記》，卷三，第 74 頁。

卷，余稍一翻閱」。七月初八日，「龐省三、倪豹岑先後來代閱課卷，與之一談」。十一月初八日，「將鍾山、尊經兩書院課卷各看五本。初二日課題『揖所』『與立』兩節，已請繆雲等評定甲乙，余稍復視前列而已」。同治七年三月初四日，同治九年閏十月廿七日，「二更後，出惜陰書院經解、詩賦題，久而不就。甚矣，餘之荒廢也。」〔註 80〕其時，曾國藩的身份是兩江總督、加太子太保、封一等侯爵，以此等重臣身份致力於一些瑣碎之事，這在當時的影響和意義是不容忽視的。

同治八年（1869），曾國藩接任直隸總督，上任伊始就對直隸進行大規模的恢復治理。同時，更把振興直隸文教放到了重要位置。他曾寓居蓮花池，與師生來往便利，加深了對蓮池書院的認識，力圖通過蓮池書院這所文教重鎮對直隸的文教施加影響。爲此，他首先爲書院的考試生童命題、閱卷、送學，還曾以「中興名臣之首」的身份替書院撰寫榜發摺，這對書院諸生是極大的鼓勵。曾國藩十分重視與蓮池書院負責人的溝通，同治八年一月二十七日（1869 年 3 月 9 日），到達保定的當天出門拜客時，就到蓮池書院山長李鐵梅處久坐；後來雙方多有來往，僅據日記記載就有 11 次可查，他們多次長談，其內容多與書院之事相關。爲整頓直隸風氣，革新務實，在 1872 年 7 月給直隸士子寫了《勸學篇》，勉勵直隸士子既要學好義理、考據、辭章、經濟之學，又要以立志爲本，以直隸先賢楊繼盛等人爲表率，置榮辱禍福生死於度外，以功業顯於當世。「以直隸之士風，誠得有志者導夫先路，不過數年，必有體用兼備之才彬蔚而四處，泉湧而雲興」〔註 81〕。其他直隸總督對於蓮池書院的關心只是在任期以內，而不能持久聯繫書院，如書院的創始者李衛便是如此。但曾國藩則不同，他培養的弟子長期主持蓮池書院，曾擔任過蓮池書院的院長張裕釗、吳汝綸都師從曾國藩，其中曾國藩對吳汝綸最爲器重，同治七年，他奏請吳汝綸加內閣侍讀銜。兩年後，曾國藩由兩江總督調任直隸總督，吳汝綸亦隨曾氏至保定，經曾氏奏保改官直隸，以直隸州歸直隸補用。由此可見，這既是他對蓮池書院的師生成功培育的結果，也是他本人的古文、學術影響在直隸得到發揚的表徵。曾國藩的這些弟子對蓮池書院所作的各種

〔註 80〕上述引文見《曾國藩全集（日記）》，第 1117～1805 頁，長沙：嶽麓書社，1989 年版。

〔註 81〕保定教育局史志辦公室編，《保定教育史料編》，石家莊：河北人民出版社，1990，第 38 頁。

努力和貢獻，改變了直隸乃至華北地區學術與思想文化整體相對落後、閉塞的狀況，保證了蓮池書院的長遠發展。

## 二、曾國藩幕府與晚清文教之復興

鴉片戰爭後，中國的幕府制度演變到一個新的階段，對晚清政治、經濟和文化的影響巨大。作爲清代中興名臣、湘軍統帥的曾國藩幕府更是盛況空前，人數多達 400 餘人，〔註 82〕可以毫不誇張地說，在十九世紀下半葉，曾國藩幕府匯聚了一批能開眼看世界的先進中國人。這批幕府成員不僅協助曾氏完成了鎮壓太平天國的軍事任務，並在此過程中輔助曾氏履行復興文教之歷史使命。曾國藩十分注意網羅和駕馭各類人才，他在受命組建湘軍之初就發出了納賢令：「倘有抱道君子，痛天主教之橫行中原，赫然奮怒，以衛吾道者，本部堂禮之幕府，待以賓師，……」〔註 83〕短短幾年時間，在曾國藩的周圍聚集了數以百計的各類人才：「當時各處軍官，聚於曾文正之大營者不下二百人，大半皆懷其目的而來，總督幕府中亦百人左右。幕府外，更有候補之官員，懷才之士子，凡法律、算學、天文、機器等專門家無不畢集，幾乎舉全國人才之精華，彙集於此。」〔註 84〕當然，這批人中還有相當一部分是晚清文化界出類拔萃的人才，如錢泰吉、俞樾、吳敏樹、汪宗沂、何栻、李士棻、莫友芝、陳奐、張文虎、張裕釗、吳汝綸、汪士鐸、劉毓崧、劉壽曾、戴望、何慎修、方宗誠、塗宗瀛、洪汝奎、甘紹盤、倪文蔚、黎庶昌、薛福成、吳嘉賓、王闓運，王柏心等都是著名的學者。〔註 85〕晚清文人徐坷在記述曾氏幕府文化人才時說：「幕府人才，一時稱盛，於軍旅吏治外，別有二派：曰道學，曰名士。……一時文正幕中，有三聖七賢之目，皆一時宋學宿儒，文正震其名，悉羅致之」〔註 86〕。這些晚清文化名流齊集曾氏幕府，加上與曾國藩等關係密切的唐鑒、何紹基、邵懿辰、吳廷棟、王茂蔭、楊彝珍等，以及湘軍集團的核心成員曾國藩、胡林翼、左宗棠、李鴻章、羅澤南、郭嵩燾、劉蓉、江忠源、王鑫等，可以說當時長江中下游各省著名的學者、古文家、科學家畢集曾氏幕府。

---

〔註 82〕朱東安：《曾國藩幕府研究》，成都：四川人民出版社，1994 年版，第 15 頁。

〔註 83〕曾國藩：《曾國藩全集（詩文）》，嶽麓書社，1986 年版，第 233 頁。

〔註 84〕容閎：《西學東漸記》，長沙：嶽麓書社，1981 年版，第 110 頁。

〔註 85〕李志茗：《晚清四大幕府》，上海：上海人民出版社，2002 年版，第 238 頁。

〔註 86〕徐坷：《清稗類鈔（幕僚類）》，第 12～13 頁。

湘軍將領都是儒生領兵，深知文化教育的重要性。他們認爲「學校之設，所以明人倫也。人倫之大，莫重於君父。讀聖賢書，所學何事。名節不立，禮義消亡；廉恥不知，勢將何所不至。」〔註 87〕因此，他們把恢復學校教育作爲文化重建的重要內容。他們興辦書院和義學，要求青年士子以學禮爲根本，極力在戰區舉行考試，爲清政府選拔人才。太平天國時期，湖南的學校、書院在農民起義軍反孔的聲浪中大量被毀。戰爭平息後，湘軍將領和湖南官紳把恢復學校、書院作爲首要任務。據地方志記載，湖南在咸豐末年與同治年間相繼重建和修整的縣學有長沙、寧鄉、茶陵、耒陽、祁陽、邵陽、益陽、湘鄉、安化、衡陽、常德、江華、武岡等 20 多處，占湖南全部縣份的一半。這些學校的規模比重修前都有擴大，文武學額也因湘軍的所謂功績而增加了近千名，爲全國之首。與此同時，長沙嶽麓書院、城南書院、瀏陽獅山、洞溪書院、湘潭昭潭書院，寧鄉玉潭書院，益陽龍州書院，湘陰雙峰、蓮壁書院、攸縣東山書院等舊式書院也重新整修。同治六年，爲了培養湘軍陣亡將領的後裔，又在長沙增建求忠書院，建院原因是「軍興日久，殉難者多，欲求忠臣，宜培忠裔」，故曰「求忠」。當時的各級學校都以課讀《四書》訓練八股爲業，湖南書院也以傳授程朱理學爲務，還增加了對忠義衛道一類所謂湘軍品性的宣揚。因此，書院和學校的擴建，意味著傳統意識得到了強化，對忠義衛道品性的渲染，更滋長了紳士階層固守傳統，反對變革的消極思想。

同治四年，曾國藩向清廷建議「東南軍事漸平，亟宜振興文教」〔註 88〕，同時曾國藩、李鴻章會商具奏，請求修復江寧、常州兩府學宮，得到了清政府首肯。曾國藩認爲：「今兵革已息，學校新立，更相與講明此義，上以佐聖朝匡直之教，下以辟異端而迪吉士。」〔註 89〕胡林翼因其父曾著《弟子箴言》，於益陽建箴言書院，親手制定教條及規制，把自家的 3 萬卷藏書全部納入其中。然書院未成他已病死，臨終之前哭說：「吾不幸死，諸君賻吾者，惟助修箴言書院，無贍吾家。」〔註 90〕於是曾國藩、李續宜集資建成了箴言書院，完成他的遺願。胡林翼得力助手之一羅遵殿，擢升浙江潮州知府後，「捐建書院於歸安，以正士習」〔註 91〕。咸豐三年，羅澤南軍駐衡陽，修復石鼓書院。

---

〔註 87〕方宗誠：《柏堂集補存》卷二。

〔註 88〕曾國藩：《曾國落全集（奏稿）》（八），第 4711 頁，嶽麓書社，1989 年。

〔註 89〕曾國藩：《曾國藩全集（詩文）》，嶽麓書社，1985 年，第 338 頁。

〔註 90〕郭嵩燾：《胡林翼行狀》，《胡林冀全集》（上）卷首，大東書局版。

〔註 91〕方宗誠：《柏堂集續編》卷十一。

同治十三年，方宗誠創建敬義書院，「乃以紳士商民捐輸爲肄業生延師束脩膏火之用」〔註 92〕。咸豐五年十二月，湖南巡撫駱秉章建求忠書院，「令陣亡官弁之後嗣入院讀書，所需經費由官紳倡率捐辦」〔註 93〕。左宗棠率領湘軍進入西北以後，雖然戎馬倉皇，但仍然重視對書院的興辦和修復。在他的鼓勵之下，各地方秩序一經恢復，文武官吏和士民紛紛興學。從同治八年（1869）至光緒六年（1880 年），新修尊經書院、涇乾學舍、味經書院、文明書院、襄武書院、鍾靈書院、金山書院、歸儒書院、南華書院、河陰書院、隴南書院、慶興書院、鶴峰學舍、鳳池書院、柳湖書院等；先後重建、修復的也有瀛洲書院、仰止書院等 18 所。〔註 94〕

李誌銘《晚清四大幕府》將曾國藩幕府賓寮所主持的書院、書局也作爲曾氏幕府的重要組成部分，比較著名的有安慶敬敷書院、安慶書局、金陵書局、鍾山書院、尊經書院、惜陰書院等。曾國藩幕府的賓寮中，有許多是桐城譜系中的人物。據劉聲木《桐城文學淵源考》所錄，姚濬昌、錢泰吉、唐仁壽、黎庶昌、薛福成、塗宗瀛、孫衣言、洪汝奎、秦際唐、龍繼棟、李小湖、張裕釗、吳汝綸、張謇、繆荃孫等都匯聚在曾氏幕府。而其中錢泰吉主講海寧安瀾書院，秦際唐主講鳳池書院，龍繼棟主講尊經書院，李小湖主講鍾山書院、惜陰書院，張裕釗主講鳳池書院、蓮池書院，吳汝綸主講蓮池書院，張謇主講文正書院，繆荃孫主講鍾山書院。這些晚清桐城文派的精英人物，利用書院這一平臺，在致力於文教復興任務的同時，積極傳播桐城文學主張，將桐城文派進一步發揚光大。

## 第三節　曾門弟子與書院

作爲桐城文派殿軍式代表作家，曾國藩被時人稱爲「桐城古文的中興大將」，在咸豐、道光、同治年間「一時爲文者，幾無不出於曾氏之門」〔註 95〕。除此之外，曾氏慧眼識英才，精選出四大弟子，著力加以培養。在曾氏謝世後，張裕釗、薛福成、黎庶昌、吳汝綸繼承了曾國藩所開創桐城文派中興局

〔註 92〕方宗誠：《柏堂集後編》卷十三。

〔註 93〕杜文瀾：《平定粵寇紀略》，中華書局，1980 年版，第 138 頁。

〔註 94〕轉引自高照明：《湘軍與晚清傳統教育》，《益陽師專學報》，1997 年第 3 期。

〔註 95〕楊懷志，潘忠榮：《清代文壇盟主桐城派》，合肥：安徽人民出版社，2002 年版，第 95 頁。

面，在散文創作和理論方面均有各自的成就和貢獻，成爲桐城派後期很有影響的人物。曾門四弟子，就年齡而論，以張裕釗爲長，功力亦深；而就影響來說，則以吳汝綸最大。曾國藩對此二位高足也頗爲器重，宣稱「其門下氏，古文可望成功者，只有張、吳二人」。薛福成、黎庶昌二人致力於仕途，是我國早期著名的外交官。而張裕釗、吳汝綸則致力於興學重教，培養了大批人才，促進了桐城文派在北方的傳播。

## 一、張裕釗與書院

張裕釗（1823～1894），近代散文家、書法家，字廉卿，號濂亭，湖北武昌人。道光二十六年（1846）中舉，考授內閣中書。後入曾國藩幕府，被曾國藩推許爲「可期有成者」〔註 96〕。生平淡於仕宦，自言「於人世都無所嗜好，獨自幼酷喜文事」〔註 97〕。曾主講江寧、湖北、直隸、陝西各書院，培養學生甚眾，范當世、馬其昶等都出其門下。

曾國藩與張裕釗有著深厚的師生情誼，僅據咸豐九年八月二十二日至九月初八日曾國藩日記，短短半個月，曾會見張達八次之多。尤其是九月初八日，「旋送廉卿去。廉卿近日好學不倦，作古文亦極精進，余門徒中可望有成就者，端推此人。臨別依依，余亦篤愛，不忍捨去。」〔註 98〕從中可見，曾國藩對張裕釗創作寄予殷切期望，認爲是桐城家法的衣缽傳人。又如，同治七年八月二十四日記：「與張廉卿久談。閱張廉卿近所爲古文，喜其入古甚深，因爲加圈批五首。」〔註 99〕同治十年十月十八日記：「張廉卿來久坐，已天黑矣。」這離同治十一年曾國藩逝世僅有幾個月時間。張裕釗追隨了曾國藩二十餘年，古文事業上是形影不離的知己。他代表曾氏起草了大量的奏稿、信函、碑記等文稿，可謂「軍中秘書」。

張裕釗恪守桐城家法，是桐城派後期的中堅，也是桐城派餘緒賴以不墜的重要人物。曾國藩在《吳育泉先生暨馬太宜人六十壽序》中說：「裕釗自少時治文事，則篤嗜桐城派方氏、姚氏之說，常誦習其文，私嘗怪雍乾以來百有餘年，天下文章，乃罕與桐城派儷者。」〔註 100〕張裕釗致力於《史記》及

〔註 96〕《清史稿・張裕釗傳》。
〔註 97〕張裕釗：《與黎蓴齋書》。
〔註 98〕曾國藩：《曾國藩全集（日記）》，第 418 頁。
〔註 99〕曾國藩：《曾國藩全集（日記）》，第 1545 頁。
〔註 100〕曾國藩：《曾國藩全集（日記）》，第 1913 頁。

前後《漢書》，尤服膺司馬遷，稱其「善記言，簡略皆中，不亞於《左》《國》，班、范非其倫。而班、范擅長詞賦，故其論贊敘述之言率警練；范則排比爲齊梁先驅，要皆文章之宗也」〔註 101〕。可知張氏學古文，不拘一家，能得諸宗之長。黎庶昌稱讚張裕釗是「文適梅（曾亮）、姚（瑩）」。張裕釗亦是自視頗高，他說：「私計國朝爲古文者，惟文正師（曾國藩）吾不敢望。若以此文較之方、姚、梅諸公，未知其孰先孰後也。」〔註 102〕把方苞、姚鼐、梅曾亮都不放在眼裏。張裕釗論文，雖植根於桐城文派之沃土，然而在散文理論和創作方面仍有創新與發展之處。張裕釗把順乎自然作爲寫文章的最高標準，他認爲寫文章要「無意於是而莫不備至，動皆中乎其節」，又說：「我所自爲文，則一以意爲主，而辭、氣與法胥從之矣。」〔註 103〕強調論文以立意爲主。就文章風格而言，張裕釗說：「文章之道，莫要於雅健。」「言雅而氣雄。然無有一言一字之強附之致之者也，措焉而皆得其所安。文惟此最爲難。」〔註 104〕雅與健的有機結合，這是張裕釗認爲文章的理想風格。張裕釗論學，雖重義理，尊重宋學，但並不歧視漢學。他申言康、雍、乾、嘉以來，經學號爲極盛，甚至遠軼前明和李唐，這是它的成績，不可抹煞泯滅的。缺點在於「窮末而置其本，識小而遺其大，詆訾宋賢，自立標幟」〔註 105〕，爲人所病。與之相反的則是專從事於義理，而認爲考據不足道，這從一個極端跳到另一極端。張裕釗主張的是以考據求實、以義理爲本的學行，這應是對桐城文派的發展了。

張裕釗高度重視人才培養工作。光緒十二年（1886），張裕釗撰《重修南宮縣學記》，他指出：「惟天下之治在人才，而人才必出於學。」〔註 106〕他還希望讀書人率先垂範，以自己淡泊名利、心憂天下爲己任的胸懷，匡扶社會風氣，「士莫先於尚志。而風俗之轉移，莫大乎君子之以身爲天下倡。今天下師儒學子，誠得一有志之士，憫俗之可恫，恥庸陋污下之不可以居，毅然抗爲明體達用之學以倡其徒，……由一人達之一邑，由一邑達之天下。」〔註 107〕希望通過有才之士來影響一邑乃至天下，其目的非常明顯。他辭官後，仍然

〔註 101〕費簡：《近代名人小傳》，臺北：臺北文海出版社影印本，1980 年版，第 33～34 頁。

〔註 102〕張裕釗：《答李佛笙太守書》。

〔註 103〕張裕釗：《答吳摯甫書》。

〔註 104〕張裕釗：《答劉生書》。

〔註 105〕張裕釗：《答查翼甫書》。

〔註 106〕張裕釗：《重修南宮縣學記》，《濂亭文集》，光緒八年刻本。

〔註 107〕張裕釗：《重修南宮縣學記》，《濂亭文集》，光緒八年刻本。

不忘世事，「裕釗廢於時久矣，自度其才不足拯當今之難，退自伏於山澤之間，然區區之隱，則未能一日以忘斯世。」〔註 108〕從 19 世紀 60 年代起，張氏先後在武昌勺庭書院、河北蓮池書院、襄樊鹿門書院、陝西關中書院主講席三十餘年。尤其主講蓮池書院時成效顯著，影響深遠。

光緒九年（1883 年），著名學者桐城派後期重要人物張裕釗主講蓮池書院。在此之前，張裕釗（1823～1894）曾在虎踞龍盤的江南都會、文教勝地南京講學，有長期的書院教學經驗。從清同治十年（1871）起，張裕釗應兩江總督曾國藩之邀，去南京主講鳳池書院，直到他應直隸總督李鴻章之聘來保定主講蓮池書院，先後在南京盤桓長達 12 年之久。他在寧執教期間，籌添經費，增修講舍，廣儲書籍，明立章程，建學古堂，爲諸生肄業古學之所，制定學規九條，宣導學生讀史地、經濟等實用之書，有崇尙樸學之風。到蓮池書院後，張裕釗不僅注重文章與考據，也開始重視外國學術文化，日本學者宮島勖齋、岡千仞等曾慕名渡海就學，蓮池書院開始名揚國外。

張裕釗於光緒八年（1882）至光緒十五年（1889）主講蓮池書院，視事時間長達六年之久，並兼「學古堂」主講，門生約三四千人。從光緒戊戌蓮池書院《學古堂文集》可以得知張裕釗在蓮池書院的知名弟子有：鹽山劉若曾、新城白鍾元、鹽山劉彤儒、無極崔棟、定州安文瀾、永年孟慶榮、滄州張以南、獻縣紀鉅湘。在書院中，有兼師張裕釗、吳汝綸而具文名者如武強賀濤等。在書院外師張裕釗著名者有光緒狀元張季直、范肯堂等。

在他主院期間，對書院的文化氛圍影響頗深，呈現出一派繁榮景象。張裕釗在蓮池書院講學的狀況和成果，可以從學生的作品集《學古堂文集》首卷中反映出來。這個文集的首卷是由張裕釗編輯而成，後來和吳汝綸任院長時所編輯的《學古堂文集》第二卷一起印刷出版。《學古堂文集》的首卷有問對 4 篇，考證 3 篇，人物論 1 篇，表章 1 篇，古賦 2 篇，古詩 3 首，總共約 2 萬字，〔註 109〕其內容頗爲豐富。張裕釗對西方的科學技術持讚揚態度，批評當時學士大夫之「拘守舊故」，不能識勢通變，與世推移，希圖「承弊易變」，「利而用之」〔註 110〕。在張裕釗的循循誘導之下，蓮池諸生對西學知識也開

〔註 108〕張裕釗：《贈吳清卿庶常序》。

〔註 109〕河北省保定蓮池書院管理處編：《蓮池書院》，北京：方志出版社，1998 年 11 月出版，第 93 頁。

〔註 110〕張裕釗：《送黎蓴齋使英吉利序》，《後期桐城派文選譯》，王凱符譯注，巴蜀書社，1997 年 6 月出版，第 149 頁。

始有所涉獵並逐步進行鑽研，甚至還提出了一些深刻的見解。張裕釗主院六年，以自身高深的文化修養，給蓮池書院帶來了濃鬱的詩文、書法氣息。在此期間，他繼承了前任院長所開闢的經世致用學風，並開始導引學生接觸西方的科學知識，是蓮池書院近代變革中承前啓後的重要一環，爲下任院長吳汝綸開闢新局面打下了很好的基礎。

## 二、吳汝綸與書院

吳汝綸（1840～1903）近代文學家、教育家。字摯甫。安徽桐城人（今樅陽會宮鄉老橋村吳牛莊人）。同治三年（1864）舉人，次年中進士。先後入曾國藩、李鴻章幕府。歷官直隸深州、冀州（今均屬河北）知州。光緒十五年（1889）起，主講保定蓮池書院，執教多年，弟子甚眾。光緒六年（1880）至十五年（1889），任冀州知州，冀州與深州相鄰。吳汝綸「於書院如在深州時，故二州人士皆知務實學。先生在冀久，成材尤多，兩書院遂爲畿輔冠」〔註 111〕。吳汝綸知冀州之初，發現書院經費不足，於是他在光緒七年（1881）上書直隸總督李鴻章，請求解決經費問題。吳汝綸說：「此州經費短絀，束脩已擬捐加，然膏火無資，來者仍屬有限。現請以五縣每歲捐款，酌提十年可得千六百金，在各屬不甚爲難，在書院不無小補，又各縣所捐江南災賑，爲數止二百餘金，……亦擬歸入書院。……唯拿獲賭犯，則於枷責之外，輒以罰懲科斷，冀稍補益書院。……此外則僧尼不守清規，廟產亦查歸書院，皆因齊民瘠苦，不能不爲此牽蘿補屋之計。」〔註 112〕在吳汝綸的努力爭取下，吳汝綸爲書院籌集到了充足的經費，「八年（1882），知州吳汝綸籌銀一萬二千九百五十兩、錢一萬九千二百三十緡，置地九百二十畝，延名師，備膏火」。〔註 113〕在籌款的同時，吳汝綸還想方設法爲書院聘請名師，王樹枏〔註 114〕就是其中一位。

光緒七年（1881），吳汝綸欲聘王樹枏爲信都書院主講，但王樹枏正在畿

---

〔註 111〕閔爾昌：《清碑傳合集》，上海：上海書店，1988 年版，第 4436 頁。

〔註 112〕郭立志：《桐城吳先生年譜》卷一，北京：琉璃廠豹文齋，1938 年。

〔註 113〕王樹楠：《冀縣志》，北京大學圖書館藏，1919 年。

〔註 114〕王樹枏（1851～1936），新城人，字晉卿，號陶廬老人。光緒十二年（1886）進士，歷任四川、甘肅等省知縣、知州、道臺多年，官至新疆布政使。1914 年入清史館任總纂。王樹枏對文字訓詁、新疆輿地、歐西歷史均有研究，一生著述頗豐，有 60 種之多，民國《冀縣志》爲其地方志代表作。

輔通志局任分纂，總纂為黃彭年。吳汝綸致力發展地方文教之決心由此可見一斑。王樹枏於光緒八年（1882）至光緒十二年（1886）任信都書院〔註 115〕主講。光緒十三年（1887），因冀州信都書院無院長，吳汝綸欲聘賀濤為之。賀濤，武強人，字松坡。賀濤為吳汝綸之後，桐城古文派的主將，與范當世齊名，有「南范北賀」之稱。但此時賀濤為大名郡學使，「因格於官例，不得往，請之大府，自大名調署冀州學正，大名學者遮留不可得，卒赴冀州」〔註 116〕。主信都書院講席前後共 18 年。較之王樹枏、范當世，賀濤任教時間更長，成就也更大。「北方學人對之極推崇之盛，謂繼吳摯甫先生而後之第一人。主講冀州書院久，其門第遍燕南北，蔚為北方大師」〔註 117〕。

吳汝綸任冀州知州時，「時時求其士之賢有文者禮先之，得十許人，月一會書院，議所施為興革於民便不便，率不依常格」〔註 118〕。除此之外，他們還參與書院的考課，「每校士之期，此數十人者，畢來論學議事。略尊卑之分，泯主客之跡，黜彼我之見，翕然歡然不知其孰為官，孰為士，孰為賓師也。而生徒執業其中者，亦相與維繫如一家，各以所聞見傳播鄉里，故其時冀屬多善政。習俗為之一變，而吳先生亦嘗以得人自喜」。〔註 119〕吳汝綸曾經「自謂每得一士，雖戰勝而得一國，不足喻其喜也」〔註 120〕。

吳汝綸重視教育，他以實學為教，在冀州成就弟子眾多，近現代著名史地學者傅振倫曾說：「一州六處知名人士，名出其門下。冀縣有趙湘帆、李備六、黃春圃、胡子振；南宮有李剛己、劉際堂、齊懋軒；新河有馬璽卿、韓雲翔；棗強有李子佘、於澤遠、步夢周兄弟；武邑有吳凱臣、魏徵甫、陳榮堪；衡水有劉平西。」〔註 121〕李剛己贈吳鎧（即吳凱臣）詩頗能反映吳汝綸在冀州培養人才的情形，「吾土荒涼故蜀同，初開榛莽自文翁。廿年文學成通裏，三輔英豪盡下風。顧我真成貂尾續，見君遂使馬群空。閉門尚草凌雲賦，

〔註 115〕王樹枏在自訂年譜中記述書院的情況說：「州屬五縣，摯甫選送高材生七人（冀州二人、縣一人），於書院肄業，官給膏火費，餘入書院者，皆備資斧。購置書籍數千卷，專講求經史有用之學，以其間習時文試帖，若趙衡、李諧英、劉登瀛、吳鎧等皆一時之秀也。」

〔註 116〕賀濤：《賀先生文集》，北京大學圖書館藏，1914 年。

〔註 117〕潛山：《談談以往的蓮池》，《河北月刊》，1937 年第 5 期。

〔註 118〕趙爾巽：《清史稿》，北京：中華書局，1977 年版，第 13443 頁。

〔註 119〕賀濤：《賀先生文集》，北京大學圖書館藏，1914 年。

〔註 120〕閔爾昌：《清碑傳合集》，上海：上海書店，1988 年版，第 2978 頁。

〔註 121〕傅振倫：《傅振倫文錄類選》，北京：學苑出版社，1994 年，第 294 頁。

未信詩書可救窮」〔註 122〕。此詩傳誦一時，爲世所稱道。

光緒十四年（1888）冬，張裕釗被武昌江漢書院延聘，正在冀州知州任上的吳汝綸到天津爲張裕釗送行並拜謁時任直隸總督的李鴻章。「時蓮池講席無人主持，李相極費躊躇」。吳汝綸隨即向李鴻章提出辭去冀州知府官職，到保定主講蓮池書院，「具稟稱病乞休，講席遂定。」〔註 123〕吳汝綸於光緒十五年二月卸冀州任，舉家經天津抵保定蓮池書院。此後十多年，教書育人和謀劃書院建設便成爲吳汝綸心血所繫。吳汝綸到任後，即著手進行改革，從辦學模式到教學內容和方法都進行了大膽的革新，形成了一套機制靈活，內容先進，追求成效的辦學體系。首先，在保證學生品質的前提下放寬招生條件，改革考試制度。書院每年在正月招收新生，不論考生是否具備秀才資格，也沒有省區、籍貫的限制，凡通過入學考試合格者即予以錄取。同時招生人數也沒有定額，由於校舍不夠，其他被錄取者可作爲院外生來書院聽講，享有與在籍生同等的待遇。對於考試方法，吳汝綸見「書院規矩，自李鐵梅先生以後，皆習爲寬縱。官齋兩課，從無扃試之事。」於是「改於齋課日，親率提調，扃門堅試，竟一日之長，以二更爲度」。〔註 124〕除將齋課改爲嚴格的閉卷考試，還允許旁聽生參加每月一次的考試。每當書院考試，院裏院外的讀書人都爭先恐後地前來應考，許多考生徒步數十里由外縣奔赴蓮池考場。這種開門授徒的辦法，使書院影響遠遠地超越了它的藩籬之限，這對於打破當時學界的陳規陋習，培養一代紮實的學風，客觀上無疑起到了積極的推動作用。其次，增加經費投入，強化獎勵機制。吳汝綸在上任兩個多月後的五月十三日給直隸總督李鴻章上書說：「經費過少，不足以養育成就之。爲舉業者講求未精，科第減色。緣官課各罷取捨不同，而齋課每次獎銀共止八兩，又不足示鼓勵。凡書院振興，捨寬籌經費，蓋無他法。若令齋課今古二塗，每歲共增千金。在通省公款所省有限，而諸生受益無窮。若徒守舊來規模，難望成效。」〔註 125〕爲蓮池書院籌得了每年增撥 1000 兩白銀的經費後，吳汝綸把考試優勝者分列一、二、三等，依次給以獎賞。齋課每次考試共獎銀八兩，官課隨輪值主考官之意而定，也有爲數不多的獎勵，而古課的第一名每次獎

〔註 122〕郭立志：《桐城吳先生年譜》卷一，北京：琉璃廠豹文齋，1938 年。

〔註 123〕《桐城吳汝綸年譜》，第 101 頁，見沈雲龍主編：《中國近代史料叢刊》七十三輯，臺北文海出版社影印。

〔註 124〕《桐城吳汝綸年譜》，第 107～108 頁。

〔註 125〕《桐城吳汝綸年譜》，第 107 頁。

銀就在十兩以上。吳汝綸還擴大獎勵的範圍，院外非在籍的士子若能取得優異的成績，也可獲得相應的獎金。獎勵政策大大調動了學生學習的積極性，增強了教與學的效果。第三，改革教學內容，增設外文課程。吳汝綸雖主桐城家法，但思想敏銳，崇尚西學。他認爲：「文者，天地之至精至粹，吾國所獨憂。語其實用，則歐美新學尚焉。博物格致機械之用，必取資於彼，得其長乃能共競。舊法完且好，吾猶將革新之，況其窳敗不可復用。」〔註 126〕吳汝綸看到「時局日棘，後來之變未知所底，帖括之學殆不足以應之，將欲振人才，弘濟多難，自非通知古今，涵茹學識，未易領此。」〔註 127〕因而於經義八股之外，更注重經世致用之學，提出中國不能老是「窳守舊術」，必須重視新學，向西方學習，變法自強。在蓮池書院，他不僅更多地招收了外國留學生，還首次開設了英、日語專業，並延請英人居格豪任英語教師、日人野口多內任日語教師，從蓮池書院諸生中選拔學生，「約以五年爲期，五年之內，不許告退。或望有學成者數人，亦漸於學校中開此風氣。」他還率先垂範，把自己的兒子送進了日語學堂。「書院中兼習西文，亦恐此蓮池一處也。」〔註 128〕這在當時無疑開了風氣之先。此舉曾引起封建頑固派的非議和責難，但吳汝綸卻慨然宣稱：「保定一城，由下走開東、西文兩學堂，並不糜多少經費，頗以此自喜。」〔註 129〕不唯如此，他還勉助蓮池書院學生赴國外留學。這樣，在繼張裕釗之後，吳汝綸在書院這種舊式教育機構的軀殼中注入了更多新式教育的內容，推動了書院的近代化進程。

經過吳汝綸的苦心經營，蓮池書院發展到了書院歷史上的鼎盛時期，成爲北方的學術文化中心。河北的人文學術自古以來較東南各省落後，自張裕釗來蓮池執教，「士始知有學問」，吳汝綸擔任蓮池主講，則使「教化大行，一時風氣，爲之轉移。」〔註 130〕各地生徒皆慕其名來蓮池書院學習，結果「畿輔人才之盛甲於天下，取巍科登顯仕，大率蓮池高第，江浙川粵各省望風欲避，莫敢抗衡其聲勢。」各級官僚也常來書院討論對時局的看法。「至於西國名士、日本儒者，每過保定，必謁吳先生，進有所叩，退無不欣然推服，以

〔註 126〕《清史稿・列傳 273》文苑 3。

〔註 127〕《桐城吳汝綸年譜》，第 112 頁。

〔註 128〕《桐城吳汝綸年譜》，第 146 頁。

〔註 129〕《桐城吳汝綸年譜》，第 147 頁。

〔註 130〕沈雲龍主編：《中國近代史料叢刊續編》第六十六輯，臺北文海出版社影印，第 10 頁。

爲東方一人也。」〔註 131〕吳汝綸本人也因此成爲蜚聲海內外的著名教育家，他將培養人才作爲救時要策和自己使命之所在，「專力以興教化，並中西爲一冶」〔註 132〕，「日以高問典策，摩厲多士，一時才俊之士，奮起雲興，標英聲而勝茂實者，相望不絕也。」〔註 133〕培養出了大量的封建官僚、文人和學者，他們「彪炳於仕途、議院、學校者，不可屈指數」。如光緒三十年（1903）末科狀元劉春霖（1875～1944），易象學大家尚秉和（1870～1950），末期桐城派的代表人物之一吳生，河北大儒高步瀛。此外，民國政壇的風雲人物如代總統馮國璋、工商總長谷鍾秀、教育總長傅增湘、直隸省省長劉若曾等人都曾就讀蓮池書院，從師吳汝綸。吳汝綸在此後不久被管學大臣張百熙任定爲京師大學堂總教習的最佳人選，皆源於其在蓮池書院取得的卓越成就，正如張在奏摺中所言：「臣素悉吳汝綸……主保定蓮池書院多年，生徒化之，故北方學者以其門稱盛，允爲海內大師，以之充大學堂教習，洵無愧色。」〔註 134〕

張裕釗、吳汝綸二位主講蓮池書院近二十年，他們繼承曾國藩開闢的文學傳統，把前任院長黃彭年開創的學古堂發展成爲培養直隸桐城派的搖籃，使桐城派的中心由南方移到了北方直隸，具體地說就是到了蓮池書院。就如同鍾廣生在《陶廬文鈔序》所說的那樣：「夫桐城流派即曾氏所言觀之，其傳殆偏於江漢東南，而大河以北無聞焉。自張、吳兩先生主講保定之蓮池書院，先後十餘載，北方學者多出於其門，此兩先生者，皆嘗親承緒論於曾氏，於是燕薊之間始有桐城之學。」〔註 135〕所以說，保定的蓮池書院是桐城派在直隸傳播的中心。在張、吳兩人名下著錄的桐城派弟子一百八十四人，內有直隸人一百位，桐城人十六位，此外還有三名日本弟子。劉聲木所著的《桐城文學淵源考》，於張裕釗、吳汝綸專設一卷，正是對二人開拓桐城派「勢力範圍」的肯定。主要在張裕釗培養下成材的、以古文辭著稱於世的蓮池書院生徒，有滄州張以南（化臣）、鹽山劉若曾（仲魯）、新城白仲元（長卿）、鹽山劉彤儒（翊文）、定州安文瀾（翰卿）、永年孟慶榮（紱臣）、獻縣紀矩湘（海帆）、文安蔡如梁（東軒）、無極崔棟（上之）諸人。這些文學之士及其後來

〔註 131〕吳汝綸：《桐城吳先生文集》，上海古籍出版社，1995 年版，第 24 頁。

〔註 132〕吳汝綸：《桐城吳先生文集》，第 166 頁。

〔註 133〕沈雲龍主編：《中國近代史料叢刊續編》第六十六輯，臺北文海出版社影印，第 10 頁。

〔註 134〕《德宗實錄》卷 493。

〔註 135〕鍾廣生：《陶廬文鈔序》，民國四年（1915）新城王氏刻本。

者被稱爲直隸的「桐城古文學派」。吳汝綸在蓮池書院中所培養的長於桐城古文的知名弟子有：獻縣張坪、南宮劉登瀛、鹽山楊越、鹽山賈恩紱、深澤趙宗抃、安州張鑾坡、高陽李增輝、清苑崔琳、永年孟慶榮、清苑張鎭午、南宮李剛已、衡水劉乃晟、任邱崔莊平、定州馬錫蕃、饒陽常堉璋、宣化張殿士、高陽閆風閣、安州王寶鈞、任邱籍忠寅、四川傅增湘、新城王樹楠、肅寧劉春霖等。其中不少人有詩文集流傳。蓮池書院在晚清選編出版的《學古堂文集》，古文佳作皆是，影響深廣。

## 三、吳汝綸與京師大學堂

1898 年，戊戌維新，京師大學堂應運而生。雖經波折，但「人才輩出、共濟時艱」的時代共識終使大學堂得以保存並逐步走上正軌。縱觀有清一代的文化教育變革，京師大學堂的創立，不啻爲劃時代的里程碑事件，亦可謂清代文化教育從古典走向現代的一個轉捩點。

在京師大學堂創辦之初，桐城派晚期主要成員及其盟友雲集於京師大學堂，並先後位據要津：1902 年，吳汝綸任總教習，逝世後，由其弟子、陽湖派（桐城旁支）代表人物張鶴齡繼任，嚴復、林紓分任譯書局正副總辦。1906～1913 年，林紓任預科、文科講席並一度主持文科。1912～1913 年姚永概任文科講席，並任學長。馬其昶（1910～1913）、姚永樸（1914～1918）亦先後任文科講席。1910～1911 年，吳汝綸之婿柯劭態任署理。1912 年 2 月～10 月，嚴復任校長。桐城派晚期代表人物之所以如此青睞大學堂，是因爲在桐城文人眼中，這裡既是他們傳道授業、擴大桐城堂廡的絕佳講壇，又是爲國家培養人才，進而兼濟天下的良好場所。當然，這也是桐城派重教育、興人才一以貫之的「家法」所順理成章的時代要求。因此，他們同氣相求，桴鼓相應，主動親和於新生的京師大學堂，並藉此而享譽京師。

在京師大學堂創建之初，桐城派與京師大學堂有著一種天然的文化親和關係。從光緒帝《明定國是詔》到孫家鼐《議覆開辦京師大學堂摺》，再到張百熙、榮慶、張之洞《重訂學堂章程摺》和《學務綱要》，其辦學理念雖強調「取法泰西」，但同時亦申明「理學宜講明」，「不得廢棄中國文辭」，「保存國粹」，等等。簡而言之，即張之洞《勸學篇》所云：「中學爲體，西學爲用。」其終極目的，就是以中西合璧之學，爲朝廷培養人才而「共濟時艱」。因此，初生的京師大學堂彷彿是「同文館」與「古太學」的結合體，被深深地烙上了皇家印記。這說明，初生的京師大學堂雖然具有了現代大學的雛形，但辦學理念上仍然浸染了「古太學」闡道翼教的濃厚色彩。桐城後賢雖倡西學，但仍堅守「孔孟程朱」之道統壁壘，而這正契合大學堂創辦宗旨之一衷。因此，援桐城而入大學堂，確爲最佳選擇。同時，大學堂既中西合璧，所開設課程半數爲西方科學實用之術，學風須戒浮華而求實，因而頗現民間書院和洋務學堂之精魂。以吳汝綸、嚴復爲代表的桐城文人，不僅以桐城文章承載西學而名震一時，而且他們更有著主書院、辦新式學堂的豐富教育實踐。自然，由這些新舊兼融的碩學鴻儒來主盟新的文化中心，在當時既是眾望所歸，對大學堂而言，亦爲非此諸君而莫屬。由此回眸管學大臣張百熙「具衣冠詣汝綸，伏拜地下，曰『吾爲全國求人師，當爲全國生徒拜請也，先生不出，如中國何』！」〔註 136〕的場景，解讀其言其行何至如此懇切、如此厚重，其中緣由應當不言自明了。

吳汝綸既有中西兼備的學識，又有很高的地位和名望，因此他當之無愧是新生的京師大學堂總教習的首選人員。關於吳汝綸在畿輔一帶推行教育的業績，其子吳闓生有一段凝煉的評述：「當前清同治中，曾文正、李文忠先後來督畿甸，咸殷然有振興文教之意，其時先大夫實刺深州，修孔廟，興樂舞，括義學廢田大開書院，州人士忻忻向化，如百穀之沐膏雨焉。……未幾，移刺冀州，在冀州八年，提倡文教尤力。及罷官，主講蓮池書院，於是教化大行，一時風氣爲之轉移。」〔註 137〕極高的教育成就使他在士林中贏得極高的清望。正是出於這個原因，所以張百熙一心一意要聘請吳汝綸擔任京師大學堂總教習。

在勉強應允總教習一職後，爲使京師大學堂有別於舊式學堂，吳汝綸就任以後做的第一件事情就是向張百熙提出請求：東遊日本，考察學制。他在給日本友人的信中寫道：「近者敝國朝廷，懲前毖後，變法求新。大臣以京師大學堂教習需人，薦某承乏。某自度才不足以適用，壯年早日退閒，今老矣，精力衰竭，尚何能爲！但以天下興亡，匹夫有職，且欲一窺貴國美富。是用蹈海來遊。」〔註 138〕1902 年 6 月 8 日，吳汝綸自北京啓程，6 月 20 日抵達長

〔註 136〕趙爾巽：《清史稿・張百熙傳》。

〔註 137〕吳闓生：《吳門弟子集・序》，保定蓮池書社，民國十九年刊本。

〔註 138〕徐壽凱、施培毅校點：《吳汝綸尺牘・答日野恒次郎》，黃山書社，1990 年版，第 227 頁。

崎，開始了爲期四個月的考察訪問，隨行的有京師大學堂提調榮勳（竹農）、紹英（越千）以及自願充當譯員的日籍門生中島裁之等人。在日本四個月期間，吳汝綸先後 18 次赴文部省，聽取對日本教育狀況的全面介紹，並在長崎、神戶、大阪、京都等地參觀各類中小學校、師範學校、女學校、大學堂及各類專業學校近 40 所，對各校的學制、學校組織、教材、課程設置、學校布置、教室、宿舍、師資、教學儀器及設備等，無不詳細詢問，記錄備案。在京都帝國大學，吳汝綸參觀了校舍後，特地要求校長木下廣次博士把京都大學校舍作一個木製模型寄到北京，以作京師大學堂的借鑒。

爲了儘量多瞭解一些情況，吳汝綸常常日行數十里，連訪好幾處。一天，他乘坐人力車出訪，發生意外，車輛側翻，吳汝綸受傷流血，但他稍事包紮後仍堅持前往。吳闓生記述父親當年的辛勞情形說：「在東京，日夕應客以百數，皆一一親與筆談，日盡數百紙，無一語不及教育事者。所接多教育名家，反覆詰難，曲盡其蘊，客退輒撮記精要，手錄成冊，每至過午不食，夜分不寐以爲常。」〔註 139〕這樣一種勤懇敬業的精神，連日本文部省的陪同官員也深受感動。東京《朝日新聞》在吳汝綸即將離日之際，曾發文稱讚：「中國來遊官吏學生至多，如吳先生之豪俊者，殆絕僅有。」〔註 140〕統計吳汝綸在日期間造訪的教育名家，有伊澤修二、井上哲諮郎、加藤弘之、嘉納治五郎、下田歌子、古城貞吉、長尾槙太郎等百餘人；同時他還訪問了大限重信、伊藤博文、菊池大麓、小村壽太郎、副島種臣等眾多政界要人。〔註 141〕

在考察結束後，吳汝綸整理出了一本長達 12 萬字的彙報文稿，題名爲《東遊叢錄》，系統詳盡地介紹了日本的教育制度、教育思想以及發展教育的具體措施，並具體設計了我國的學制藍圖，提出了許多高於時人的先進教育思想。內容共分四個部分：第一卷文部聽講，是由留日學生章宗祥、吳振麟、張奎口譯，吳汝綸親自筆錄的文部省官員講授內容；第二卷摘抄日記，是吳汝綸訪日期間的日記摘錄；第三卷學校圖表，共有東京大學員數度支表、西京大學預算表、高等學校預備科課程表等各類學校表格 19 份；第四卷函札筆談，收錄他與日本各界人士的座談錄及往來信件。管學大臣張之洞、張百熙等參

〔註 139〕吳闓生：《先府君哀狀》，《桐城吳先生全書·傳狀》。

〔註 140〕東京《朝日新聞》1902 年 9 月 29 日，見《東遊日報譯編》。

〔註 141〕參閱翁飛：《吳汝綸與京師大學堂》，《安徽大學學報（哲學社會科學版）》，2000 年第 2 期。

照和借鑒此書提出了《奏定大學堂章程》，使「壬寅學制」修訂爲「癸卯學制」。「癸卯學制」是中國第一個系統而完備的近代學制，它的施行，對京師大學堂至關重要，標誌著大學堂由封建書院開始向近代學校轉化。因此說吳汝綸於此有肇基之功應恰如其分。

## 四、曾門再傳弟子與書院

吳汝綸效法曾國藩最爲重要的一點就是嚮往文士趣韻。所不同的是，曾國藩的實現是在其幕府中，有著強大的經濟做後盾，而吳汝綸是以書院爲中心，頗顯清苦，但這絲毫不影響他坐賞「群芳」（如范當世、二姚、趙衡、馬其昶等）的雅致。關於當時雅集文事、「觴詠唱酬」之盛況，吳君昂記述云：

> 初，范自通州來入幕，與伯父（案：指吳汝綸）講貫文學，伯父歡甚。後又得姚錫九、張採南兩先生，繼踵而至，賀先生本主講冀之書院，而張先生亦時自保定來遊，於是一州之士皆賢豪英傑。是時家君病亦大愈，遂與諸公觴詠唱酬，無虛日，爲詩多至數十首。然後知人世之遭逢未若聚合之隆爲尤可貴也。……未幾，張先生還保定，范先生應試於江南，姚、張二君亦相率辭去，而詩文之歡且息。〔註 142〕

又，趙衡記述賀濤、張裕釗、吳汝綸、范當世與書院諸生在一起的情形：

> 嘗一日燕集於蓮池，吳先生誚讓先生（指賀濤），於吾文少所違，反乃不若范肯堂。范肯堂者，通州人，諱當世，嘗客吳先生所，張先生第一能文之弟子也。先生從容徐答之曰：回也，非助我者也，於吾言無所不說。衡嘗序吳先生所著《深州風土記》，吳先生與先生書，有所商定。先生報之曰：某未見先生之書，先生見湘帆所爲敘，湘帆爲敘，時亦未見先生之書，宰我子貢有若智足以知聖人，吾二人之知先生，視三子何如？先生語言妙天下如此。〔註 143〕

光緒十一年（1885），范當世來到蓮池書院，張裕釗爲書院山長，賀濤教於信都書院，吳汝綸知冀州，此外王樹枏、張頡輔、李傳黻之子和度、吳汝綸之弟吳汝純、姚爲霖亦在，詩酒留連，極一時之盛。「自曾文正公督畿輔，喜延攬人士，其流風未沫，猶可想見焉。」〔註 144〕范當世《余與晉卿往來數

〔註 142〕吳闓生：《吳門弟子集》卷八《冀州唱和詩序》，民國十九年蓮池書杜刻本。
〔註 143〕趙衡：《序異齋文集》卷四《賀先生行狀》，民國廿一年天津徐氏刻本。
〔註 144〕馬其昶：《抱潤軒文集》卷八《范伯子文集序》，民國十二年桐城馬氏刻本。

月，既盡，讀其詩歌、駢文、墨子之屬，最後又得讀其古文，益服其無所不能。攜至保定，視吾師，吾師歎嗟焉。七月餘將南還，晉卿別以詩，和之得卅四韻》一詩寫到：

我行千里到此息，狂言誕語陵諸公。吳公授我秀才藝，云此屬者邦之蒙。觀吾井者樂吾樂，對此不得方南東。我誠斯言踞坐視，初睨忽眩驚我瞳。即換心腸溯群腑，千靈百怪爭鴻濛。顧謂吳公曷嬉我，公笑謂我非我功。保陽魁人曰王氏，酣經饌籍光熊熊。要遮出刃擬其腹，乞膏溉此荒田中。彼號顧承一手烈，能闢造化開神工。君今所詫固可偉，三年以昔皆常僮。顧謂在階速具酒，即看二子尊前融。維時浴佛後一日，吳公席上來匆匆。〔註 145〕

范當世的狂妄不羈、傲氣凌人，與吳汝綸筆下的王樹枏那種「六籍膏腴厭含咀，更有奇文如好女」〔註 146〕的志士形象形成鮮明對比。

光緒十三年（1887）年，范當世第三次到冀州，主武邑觀津書院。吳汝綸《諸公倒用前韻要和勉答盛望》云：

吾州枉眾賓，今茲乃過曩。嶽嶽二三子，入筆波濤壯。荒城俯平皋，極目天莽蒼。不有文字娛，僻陋吾安放。羔雁得範子，大音無細響。散聲入混茫，譬挹西山爽。三年苦獨唱，空結千歲想。吾弟病新已，頗蒙擊節賞。高論驚凡愚，那顧群兒謗。張侯自東來，光怪壓窮壤。酒腸若無底，詩心絕塵障。李生最後至，雛鳳落吾網。援戟各成隊，挑戰捨偏兩。吾其爲得臣，收卒冀少創。松坡久無作，幽思墮渺莽。頗似歐叔弼，已被子瞻強。寄聲趨趙叟，詩務宜速上。過此欲少味，去帆如鳥往。〔註 147〕

「羔雁」是說吳汝綸第二次聘請范當世主講書院，范欣然應許。「吾弟」指吳汝綸之弟熙甫，時在汶縣任上。「張侯」指張頡輔（字採南），「李生」指李傳黻之子和度，「趙叟」指趙宗（字鐵卿）。「松坡」是賀濤。「三年苦獨唱，空結千歲想」、「李生最後至，雛鳳落吾網。援戟各成隊，挑戰捨偏兩」，雛鳳宿儒，詩酒歡宴，如此盛景著實讓「是時多艱虞、妄欲紐墜網」、「優游美文

〔註 145〕范當世著，馬亞中、陳國安校點：《范伯子詩文集》，上海：上海古籍出版社，2003 年版，第 29 頁。

〔註 146〕吳汝綸：《吳汝綸全集》，合肥：黃山書社，2002 年版，第 405 頁。

〔註 147〕吳汝綸：《吳汝綸全集》，第 410 頁。

史，瑟縮忍譏謗」〔註148〕的吳汝綸一展新顏。盛景之後，吳汝綸頓有「過此欲少味，去帆如鳥往」之歎。

范當世不愧是詩人本色，倜儻不羈，在北方招來不少「耳語」〔註149〕，這讓吳汝綸頗爲失望，吳氏曾一度有讓范當世做書院山長之想。不過，吳汝綸也是狂狷之士，「夫子古狂狷，斐然有深思。傾家散黃金，折節恣幽賞」〔註150〕，與范當世並無差別，並不影響吳對范的欣賞之情。他們看不起北方「瘠土」無「文」，居北方乃是文翁「化俗」之舉，爲敦教化，而冀人既然不識「千載胸」〔註151〕，他們自不必計較，大抵二人都是狂狷之士。

光緒十九年（1893）年冬，姚永樸離開蓮池書院，與其弟永概一同歸桐城。離別之際，姚永樸請諸同人爲其《西山精舍圖》題詠。吳汝綸、馬其昶、范當世、賀濤等皆斐然有作。吳汝綸《題姚叔節（西山精舍圖）》從姚永樸之父姚濬昌「詩翁載酒尋披雪」說起，而「名家再世自風騷」、「志業終看鶴九皋」〔註152〕，表達了吳對二姚兄弟的殷切之懷。

范當世《爲叔節題（西山精舍圖）》〔註153〕一詩從日常生活場景寫起，很有人倫情韻。吳是桐城人，范爲姚濬昌女婿。無論是吳汝綸對姚永概的期待，還是范氏詩中所寫的生活情形，都與桐城相連，由此而來的親切感和認同感自不待言。而賀濤非桐城籍，他的敘事是另一種語氣，耐人回味。他不寫詩，故以文題之：

> 濤少時則喜讀桐城方望溪先生之文。及從吳先生遊，益廣以劉氏、姚氏之說。而其邑人客燕趙者往往遇之先生所，亦輒稱述其鄉先正緒言軼事。於是桐城諸老之精神笑貌如接吾之耳目矣。……光緒十九年秋，謁先生蓮池，而姚君叔節與其兄仲實已先在。叔節出此圖屬題，則大喜，以爲觀此圖如親其地，足以慰所懷而無憾。既而思之，承先生指授與群賢觀摩且二十年，而學益荒落，雖至其地，庸有當乎？而仲實所爲詩，古淡如漢魏；叔節之文，崛強似韓退之。二君年方及壯，所造已如此，則又以知紹其鄉先正之傳終當屬其鄉

〔註148〕吳汝綸：《吳汝綸全集》，第410頁。
〔註149〕吳汝綸：《吳汝綸全集》，第484頁。
〔註150〕吳汝綸：《吳汝綸全集》，第410頁。
〔註151〕吳汝綸：《吳汝綸全集》，第409頁。
〔註152〕吳汝綸：《吳汝綸全集》，第424頁。
〔註153〕范當世著，馬亞中、陳國安校點：《范伯子詩文集》，第102頁。

人，非他方人所得與。吳先生雖欲倡其學於北，而二君者又將挈而歸，是殆有數焉。濤雖妄，弗敢與爭，得列姓名於此圖之末，則幸矣。〔註154〕

賀濤嗜好古文，私淑桐城諸老，流露出對桐城一地詩文興盛的羡慕之情。

賀濤繼吳汝綸之後主持蓮池書院。賀濤（1849～1912），字松坡，直隸武強人，著有《賀先生文集》四卷。賀濤是蓮池書院諸弟子中的佼佼者，「於文事，蓋有天授。嘗爲《反離騷》，桐城吳先生爲深州，一見，奇之，登諸門牆，授以歷代所傳斯文之緒。及武昌張先生北來，都講保定蓮池書院，復爲書通之張先生，張先生得之狂喜，復書以爲至寶也」〔註155〕。賀濤中年目病以後仍然堅持完成《賀先生文集》後二卷，對學術懷有極大的執著奉獻精神。張舜徽以爲賀濤「尤高其有論古之識，終不墮文士窠臼」，「清末文士繼吳、張而起者，濤固卓然一大家矣。」〔註156〕賀濤在蓮池池書院的同窗潛山也曾稱讚：「北方學人對之極推崇之盛，謂繼吳摯甫先生而後之第一人。主講冀州書院久，其門第遍燕南北，蔚爲北方大師。」〔註157〕吳汝綸曾經在寫給賀濤的書信中評論其文章說：「此等文字不惟老夫甘拜下風，竊計方今海內，自濂亭（張裕釗）而外，蓋未有能辦此者。」吳汝綸對賀濤予以厚望，後來當他離開蓮池書院時，薦舉賀濤作爲書院主講，曰：「賀君在，斯文之傳可以不絕，某去，猶不去也。」〔註158〕因此，賀濤當之無愧地成爲清末桐城派的北方中堅，出生籍貫並不能成爲桐城文派傳衍的限制條件。

後來袁世凱在書院的基礎之上創建「文學館」，袁世凱請賀濤主其事，保存國粹（主要是古文學）。當時的情況是：

（文學館）凡所招皆一時知名之士，南皮張宗瑛獻群、深州武錫鈺合之首，至衡以不才亦廁其間，且言冀州陳嘉謨獻廷、深州侯

〔註154〕賀濤：《賀先生文集》卷二《題西山精舍圖》，民國三年刻本。

〔註155〕趙衡：《序異齋文集》卷四《賀先生行狀》，民國廿一年（1932）天津徐氏刻本。

〔註156〕張舜徽：《清人文集別錄》，武漢：華中師範大學出版社，2004年版，第582頁。

〔註157〕潛山：《談談以往的蓮池》，《河北月刊》卷五第二期，1936年2月15日出刊；陳谷嘉、鄧洪波主編：《中國書院史資料》，浙江教育出版社，1998年5月第1版，第870頁。

〔註158〕吳汝綸：《尺牘卷一．答賀松坡》，《吳汝綸全集》第三冊，黄山書社2002年版，第178頁。

際辰亞武，而棗強齊文煥蔚卿、武邑吳之沅雨農、王汝楫宗周，絡繹具來，有栗如桐欽齋者，與雨農同鄉，時方肄業保定高等學堂，既卒業，試第一，亦棄其所學來學。先生（案：指賀濤）則大喜曰：「吾道（案：指古文事業）爲不孤矣！」日取所謂四千年相傳不失、吾國高於各國之文爲諸生說之，不異前在吾冀時。然先生已目廢，其說之法乃不得不稍異於前，前時先生自誦自說，口噲目送，仰視俯畫，諸生之目，攝於先生眸子，不運而喻，後則諸生爲先生誦之，先生乃爲諸生說之，彼此傳遞，相須爲用。……袁公去直隸，而先生亦辭館歸，自是倦遊不復出矣！〔註 159〕

賀濤在信都書院講古文長達 18 年之久，在吳汝綸離開蓮池書院之後，目盲而仍與諸生講授古文長達 20 餘年。可以說，賀濤對北學古文的持續發展起到了極其重要的作用。張裕釗、吳汝綸開風氣之功居多，但是因爲受到掌院時間較短等因素限制，河北一地古文學得以延續並弘揚，有賴於賀濤主持其事。

〔註 159〕趙衡：《序異齋文集》，民國廿一年（1932）天津徐氏刻本。

# 第五章　古文文選與桐城文派的發展

選本是文學傳播的一種重要方式，人們對於文學的學習往往是從選本開始的。特別是在傳媒、出版十分落後的古代社會，文學選本的示範價值和學術影響力是不可限量的。雖然明清古文選本與科舉時文有密切關係，但每一部文選都有它自身的價值和特點，都在一定程度上直接體現了編纂者的文學主張和學術思想，對於一個文學流派的形成、發展與傳衍起著巨大作用。桐城文派的幾位大家，諸如方苞、戴名世、劉大櫆、姚鼐、曾國藩等都曾編纂過文選，本章主要選取方苞的《古文約選》、姚鼐的《古文辭類纂》、曾國藩的《經史百家雜鈔》以及王先謙、黎庶昌《續古文辭類纂》爲代表，通過對其選文範圍、編選體例、作品評點、理論體系等方面的研究，深入探討古文文選對桐城文派確立、發展及其傳衍的影響。

## 第一節　方苞與《古文約選》

《古文約選》是方苞在雍正十一年（1733），應當時的國子監督學果親王允禮之請而編選的一部古文選本，目的是給在國子監就讀的八旗子弟提供一個學習古文的範本。孟醒仁先生在《桐城派三祖年譜》中對此事也有記載：「三月，奉果親王教：約選兩漢及唐宋八家文，刊授成均諸生。其後於乾隆初詔頒各學官。書成，代作《古文約選序例》。」〔註 1〕《古文約選》選錄了兩漢到明末歷代古文，而其中以選錄漢人和唐宋八大家的散文爲主。在《古文約選序例》中，方苞系統闡述了「義法」說及「文統」、「道統」思想，並揭示

〔註 1〕孟醒仁，《桐城派三祖年譜》，安徽大學出版社，2002 年版，第 83 頁。

出古文「助流政教之本志」，爲桐城文派奠下了最初的文論基礎。《古文約選》作爲八旗子弟學校教本的頒行，不僅提高了古文的地位，也使「義法」說具有了官方的權威性，「義法」之說自然得以廣泛的傳播，也正式將古文義法引入時文寫作，使古文與時文空前緊密地結合在一起。

## 一、《古文約選》的編纂在客觀上是科舉制度推動的結果

科舉制度發展到了清代已經相當地嚴密和成熟，正如《清史稿》所載：「有清以科舉爲掄才大典，雖初制多沿明制舊，而慎重科名，嚴防弊竇，立法之周，得人之盛，遠軼前代。」〔註2〕由於清代科舉以八股文爲規定考試文體，故八股文成爲各級學校的教學重點，成爲士子們追逐功名的武器。八股文在清代的再度風行在很大程度上促成了古文的興盛，爲桐城文派的崛起提供了條件。八股文又被稱爲時文，以與古文相對。時文雖有種種弊端，但卻與古文有許多相通之處：首先，時文與古文都恪守程朱義理；其次，在藝術手法上，時文講究開合、頓挫、呼應之法，在一定程度上也是對古文藝術手法的借鑒。許多士子爲了避免熟濫，很自然地借鑒古文的某些藝術特徵來創作時文。曾國藩也注意到了古文一派的文章與時文之間的密切關係，他說「自有明以來，制藝家之制古文，往往取左氏、司馬遷、班固、韓愈之書，繩以舉業之法，爲之點，爲之圓圈，以賞異之；爲之乙，爲之圍鐵以識別之；爲之評注以顯之」〔註3〕。由此可見，以古文爲時文，可提高時文的水準，明清士子爲在科場出人頭地，自然要究習古文，以圖將「古文之神理氣韻機局」融入時文，取得「瑩然而出其類」的效果。方苞編選的《古文約選》，更是將古文與時文緊密聯繫起來，推動了古文「義法」的廣爲傳播。

在科舉時代，科舉致仕是讀書人的最終目標，作爲教材的古文選本，其編選目的也就直接或間接和科舉考試有關係了。明清兩代的古文評選活動極爲興盛，產生了大量古文選本，最主要的原因就在於它是爲科舉考試服務的。方苞任職翰林院時，代果親王編選《古文約選》。關於編選的目的，方苞解釋說：「我國家稽古典禮，建首善自京師始，博選八旗子弟秀異者，併入於成均。聖上愛育人才，闢學舍，給資糧，俾得專力致勤於所學；而余以非材，實承

〔註2〕趙爾巽：《清史稿・選舉三》，中華書局，1977年版，第3149頁。

〔註3〕曾國藩：《謝子湘文集序》，《曾國藩全集（詩文）》，長沙：嶽麓書社，1994年版，第219頁。

寵命以監臨而教督焉。竊惟承學之士，必治古文，而近世坊刻，絕無善本，聖祖仁皇帝所定《淵鑒》古文，閎博深遠，非始學者所能遍觀而切究也，乃約選兩漢書疏及唐宋八家之文，刊而布之，以爲群士楷。」〔註4〕方苞認爲，研習古文應是每一個讀書人的必修課，而古文選本的選擇十分重要。他對現有的一些古文選本都不滿意，即使是康熙欽定的《御選古文淵鑒》，也由於過於「閎博深遠」，並不適合作爲初學者學習古文的範本。因此，方苞爲國子監學生編選了《古文約選》，主要選取兩漢、唐宋八大家文章作爲學習的範文，他說：「學者能切究於此，而以求《左》、《史》、《公》、《穀》、《語》、《策》之義法，則觸類而通，用爲制舉之文，敷陳論、策，綽有餘裕矣。」〔註5〕方苞認爲掌握了古文義法，寫作時文便會輕鬆自如。他編選《古文約選》的一個重要目的，就是要通過學習古文來提高國子監生時文的寫作能力，這其實也是大多數古文選本編選的主要目的。

科舉制度作爲一種官員選拔制度，發展到清代已經相當嚴密和成熟，科舉制度通過功名吸引了眾多知識分子的注意力，許多士子爲博取功名，不惜皓首窮經。由於清代科舉以八股文爲規定考試文體，故八股文成爲各級學校的教學重點，成爲士子們追逐功名的武器。有意思的是，八股文在清代的再度風行在很大程度上促成了古文的興盛，爲桐城古文派的崛起提供了條件。

八股文又被稱爲時文，以與古文相對。時文雖有種種弊端，但卻與古文有許多相通之處：首先，時文與古文都恪守程朱義理；其次，在藝術手法上，時文講究開合、頓挫、呼應之法，在一定程度上也是對古文藝術手法的借鑒。許多士子爲了避免熟濫，很自然地借鑒古文的某些藝術特徵來創作時文。明清兩代就有不少以時文標準選編、評點古文的選本。李元度在爲李撫九選編的《古文筆法百篇》作序時這樣談及古文與時文的關係：「古文者，別乎時文而言也。近代選家如茅鹿門、儲同人、汪謚善之徒並有評本，識者謂未能盡帖括氣習。然餘論古文之極致，正以絕出時文蹊徑爲高；而論時文之極致，又以能得古文之神理氣韻機局爲最上乘。明之震川、荊川、陶庵，昭代之慕廬、百川、望溪，皆以古文爲時文者。功令以時文取士，士之懷瑾握瑜者賓賓然爭欲自澤於古，

〔註4〕方苞：《古文約選序例》，《方望溪全集》，中國書店，1991年版，第303頁。
〔註5〕方苞：《古文約選序例》，《方望溪全集》，中國書店，1991年版，第303頁。

有能導以古文之意境，宜瑩然而出其類矣。」〔註6〕由此可見，以古文爲時文，可提高時文的水準，明清士子爲在科場出人頭地，自然要究習古文，以圖將「古文之神理氣韻機局」融入時文，取得「瑩然而出其類」的效果。

桐城派創始人方苞所以能在文壇聲譽鵲起，與他在科場得售有關。戴名世在《方靈皋稿序》中曾說：「今歲之秋，當路諸君子毅然廓清風采，凡屬著才知名之士多見收採，而靈皋遂發解江南。靈皋名故在四方，四方見靈皋之得售而知風氣之將轉也，於是莫不購求其文。」〔註7〕此處當指康熙三十八年（1699）方苞舉江南鄉試第一之事，方苞本以古文聞名，科場得售更促使士子們訪讀其古文，試圖從中探求科場的敲門磚。

## 二、《古文約選》的選文體現了方苞「義法」的標準

古文選評始自南宋，呂祖謙的《古文關鍵》、眞德秀的《文章正宗》等是現存較早的古文選本。明代的古文評選十分興盛，茅坤的《唐宋八大家文鈔》是影響較大的一個古文選本。清朝建國後，隨著社會政治的穩定，古文評選又開始繁榮起來。在方苞《古文約選》之前，也已出現了一些影響較大的古文選本，比如，康熙的《御選古文淵鑒》、吳楚才、吳調侯的《古文觀止》、謝有輝的《古文賞音》、林雲銘的《古文析義》、浦起龍的《古文眉詮》、蔡世遠的《古文雅正》等等。清初的古文選家，對於古文的界定，沒有一個十分嚴格的概念。所選文章，多以先秦兩漢、唐宋八大家的散文爲主，但是，一般都少量收有六朝、唐以來的駢文。《古文淵鑒》的編選宗旨大致是以「宗經」、「古雅」爲原則的古代文章，所以它收有一定數量的六朝駢文。《古文觀止》、《古文雅正》等雖以散文爲主，但也都收有少量的駢文，古文選本中兼收駢文，這在清初是較爲普遍的現象。方苞作爲當時專力於古文創作的名家，比起其他的選家來，他的古文觀念極爲明確，《古文約選》所收，限於兩漢、唐宋八大家的散文，一改當時古文選本兼收駢文的做法。這種文體上的嚴格去取，與編選者作爲有獨到理論建樹的古文家的身份是相適合的，文體上的「純粹」也是建立古文文統所必須的。

---

〔註6〕李元度：《古文筆法百篇序》，李撫九選編，黃仁黼纂定：《古文筆法百篇》，嶽麓書社，1983年版。

〔註7〕戴名世：《方靈皋稿序》，王樹民編校：《戴名世集》，中華書局1986年版，第54頁。

方苞僅選取兩漢及唐宋八大家的散文而不選其他，這體現了他一貫主張的「義法」標準。關於「義法」，方苞在《又書貨殖列傳後》中解釋說：「春秋之制義法，自太史公發之，而後之深於文者亦具焉。義，即《易》之所謂言有物也；法，即《易》之所謂言有序也。義以爲經而法緯之，然後爲成體之文。」〔註 8〕「義法」一說，始見於司馬遷《史記‧十二諸侯年表》：「孔子……興於魯而次《春秋》，上江隱，下至哀公之獲麟，約其文辭，治其繁重，以制義法。」這裡的「義法」，當指孔子作《春秋》的義例筆法，而方苞取爲已用時，則強調在以內容爲主的前提下，內容和形式的統一。「義」是對內容思想方面的要求，即所謂「言有物」。方苞所要表現和闡發的「義」，主要是儒家的綱常大道和程朱理學的義理。在《答申謙居書》、《古文約選序例》等文章都表明了他堅持「文以載道」、「文以明道」的思想。他認爲文章本源於儒家經典，應以儒家的道義，特別是文、武、周公、孔子之道，《春秋》之義爲根柢。所以《望溪文集》中到處流露著對忠、孝、仁、愛的歌頌，對貞女烈婦的讚揚。民族主義思想、中國傳統中的忠義氣節在其《田間先生墓表》、《石齋黃公逸事》、《高陽孫文正公逸事》等文中都有深刻的體現。在《獄中雜記》《記開海口始末》《陳馭虛墓誌銘》《逆旅小子》等文中，他揭露了政治的黑暗，官吏結黨營私、漠視人民疾苦，權勢之家危害人民等問題。「法」指文章法度，是對形式方面的要求，包括對文章的結構、材料的剪裁取捨、語言錘鍊等。由此可見，方苞論文章，不尚空言義理，不使流於抽象空疏，而要求言之有物，要求要有實際的社會內容；另一方面，文章所言的義理，意在爲人們所理解，爲社會所實用，要達到這個目的，不能語無倫次、雜亂無章，而要言之有序，即要求文章要講究好的表現方法。「義」決定「法」，「法」體現「義」，「義」與「法」之間，體現的是「道」與「文」的關係，其本質是內容和形式的問題。論文提倡「義法」，爲桐城派散文理論奠定了基礎。後來桐城派文章的理論，即以方苞所提倡的「義法」爲綱領，繼續發展完善，於是形成主盟清代文壇的桐城派，影響深遠，至今仍爲全國學術界重視，方苞也因此被稱爲桐城派的鼻祖。

方苞提倡寫古文要重「義法」，要注重「清眞雅正」和「雅潔」。這在他編選《古文約選》的實踐中得到充分的體現。選什麼與不選什麼，這是編者

〔註 8〕方苞：《又書貨殖列傳後》，賈文昭編著《桐城派文論選》，第 37 頁，中華書局，2008 年版。

文論觀念的重要反映。在方苞之前的古文編選者，一般都選《左傳》、《國語》、《戰國策》、《史記》、《漢書》和唐宋八大家的文章，有的古文選本還收有元明古文家的作品。方苞《古文約選》，則僅限於兩漢、唐宋八大家文章。關於這樣選擇的原因，他在《古文約選序例》中有清晰的闡述：

蓋古文所從來遠矣，六經、《語》、《孟》，其根源也。得其支流，而義法最精者，莫如《左傳》、《史記》，然各自成書，具有首尾，不可以分剟。其次《公羊》、《穀梁傳》、《國語》、《國策》。雖有篇法可求，而皆通紀數百年之言與事，學者必覽其全，而後可取精焉。惟兩漢書疏及唐、宋八家之文，篇各一事，可擇其尤。而所取必至約，然後義法之精可見。〔註 9〕

方苞之所以不選三《傳》、《國語》、《國策》、《史記》，主要是因爲，他認爲這些都是最爲傑出的古文作品，「自成一體」，從學習古文「義法」的角度來看是不可分割的，必須熟讀全書才能得其精髓。對於先秦諸子文章，他承認其「精深宏博，漢、唐宋文家皆取精焉」，不選這類文章是因爲「但其著書，主於指事類情，汪洋自恣，不可繩以篇法」〔註 10〕。諸子文章雖好，但在「義法」方面沒有自覺的講求，所以不在所選之列。此外，《古文約選》本來就是給在國子監就讀的八旗子弟提供一個學習古文的範本，從初學者角度考慮，「始學而求古求典，必流爲明七子之僞體」。明代前後七子以「文必秦漢」相標榜，以至於流爲模擬剽竊的習氣，受到唐宋派直到清初文人的批評。方苞認爲先秦文和《史記》是古文典範，如果學習不好，反而會弄巧成拙，所以他不主張初學者以先秦文和《史記》爲學習對象。他之所以選兩漢、唐宋八大家的文章，主要是因爲這些文章義法具備，且又有跡可尋，便於學習。能夠「俾承學治古文者，先得其津梁，然後可溯流窮源，盡諸家之精蘊耳」〔註 11〕。學習古文要從唐宋八大家入手，然後上溯到兩漢、先秦文，最終掌握古文「義法」。這是方苞對於古文學習的看法，也是他編選《古文約選》的一個指導思想。與清初的其他古文選本相比，《古文約選》在編選方面自具特色，是方苞古文理論的很好體現。

〔註 9〕方苞：《古文約選序例》，《方望溪全集》，中國書店，1991 年版，第 303 頁。
〔註 10〕方苞：《古文約選序例》。
〔註 11〕方苞：《古文約選序例》。

## 三、《古文約選》的編選直接促進了方苞以義法爲核心的古文理論的傳播。

《古文約選》主要收錄兩漢書、疏及唐宋八大家文。在《古文約選》的序言及編選體例中，方苞系統闡述了「義法」說及「文統」、「道統」思想，並揭示出古文「助流政教之本志」，爲桐城文派奠下了最初的文論基礎。尤引人注意的是，方苞在《古文約選序》中，明確指出古文義法可「觸類而通，用爲制舉之文，敷陳論策，綽有餘裕矣」〔註12〕。《古文約選》作爲八旗子弟學校教本的頒行，不僅提高了古文的地位，也使「義法」說具有了官方的權威性，「義法」之說自然得以廣泛的傳播，也正式將古文義法引入時文寫作，使古文與時文空前緊密地結合在一起。

在《古文約選序例》中，方苞全面系統的闡發了他的古文理論。方苞的古文理論散見於各種書序、題跋、墓誌銘、雜文、以及讀書筆記之中，多是隨事隨感而發，沒有系統的闡釋。方苞六十六歲時所作的這篇《古文約選序例》，從多個方面較爲系統地闡釋了他的古文理論，尤其突出了「義法」這個核心內容。這篇《古文約選序例》可以視作方苞古文理論的宣言。《古文約選》本是方苞應果親王允禮之請，爲國子監生員學習古文而編寫的示範性讀本，從這一點上來講，它具有官修教材的意義。清代所修兩部《國子監志》對《古文約選》都有記載。〔註13〕《古文約選》的書版原藏於國子監，後歸入武英殿，乾隆三年（1738），清帝下詔，內務府各處所藏書版「應聽人刷印」，並且「坊間有情願翻刻者，聽其自便」。《古文約選》等書「具於學術有裨，自宜廣爲傳習」。〔註14〕允許民間書坊印刷，便把作爲國子監教材的《古文約選》推向了全國。清代官修的古文選本，只有康熙的《御選古文淵鑒》、方苞的《古文約選》、乾隆的《御選唐宋文醇》等幾種。《古文淵鑒》六十四卷，《唐宋文醇》五十八卷，卷帙都較爲浩繁，而《古文約選》在分量上只相當於它們的六分之一左右，更加便於印刷、購買和學習。在實行八股取士的科舉時代，廣大士子學習古文的一個重要目的，就是提高八股文的寫作水準，以應科舉

〔註12〕方苞：《古文約選序例》。

〔註13〕見清梁國治等撰《國子監志》卷五十一《經籍》，臺灣商務印書館影印文淵閣《四庫全書》本。清文慶等撰《國子監志》卷六十六《經籍二・書版》。《續修四庫全書》第751冊影印國家圖書館藏清道光抄本。

〔註14〕見素爾訥等撰《學政全書》卷四《頒發書籍》，《續修四庫全書》第828冊影印遼寧省圖書館藏清乾隆三十九年武英殿刻本。

之需。這樣，《古文約選》的廣爲傳佈也就可想而知了。

方苞以「義法」爲核心的古文理論，開始並非爲當時人所普遍接受。雍正六年（1728）方苞在《光祿卿呂公墓誌銘》中說：「余嘗以古文義法繩班史、柳文，尙多瑕疵。世士駭詫，雖安溪李文貞不能無疑，惟公篤信焉。」〔註 15〕可見「義法」說作爲方苞具有創造性的古文理論，它的接受是有一個過程的，作爲官修教材的《古文約選》對於促進「義法」說的接受應是起了一定的推動作用的。

乾隆三年（1738），方苞又奉旨編選《四書文選》，此書編成後即「詔頒各學官」，成爲官方的古文教材。《四書文選》選編明清四書制藝數百篇，由於以官方選本出現，《四書文選》自然具有了官方的權威性。隨著《四書文選》與《古文約選》的廣爲流播，方苞具有了古文家與時文家的雙重身份。古文與時文空前緊密的關係，不僅使古文成爲科舉道路上的士子必須修習的重要內容，也極大地提高了古文的重要性與地位，爲古文一派重登文壇提供了基礎。桐城文派發展至姚鼐時漸成規模，桐城派古文與時文相通的特點，使桐城派文人更易於在科場得售。方苞是康熙丙戌進士，姚鼐是乾隆癸未進士，他們的弟子也多有科舉功名，此處不再一一枚舉。桐城派在科場上的成功又反過來促進了桐城派古文的傳播，尤其是當個別桐城派文士擔任科場考官時，桐城派古文更讓考生頂禮膜拜。據梅曾亮記載，姚鼐的學生陳石士「持節校士於兩江」就擴大了桐城派在兩江的影響：「桐城姚姬傳先生以名節、經術、文章高出一世，門下士通顯者如錢南園侍御、孔撝約編修，皆不幸早世。而抱遺經、守師說，自廢於荒江窮巷之中者，又不爲人所從信。惟今侍講學士陳公方受知於聖主，而以文章詔天下之後進，守乎師之說，如規矩繩墨之不可逾。及乙酉科，持節校士於兩江，兩江之人莫不訪求姚先生之傳書軼說，家置戶習，以冀有冥冥之合於公，而先生之學遂愈彰於時。蓋學之足傳而傳之又得其人，雖一二人而有足及乎千萬人之勢，亦其理然也。」〔註 16〕考生是現實的，既然考官是姚鼐的弟子，自然要投其所好，四處「訪求姚先生之傳書軼說」，以求「冥冥之合於公」。

雖然現在一些研究者認爲桐城派諸人極力反對時文，但古文與時文在明清兩代的密切關係卻是不爭的事實，桐城派作爲清代著名的古文流派自然與

〔註 15〕劉季高校點《方苞集》，上海：上海古籍出版社，1983 年版，第 282 頁。
〔註 16〕梅曾亮：《陳石士先生授經圖記》，《柏峴山房文集》卷 10，咸豐六年刊本。

時文有著千絲萬縷的關係，在相當程度上，清代士人對時文的追求提升了古文的地位，也爲方苞等桐城派古文大家成爲文壇領袖提供了文化土壤。方苞編選的《古文約選》與《四書文選》，更是將古文與時文緊密聯繫起來，推動了古文「義法」的廣爲傳播。

## 四、《古文約選》的評點在給讀者指引要點的同時也進一步闡釋了方苞古文「義法」理論

評點是選本的一項重要內容，選家通過評點來解讀作品，表現自己的立場和觀點。評點因爲是隨文而發，能夠直接介入到讀者的閱讀過程，引導讀者的閱讀，從而給人留下較爲深刻的印象。自南宋以來，古文選本一般都有評點，呂祖謙的《古文關鍵》被當代學者稱爲「現存評點第一書」〔註 17〕，對其後的古文評選有深遠的影響。明清古文選本的評點已經有較爲固定的形態。「評」也稱爲「批」，置於頁眉之上的稱爲「眉評」或「眉批」；置於行間的稱爲「夾批」；置於一篇文章之後的則稱爲「總評」或「總批」。「圈點」的形態較爲複雜，林雲銘《古文析義》對圈點有較爲詳細的解釋：「是編凡遇主腦結穴處，旁加重圈；埋伏照應窾郤處，旁加黑圈；精彩發揮及點襯處，旁加密點；神理所注，奇正相生，字句工妙，筆墨變化處，旁加密圈；段落住歇處，下加截斷以便省覽。」〔註 18〕可見圈點與評點人對文章的理解有密切的關係，可以起到指示要點，引導閱讀的作用。

古文選本的評點與時文有一定的關係。多數古文選本的編選目的是爲了時文課藝，因此，古文選本的評點往往帶有時文色彩，評點者往往以寫作時文的方法來批點古文，清代乃至近、現代人們對於古文評點的批評往往也集中於此。如清初人呂葆中在《晚村先生八家古文精選》的「凡例」中談到古文評點說：「孫月峰、鍾伯敬之屬則竟是批時文腔，古法盡亡矣。」〔註 19〕章學誠對於古文評點更是強烈反對，他在《文史通義》卷五《古文十弊》第十條中說：「時文可以評選，古文經世之業，不可以評選也。前人業評選之，則亦就文論文可耳。但評選之人，多非深知古文之人，……有明中葉以來，一

〔註 17〕吳承學：《現存評點第一書——論〈古文關鍵〉的編選、評點及其影響》，《文學遺產》，2003 年第 4 期。

〔註 18〕林雲銘：《古文析義》，復旦大學圖書館藏，清光緒聯墨堂刻本。

〔註 19〕《晚村先生八家古文精選》，《四庫禁燬書叢刊》，第 94 冊，影印康熙呂氏家塾刻本。

種不情不理，自命爲古文者，起不知所自來，收不知所自往，專以此等出人思意誇爲奇特，於是坦蕩之塗生荊棘矣。夫文章變化，侔於鬼神，陡然而來，戛然而止，何嘗無此景象，何嘗不爲奇特！但如山之岩峭，水之波瀾，氣積勢盛，發於自然；必欲作而致之，無是理失。」〔註20〕又第九條說：「塾師講授四書文義，謂之時文，必有法度以合程序……爲初學示法，亦自不得不然，無庸責也。帷時文結習深錮腸腑，進窺一切古書古文，皆此時文見解，動操塾師啓蒙議論，則如用象棋枰布圍棋子，必不合矣。」〔註21〕

章學誠意謂眞正的文章應該是「發於自然」的，而評點所指示的技巧法度只會讓文章寫得矯揉造作。並且認爲受了時文的啓蒙教育以後，就會用時文的程序法度來對待古文，而這是不合古文自身規律的。古文評點具有時文色彩，這是章學誠之所以反對古文評點的一個重要原因。當然，並不是所有的古文評點都有時文色彩，明清很多文人雖然以時文取得科第，但又對時文極爲鄙薄，尤其是古文家，以古文爲文章正宗，往往對時文有所批駁。早在清代就有人認爲桐城派是以時文爲古文；以此來低苛桐城派古文，其中以時文之法評點古文也是證據之一。錢公仲聯先生對於這一點有所辨析，他說：「桐城派評點古文與評點時文的方法並不相同，圍棋譜不應混淆作象棋譜。如明人茅坤《唐宋八大家文鈔》那樣彩色圈點，用評時文的手眼評點古文的是一種類型，這誠如章氏之所譏。至於如歸、方評點《史記》，只是要言啓示，已與茅選殊科。方氏《書貨殖傳後》，就以爲《左氏》、韓子之義法顯然可尋，而《太史公》則於雜亂而無章者寓焉。這所謂雜亂而無章之法，顯然不同於時文評點家所謂承接開合之法。姚鼐選《古文辭類纂》，雖然有圈有評，但鑒別精，品藻當，下語簡，旨在啓發人意，和評選時文的蹊徑也不相同。」〔註22〕

錢先生認爲桐城派的古文評點不同於時文評點，是符合實際情況的。由於親身從事文章寫作，錢先生深知創作得失。桐城派古文家的評點與一般塾課教師是不同的，他們往往能夠注意揭示文章的淵源流變，指示文章寫作的章法技巧，對於文章的鑒賞也能自出機杼，不乏精彩之語。因此，古文評點

〔註20〕葉瑛：《文史通義校注》，北京：中華書局，1994年版，第509頁。

〔註21〕葉瑛：《文史通義校注》，第508頁。

〔註22〕錢仲聯：《桐城派古文與時文關係問題》，見錢仲聯《夢苕庵論集》，北京：中華書局，1993年版，第328頁。

雖然與時文有一定的關係，但也不能一概而論，甚至一筆抹殺。那些深知文章創作甘苦的古文家的評點，是對文章創作經驗的自覺總結，對於學習寫作有一定的啓發作用，在今天看來也是有一定價値的。

《古文約選》的圈點和評語都較其他通行的古文選本爲少。評語則多指明創作淵源與風格，指陳創作得失，決無以時文評古文之習氣。方苞採用的「點」，方式較爲簡單，只有「○」和「●」兩種。精彩的語句，每一字旁加「○」，立意布局的關鍵所在則加「●」。圈點的作用，主要在於提示讀者，引起注意，以達到讓讀者揣摩、學習的作用。相對於「點」來講，「評」對今天的研究者更有價值。選本的「評」，一般有「眉評」、「夾評」、篇末「總評」等幾種方式。方苞所採用的多數是篇末「總評」，間有「眉評」，但爲數很少。需要特別指出的是，方苞《古文約選》的「序例」早已爲研究者所重視。但對於《古文約選》的「評語」，就筆者所見，還沒有人加以注意。戴均衡《方望溪先生集外文補遺》收有邵懿辰所集方苞《史記》評語數則〔註23〕，而《古文約選》的評語卻不曾收入。《古文約選》雖在過去的時代流傳較廣，但自民國後不曾有影印或校點本出現。它的評語也就不爲一般的讀者和研究者所熟悉了。方苞服膺程朱理學，視文爲末事，雖然以古文名家，但他留存的作品並不是很多。《方苞集》中對古文理論和文章創作的論述也並不多見。《古文約選》的評語都是針對具體作家作品而發，與其一貫的理論主張相一致，又有很強的針對性，是研究方苞文論的寶貴文獻。

方苞《古文約選》評語的一個重要方面，在於較多地論述了作家創作淵源與風格的關係。自唐代韓、柳以來，古文家一向注重對前代作品的學習與借鑒，力求在此基礎上形成自己的風格。方苞尤其注重創作淵源與作家風格的關係。他推崇韓文，一個重要原因是因爲韓文淵源於先秦經子，風格純正。他貶抑柳文，是因爲柳文「其根源雜出周、秦、漢、魏、六朝諸文家」〔註24〕，所以風格不夠純正。在歐陽修文的評語中，方苞多次指出歐文取法韓文和《史記》，從而形成了自己的風格。他說：「歐公苦心韓文，得其意趣，而門徑則異。韓雄直，歐變而迂餘；韓古樸，歐變而美秀。惟此篇骨法形貌皆與韓爲近。」〔註25〕「歐公敘事仿《史記》，諸體效韓文。而論辯法荀子，其反覆盡

〔註23〕戴鈞衡：《方苞集集外文補遺》卷二。
〔註24〕劉季高校點《方苞集》，《書柳文後》，第112頁。
〔註25〕《古文約選》，《與高司諫書》評語。

意及復疊處皆似，觀此篇及《秦誓論》可知其凡。」〔註26〕「歐公志諸朋好，悲思激宕，風格最近太史公。」〔註 27〕歐文淵源純正，且有自己的風格，在八大家中，除韓文外，最爲方苞所推重。

方苞評蘇詢文章說：「老蘇文勁悍恢奇，或過於大蘇，而精細調適處則不及。蓋由時過而學，僅探晚周諸子及《國策》之奧蘊，而出入於賈、晁、韓、柳數家，胸中實儉於書卷也。此集中傑出之文，而按其根源，亦適至是而止。」〔註 28〕分析了蘇詢文章的風格和不足，指出蘇詢文章不是根源於六經和《左》、《史》，「儉於書卷」，所以只能達到這樣的成就。他評曾鞏文章說：「凡敘事之文，義法未有外於《左》、《史》者。《左傳》詳簡斷續，變化無方；《史記》縱橫分合，布勒有體。如此文在子固記事文爲第一，歐公以下無能頡頏者，其不過明於縱橫分合耳。」〔註 29〕曾鞏因爲明瞭《左》、《史》義法，所以文章能取得極高的成就。方苞在《古文約選》中，對八大家文章的淵源和風格都有簡要評述，很好地體現了他的古文理論。

《古文約選》評語的另一個方面，即在於總結創作經驗，評論創作得失。方苞以「義法」爲準繩，衡量各家作品，對不事因襲模擬，有獨特創造性的文章，往往能指出其優點。他評歐陽修《釋秘演詩集序》說：「古之能於文事者，必絕依傍。韓子《贈浮屠文暢序》以儒者之道開之。《贈高閒上人序》以草書起義，而亦微寓針石之義。若更襲之，覽者惟恐臥矣。故歐公別出義意，而以交情離合纓絡其間，所謂各據勝地也。」〔註 30〕評曾鞏《上仁宗皇帝言事書》說：「歐蘇諸公上書，多條舉數事，其體出賈誼《陳政事疏》，此篇只言一事，而以眾法之善敗經緯其中，義皆貫通，氣能包舉，遂覺高出同時諸公之上。」〔註31〕評曾鞏《詩義序》說：「三經義序，指意雖未能盡應於義理，而詞氣芳潔，風味邈然，於歐、曾、蘇氏諸家外別開戶牖。」〔註 32〕對於這些在創作上無所依傍，獨具風格的文章，他極爲推崇。

對於各家文章的不足，方苞也多有指謫。他評蘇洵《書論》說：「其論世變

〔註26〕《古文約選》,《春秋論下》評語。
〔註27〕《古文約選》,《太常博士尹君墓誌銘》評語。
〔註28〕《古文約選》,《上韓樞密書》評語。
〔註29〕《古文約選》,《序越州鑒湖圖》評語。
〔註30〕《古文約選》,《釋秘演詩集序》評語。
〔註31〕《古文約選》,《上仁宗皇帝言事書》評語。
〔註32〕《古文約選》,《詩義序》評語。

可謂獨有千載，惜首尾及中間傳挽處，義脈不清，治古文者所宜明辨。」〔註33〕評蘇軾《超然臺記》說：「子瞻記二臺，皆以東西南北點綴，頗覺膚套，此類蹊徑，乃歐、王所不肯蹈。」〔註34〕評曾鞏《梁書目錄序》說：「前半言聖人之道處，理亦無頗，惜詞冗而格卑，氣亦不振。」〔註35〕對於各家文章不足之處的指謫，體現了方苞作爲一個有獨到理論建樹的古文家的批評眼光，從一個側面反映了他的古文理論。

## 第二節　姚鼐與《古文辭類纂》

要研究桐城派，首先要瞭解姚鼐；而要瞭解姚鼐的文論思想，就得要研讀姚鼐編撰的一部著名古文辭選本《古文辭類纂》。《古文辭類纂》是姚鼐用畢生精力精心選編的散文總集，從初稿到終稿，經過四十年不斷地修訂，直到臨終時才把定稿交給他的幼子姚執雉，用功之勤，用力之多，用時之久，實所罕見。全書共七十五卷，選錄了從先秦到清代的六十四位古文名家名作六百九十篇，依文體分爲論辨、序跋、奏議、書說、贈序、詔令、傳狀、碑誌、雜記、箴銘、頌讚、辭賦、哀祭等十三類。所選作品主要是《戰國策》、《史記》、兩漢散文家、唐宋八大家及明代歸有光、清代方苞、劉大櫆等的古文。《古文辭類纂》成爲乾嘉以後學習古文的必讀之書，吳汝綸曾稱之爲選集中「古文第一善本」；他對此書評價尤高：「《古文辭類纂》一書，二千年高文略具於此，以爲六經後之第一書。此後必應改習西學，中學浩如煙海之書行當廢去，獨留此書，可令周、孔遺文綿延不絕。」〔註36〕本文將著重探討《古文辭類纂》的編選與刊刻，以及它對桐城派形成和發展的意義。

### 一、《古文辭類纂》編選的背景與體例

《古文辭類纂》完成於乾隆四十四年（1779），其時，學術風尚尊漢貶宋，乃至「文人學者群起而爲名物訓詁之學」〔註37〕。以經史考證爲主的漢學由清初的潛流發展爲學術的主流，湧現出一批在中國學術史上極具影響的樸學

〔註33〕《古文約選》，《書論》評語。
〔註34〕《古文約選》，《超然臺記》評語。
〔註35〕《古文約選》，《梁書目錄序》評語。
〔註36〕吳汝綸：《桐城吳先生評選古文讀本》，北京華新書局排印。
〔註37〕郭豫衡：《中國散文史》（三），上海古籍出版社，2000年版，第517頁。

大師。他們鄙薄宋學侈談義理的空疏，對以義理爲旨歸的古文寫作也不乏貶抑之詞。戴震在《與方希原書》中說：「古今學問之作，其大致有三：或事於理義，或事於制數，或事於文章。事於文章者，等而末者也。」〔註 38〕戴震認爲古今學問可分爲「義理、制數（考證）、文章」，但是將文章之學列爲末等，說明他對文章之學的重視程度遠不如義理與制數。在《題惠定宇先生授經圖》一文中，戴震說：「夫所謂理義，苟可以捨經而空憑胸臆，將人人鑿空而得之，奚有於經學之云乎哉？惟空憑胸臆之卒無當於賢人聖人之理義，然後求之古經；求之古經而遺文垂絕，今古懸隔也，然後求之故訓。故訓明則古經明，古經明則賢人、聖人之理義明，而我心之同然者乃因之而明。賢人聖人之理義非它，存乎典章制度者是也。」〔註 39〕戴震認爲空言義理無益於經學，而要代之以研習訓詁和典章制度的漢學。也就是說，在漢學家看來，以訓詁、考證講明典章制度才能夠明道，宋學空談義理不能明道。那麼，以義理爲宗旨的古文寫作本來是學問之末事，就更不能明道了。清代學者洪亮吉在論及乾嘉時期學術風氣的轉換時也說：「自元明以來，儒者務爲空疏無益之學，六書訓詁屏斥不談，於是儒術日晦，而遊談坌興……迨我國家之興，而樸學輩始出……及四庫館之開，君（邵晉涵）與戴君又首膺其選，由徒步入翰林。於是海內之士知向學者，於惠君則讀其書，於君與戴君則親聞其緒論，向之空談性命及從事帖括者，始駸駸然趨實學矣。」〔註 40〕

趨向以考證爲主的樸學已成當時的普遍風氣。乾嘉時期，由於學術風氣的轉換，上升爲學術主流的漢學，對宋學和以宋學義理爲旨歸的文章之學是持排斥態度的。乾隆三十八年（1773）開四庫全書館對於清代樸學的發展尤具重要意義。一時考據學家雲集館內，姚鼐也任纂修官。姚鼐雖然對考據學並不陌生，我們今天看到的《惜抱軒文集》中就有多篇考據文章，且與戴震、錢大昕等多有過從，結有學術之誼。但姚鼐畢竟是尊奉宋儒義理之學的古文家，而四庫館內的樸學家本來就鄙薄宋學，四庫館內不免有漢宋之爭。姚鼐所處的時代已不是方苞時期獨尊宋學的局面，在這場義理、考證、詞章之爭中，以宋學義理爲旨歸的桐城派古文面臨著考據學的有力挑戰。姚鼐不足一

〔註 38〕戴震：《戴震全集》，北京：清華大學出版社，1997 年版，第 2589 頁。

〔註 39〕戴震：《戴震全集》，北京：清華大學出版社，1997 年版，第 2614 頁。

〔註 40〕洪亮吉：《洪亮吉集・卷施閣文甲集・邵學士家傳》，北京：中華書局，2001 年版，第 191 頁。

年便從四庫館內託病辭歸，離開京城，從此開始了近四十年的書院講學生涯，以教學授徒傳授古文法爲終身事業，這是姚鼐對於考據學挑戰的回應。在姚鼐的努力下，桐城派在乾嘉也達到了全盛時期，在社會上產生了極大的勢力和影響。而《古文辭類纂》就是在這樣的歷史背景下，編撰於揚州的梅花書院。執講梅花書院是姚鼐近四十年教學活動的開始，《古文辭類纂》便是姚鼐教學活動的產物，編成之後，成爲有志學習古文者的必讀之書。姚鼐輯選 75 卷《古文辭類纂》，除了「爲人們提供範文，啓示古文寫作的門徑」〔註 41〕的意圖外，尙有二層深意：一是籍此構擬桐城道統、文統，爲創立桐城文派築基；〔註 42〕二是通過對文章的體類劃分、衡選和評點，彰顯一己的古文主張，以別張一軍，與漢學派相抗衡。正如「文選」派尊奉《文選》一樣，《古文辭類纂》也被桐城派奉爲圭臬，在一定意義上促進了桐城派的形成和發展。

從時代背景上看，乾隆中後期的漢宋學術之爭中，宋學受到漢學的有力挑戰，作爲以宋學義理爲旨歸的古文家，姚鼐退守書院，以講學授徒的方式來弘揚古文之學，作爲教材的《古文辭類纂》的編纂，體現了姚鼐弘揚古文之學的意圖；從文體分類上看，《古文辭類纂》更加便於古文學習；從理論上看，《古文辭類纂》闡述了姚鼐古文理論的核心內容；從選篇上看，《古文辭類纂》以桐城人方苞、劉大櫆接續歸有光和唐宋八大家，建立了桐城派的古文文統。因此，作爲桐城派的必讀之書，《古文辭類纂》在一定意義上促進了桐城派的形成和發展。

在中國古代，「古文」所指十分寬泛，而且其內涵和外延隨著時間的推移而變動不居，但其從雜文學向較爲純粹的文學演進的傾向則頗爲明顯。先秦時代的百家著作均是文章。六朝時代雖有文筆之辨，但這「只是時人對日益紛繁的文章製作爲便於稱引、學習、品評而採用的一種分類方法，……具有強化文學本質特性認識的理論傾向，但這種認識還只是局部而非整體的，且沒有形成文學與非文學的自覺區分，更沒有今人所謂的純文學觀念的產生。」〔註 43〕而唐宋古文運動之後，無比豐富的創作實踐，爲人們從審美角度認識

〔註 41〕鄔國平、王鎮遠：《清代文學批評史》，上海古籍出版社，1995 年版，第 579～581 頁。

〔註 42〕姚鼐借《古文辭類篡》的編撰建立桐城文統之意，清代方東樹的《答葉溥求論古文書》、吳敏樹的《與筱岑論文派書》和當代學者鄔國評、王鎮遠的《清代文學批評史》、王達敏的《桐城派的建立與乾嘉學派的關係》均有論述。

〔註 43〕王齊洲：《中國文學觀念論稿》，湖北教育出版社，2004 年版，第 266 頁。

古文的文學特性提供了可能。清代是一個在文學上集大成的時代。姚鼐身處此一時代，縱覽數千年古文流變，吸收前人成果，在編撰《古文辭類纂》之時，以美學準則衡文，正體現了古文由雜向純演進的趨勢。姚鼐編選《古文辭類纂》，有通過選篇來建立古文文統的目的。清初以來，古文家繼承明代唐宋派古文家歸有光等人的餘緒，繼續矯正明代前後七子模擬剽竊的文章流弊，學習唐宋八大家的文章成爲文壇風尚。桐城派前輩戴名世、劉大櫆都有唐宋八家文選本，方苞的《古文約選》雖然包括兩漢文章，但也以唐宋八大家文章爲主。姚鼐的《古文辭類纂》在唐宋八大家之後，明代選取歸有光的文章，清代選取方苞和劉大櫆的文章，這樣就建立起了由方苞、劉大櫆經歸有光上接唐宋八大家的文章統緒。清代不乏古文名家，姚鼐以桐城人方苞和劉大櫆接續唐宋八大家以來的古文統緒，桐城派的含義也就不言而喻了。正如錢基博所說：「清中葉，桐城派姚鼐稱私淑於其鄉先輩方苞門人劉大櫆，又以方氏續明之歸氏而爲《古文辭類纂》一書，直以歸、方續唐宋八家，劉氏嗣之。推究閫奧，開設戶牖，天下翕然號爲正宗，此所謂桐城派者也。」〔註 44〕指出姚鼐編選《古文辭類纂》有建立桐城派文統的目的。所謂「推究閫奧，開設戶牖」，應是指姚鼐編纂《古文辭類纂》爲古文寫作樹立學習準則，有爲桐城派開宗立派的價值。說明《古文辭類纂》對於桐城派的形成和發展是有重要意義的。

《古文辭類纂》的《序目》中，姚鼐明確將「格、律、聲、色、神、理、氣、味」作爲「所以爲文」的要素。他認爲，「格、律、聲、色」爲「文之粗」，「神、理、氣、味」爲「文之精」。關於「文之精」，根據吳孟復的解釋，神，「就是王士禎講的『神韻』之神」；理，「即合於事務之理」；氣，「指『氣韻』。……『氣韻』亦即『生動』」；味，吳孟復引姚永概之說，認爲是「意味」、「風味」、「興味」，並補充道：「而終以『長在酸鹹之外的』『意外味』」〔註 45〕。而學習古人文章，有一個由「粗」到「精」、御「精」遺「粗」，即從模仿到創新的過程。只有盡變古人形貌、粗精兼備的文章，也就是達到「格、律、聲、色、神、理、氣、味」的文章，才是得「當」的上乘之作。就選文而論，姚鼐說：「凡文之體類十三，而所以爲文者八。」一個「凡」字，說明他提出的

---

〔註 44〕錢基博：《現代中國文學史》，上海：上海書店出版社，2004 年版，第 28 頁。
〔註 45〕吳孟復：《桐城文派述論》，安徽教育出版社，2001 年版，第 106、107、108 頁。

「格、律、聲、色、神、理、氣、味」，是針對所有十三類文體而言。可見，這「八字」美學準則，既是姚鼐判定古今之文是否得「當」的標準，也是其在類纂古文辭時衡選文章的標準。這是姚鼐對前代古文理論的繼承和深化，是他古文理論的精粹。大凡一個文學流派，多以其理論爲旗幟，以起到號召和團結的作用。姚鼐古文理論的精粹既寫入《古文辭類纂》，也就隨著《古文辭類纂》的流傳而廣泛傳播了。姚鼐古文理論的傳播，無疑擴大了桐城派的影響。

## 二、《古文辭類纂》的選文分類與特色

姚鼐在《古文辭類纂》中將文體分爲十三類，這種分類方法在我國文體學史上是一個創見。在文體分類史上，姚鼐編撰《古文辭類纂》之前，文體分類的標準從未取得過統一。魏曹丕《典論・論文》曰：「蓋奏議宜雅，書論宜理，銘誄尚實，詩賦欲麗」〔註 46〕，四科八體的劃分，強調的是體制對語言「雅」、「理」、「實」、「麗」的要求。晉陸機《文賦》分文類爲十：「詩緣情而綺靡，賦體物而瀏亮，碑披文以相質，誄纏綿而悽愴，銘博約而溫潤，箴頓挫而清壯，頌優游以彬蔚，論精微而朗暢，奏平徹以閑雅，說煒曄而譎誑」〔註 47〕，文類的劃分與風格的概括較之曹丕準確細緻，且有了對文體功能的認識，如「詩緣情而綺靡，賦體物而瀏亮」，「緣情」、「體物」是對詩、賦文體功能的準確概括。晉摯虞《文章流別志論》今存的佚文片斷涉及文體十一類，且以「類聚區分」〔註 48〕爲編選原則。齊劉勰《文心雕龍》將文體分爲三十三類，有文體論二十篇，其《序志》曰：「若乃論文敘筆，則囿別區分；原始以表末，釋名以章義，選文以定篇，敷理以舉統」〔註 49〕。劉氏首次從語言形式上以有韻無韻爲準則，將文章劃分爲「文、筆」兩大類，而兩大類的再次劃分，其標準則較爲多樣：「論、說、議、對是分別由形式視點去類聚的；史傳、諸子分別是由題材視點去類聚的；詔、策、檄、移、封禪、章、表、書、記分別由用途視點去類聚的」〔註 50〕。梁蕭統《文選》，「凡次文之

〔註 46〕郭紹虞主編《中國歷代文論選》，上海古籍出版社，2001 年版，第 60 頁。

〔註 47〕郭紹虞主編《中國歷代文論選》，第 67～68 頁。

〔註 48〕《晉書》卷五十一《摯虞傳》，中華書局，1974 年版，第 1427 頁。

〔註 49〕劉勰撰、范文瀾注：《文心雕龍注》卷十《序志第五十》，人民文學出版社，1998 年版，第 727 頁。

〔註 50〕洪順龍：《從分類視點論〈文心雕龍〉文體學》，見《論劉勰及其〈文心雕龍〉》，文苑出版社 2002 年版，第 484 頁。

體，各以會聚……文以類分」〔註 51〕，將文體分爲三十八類。編者有著鮮明的類分意識，但未交代類分的標準，只強調了「事出於沉思，義歸乎翰藻」〔註 52〕的選文標準。此後，文體類分日趨繁細，例如，宋呂祖謙《宋文鑒》爲五十八類，明代吳訥《文章辨體》也分詩文爲五十八類。至明徐師曾的《文體明辨》更分文體爲一百二十一類，某些文體下還有細類，有的文體還有正、俗、雅、變之分。這樣的分類顯然過於繁複，四庫館臣批評說：「千條萬緒，無復體例可求，所謂治絲而紛者歟！」〔註 53〕分類過煩，致使體類混亂，會給閱讀和學習寫作帶來困難。

姚鼐《古文辭類纂》將文體分爲十三類，關於該書的分類及其標準，姚鼐在《〈古文辭類纂〉序目》中說：「其類十三，曰：論辨類，序跋類，奏議類，書說類，贈序類，詔令類，傳狀類，碑誌類，雜記類，箴銘類，頌讚類，辭賦類，哀祭類。一類內而爲用不同者，別之爲上下編云。」〔註 54〕比起前代來說大爲簡化，大類之下，不再分細目，簡潔明瞭，基本上概括了各種文體。和前代相比，姚鼐在文體分類方面更加充分地注意到了各種文體「名異實同與名同實異」〔註 55〕的現象，是對各種文體的源流變化，實際功用進行了詳細考察後的歸類。

所謂「名異實同」，就是以功用和內容爲主，將某些文體加以歸併。如「論、辨、議、說」等是功用相近的文體，姚鼐將其歸入論辯類下。韓愈的《伯夷頌》歷來選家都收入「頌」類，但它的實際內容以論爲主，姚鼐將其收入論辯類，是符合它的實際情況的。「奏議類」是「臣下告君之辭」，姚鼐說；「漢以來有表、奏、疏、議、上書、封事之異名，其實一類。」〔註 56〕封建時代，臣下向君主上書有多種名目，姚鼐把這些相關文體匯爲「奏議類」。這種按照功用和內容對文體進行的歸併，避免了前代文體分類過於瑣碎的弊病，體現了以簡馭繁的特點。所謂「名同實異」就是以功用和內容爲主，對同一名稱的文體進行區分。我國文學發展很早，有些文體在歷史發展過程中有所演變，

〔註 51〕《〈文選〉序》，見梁蕭統編、唐李善注《文選》(一)，上海古籍出版社，1986 年版，第 3 頁。

〔註 52〕《〈文選〉序》。

〔註 53〕永瑢：《四庫全書總目》，北京：中華書局，1965 年版，第 1750 頁。

〔註 54〕姚鼐：《〈古文辭類纂〉序目》，見《正續古文辭類纂》，第 5 頁，浙江古籍出版社據民國戊午年（西元 1917 年）上海會文堂書局依滁州李氏求要堂精校印本影印，1998 年版。

〔註 55〕姚永樸：《文學研究法》，合肥：黃山書社，1989 年版，第 29 頁。

〔註 56〕姚鼐：《〈古文辭類纂〉序目》。

導致「名同實異」，姚鼐對這一現象有充分的注意。

「贈序」類的單獨列出是姚鼐的創舉。儲斌傑先生在《中國古代文體概論》中說：「古代以『序』明篇的文章，有贈序一類，是專門爲了送別親友而寫的。在文體分類上，過去把它與序跋合爲一類，直到清代姚鼐編《古文辭類纂》才把它單獨列出，稱爲贈序類。姚認爲贈序文，乃是古代『君子贈人以言』的遺意，跟序跋類的序文，性質上是不同的。」〔註 57〕儲先生所說的「性質不同」，即是「爲用」的不同。《古文辭類纂》之前，《文選》、《文心雕龍》中沒有單獨分出贈序、序跋兩類；宋李昉等纂《文苑英華》「雜文」類中有「贈送」而無序跋；宋姚鉉纂《唐文粹》「序類」有「集序」、「餞別」，是混同而未加以區分的；宋呂祖謙編纂《宋文鑒》、元蘇天爵編纂《元文類》、明程敏政編纂《明文衡》均有「序」、「題跋」兩類；明徐師曾《文體明辨》將「題跋類」細分爲「題」、「跋」、「書」、「牘」四小類，而無贈序。而姚鼐以「爲用」爲標準，明確將師生、友朋和親屬離別時的贈文和壽序文匯聚於贈序類；將史序、詩文集序和書、文後的跋語匯聚於序跋類。姚鼐在《古文辭類纂》中，把「贈序」類單獨列出，使文體分類更爲合理。又如他在「雜記」類中說：「柳子厚記事小文，或謂之序，然實記之類也。」把柳宗元的《陪永州崔使君遊宴南池序》、《序飲》、《序棋》等文章收入「雜記」類，都體現了他對「同名異實」情況的仔細辨析。姚鼐充分注意到了各種文體的歷史演化，按文章的功用和內容而不是名稱來分類，使《古文辭類纂》的文體分類，比以往的分類方法更爲簡要且準確。姚鼐對文體的「十三類」分法，在中國文體學史上是有一定意義的。

此外，姚鼐將用於「自警」的文字歸入箴銘類，將寄託對逝者哀思的文字歸入哀記類，將用於表達頌讚之意的文字歸入頌讚類，將記敘逝者功德、且刻於石、埋於地下或置於墓前的文字歸入碑誌類，將「義在託諷」的篇章歸入辭賦類，等等。其分類標準無一例外是：「爲用」。當然，姚鼐也說過：「一類內而爲用不同者，別之爲上下編」，似乎一類之內的文章「爲用」並非一致。但深入考察之後，不難看出，別爲上下編的同類之文，大體而言，「爲用」仍較接近，只是「其體少別」而已。例如，奏議類別爲下編的對策和進策，《〈古文辭類纂〉序目》曰：「唯對策雖亦臣下告君之辭，而其體少別，故置之下編。兩蘇應制舉時所進時務策，又以附對策之後。」對策是士子根據科舉選士所

〔註 57〕儲斌傑：《中國古代文體概論》，北京：北京大學出版社，1990 年版，第 382 頁。

出的考題而陳述的政見；進策是不屬考試範圍而由臣子主動上陳的奏文。這兩種文章與奏議一樣，均是「臣下告君之辭」，不同的只是體制少別罷了。總之，別爲上下編的文章，雖體制略異，而「爲用」則一。

文以「爲用」分類標準的確立，在文體學上具有重大的理論意義。只有從文體功能上把握文類，才能發現傳統文章中實際存在著的實用文章與文學創作兩大類之間的差異：前者以實用爲要；後者以審美爲主。而從其他角度分類則很難發現上述差異。姚鼐以「爲用」爲標準劃分文類，與現代的文體分類表現出驚人的契合。

選篇方面，增設「辭賦」類，是《古文辭類纂》的一個鮮明特色。在「辭賦」和「哀祭」兩類中，收先秦漢魏晉南北朝辭賦多達七二篇，《漢書・藝文志》著錄屈原賦二五篇，《古文辭類纂》收有二四篇，《文選》所收宋玉作品七篇，全被《古文辭類纂》收入。其他如班固、司馬相如、揚雄的大賦，魏晉的抒情小賦都有大量收入。把辭賦納入古文的學習範圍，是姚鼐的創舉。桐城派始祖方苞以「義法」和「雅潔」論文，對古文寫作要求較爲嚴格，說：「古文中不可入語錄中語，魏晉六朝人藻麗俳語，漢賦中板重字法，詩歌中雋語，南北史佻巧語。」〔註 58〕對古文限制較多，給古文學習造成困難，也不利於古文自身水準的提高。姚鼐擴大了古文的學習範圍，向對中國文學產生了極大影響的辭賦學習，可以破除古文寫作中狹隘的門戶之見，對於提高古文的寫作水準有積極的意義。清中葉以後駢文興起，考據學家多擅長駢文寫作，也湧現出一些膾炙人口的作品。在義理、考證、文章之爭中，姚鼐面臨著新的時代思潮的挑戰，把辭賦納入《古文辭類纂》中，拓展古文學習的範圍，對於弘揚桐城派的文章之學有重要意義。

## 三、《古文辭類纂》的刊刻與流傳

《古文辭類纂》撰成於乾隆四十四年（1779），最初是以抄本形式流傳，並未即時刊刻，這從姚鼐的書札中可以看出：「鼐前在揚州……纂錄古人文字七十餘卷，曰《古文辭類纂》，似乎於文章一事，有所發明，恨未有力，即與刊刻，以遺學者。」〔註 59〕又如，「鼐於文章之事，何敢當作者之目，但平生所聞於長者，差異於俗學，所編《古文辭類纂》，石士編修處有鈔本，借閱之便可知

〔註 58〕劉季高校點《方苞集》，第 890 頁。
〔註 59〕姚鼐《與張搗約》，見《惜抱軒尺牘》，陳用光編，成都昌福公司排印本。

門徑。」〔註60〕道光初年，姚鼐門人康紹鏞始刊於粵東，書上有「合河康氏家塾刻本」的牌記，共七十四卷。「乾嘉之間學者所見大抵皆傳鈔之本，至嘉慶季年先生門人興縣康中丞紹鏞始刊於粵東，道光五年江寧吳處士啓昌復刊於金陵。」〔註61〕從蕭穆所作的序中可以得知，康氏刻本是姚鼐乾隆間訂本，負責校刊的是著名學者、文學家李兆洛。此後的翻刻本多以此本爲底本，這是《古文辭類纂》流行最廣的一個版本。《中國古籍善本書目》所著錄的《古文辭類纂》有五種，都是道光合河康氏家塾刻本，而且都是名家批校本〔註62〕。其他如同治己巳（1869）江蘇書局刻本也是以康刻本爲底本，可見康刻本流行之廣。

《古文辭類纂》的另一個原刻本是道光五年，江寧吳啓昌刻本，七十五卷，據李承淵《校刊古文辭類纂後序》可知，此本是姚鼐晚年主講鍾山書院時所授，距離初撰之時已二三十年，其間又時加審定，詳爲評注。又據吳啓昌《古文辭類纂序》可知，此本是吳啓昌與管同、梅曾亮、劉欽等姚門弟子共同校雌刊刻而成。而且依姚鼐之命刪去批抹圈點，以其近乎時藝。此本流行不多，有同治年間楚南楊氏家塾校刊本。

《古文辭類纂》的另一個流傳較廣的刻本是李承淵求要堂校刊本，刻於光緒辛丑年（1901），七十五卷。附有「吳序」和「康序」。蕭穆代李承淵撰有《校刊古文辭類纂後序》，可知此本以康、吳兩本互爲校刊，又取有關此書的各種舊刻本互校，後又得到桐城學人蘇惇元過錄姚鼐少子姚雉家藏本，這是姚鼐晚年的圈點本，李承淵把其中的圈點過錄到他自己的校本上，又爲初學者考慮增加了句讀，這就是我們今天看到的李承淵求要堂刻本，後面附有校勘記。《古文辭類纂》自康氏刊刻以後，廣爲流傳，且出現了多個評注本和續書。林紓有《古文辭類纂選本》，吳汝綸有《古文辭類纂評點》，沈伯經有評點本《古文辭類纂》，徐又錚有《古文辭類纂標注》，王先謙和黎庶昌各有《續古文辭類纂》，王文濡有《評校音注古文辭類纂》。現將《古文辭類纂》重要的版本羅列如下：〔註63〕

〔註60〕姚鼐《答張梧岡》，見《惜抱軒尺牘》。

〔註61〕蕭穆：《校刊〈古文辭類纂〉序（代）》，見《敬孚類稿》，卷二，光緒丙午刻本（續修四庫全書本），第109頁。

〔註62〕它們是：清錢泰吉校，存五十八卷；清翁同書批識，並錄清梅曾亮批點，清翁同龢跋；清龍啓瑞跋，並錄方苞批點；清劉庠批，宋德育跋；清項傳霖錄清姚鼐、梅曾亮批點。

〔註63〕此表參閱徐雁平教授，《清代東南書院與學術及文學》，安徽教育出版社，2007年8月版，第54頁。

| 卷數 | 刊印情況 |
|---|---|
| 七十四卷 | 嘉慶二十五年（1820）合河康氏家塾刻本。 |
| 七十四卷 | 道光三年（1823）黃修存刻本。 |
| 七十五卷 | 道光五年（1825）江寧吳啓昌刻本。 |
| 七十四卷 | 道光六年（1826）合河康氏霞蔭堂刻本。 |
| 七十五卷 | 同治八年（1869）問竹軒翻吳刻本。 |
| 七十四卷 | 同治八年（1869）江蘇書局刻本。 |
| 七十四卷 | 光緒十年（1884）吳縣朱氏槐廬刻掃葉山房本。 |
| 七十四卷 | 光緒十年（1884）席氏掃葉山房據江蘇書局重印本。 |
| 七十四卷 | 光緒十年（1884）吳縣朱氏行素劃堂刻本。 |
| 七十五卷 | 光緒十六年（1890）上海文瑞樓鉛印本。 |
| 七十四卷 | 光緒十八年（1892）席氏掃葉山房重印朱氏槐廬刻本。 |
| 七十四卷 | 光緒十九年（1893）思賢講舍刻本。 |
| 七十四卷 | 光緒二十年（1894）湖南書局刊本。 |
| 七十五卷 | 光緒二十年（1894）上海圖書集成印書局鉛印本。 |
| 七十五卷 | 光緒二十一年（1895）金陵狀元閣刻本。 |
| 七十四卷 | 光緒二十六年（1900）新化三味書屋刻本。 |
| 七十五卷 | 光緒二十七年（1901）滁州李氏求要堂刻本。 |
| 七十四卷 | 光緒三十三年（1907）上海商務印書館鉛印本。 |
| 七十四卷 | 1914 年京師國群鑄一社排印本。 |
| 七十四卷 | 1916 年都門書局鉛印本。 |
| 七十五卷 | 1918 年上海會文堂書局石印滁州李氏求要堂本。 |

可以看出，《古文辭類纂》得到高度重視，很多桐城派古文家通過對它的評點、注釋來闡發自己的古文理論。至民國《古文辭類纂》仍然是人們學習古文的重要讀本，民國時期中華書局出版《四部備要》將此書收入其中，《民國時期總書目》收有新式標點本《古文辭類纂》三種〔註 64〕。著名學者高步瀛曾花費多年心血作《古文辭類纂箋》。都可以看出此書的價值和影響。桐城派以古文寫作而著稱，《古文辭類纂》作爲古文寫作的教材得到廣泛的流傳。在一定意義上，它不僅是一部古文學習的範本，它還是聯繫桐城派的紐帶，

〔註 64〕它們是上海新文化書社 1926 年 4 月版，樊筱遲句讀；上海國學整理社 1935 年 9 月初版，宋晶如、章榮注釋；上海廣益書局 1947 年 8 月新 1 版，周青萍注。見《民國時期總書目》，書目文獻出版社，1986 年版第 1112～1113 頁。

對桐城派的形成和發展起到了促進的作用。

## 四、《古文辭類纂》的評點簡析

明清的古文評點，多注重文章的起承轉合、謀篇布局等寫作技巧。圈點也多從文章的起伏變化、提綴呼應處入手。當時人就有「以時文評古文」之譏。《古文約選》的圈點和評語都較其他通行的古文選本爲少。評語則多指明創作淵源與風格，指陳創作得失，決無以時文評古文之習氣。《古文辭類纂》在這方面繼承了《古文約選》的風格。道光初年合河康氏刻本《古文辭類纂》有圈點，據李承淵《校刊〈古文辭類纂〉後序》可知康氏刻本是姚鼐早年（乾隆年間）定本，而後來的道光五年江寧吳啓昌刻本刪去了原有的圈點。吳刻《古文辭類纂》序說：「本舊有批抹圈點，近乎時藝，康公本已刻入，今悉去之，亦先生命也。」〔註 65〕吳氏刻本爲姚鼐晚年主講鍾山書院時所授，是其最後的定本。方苞《古文約選》的圈點已較其他的古文選本爲少，姚鼐晚年索性刪去圈點，都是力求避免以時文之法評古文，其意旨是相通的。

《古文辭類纂》的評語很少，現據吳孟復、蔣立甫主編的《〈古文辭類纂〉評注》，將姚鼐的評論篇數統計如下：

| 選文類別 | 選文篇數 | 評論篇數 |
|---|---|---|
| 論辨類 | 64 | 9 |
| 序跋類 | 57 | 6 |
| 奏議類 | 83 | 11 |
| 書說類 | 85 | 10 |
| 贈序類 | 53 | 6 |
| 詔令類 | 36 | 0 |
| 傳狀類 | 18 | 6 |
| 碑誌類 | 108 | 12 |
| 雜記類 | 76 | 11 |
| 箴銘類 | 9 | 1 |
| 頌讚類 | 6 | 0 |
| 辭賦類 | 57 | 8 |
| 哀祭類 | 38 | 3 |
| 合計 | 690 | 83 |

〔註 65〕吳孟復、蔣立甫《〈古文辭類纂〉評注》（下冊）附錄一，安徽教育出版社，2004 年版。

且多側重於指明文章的淵源與風格，某些評語明顯受到《古文約選》的影響。譬如，一般人認爲古文之衰始於東漢，而方苞在《古文約選》中指出，西漢自昭、宣以後的文章「漸覺繁重滯澀」「盛漢之風邈無存矣」。姚鼐在《古文辭類纂》中也有類似的說法：「雄肆之氣，噴薄橫出，漢初之文如此，昭宣以後蓋稀有矣，況東京而降乎！」（賈山《至言》評語）司馬相如《封禪文》後姚鼐先引姜塢先生（姚範）對揚雄、司馬相如的批評，然後說：「觀揚、班之作，而後知相如文句句欲活。」這種對揚雄、班固的貶抑，對司馬相如的推崇與《古文約選》的論調相一致，可見，《古文辭類纂》的評語在一定程度上確實接受了《古文約選》的影響。

《古文辭類纂》的評點直接反映了姚鼐的古文審美理論。如評鮑明遠《蕪城賦》：「驅邁蒼涼之氣，驚心動魄之詞，皆賦家之絕境也。」評方靈皋《杜蒼略先生墓誌銘》：「有逸氣，望溪集中所罕見。」評韓退之《送溫處士赴河陽軍序》：「意念滑稽而文特嫖姚。」在蘇明允《送石昌言爲北使序》篇中引茅坤、劉大櫆之語作評：「茅順甫云：『文有生色，直當與昌黎而送殷員外等序相伯仲。』海峰先生云：『其波瀾跌宕極爲老成，句調聲響中窾合節，幾並昌黎而與殷員外序實不相似。』」於韓退之《爭臣論》評曰：「此文風格蓋出於《左》《國》。」於劉子政《論起昌陵疏》評曰：「此文風韻頗與相如《諫獵》相近。姜塢先生云：『子政之文，如睹古之君子，右子角，左宮羽，趨以《采齊》，行以《肆夏》，規矩揖揚，玉聲鏘鳴之容，昌黎屈指。古之文章僅數人，孟子、漢兩司馬、劉子政、揚子雲而已，雖賈生不及也。南宋乃有稱董生而抑劉者，豈知言哉！《昌邑陵疏》渾融遒逸，當爲第一；《災異封事》次之。』」姚鼐《古文辭類纂》中的這些藝術品評，或援引前人，或自出心裁，皆是對其《序目》所謂『神、理、氣、味，格、律、聲、色」和古文「形貌」的具體詮釋以及對古文藝術傳承發展脈絡的勾勒，是對其古文理論審美維度的精心構建與標舉張揚。

《古文辭類纂》的評點還包含了許多考證的內容，但是姚鼐的點評並非如乾嘉時期一些學者那樣，爲考據而考據，而是爲了更好地理解文章的內容意蘊或形制。如康本第三十七卷、李本三十八卷錄傳狀類文章之前有一段考證：

鼐按：任彥升《齊竟陵文宣王行狀》列題「南徐州南蘭陵郡縣中都鄉中都里蕭公年三十五行狀」。何屺瞻云：「《漢書》高祖詔云：『詣相國府，署行、義、年。』蘇林曰：『行狀年紀也。』此行狀所自始。首行必書年幾歲，猶其遺也。柳河東集中此體僅存韓李，爲人所刊削汨亂矣。」鼐按何論太拘。昌黎業以董公鄉邑年紀敘入行狀之內，則知行首本未題列，非人汨亂也。惟王荊公集內行狀三篇不載人祖父，此必列文前而雕本者乃妄削云之矣。

這裡的考證文字，實際上是對行狀這種文體的起源、要素和不同形式的考辨。又如揚雄《州箴》十二首篇題下有：

鼐按：子雲本傳云：「箴莫善於《虞箴》，作《州箴》」。《藝文志》以州箴列於儒家。此本錄從《藝文類聚》，別無善本，蓋多舛誤。子雲文尚奇詭，而《趙充國頌》及此文獨平易，蓋箴頌之體宜爾也。漢武帝元封五年，初置刺史，部十三州……至平帝元始三年始更十二州名、分界郡國所屬，其州名史亦不詳，獨賴子雲是箴而知之爾。

這是《古文辭類纂》中最長的考證文字之一，考論了揚雄《州箴》仿《虞箴》而作的寫作緣由、「列於儒家」的思想傾向、「平易」的風格、漢代州名由十三到十二的變遷中「賴子雲是箴而知之」的重要性和「錄從《藝文類聚》」的版本依據，考證是爲了全面把握和解讀揚雄《州箴》十二首之文。從這裡可以充分地看出姚鼐古文理論中「考據」與「辭章」的關係。

## 第三節　曾國藩與《經史百家雜鈔》

《經史百家雜鈔》是曾國藩編纂的一部古文選本，共二十六卷，選文 671 篇。《雜鈔》博採眾長，兼收並蓄，古文選錄的時空跨度與文體構架方面與姚鼐《古文辭類纂》相比取得了明顯的突破，集中體現了曾國藩的文學理念，極大拓寬了桐城文派之堂廡。《雜鈔》從清末到民國，在社會上流傳很廣、影響較大，是繼姚鼐《古文辭類纂》之後的又一部著名的古文選讀本。

### 一、《經史百家雜鈔》的編選體例

作爲桐城文派的中興之主，曾國藩對桐城文學理論進行了大刀闊斧的改造與創新，使得桐城古文走出了狹小的胡同，迎來了又一蓬勃發展的春天。曾國藩自稱粗解文章由姚鼐啓之，在他研習古文的過程中，姚選《類纂》自始至終擔當了重要的角色。在居京期間（1840～1852），曾國藩日記中時有閱讀《類纂》的記載。若干年後，他仍將之列爲自己最喜讀的書目：「余於四書五經之外……又好《通鑒》、《文選》及姚惜抱所選《古文辭類纂》。」〔註 66〕此外，他還屢屢以之與《文選》來指導門生和家人爲文：「凡文之爲昭明暨姚氏所選者，則細心讀之；既不爲二家所選，則另行標識之。」〔註 67〕對其之尊崇亦可見一斑。但隨著對古文內部諸多問題的認識日趨深入，爲了更直觀地體現自己獨到的文學理念，爲後學者提供學習模仿的範本，曾國藩早在京宦時期便開始醞釀編纂新的古文選本。其在咸豐元年（1851）的日記中寫道：「詞章之學，吾之從事者二書焉：曰《曾氏讀古文鈔》與《曾氏讀詩鈔》二書。皆尙未纂集成軼，然胸中已有成竹矣。」咸豐二年正月初二日記：「是日，思詩既選 18 家矣，古文當選百篇，抄置案頭，以爲揣摩。」〔註 68〕以「曾氏」冠其名，自家之學儼然已具雛形，其書雖未編定，但他似乎已對全書的體系框架甚至具體選目有了通盤籌畫，也隱隱透露出他欲擺脫依傍，在《類纂》外自立一幟的消息。

《經史百家雜鈔》與《古文辭類纂》在編選體例上有異曲同工之妙，「論次微有異同，大體不甚相遠」。但曾國藩在繼承姚鼐衣缽與傳統的基礎上，用心研究文章體裁，選文體例與選文類別都有了明顯的創新。《雜鈔》與《古文約選》、《類纂》相比較而言，可以發現三家選本呈現出了一種顯而易見的由狹窄到寬闊、由封閉到開放的走勢。方苞的《古文約選》無論題材還是範圍都較爲閉塞：「乃約選兩漢書疏及唐宋八家之文。」姚鼐《古文辭類纂》大有擴大範圍的趨勢，選取從戰國到清代的古文，所選以兩漢和唐宋八大家散文爲主，有相容辭賦與散體的傾向，比方苞《古文約選》堂廡擴大，具有集我國古文之大成的特色，因而此書在清代後期一直被許多古文家奉爲圭臬。曾國藩《經史百家雜鈔》上起夏商周三代，下迄清末，收錄範疇遍及經、史、子、集四部，視野較姚氏可以說是有質的飛躍式延伸。

不可否認，曾國藩在選文過程中對《類纂》借鑒頗多。首先，在文體分類上，《雜鈔》分文體爲 11 類乃是在《類纂》13 類的基礎上損益而成，「姚姬傳氏之纂古文辭，分爲 13 類。余稍更易爲 11 類：曰論著、曰詞賦、曰序跋、曰詔令、曰奏議、曰書牘、曰哀祭、曰傳志、曰雜記，九者，余與姚氏同焉者也。

〔註 66〕曾國藩：《曾國藩全集（家書）》，長沙：嶽麓書社，1985 年版，咸豐九年四月二十一日《諭紀澤》，第 476～477 頁。

〔註 67〕曾國藩：《曾國藩全集（家書）》，第 331 頁。

〔註 68〕王定安：《求闕齋日記類鈔》，光緒二年傳忠書局刻本。

曰贈序，姚氏所有而余無焉者也。曰敘記、曰典志，余所有而姚氏無焉者也。曰頌讚、曰箴銘，姚鼐氏所有，余以附入詞賦之下編。曰碑誌，姚氏所有，余以附入傳志之下編」。《雜鈔》除去增加「敘記」、「典志」兩類文體，刪去《類纂》中的「贈序」外，其餘 9 類則與《類纂》基本相同，與《類纂》「論次微有異同，大體不甚相遠」。其二，在篇目的採擇上，《雜鈔》也借鑒了《類纂》。二選選目之重見者，據統計，「論著」類有 23 篇，「序跋」類 32 篇，「奏議」類 42 篇，「書說」類 30 篇，「詔令」類 21 篇，「傳志」類 37 篇，「雜記」類 37 篇，「詞賦」類 42 篇，「哀祭」類 12 篇，共計 276 篇，占《雜鈔》總數的三分之一強。曾國藩更明言所選古文中未注明名氏者：「大約不出《百三名家全集》及《文選》、《古文辭類纂》之外。」〔註 69〕可見《類纂》在《雜鈔》的成書過程中所起的重要參考作用。其三，若以選目數量中所體現的爲文祈向而言，二選也有一致之處。《雜鈔》各卷目錄下均標明各類文體的正宗，以單個作家而論，以韓愈文爲宗者有哀祭、論著、詞賦、傳志、書牘、雜記等六類，以歐陽修文爲宗者有序跋、詔令、哀祭、傳志、典志、雜記等六類，韓、歐並列第一。《雜鈔》所選單個文家中，居於前二位者爲韓愈文 110 篇，歐陽修文 53 篇。無獨有偶，《類纂》選文中居於前二位者也是韓文 132 篇，歐文 66 篇，在對韓、歐文的喜好上，二選一脈相承，也可見桐城文派爲文的正統一以貫之。

《雜鈔》與《類纂》的文體編排體例雖「大體不甚相遠」，但也存在著明顯的差異。《雜鈔》的選文編排體系爲「分門別類」式，將文體首先分爲「著述門」、「告語門」、「記載門」三門。而後，「著述門」下再分爲論著、詞賦、序跋三類，「告語門」下再分爲詔令、奏議、書牘、哀祭四類，「記載門」下再分爲傳志、敘記、典志、雜記四類，共三門十一類。《雜鈔》在《類纂》文體分類之外，新增「敘記」、「典志」二類，同時將《類纂》中的「贈序」類刪去。《雜鈔》所以刪去「贈序」一類，蓋與曾國藩鄙夷贈序的觀念有關。「送人序，退之爲之最多且善，然僕意宇宙間乃不應有此一種文體。後世生日有壽序，遷官有賀序，上樑有序，字型大小有序，皆此體濫觴，至於不可究詰。」〔註 70〕因此，他在《雜鈔》中仍然採取傳統選本將贈序入「序跋」類的做法，選入韓愈和歐陽修的四篇「贈序」，內中不無純潔古文文體的用心。曾國藩還

〔註 69〕曾國藩：《曾國藩全集（家書）》，第 637 頁。

〔註 70〕曾國藩：《曾國藩全集（家書）》，長沙：嶽麓書社，1995 年版，咸豐九年十二月初二日《復吳敏樹》，第 1154 頁。

把姚鼐《類纂》「書說」改爲「書牘」，保留了「書」部，砍掉了「說」部。《類纂》「說」部選文 30 多篇，大都是戰國縱橫策士游說的辨詞。「古文之道，無所不施，但不宜說理耳。」〔註 71〕曾氏向來不喜歡辨士著作，其來有自。不宜說理，也就不喜歡「辨」，這當是曾氏改「論辨」爲「論著」的原因。《類纂》「論辨」從賈誼文始選，選文 64 篇，《雜鈔》從賈誼文始算，選文只有 34 篇，砍去近半；《雜鈔》「論著」加前面《洪範》等也只有 55 篇，選文份量較《類纂》少多了。

## 二、《經史百家雜鈔》的選文特點

當然，《雜鈔》的編選也具有十分鮮明的特點。《雜鈔》收錄辭賦，擺脫方苞《古文約選》之桎梏；垂愛駢文，突破姚鼐《古文辭類纂》樊籬；別樹一幟，添增「敘記」與「典志」，使史傳文與經世文納入選編範疇。《雜鈔》博採眾長，兼收並蓄，大大拓寬了桐城文學的發展道路。

選文特點之一是注重經史。曾國藩跳出了方苞《古文約選》、姚鼐《古文辭類纂》的藩籬，給自己的文選命名爲《經史百家雜鈔》，也是十分直觀地表達了自己重視經史的理念。因此，《雜鈔》在主要採擇集部著作的同時，也大量選了經、史、子部著作。據筆者統計，《雜鈔》所選的 26 卷 671 篇文章中，選自經部的有《詩經》19 篇、《尚書》13 篇、《三禮》18 篇、《易》4 篇、《左傳》28 篇、《孟子》8 篇，以及許慎《說文解字序》等共計 91 篇。選自史部者，有《史記》25 篇、《漢書》9 篇、《後漢書》3 篇、《三國志》2 篇、《唐書》1 篇、《資治通鑒》11 篇，以及馬端臨《文獻統考序》等共 52 篇。選自子部者，有《莊子》9 篇、《荀子》3 篇、《韓非子》1 篇，以及宋代理學諸人周敦頤、程頤、范浚、朱熹各 1 篇，張載 2 篇，司馬光、范仲淹各 1 篇，共 21 篇。三類共計 164 篇，占全選的近四分之一。相比之下，《類纂》所選文 690 篇，絕大多數出自集部諸家，其次則爲史部，包括《戰國策》38 篇、《史記》8 篇，經部和子部篇章均未涉及。曾國藩之所以多選經書的原因，他在《雜鈔序例》中非常鮮明地表達了他的觀點：

> 近世一二知文之士纂錄古文，不復上及六經，以云尊經也。然溯古文所以立名之始，乃由屏棄六朝駢儷之文而反之於三代兩漢。今捨經而降以相求，是猶言孝者敬其父祖而忘其高祖，言忠者曰：「我

〔註 71〕曾國藩：《曾國藩全集（家書）》，第 1154 頁。

> 家臣耳，焉敢知國。」將可乎哉？余鈔纂此編，每類必以六經冠其端，涓涓之水，以海爲歸，無所於讓也。姚姬傳氏撰次古文，不載史傳，其說以爲史多不可勝錄也。然吾觀其奏議類中，錄《漢書》至三十八首，詔令類中，錄《漢書》三十四首，果能屏諸史而不錄乎？余今所論次，採輯史傳稍多。〔註72〕

這裡，曾國藩以六經爲古文之源頭，認爲選錄古文而不及六經是數典忘祖的行爲，體現出強烈的追本溯源意識。《雜鈔》將經、史、子、集等均歸入「古文」的名下，「古文」既包括了審美性的篇章，也涵蓋了實用性的文字，寄託了曾國藩於古文記敘、說理、抒情、經濟等多重功能的期待。

選文特點之二是兼收駢散。桐城派自方苞以來即不屑於魏晉六朝之作，將「語錄中語、魏晉六朝人藻麗俳語、漢賦中板重字法、詩歌中雋語、南北史佻巧語」等一概擯斥於古文之外。姚鼐稍稍擴大桐城門牆，《類纂》在「奏議」、「頌讚」、「辭賦」三類中選取魏晉六朝文 10 篇，但於駢文仍一概不收。蓋以爲駢文注重聲律詞藻及對偶而缺乏實際內容，與其道藝合一的藝術追求相牴牾。曾國藩則突破了桐城文派排斥駢文做法，強調「古文之道與駢體相通」，主張以漢賦之長濟桐城古文之短。他指出：「天地之數，以奇而生，以偶而成，一則生兩，兩則還歸於一，一奇一偶，互爲其用……文字之道，何獨不然？六籍尚已，自漢以來，爲文者莫善於司馬遷，遷之文，其積句也皆奇，其義必相輔，氣不孤伸，彼有偶焉者存焉。其他善者，班固則毗於用偶，韓愈則毗於用奇。蔡邕、范蔚宗以下，如潘、陸、沈、任等比者，皆師班氏者也。茅坤所稱八家，皆師韓氏者也。傳相祖述，源遠而流益分，判然若白黑之不類，於是刺議互興，尊丹者非素。」〔註73〕正是在這種觀念的指導下，《雜鈔》改變了《類纂》不錄駢體的做法。《雜鈔》中除實用性較強的「論著」、「序跋」、「詔令」外，其餘八類均選魏晉六朝文，共計 90 餘篇，是姚選的九倍。

曾國藩認爲駢體文也可以承擔散體文論事說理的功能，在內部創作規律上二者也並非壁壘分明，不可溝通。因此，《雜鈔》對駢文的重視既是曾國藩由來已久的理念使然，也是對桐城派重散輕駢觀念的有意反撥，這也拓寬了古文發展的路向和空間。在編選《雜鈔》期間，曾國藩更得出這樣

---

〔註72〕曾國藩：《經史百家雜鈔・序例》，嶽麓書社，2009 年版。

〔註73〕曾國藩：《曾國藩全集（詩文）》，《送周荇農南歸序》，第 162 頁。

的結論：「古文之道與駢體相通。由徐庾而進於任沈，由任沈而進於潘陸，由潘陸而進於左思，由左思而進於班張，由班張而進於卿雲，韓退之之文比卿雲更高一格。解學韓文，即可窺六經之閫奧矣。」〔註 74〕曾國藩以韓文爲溝通駢散的樞紐，在此基礎上回歸不分駢散的六經，也實現了對韓柳「古文」的復歸。

選文特點之三是增添敘記典志。《經史百家雜鈔》克服了桐城派規模狹小、流於空疏之弊病，在學習古文範圍上擴大桐城所守。在《經史百家雜鈔序例》中，曾國藩旗幟鮮明地表示了自己的獨創性主張：「姚姬傳氏撰次古文，不載史傳，其說以爲史多不可勝錄也。然吾觀其奏議類中錄《漢書》至三十八首，詔令類中錄《漢書》三十四首。果能摒諸史而不錄乎？余今所論次，採輯史傳稍多，命之曰《經史百家雜鈔》云。」「曰敘記，曰典志，余所有而姚氏無焉者也」，這是《雜鈔》與《類纂》的大不同。姚鼐《類纂》嚴格按照方苞「義法」說編選，其中不載史傳。曾國藩認爲姚選過於狹窄，他認爲文章領域除一般集部之外，還應包括史部，這樣大大增加桐城文派取法的範疇。《類纂》「傳狀」選文只有 18 篇，《類鈔》「傳志」有 30 篇之多，增加的都選自《史記》等歷史著作。「敘記」選文計 30 篇，主要出自《左傳》和《資治通鑒》；「典志」選文 18 篇，主要出自《周禮》、《禮記》、《史記》。

「典志」主要選取經史著作中的記載地理、典章、禮儀等內容的篇章，雖有些質木無文，但卻關乎治教政令，正體現了其對古文實用價值的重視，也是其經世之理念的直接顯現。如果說曾國藩新增的「敘記」側重於歷史的描繪，那麼他另闢「典章」類，其著眼點主要在於政事而不在文學。《經史百家雜鈔》體現了曾氏以「經濟」入「文學」的主張。他曾經說：「經濟之學，吾之從事者二書焉：曰《會典》，曰《皇朝經世文編》。」〔註 75〕魏源選編《皇朝經世文編》錄文標準是「經世致用」。作爲體現曾國藩「義理經濟」之學的《經史百家雜鈔》也就顯示他的經世致用的文學觀。典章，就使桐城文狹小的「道」與「義」的胡同中走了出來，去表達重大的社會生活題材，使其追求雄奇之文成爲一種可能。

---

〔註 74〕曾國藩：《曾國藩全集（日記）》，咸豐十年三月十五日，第 474～475 頁。

〔註 75〕曾國藩：《曾國藩全集（日記）》，咸豐元年七月。

## 三、《經史百家雜鈔》的深遠影響

《經史百家雜鈔》是一部囊括經、史、子、集四部精華的優秀的古文選本，是一部研習國學的入門書。民國初年，新式學校多採用《經史百家雜鈔》作爲國文教材講授。1987 年，嶽麓書社以光緒二年（1876）傳忠書局版《曾文正公全集·經史百家雜鈔》爲底本，標點重印，並據《四部備要》刊本，上海會文堂石印本及遍行各篇所出原書訂正，計 26 卷，分上下二冊印行，產生了重要影響。好的選家，必須首先是一個學問家、批評家。《經史百家雜鈔》之所以編選成功，首先就是因爲它的編選者曾國藩是一個學養深厚的學問家、文學家。《雜鈔》之所以流傳甚廣，爲世人所青睞，固然與曾國藩是個聲名顯赫的大人物有關，但更重要的是因爲《雜鈔》本身所蘊含的學養、價值和魅力。曾國藩在學術上，是有很深的造詣的，被人們看作「一代儒宗」，有人甚至評之爲「文章學問，卓絕一世」。在文學上，他是著名的桐城文派的「振衰」者，是著名的湘鄉文派的魁首。他讀書品文時的眼力，非常犀利、老到，評斷之語相當準確到位，且常常出語不凡。正因爲曾國藩是一位學養深厚的學問家、文學家，所以他才能編纂出《經史百家雜鈔》這樣的文選力作。《經史百家雜鈔》，實際是曾國藩的學養的一個展現。

《雜鈔》改變了《類纂》較偏重對古文的研讀、模習和應用，而於姚氏義理、詞章、考據三條標準外，另提出經濟一項，力求選文與政事結合，使讀者通過對文章的學習，瞭解歷代的治亂興衰、典章文物、學術思想和經國濟民之道。也就是說，《雜鈔》裏不僅有「文」，而且有「道」，是「文」與「道」結合的一部書。比之主要是注重辭章的《類纂》來，《雜鈔》的實用價值無疑是遠超其上的。體現了曾氏注重經濟、歸宿於經濟的治學精神，表現了當時的時代要求。其所選文章多爲具有代表性的作品，選擇精當，內容豐富，範圍廣泛，體裁兼備，故可作爲研讀經、史、哲學等方面的基礎讀物，各種文體的示範讀物，還可作爲中國文學史的對照資料，加以參考。

毛澤東對《雜鈔》的這一優點評價很高，他在給蕭子升的信中說：「國學者，統道與文也。姚氏《類纂》畸於文，曾書則二者兼之，所以可貴也。」毛澤東認爲，國學的內容，包括「道」與「文」兩個方面，但《類纂》只包含了「文」這一方面，而《雜鈔》則二者兼之，所以《雜鈔》很可貴。可以看出，毛澤東之所以把《雜鈔》作爲研習國學的入門書，其重要原因之一，就是因爲《雜鈔》中包含了「道」與「文」兩個方面的文章。他還說：「顧吾人所最急者，國學常識也。昔人有言，欲通一經，早通群經。今欲通國學，亦早通其常識耳。首貴擇書，其書必能孕群籍而抱萬有。幹振則枝披，將麾則卒舞。如是之書，曾氏「雜鈔」其庶幾焉。是書上自隆古，下迄清代，盡揄四部精要。」〔註 76〕毛澤東認爲，《雜鈔》已經把從古代到清代的經、史、子、集之精華全部囊括了，如此評價不可謂不高。

從文學角度上看，曾國藩既借鑒漢賦、駢文，又重視史傳文；既重小學、訓詁，又重章節、神氣，並把經學諸子作爲古文源泉及效法對象，持論較姚鼐閎通，也合乎實際。十分明顯，曾氏意在博採眾長，兼收並蓄，突破一宗唐宋的桐城文統，開拓變革桐城古文的新局面。《經史百家雜鈔》選編，爲文章寫作提供了新的標準和範本，有利於散文的發展。正因其對文學的貢獻與功績，曾國藩受到後來者的頌揚。黎庶昌在《續古文辭類纂序》高度讚譽：「至湘鄉曾文正公出，擴姚而大之，並功、德、言於一途，挈攬眾長，轢歸（有光）掩方（苞），跨越百代，將遂席兩漢而還之三代，使司馬遷、班固、韓愈、歐陽修之文，絕而復續，豈非所謂豪傑之士，大雅不群哉？蓋自歐陽氏以來，一人而已。」〔註 77〕曾國藩受人盛譽，至此達到了一個前所有的高度。稍後的學術大師王先謙在《續古文辭類纂序》中這樣推崇曾氏：「曾文正公以雄直之氣，宏通之識，發爲文章，冠絕古今。其於惜抱遺書，篤好深思，雖謦欬不親，而塗跡併合。學者將欲杜歧趨，遵正軌，姚氏而外，取法梅、曾足矣。」《雜鈔》的編定對於曾國藩個人和桐城派都有重要意義。自前者視之，它標誌著曾國藩的古文之學自成一家。《雜鈔》成書的明年即咸豐十一年（1861），曾國藩兵困祁門，險象環生之際，在不無遺囑意味的家書中說到：「惟古文與詩，二者用力頗深，探索頗苦……古文尤確有依據。」〔註 78〕其重要依據當是《雜鈔》的成書。自後者而論，《雜鈔》於經史百家，皆歸鎔鑄；駢散相容，秦漢、魏晉六朝與唐宋、明清並包，可謂海涵地負，包羅廣大，也超越了桐城派侷限於唐宋八家的家法。而桐城文派所以能實現「中興」，也與此觀念關係重大。

〔註 76〕《毛澤東早期文稿》，湖南出版社，1990 年版，第 24 頁。

〔註 77〕黎庶昌：《續古文辭類纂序》，賈文昭編著《桐城派文論選》，第 375 頁，中華書局，2008 年版。

〔註 78〕曾國藩：《曾國藩全集（家書）》，咸豐十一年三月十三日《諭紀澤紀鴻》，第 662 頁。

# 第四節　王先謙、黎庶昌與《續古文辭類纂》

光緒年間，王先謙和黎庶昌都編選有《續古文辭類纂》，王先謙《續古文辭類纂》收錄方苞、劉大櫆之後的古文，以桐城義法爲宗。而黎庶昌《續古文辭類纂》旨在擴大姚鼐《古文辭類纂》的範圍，上編、中編收姚鼐所不選的經史文章，下編收方、劉前後的文章。黎選《續古文辭類纂》收清人古文十卷二百四十餘篇，這是它最有價值的部分。王選、黎選與姚選構成了一個系列，反映了桐城派創作活動與古文思想在新形勢下的變異與發展，具有深刻的文學史意義。

## 一、王先謙與《續古文辭類纂》

王先謙（1842～1917），字益吾，號葵園。湖南長沙人。同治四年（1865）成進士，改翰林院庶起士，散館授編修。歷任翰林院侍講、祭酒、雲南鄉試副考官、江西鄉試正考官、浙江鄉試副考官、江蘇學政等職。光緒十五年，辭官歸里，主集賢講舍、城南書院、嶽麓書院講席。民國後，居鄉著書。王先謙是清末著名漢學家，曾主持刊刻《續皇清經解》，著有《尚書孔傳參正》、《三家詩義集疏》、《漢書補注》、《後漢書集解》、《莊子集解》、《荀子集解》等漢學名作。還著有《虛受堂詩文集》三十六卷。王先謙重視總集的編纂，編有《十家四六文鈔》和《駢文類纂》兩部駢文選本。

王先謙《續古文辭類纂》成書於光緒八年（1882），收錄自乾隆至咸豐間三十九人文辭〔註 79〕，共四百五十七篇。延續了《古文辭類纂》的體例，按文體分類編纂，除奏議、說、詔令、頌、辭賦等幾類沒有以外，其餘都與《古文辭類纂》相同。該書所選文章限於姚選以後，體現了與姚選在時間上的連續性。王先謙追懷此前桐城文章盛況，感慨因戰亂而造成的文化損失，有志於網羅文獻，扶翼斯文。入選的三十九人，大多與桐城派有明確的師承關係，或者爲私淑桐城者，因而此選帶有濃厚的桐城派作品結集的意味。書前有王先謙序文及例略，可以幫助我們瞭解該書的編選情況，對於認識王先謙的學術思想具有一定的價值。序例之後有「姓氏爵里志略」，對所選作家的生平、

〔註 79〕王先謙《續古文辭類纂》收錄的作者是：姚範，朱仕琇，彭績，彭紹升，羅有高，姚鼐，魯仕驥，吳定，秦瀛，惲敬，王灼，張惠言，陸繼輅，陳用光，姚瑩，鄧顯鶴，周樹槐，呂璜，劉開，姚椿，毛岳生，吳德旋，管同，梅曾亮，方東樹，張穆，朱琦，馮志沂，曾國藩，吳嘉賓，龍啓瑞，彭昱堯，王拯元，邵懿辰，魯一同，戴均衡，孫鼎臣，管嗣復，吳敏樹。

事蹟、著述有簡要介紹。《續古文辭類纂》偶有評語，置於文章末尾，因文而發，或是評述事理，或是記述作者事蹟，對文章寫作的品評也較爲簡略，指示章法技巧，評論創作得失，言簡意賅，與姚鼐《古文辭類纂》評語風格相近。劉聲木在《萇楚齋三筆》中對王先謙《續古文辭類篆》有比較客觀的評價：「聲木謹案：祭酒此編，體例謹嚴，論議暢達，固較黎氏爲勝，然亦不能無弊。祭酒錄三十九人之文，共四百五十篇，其中錄曾文正公國藩文捌拾壹篇、姚鼐文伍拾柒篇、梅曾亮文捌拾篇、吳敏樹文肆拾貳篇、朱仕琇文拾柒篇、吳定文拾三篇、惲敬文貳拾柒篇、張惠言文拾篇、管同文拾捌篇、龍啓瑞文貳拾陸篇，其餘貳拾玖家，共錄文柒拾玖篇。雖羅列諸家，少者僅錄文一二篇，似不足盡諸家之長。所錄十家爲最多，成爲十家文鈔，亦一病也。」〔註 80〕

王先謙雖是漢學家，但他古文師法曾國藩，而論文最推崇姚鼐，故《續古文辭類纂》收文沿襲姚氏《類纂》的標準。關於選文的標準，王先謙在《復蕭敬甫》信中說：「僕現在所輯《古文辭》，專就乾嘉以來諸人採錄，遙接惜抱之傳。從前佳文，未入《類纂》者元多，今若一律選登，似於續例不合。且各家文章，果有眞精神，面目自然不可泯滅，當聽其別行，而不必以是集概之。況惜抱所遺而我收之，隱然有與先輩競名之意，非末學後進所敢出也。惜抱同時，如梅崖、絜非諸君，尙可錄入。姜塢，惜抱所從受業者，亦當並登。陽湖諸公，若惲子居輩，體稍未醇，要有不可磨滅之作，皆嚴汰而酌採之。後來賢俊雲興，姚氏之緒論流衍於東南，或親得師承，或轉相私淑，雖成就大小不同，然未有不由其門徑義法而能自立者。故於姚氏以後各家，務在網羅徧及。其以古文著稱，未臻絕詣，又無他書傳後者，因人存文，擇錄尤者一二藝，以見其概。不以古文名家而他書必爲傳人者，雖集高一尺，亦不入選。」〔註 81〕王先謙《續古文辭類纂》承姚氏遺緒，專收有清一代文家文章，上與姚氏相接，共同構成一個完整的歷代古文辭選本，體現了桐城古文傳衍的延續性。漢學與宋學之爭是清代中期以後的重要學術現象，以宋學義理爲旨歸的桐城文人與文章爲漢學家所不屑，王先謙作爲著名漢學家，編纂《續古文辭類纂》，說明他對桐城文人與文章是極爲重視的，這是他通達平允學術思想的體現，也表明晚清時期漢宋之爭已經逐漸趨於平和。

〔註 80〕劉聲木：《萇楚齋三筆》卷一：《王先謙書論編輯續古辭類纂》，中華書局，1998 年版，483 頁。

〔註 81〕劉聲木：《萇楚齋三筆》卷一，483 頁。

在《續古文辭類纂序》中，王先謙對姚鼐極爲推崇，「(姚鼐) 義理、考據、辭章，三者不可一闕。義理爲幹，而後文有所附，考據有所歸。故其爲文，源流兼賅，粹然一出於醇雅。」且以「何其盛也」來概括桐城派人文之盛。又敘及道光末年梅曾亮、曾國藩二人「相與修道立教」振興桐城文章，而有感於「粵寇」即太平天國戰亂之後，人文蕭條，當日繁盛景象不可復得，云「有志之士生於其間，誰與祓濯而振起之乎？觀於學術盛衰升降之源，豈非有心世道君子責也？」顯然王先謙是以「有志之士」、「有心世道君子」來自任的，他編選《續古文辭類纂》就是要爲挽救兵亂之後文化蕭條的社會現狀進一份自己的努力。這可以說是王先謙《續古文辭類纂》的主要編纂動機。太平天國運動對於當時社會經濟文化所造成的巨大破壞，使王先謙的思想受到了較大的震動，以章句訓詁爲主要內容的考據之學相對來講是脫離社會經濟事務的，作爲漢學家的王先謙並不鄙薄宋學，其中一個重要原因是農民戰爭的社會現實使王先謙對於具有維繫世道人心作用的義理之學有了較高的重視。

和姚氏一樣，王氏《續纂》收文也突出文辭標準，收文範圍也與姚氏相接，表現出了庚續姚纂之意。同時除桐城派文章外，王氏還兼採其他文派的文章，實寓打破門戶界限、保存一代文獻之意。李慈銘《越縵堂日記》光緒八年十二月二十四日寫道：「得王益吾長沙書，並詒新刻《續古文辭類纂》，專續桐城家法，甄別審愼，多有可觀。然尺木、台山、茗柯、碩洲四家，實與桐城無涉，以之充數。而錢衍石及宗滌甫師與桐城桴鼓相應，乃反不錄，惜祭酒在都時未及與之商榷也。」〔註 82〕可見，當時文人頭腦中，宗派之分、門戶之見分明。王氏《續纂》的分類和編排體例完全仿照姚氏。但詔令、奏議、辭賦三類沒有收文，書說類有書無說，讚頌類有贊無頌。對這些無文可收的類目，王氏堅持寧缺勿濫的原則，採取缺省的處理辦法。至於不收的原因，是因爲他認爲清人中這些體裁的文章文學性不夠。比如，他解釋奏議類不收清人文章的原因時說：「今之奏議，要在明切事理，古義美辭，所弗尚也。體既專行，不入茲錄。」〔註 83〕辭賦類空缺，也因爲辭賦是「《風》、《雅》變體，取工駢儷，國朝諸家，尤罕沿襲。間有述作，不復甄採。」〔註 84〕

〔註 82〕金梁：《近世人物志》，第 260 頁；沈雲龍《近代中國史料叢刊》，臺北：文海出版社，1987 年版。

〔註 83〕王先謙：《葵園自定年譜》，第 133 頁；沈雲龍《近代中國史料叢刊》，臺北：文海出版社，1987 年版。

〔註 84〕王先謙：《葵園自定年譜》，第 134 頁。

## 二、黎庶昌與《續古文辭類纂》

黎庶昌《續古文辭類纂》成書於光緒十五年（1889），共二十八卷，四百四十九篇。黎庶昌（1837～1898），字蓴齋。貴州遵義人。曾任曾國藩幕僚，師事曾國藩，受古文法，有文名。任歐洲各國及日本使節，輯有《古逸叢書》，著有《拙尊園叢稿》六卷。《清史稿》卷四四六有傳。黎庶昌親隨曾氏學習古文，是曾門四大弟子之一。黎氏在成書時曾獲見王選，認爲「命名與余適同而體例甚異」〔註 85〕。黎選分爲上中下三編，前兩編爲補姚選所缺，後一編則爲續姚選而作。姚鼐選文不及六經，以爲是尊經的需要，表示不敢妄加評議；又認爲史籍繁多，不勝其選，故而不選史部文章。黎選則多有變通。他看出姚鼐論文每每溯源於經、子，因此特設上編經、子，專收其文。在中編收錄《史記》、《漢書》、《三國志》、《五代史》、《通鑒》等書中章節。下編則收錄方、劉前後之文，體現了「續」的性質。在文章分類上，黎選也有較大突破。該書援引曾國藩《經史百家雜鈔》之例，根據經、子、史自身的文體特點，又增設了典志與敘記兩類。典志爲專記典章制度之文，如《史記》中八書之類；敘記則爲記敘歷史大事之文，如赤壁之戰、淝水之戰等。黎庶昌爲曾國藩弟子，長期入其幕府，其文學思想深受曾氏影響。曾國藩私淑姚鼐，論文出於桐城。但是曾氏又不滿桐城派文章的單弱空虛，因而主張擴大學習範圍，延及經、史，又力主以經濟之論入文，杜絕空談義理的傾向。黎氏一遵其說，「今所論纂，其品藻次第，一以習聞諸曾氏者，述而錄之」。無論是從選錄範圍，還是文章分類來看，黎選都對姚選有所突破，帶有明顯的變革性質。

在分類和編排上，黎氏兼採姚、曾、王三人之長：（一）十五種部類目兼採姚、曾二人之長。敘記、典志兩類，依曾氏《雜鈔》分目，其他十三類沿用姚氏名稱。曾氏將頌讚、箴銘附入辭賦類，將碑誌附入傳志類，黎氏仍採用姚氏的名稱及分類方法。（二）吸收了王氏不收文則該類空缺的做法。黎選上編十三類，無碑誌、贈序類；中編九類，無論辨、贈序、碑誌、雜記、箴銘、頌讚六類；下編十三類，無詔令、典志兩類。收文「皆以補姚氏姬傳《古文辭類纂》所未備也」〔註 86〕。黎庶昌《續古文辭類纂》最爲晚出，他已自

〔註 85〕黎庶昌：《續古文辭類纂序》，賈文昭編著《桐城派文論選》，第 375 頁，中華書局，2008 年版。

〔註 86〕黎庶昌：《續古文辭類纂序》。

敘與王氏《續古文辭類纂》的區別。同姚、曾二人選本相比，其收文又有如下特點：一是對曾氏《雜鈔》收文有所取捨。如《雜鈔》論著類錄《孟子》八篇、《莊子》九篇、《荀子》二篇，《續古文辭類纂》論辨類從《雜鈔》中挑選《孟子》三篇、《莊子》六篇、《荀子》一篇。二是黎庶昌《續古文辭類纂》所錄經、史部文辭，也有曾氏《雜鈔》所未收者。如所收《禮記》中的《鄉飲酒》、《冠義》，《漢書・王莽傳》，皆爲《雜鈔》不錄。三是對姚氏《類纂》已錄者，《續古文辭類纂》一概不再收錄。如賈誼《過秦論》上、中、下三篇，曾氏和姚氏已收，黎氏不錄。四是《續古文辭類纂》所錄清人文辭，又補姚、曾二人選本不及。

黎庶昌《續古文辭類纂》基本上按姚本宗旨進行續補。所以他在《序》中說：「文章之道，莫大乎與天下爲公，而非可用一人一家之私議。自劉向父子總《七略》，梁昭明太子集《文選》，而後先古文章，始有所歸；宋歐陽氏表章韓愈，明茅順甫錄八家，而後斯文之傳，若有所屬。姚先生興於千載之後，獨持灼見，總括群言，一一衡量其高下，銖黍之得，毫釐之失，皆辨析之。醇駁較然，由是古今之文章，謬悠淆亂，莫能折衷一是者，得姚先生而悉歸論定。」〔註 87〕可見，黎庶昌對姚本作了極爲中肯的評價，故續本一遵其意緒。我們從黎氏各類補文中，大多可在姚本《序》中找得到佐證便是最好的說明。姚本《序》曰：「論辨類者，蓋原於古之諸子，各以所學著書詔後世。孔孟之道與文至矣。自老、莊以降，道有是非，文有工拙，今悉以子家不錄，錄自賈生始。」黎續本《序》則說：「古文 449 篇，總 28 卷，分上、中、下三編，皆以這補姚姬傳《古文辭類纂》所未備也。上編經子。姚氏纂文之例，首斷自《國策》，不復上及《六經》，以云尊經，然觀其目次，每類必溯源經子之所自來，雖不錄猶錄也。」姚氏尊而不錄之選文體例給黎氏續本留下了選錄的廣闊天地，一改尊而不錄爲既尊也錄的原則，補充了《六經》和子家之文，塡補了姚本之所未備。姚本 13 類中，黎續本除贈序類和碑誌類無補外，依其類別補了 11 類。

黎氏作爲「曾門四弟子」之一，更多地接受了曾國藩的直接影響，因而在續本選文時，他在充分肯定姚本的同時，也看到了桐城派在發展中所帶來的毛病，因而在選文時，也有獨到之處，這是難能可貴的。他在《序》中說：「百餘年來，流風相師，傳爈賡續，沿流而莫之止，遂有文敝道喪之患。至

〔註 87〕黎庶昌：《續古文辭類纂序》。

湘鄉曾文正公出，擴姚氏而大之，並功、德、言爲一途。挈攬眾長，轢歸掩方，跨越百氏，將遂席兩漢而還之三代，使司馬遷、班固、韓愈、歐陽修之文，絕而復續，豈非所謂豪傑之士，大雅不群者哉？蓋自歐陽氏以來，一人而已。余今所論纂，其品藻次第，一以習聞諸曾氏者，述而錄之。」此處「一人而已」的評價，突出了曾氏的地位，而且認爲曾氏不但擴大了姚氏之義，還有所發展，並功、德、言爲一途，又兼採眾長，超過了歸有光和方苞，直跨越百氏，是眞正豪傑之士。但曾氏之學，也是從桐城派而來，只是有所發展罷了。所以《序》接著又說：「曾氏之學，蓋出於桐城，固知其與姚先生之旨合，而非廣己於不可畔岸也。循姚氏之說，屏棄六朝駢麗之習，以求所謂神理氣味、格律聲色者，法愈嚴而體愈尊；循曾氏之說，將盡取儒者之多識格物，博辨訓詁，一內諸雄奇萬變之中，以矯桐城末流虛車之飾，其道相資，無可偏廢，故既敘述略例，亦明夫不敢封已抱殘，守一先生家言，暖暖姝姝而自私自悅以足也。」這種不抱殘守缺的態度，是選家應具的首要條件，否則就不可能跳出原有框架，只能亦步亦趨，邯鄲學步而已，即使選了一本又一本，也是沒有流傳價值的。正因推崇曾氏，所以黎在選文時，依曾氏《經史百家雜鈔》之目補了敘記和典志兩部分。黎氏在《序》中說：「左氏敘事之文，自爲一體，姚《纂》無類可傳，則取曾文正公《經史百家雜鈔》之目以入之。」故黎續本增「敘記爲一卷」，且全錄《左傳》中文章，強調不能因無類可傳而去之，何況有桐城派「中興」明主曾國藩《經史百家雜鈔》爲例，不但可增選，而且表明了自己與曾氏的關係。曾所編《經史百家雜鈔》與姚《古文辭類纂》大不相同，增選經、子及六朝文章，不僅擴大了選材範圍，而且注重經濟實用，對轉變桐城派古文空疏的文風是有一定作用的，故黎續本沿曾氏例選入。這樣，既不背桐城宗旨，又突出了曾氏的地位。黎續本於中編中將《通鑒》五文歸於敘記類。黎續本「又別增典志爲一卷」，「典志亦《雜鈔》之目也。」這些都可明白湘鄉派與桐城派之間的密切不可分的關係。

## 三、兩種《續古文辭類纂》的異同

王先謙、黎庶昌的兩部續選，都繼承了桐城派的文統，但也體現了各自的編纂思想，反映了桐城派在不同歷史條件下的發展與衍變。黎庶昌在《序》中談到了與王先謙《續古文辭類纂》的區別：「曩者余鈔此編成，客有示余長沙王先謙氏所撰《續古文辭類纂》刻本，命名與余適同，而體例甚異。王選祗及方劉以後人，文多至四百數十首。余纂加約，本朝文才二百四十餘，頗有溢出王選外者，而奏議、辭賦、敘記則又王選所無。人心嗜好之殊，蓋難強同。要之，於姚氏無異趨也，後之君子，並覽觀焉。」〔註88〕這段話高度概括了黎續本與王續本的不同。王續本「只及方、劉以後人」，而黎續本則遠至先秦《六經》及子書。在同樣選清文時，王續本多達400多，黎續本僅200多。在這200多文中，又有167文不同於王續本，即「頗有溢出王選外者」。

王先謙《續古文辭類纂》所選文章限於姚選以後，體現了與姚選在時間上的連續性，可稱「當世著作之林」〔註89〕。從整體來看，王選恪守桐城義例，是具有承傳性質的文章選本。在所有桐城派作家中，王先謙極爲推崇梅曾亮和曾國藩，認爲「梅氏浸淫於古，所造獨爲深遠，其志固不屑爭得失於一先生之前矣。曾文正公以雄直之氣，宏通之識，發爲文章，冠絕今古。其於惜抱遺書，篤好深思，雖謦欬不親，而途跡併合。學者將欲杜歧趨、遵正軌，姚氏而外，取法梅、曾足矣」〔註90〕。而所選文章，梅、曾兩人佔了絕大多數，足見王氏論文主旨。在文章分類上，該書無詔令類，因爲此類無佳作；不選奏議，認爲奏議不必講究古意美辭，應以明切事理爲上，而且奏議爲專門應用文體，因此不選。另外，該書不選辭賦，王氏不認同姚選「古文辭」之說。儘管有人稱「姚選特入辭賦門，最得韓公論文尊揚、馬本意」〔註91〕，但是王先謙認爲這樣「用意則深，論法爲舛」〔註92〕，因爲辭賦多尚駢儷，與駢文更爲接近，將辭賦與古文合併成爲「古文辭」有礙於古文文體的自身純潔。故而王先謙另編《駢文類纂》收錄辭賦，而將之從古文中逐出。這其實是王氏推尊古文文體的表現，和姚鼐的初衷有潛通暗接之處。

黎選反映了曾國藩對桐城派進行變革之後的桐城派新貌。曾氏在《經史百家雜鈔》序例中說道，敘記、典志兩類爲「余所有而姚氏無」，又稱「近世一二知文之士，纂錄古文，不復上及六經，以云尊經也。然溯古文所以立名

〔註88〕黎庶昌：《續古文辭類纂序》。

〔註89〕王先謙：《續古文辭類纂．序》，光緒八年虛受堂刻本。

〔註90〕王先謙：《續古文辭類纂．序》。

〔註91〕吳汝綸：《記校勘古文辭類纂後》，《吳汝綸全集（文集第三）》，合肥：黃山書社，2002年，第174頁。

〔註92〕王先謙：《駢文類纂序例》，《虛受堂文集》卷十五，第502頁，續修四庫全書第1570冊。

之始，乃由屏棄六朝駢儷之文，而返之於三代兩漢」，故不能「捨經而降以相求」。又以爲「姚姬傳氏撰次古文，不載史傳，其說以爲史多不可勝錄也。然吾觀其奏議類中錄《漢書》至三十八首，詔令類中錄《漢書》二十四首，果能屏諸史而不錄乎？」〔註 93〕黎氏直接繼承了曾氏的見解，收錄了經、子、史相關作品，又增入敘記與典志兩類，反映了桐城派在新條件下對古文範圍的拓寬，具有變革意義。

關於桐城派之文統問題，二選都表現出了強烈的文統意識。王先謙在編選續作的時候，就明確表明了對姚選的遵循：「惜抱《古文辭類纂》開示準的，賴此編存，學者猶知遵守。余輒師其意，推求義法淵源，採自乾隆迄咸豐間，得三十八人，論其得失，區別義類，竊附於姚氏之書。」王氏亦爲桐城派中人，《桐城文學淵源考》將其收人「私淑桐城文學諸人」當中，稱其「古文以姚鼐宗旨爲歸，而進求於先儒義理之學，清勁有氣，尤習於國家故事」。其續選斷自姚範與朱梅崖以下，因爲姚鼐受古文於姚範，而朱梅崖曾傳其古文之學於魯絜非，顯示了理清桐城古文傳承脈絡的用心。而他在《例略》當中，對於入選諸人師承關係更是條分縷析，體現了以桐城爲正宗的強烈文統意識。這在他處理陽湖文派的歸屬時表現得尤爲明顯。以惲敬、張惠言、李兆洛、陸繼輅等人爲主幹的陽湖文派，在創作上相容駢散，自樹一幟，人們往往將他們與桐城派區分爲不同的文學流派。王先謙特意辨明了這一點：「當海峰之世，有錢伯坰魯斯從受其業，以師說稱誦於陽湖惲子居、武進張皋文。子居、皋文遂棄其聲韻考訂之學而學古文，於是陽湖古文之學特盛。陸祁孫《七家文鈔序》言之，此陽湖爲古文者自述其淵源，無與桐城角立門戶之見也。」〔註 94〕。顯然，王先謙辨明陽湖文派淵源於桐城的事實，正是爲了維護桐城派的正統地位，以確保古文傳統的延續。因此當張之洞在《書目答問》中又提出「不立宗派之古文」時，王氏亦予以否定，「或以桐城、陽湖離爲二派，疑誤後來，吾爲此懼。更有所謂不立宗派之古文，殆不然與」〔註 95〕。而王氏續作正是爲了振起古文傳統，重新確立桐城派的地位，這也是他直承姚選的本意。

〔註 93〕曾國藩：《經史百家雜鈔序例》。

〔註 94〕王先謙：《葵園自定年譜》，第 136 頁；沈雲龍《近代中國史料叢刊》，臺北：文海出版社，1987 年版。

〔註 95〕王先謙：《續古文辭類纂・序》，光緒八年虛受堂刻本。

黎庶昌也非常強調文統的重要性。作爲「曾門四弟子」之一，黎庶昌「師事曾國藩，受古文法，於其四史、《通鑒》致力最深。古文恪守桐城義法，簡練縝密，頗得堅強之氣」〔註 96〕。他對古文傳統有過專門的論述，「本朝文章，其體實正自望溪方氏，至姚先生而辭始雅潔，至曾文正公始變化以臻於大。桐城之言，乃天下之至言也」〔註 97〕。足見對桐城派的推崇。時人認爲黎庶昌「爲文恪守桐城義法，其研事理，辨神味，則以求闕齋爲師。」〔註 98〕而曾國藩（求闕齋）爲文汲取漢賦之雄肆，以救桐城末流平弱之失，後人多目之爲「湘鄉派」，以示有別。黎氏則強調桐城傳統的重要，並指出曾國藩雖有變革之舉但仍出於桐城，兩者不可偏廢：「曾氏之學，蓋出於桐城，固知其與姚先生之旨合，而非廣己於不可畔岸也。循姚氏之說，屏棄六朝駢儷之習，以求所謂『神理氣味、格律聲色』者，法愈嚴而體愈尊。循曾氏之說，將盡取儒者之多識格物、博辨訓詁，一內諸雄奇萬變之中，以矯桐城末流虛車之飾。其道相資，無可偏廢。」可見，黎選雖有變革的性質，而對文統的堅持則是一致的。

總而言之，《古文約選》、《經史百家雜鈔》、《古文辭類纂》以及黎續、王續等系列選本作爲清代著名的古文選本，在傳播古文方面發揮了重要的作用。現在反觀這些選本所反映的文學現象，則又是桐城派發展狀況的一個縮影，具有深刻的文學史內涵。

〔註 96〕劉聲木：《桐城文學淵源撰述考》（卷十一），合肥：黃山書社，1989 年，第 183 頁。

〔註 97〕黎庶昌：《續古文辭類纂序》，賈文昭編著《桐城派文論選》，第 375 頁，中華書局，2008 年版。

〔註 98〕《拙尊園叢稿序》，薛福成庸庵海外文編（卷四），續修四庫全書第 1562 冊，第 352 頁。

# 餘　論

一個學術或文學流派的形成、發展與壯大離不開社會政治環境的影響，離不開地域文化傳統的薰染，離不開核心學術思想和文學理論的凝聚，離不開一定時間內一批代表性人物的宣導，更離不開主要宣傳陣地的推動。在文化傳媒形式比較單一的時代，口耳相傳成爲了學術和文學思想傳播的主要途徑，門戶觀念也在客觀上密切了一個流派認同感，保障了學術及文學思想的純正性。書院因其特殊的教育理念、組織形式和教學內容，不僅非常容易與學術和文學流派結合，而且在特定的歷史時期成爲了學術及文學思想傳播的最佳路徑選擇。桐城派與書院的完美結合，爲桐城派綿延橫亙有清一代發揮了極其重要的作用。可以說，清代書院和桐城文派二者之間相互依存，同消共長。這種文化現象的出現，在古代學術發展史上具有積極意義，爲封建文化的棟樑之才確立了風氣保障和制度保障。

書院制度是中國教育史上的一朵奇葩，也是中國文化發展史上的一座豐碑。書院的不斷發展壯大，對學術及文化的傳衍起到了至關重要的作用。隨著歷史的變遷和經濟社會的快速發展，隨著出版印刷業的迅猛壯大和現代傳媒的突飛猛進，隨著現代學校教育規模和人的欲望一樣無限膨脹，我們發現：出版增加了，可讀的東西變少了；傳媒發達了，有用的信息匱乏了；教育產業化了，人卻變成了一種工具，擁有了知識，卻失去了靈魂。於是現在很多人又開始重新審視中國的傳統教育，也有很多人開始嘗試借鑒書院的教育模式，希望能夠汲取古代書院的寶貴經驗和不朽精神，爲當今的文學、文化和教育發展注入新的動力和精神。

非常慚愧的是，囿於書院史料和閱讀視野，本文在很多方面都缺乏深入的研究和探討，而最大的遺憾乃在於缺乏書院課藝的研究和分析。課藝相當於當今學校的考試試卷和學生習作，通過分析課藝，可以直觀地看出書院的教育理念、教學內容、評價模式和教育成就。課藝一般都有評閱者的批語和圈點，直接反映了評閱者的學術理念和文學修養，因此，課藝也就成爲書院教育與文學及學術關係的具體呈現。很多書院都將歷年生徒課藝裝訂成冊，妥善保藏的。然而隨著社會變遷、書院興衰，甚至是戰火的洗禮，很多課藝都損毀了，完整保存並流傳至今的屈指可數。而且，很多藏書家認爲這些生徒所作的課藝價值不高，往往都不願收藏，因此，歷代書院生徒課藝傳世甚少。南京大學徐雁平教授檢閱南京圖書館、上海圖書館、中國國家圖書館、浙江省圖書館、安徽省圖書館所藏的江蘇、浙江、安徽三省書院課藝，僅僅得到八十六種。〔註1〕筆者所能見到者更加少之又少。由於缺少一手資料的支撐，本文只能忍痛地將其砍掉，留下揮之不去的遺憾。唯有期待在今後的學習與研究中能予以彌補。

〔註1〕徐雁平：《清代東南書院與學術及文學》（導言），安徽教育出版社，2008年版。

# 參考文獻

## 一、論著


B

1. 白新良：《中國古代書院發展史》，天津大學出版社，1995 年版。
2. 卞孝萱、徐雁平主編：《書院與文化傳承》，中華書局，2009 年版。

C

1. 陳澹然編：《方柏堂先生譜系略》，《北京圖書館藏珍本年譜叢刊》，第 163 冊。
2. 陳谷嘉、鄧洪波：《中國書院史資料》（全三冊），浙江教育出版社，1998 年版。
3. 陳谷嘉、鄧洪波：《中國書院制度研究》，浙江教育出版社，1997 年版。
4. 陳美健、孫待林、郭錚：《蓮池書院》，方志出版社，1998 年版。
5. 陳平原：《傳統書院的現代轉型——以無錫國專爲中心》，《中國大學十講》，復旦大學出版社，2002 年版。
6. 陳文和：《揚州書院與揚州學派》，見《清代揚州學術研究》，臺北學生書局，2001 年版。
7. 陳用光：《太乙舟文集》，道光刻本。
8. 陳元暉、王炳照等：《中國古代的書院制度》，上海教育出版社，1981 年版。
9. 陳鍾珂編：《先文恭公年譜》，《北京圖書館藏珍本年譜叢刊》，第 95～96 冊。
10. 陳祖壬編：《桐城馬先生年譜》，《北京圖書館藏珍本年譜叢刊》，第 184 冊。

D

1. 大久保英子：《明清時代書院の研究》，國書刊行會，1976 年版。
2. 戴鈞衡：《味經山館文鈔》，續修四庫全書本。
3. 戴鈞衡編：《南山先生年譜》，《北京圖書館藏珍本年譜叢刊》，第 87 冊。
4. 戴名世：《戴名世集》，中華書局，1986 年版。
5. 鄧洪波、彭愛學：《中國書院攬勝》，湖南大學出版社，2000 年版。
6. 鄧洪波：《中國書院史》，東方出版中心，2004 年版。
7. 鄧洪波：《中國書院學規》，湖南大學出版社，2000 年版。
8. 鄧洪波：《中國書院楹聯》，湖南大學出版社，1999 年版。
9. 鄧洪波：《中國書院章程》，湖南大學出版社，2000 年版。
10. 丁剛、劉琪：《書院與中國文化》，上海教育出版社，1992 年版。
11. 段玉裁編：《戴東原先生年譜》，《北京圖書館藏珍本年譜叢刊》，第 104 冊。

F

1. 范當世著，馬亞中、陳國安校點：《范伯子詩文集》，上海古籍出版社，2003 年版。
2. 方苞：《古文約選》，清雍正十一年刻本。
3. 方苞：《方望溪全集》，中國書店，1991 年版。
4. 方苞著，劉季高校點：《方苞集》，上海古籍出版社，1983 年版。
5. 方東樹：《考槃集文錄》，續修四庫全書本。
6. 方東樹：《漢學商兑》，蘇州文學山房排印本。
7. 方東樹：《儀衛軒文集》，同治刊本。
8. 方宗誠：《柏堂師友言行記》，民國十五年京華書局鉛印本。

G

1. 歸有光：《震川文集》，中華書局，1912 年版。
2. 歸有光：《歸震川先生尺牘》，虞山明月樓，康熙刻本。
3. 管同：《因寄軒文集》，清道光十三年管氏刻本。
4. 郭立志編：《桐城吳先生年譜》，《北京圖書館藏珍本年譜叢刊》，第 175～176 冊。
5. 郭紹虞主編：《中國歷代文論選》，上海古籍出版社，2001 年版。
6. 郭嵩燾：《養知書屋文集》，光緒刻本。

H

1. 賀濤：《賀先生文集》，民國三年刻本。
2. 洪亮吉著，劉德權校點：《洪亮吉集》，中華書局，2001 年版。
3. 洪亮吉：《毓文書院志》，中國歷代書院志本，江蘇教育出版社，1995 年版。
4. 胡青：《書院的社會功能及其文化特色》，湖北教育出版社，1996 年版。
5. 胡適：《書院制史略》，《東方雜誌》第 21 卷 3 期，1924 年 2 月。
6. 胡適：《書院的教育》，《胡適遺稿及秘藏書集（第五冊）》，黃山書社，1994 年版。
7. 黃薊：《嶺西五家詩文集》，民國 24 年桂林典雅鉛印本。
8. 黃彭年：《蓮池書院肄業日記》，中國歷代書院志本，江蘇教育出版社，1995 年版。
9. 黃彭年編：《蓮池書院日記》，清光緒五年刻本。

J

1. 季羨林：《論書院》，《中國書院》，湖南教育出版社，1997 年版。
2. 季嘯風：《中國書院辭典》浙江教育出版社，1996 年版。
3. 賈文昭編著：《桐城派文論選》，中華書局，2008 年版。
4. 江藩：《國朝漢學師承記》，中華書局，1983 年版。
5. 蔣彤編：《武進李先生年譜》，《北京圖書館藏珍本年譜叢刊》，第 131 冊。

K

1. 孔繼涵編：《熊文端公年譜》，《北京圖書館藏珍本年譜叢刊》，第 83 冊 517 頁。

L

1. 李兵：《書院與科舉關係研究》，華中師範大學出版社，2005 年版。
2. 李才棟：《中國書院研究》，江西高校出版社，2005 年版。
3. 李慈銘：《越縵堂日記》，廣陵書社，2004 年版。
4. 李斗：《揚州畫舫錄》，中華書局，1960 年版。
5. 李國鈞：《中國書院史》，湖南教育出版社，1994 年版。
6. 李瀚章編：《曾文正公年譜》，《北京圖書館藏珍本年譜叢刊》，第 157 冊。
7. 李元度：《國朝先正事略》，清光緒二十五年上海圖書集成印書局印本。
8. 李兆洛：《養一齋文集》，光緒八年刻本。
9. 李兆洛：《養一齋文集、詩集》，續修四庫全書本。

10. 李志茗：《晚清四大幕府》，上海人民出版社，2002 年版。
11. 林紓：《春覺齋論文》，人民文學出版社，1959 年版。
12. 劉大櫆：《劉大櫆集》，上海古籍出版社，1990 年版。
13. 劉大櫆：《論文偶記》，人民文學出版社，1998 年版。
14. 劉錦藻等編：《清朝文獻通考》，杭州：浙江古籍出版社，1988 年影印本。
15. 劉開：《劉孟塗集》，清道光六年姚氏檗山草堂刻本。
16. 劉聲木：《桐城文學淵源・撰述考》，黃山書社，1989 年版。
17. 劉聲木：《萇楚齋隨筆續筆三筆四筆五筆》，中華書局，1998 年版。
18. 劉玉才：《清代書院與學術變遷研究》，北京大學出版社，2008 年版。
19. 柳詒徵編：《盧抱經先生年譜》，《中央大學國學圖書館第一年刊》。
20. 龍啓瑞：《浣月山房詩集》，續修四庫全書本。
21. 龍啓瑞：《經德堂文集》，續修四庫全書本。
22. 盧文弨：《抱經堂文集》，叢書集成初編本。
23. 呂璜：《月滄文集》，民國 24 年桂林典雅鉛印本。
24. 呂璜：《月滄詩文偶存》，道光刻本。
25. 呂璜：《月滄自編年譜》，《北京圖書館藏珍本年譜叢刊》，第 135 冊。

M

1. 馬端臨撰：《文獻通考》，杭州：浙江古籍出版社，2000 年影印本。
2. 馬其昶：《抱潤軒文集》，續修四庫全書本。
3. 梅曾亮撰，彭國忠、胡曉明校點：《柏梘山房詩文集》，上海古籍出版社，2005 年版。
4. 孟森：《清史講義》，中華書局，2010 年版。
5. 孟醒仁：《桐城派三祖年譜》，合肥：安徽大學出版社，2002 年版。
6. 繆荃孫纂錄：《續碑傳集》，上海古籍出版社，1987 年影印本。

P

1. 彭昱堯：《致翼堂文集》，民國 24 年桂林典雅鉛印本。

Q

1. 乾隆官修：《續文獻通考》，杭州：浙江古籍出版社，2000 年影印本。
2. 《欽定大清會典事例》，清光緒二十五年夏御製本。
3. 《清世宗實錄》，中華書局影印本。
4. 錢大昕編：《錢辛楣先生年譜》，《北京圖書館藏珍本年譜叢刊》，第 105 冊。

5. 錢儀吉編：《碑傳集》，上海古籍出版社，1987 年影印本。
6. 錢仲聯編：《廣清碑傳集》，蘇州大學出版社，1999 年版。
7. 錢仲聯：《夢苕庵論集》，中華書局，1993 年版。
8. 錢仲聯主編：《中國文學家大辭典・清代卷》，中華書局，1996 年版。

R

1. 容閎：《西學東漸記》，嶽麓書社，1981 年版。
2. 阮元：《揅經室二集》，四部叢刊本。
3. 阮元：《揅經室再續集》，續修四庫全書本。

S

1. 商衍鎏：《清代科舉考試述錄》，三聯書店，1958 年版。
2. 沈雲龍主編：《中國近代史料叢刊》，臺北文海出版社影印，1967 年。
3. 盛朗西：《中國書院制度》，中華書局，1934 年版。
4. 蘇惇元編：《方望溪先生年譜》，《北京圖書館藏珍本年譜叢刊》，第 89 冊。
5. 孫岱編：《歸震川先生年譜》，《北京圖書館藏珍本年譜叢刊》，第 49 冊 1 頁。
6. 孫彥民：《宋代書院制度之研究》，臺灣政治大學教育研究所，1963 年版。

T

1. 湯椿年：《鍾山書院志》，中國歷代書院志本，江蘇教育出版社，1995 年版。

W

1. 王昶：《春融堂集》，續修四庫全書本。
2. 王德昭：《清代科舉制度研究》，中華書局，1984 年版。
3. 王蘭蔭：《河北書院制初稿》，載 1936 年師大月刊 25 期及 29 期。
4. 王樹枏編：《陶廬老人年譜》，《北京圖書館藏珍本年譜叢刊》，第 182 冊。
5. 王學勤：《桐城姚仲實先生年譜》，見《桐城派研究》2002 年第 4 輯。
6. 王拯：《龍壁山房文集》，光緒癸未善化向氏校刊本。
7. 王拯：《龍壁山房詩草》，續修四庫全書本。
8. 魏頌唐：《敷文書院志略》，中國歷代書院志本，江蘇教育出版社，1995 年版。
9. 鄔國平、王鎮遠：《清代文學批評史》，上海古籍出版社，1995 年版。
10. 吳德旋：《初月樓文集》，光緒十年刻本。

11. 吳德旋：《初月樓文集續鈔》，光緒十年刻本。
12. 吳德旋：《初月樓古文緒論》，人民文學出版社，1959 年版。
13. 吳闓生：《吳門弟子集》，民國十九年蓮池書杜刻本。
14. 吳闓生：《吳北江先生文集》，民國十三年文學社刊本。
15. 吳孟復、蔣立甫主編：《古文辭類纂評注》，安徽教育出版社，2004 年版。
16. 吳孟復：《桐城文派述論》，安徽教育出版社，2001 年版。
17. 吳汝綸：《吳汝綸尺牘》，黃山書社，1990 年版。
18. 吳汝綸：《吳汝綸全集》，黃山書杜，2002 年版。
19. 吳汝綸：《桐城吳先生全書》，光緒三十年家刻本。

X

1. 謝國楨：《近代書院學校制度變遷考》，《張菊生先生七十生日紀念會論文集》，1937 年 1 月。
2. 邢贊亭：《蓮池書院回憶錄》，《河北文史資料選輯》，河北人民出版社，1980 年版。
3. 徐世昌編，沈芝盈、梁運華點校：《清儒學案》，中華書局，2008 年版。
4. 徐雁平：《清代東南書院與學術及文學》，安徽教育出版社，2007 年版。
5. 薛福成：《庸庵文編》，續修四庫全書本。

Y

1. 嚴榮編：《述庵先生年譜》，《北京圖書館藏珍本年譜叢刊》，第 105 冊。
2. 楊布生等：《中國書院與傳統文化》，湖南教育出版社，1992 年版。
3. 楊懷志、潘忠榮：《清代文壇盟主桐城派》，安徽人民出版社， 2002 年版。
4. 楊念群：《儒學地域化的近代形態——三大知識群體互動的比較研究》，三聯書店，1997 年版。
5. 楊繩武：《鍾山書院講學錄》，乾隆刻本。
6. 姚椿：《晚學齋文集》，咸豐二年刻本。
7. 姚濬昌編：《姚石甫先生年譜》，《北京圖書館藏珍本年譜叢刊》，第 138 冊。
8. 姚鼐：《古文辭類纂》，上海古籍出版社，1998 年版。
9. 姚鼐：《敬敷書院課讀四書文》，道光十三年刻本。
10. 姚鼐：《惜抱先生尺牘》，咸豐刻本。
11. 姚瑩：《東溟文後集》，續修四庫全書本。
12. 姚瑩：《東溟文集》，臺北文海出版社，1974 年版。

13. 姚瑩：《中復堂全集》，同治刻本。
14. 姚永概：《慎宜軒文集》，民國排印本。
15. 姚永樸：《文學研究法》，黃山書社，1989 年版。
16. 俞樾：《詁經精舍自課文》，中國歷代書院志本，江蘇教育出版社，1995 年版。

Z

1. 曾國藩：《曾國藩全集》，嶽麓書社，1994 年版。
2. 曾國藩：《經史百家雜鈔》，嶽麓書社，2009 年版。
3. 張伯行：《正誼堂文集》，齊魯書社，1997 年版。
4. 張謇：《張謇全集》，江蘇古籍出版社，1994 年版。
5. 張鑒等編：《阮元年譜》，北京：中華書局，1995 年版。
6. 張師栻、張師載編：《張清恪公年譜》，《北京圖書館藏珍本年譜叢刊》，第 86 冊。
7. 張舜徽：《清人文集別錄》，中華書局，1980 年版。
8. 張崟：《詁經精舍志初稿》，中國歷代書院志本，江蘇教育出版社，1995 年版。
9. 張裕釗：《濂亭文集》，續修四庫全書本。
10. 張裕釗：《張廉卿先生文集》，宣統元年刻本。
11. 章柳泉：《中國書院史話》，教育科學出版社，1981 年版。
12. 趙所生、薛正興：《中國歷代書院志》（全十六冊），江蘇教育出版社，1995 年版。
13. 鄭福照編：《方儀衛先生年譜》，《北京圖書館藏珍本年譜叢刊》，第 134 冊。
14. 鄭福照編：《姚惜抱先生年譜》，《北京圖書館藏珍本年譜叢刊》，第 107 冊。
15. 趙爾巽等撰：《清史稿》，北京：中華書局，1988 年版。
16. 趙統：《江陰書院史話》，黃山書社，2005 年版。
17. 朱漢民：《湖湘學派與嶽麓書院》，教育科學出版社，1991 年版。
18. 朱漢民：《中國的書院》，商務印書館，1993 年版。
19. 朱琦：《怡志堂文初編》，續修四庫全書本。
20. 朱琦：《怡志堂詩初編》，續修四庫全書本。
21. 朱壽朋編：《光緒朝東華錄》，北京：中華書局，1958 年版。
22. 朱孝純：《海虞詩鈔》，乾隆刻本。

## 二、論文

B

1. 鮑紅：《歸有光與桐城派的淵源關係》，《安慶師範學院學報（社會科學版）》，2005 年第 2 期。
2. 卞孝萱：《桐城派與書院》，《南京曉莊師範學院》，2006 年第 1 期。
3. 卞孝萱，武黎嵩：《從〈桐城麻溪姚氏宗譜〉看姚鼐與宋學》，《淮陰師範學院學報（哲學社會科學版）》，2009 年第 1 期。

C

1. 曹松葉：《宋元明清書院概況》，連載於《中山大學語言歷史研究所週刊》第十集第 111～114 期，1929 年 12 月～1930 年 1 月。
2. 陳光貽：《談〈古文辭類纂〉等書的選文標準》，《文獻》，1984 年第 4 期。
3. 陳進忠：《姚瑩論》，《社會科學研究》，1988 年第 4 期。
4. 陳進忠：《姚瑩與〈康輶紀行〉》，《四川師範大學學報（社會科學版）》，1986 年第 1 期。
5. 陳孔祥：《論學術名流與徽州書院的興盛》，《歷史檔案》，2005 年第 4 期。
6. 陳平原：《文派、文選與講學——姚鼐的爲人與爲文》，《學術界》，2003 年第 5 期。
7. 陳耀東：《太華三峰 質文兼美——論方苞、劉大櫆、姚鼐散文的傑出成就》，《浙江師大學報》，1991 年第 2 期。
8. 程嫩生、陳海燕：《獎懲措施與清代書院文學教育酵母》，《寧夏社會科學》，2008 年第 6 期。
9. 程嫩生、孫彥：《課試禁忌與清代書院文學教育》，《青海社會科學》，2009 年第 2 期。
10. 程嫩生、陳海燕：《課藝評點：清代書院文學教育側記——以鍾山書院、經古精舍的課藝評點爲例》，《湖南大學學報（社會科學版）》，2008 年第 5 期。
11. 慈波：《〈古文辭類纂〉系列選本及其文學史意義》，《涪陵師範學院學報》，2006 年第 5 期。

D

1. 代亮：《〈經史百家雜鈔〉與〈古文辭類纂〉之異同》，《南陽師範學院學報》，2010 年第 2 期。
2. 鄧洪波：《清代省會書院：遍布全國的教育學術中心》，《南京曉莊學院學報》，2006 年第 6 期。

G

1. 高黛英：《〈古文辭類纂〉的文體學貢獻》，《文學評論》，2005年第5期。
2. 龔敏：《論方東樹的學術淵源》，《江淮論壇》，2007年第5期。
3. 顧易生：《方苞姚鼐的文論及其歷史地位》，《江淮論壇》，1982年第2期。
4. 關愛和：《姚鼐的古文藝術理論及其對桐城派形成的貢獻》，《文藝研究》，1999年第6期。
5. 關賢柱：《淺談黎庶昌的〈續古文辭類纂〉》，《貴州文史叢刊》，1992年第3期。
6. 郭延禮：《論曾門弟子張裕釗、吳汝綸的文論》，《婁底師專學報（曾國藩研究專輯）》，1995年第3期。

H

1. 何景春：《晚年吳汝綸略論》，《安徽史學》，1996年第3期。
2. 黃愛平：《〈漢學師承記〉與〈漢學商兌〉——兼論清代中葉的漢宋之爭》，《中國文化研究》，1996年冬之卷。
3. 黃克武：《詁經精舍與十九世紀中國教育、學術的變遷》，臺北《食貨月刊》第13卷5、6期，1983年9月；
4. 黃霖：《論姚門四傑》，《江淮論壇》，1985年第2期。
5. 黃霖：《姚瑩與桐城派》，《江淮論壇》，1982年第5期。
6. 胡適：《書院制史略》，《東方雜誌》1924年第3期。

J

1. 季紅花：《試論姚鼐的陽剛陰柔風格論》，《安徽文學（下半月）》，2012年11期。
2. 賈文昭：《評姚鼐〈述庵文鈔序〉》，《江淮論壇》，1986年第1期。
3. 江小角、方寧勝：《桐城派研究百年回顧》，《安徽史學》，2004年第6期。
4. 江小角：《張裕釗與吳汝綸教育思想的共同特徵》，《鄂州大學學報》，2004年第2期。
5. 江小角、朱揚：《姚鼐主講安徽書院述略》，《合肥學院學報（社會科學版）》，2012年第6期。
6. 靳志朋：《從經世致用到融合中西——晚清蓮池書院研究》，《河北經貿大學學報（綜合版）》，2008年第4期。
7. 靳志朋：《蓮池書院與晚清直隸文化》，《燕山大學學報（哲學社會科學版）》，2009年第1期。

L

1. 李兵，朱漢民：《書院大師：中國古代大學教育與學術創新的中堅》，《中國大學教學》，2006 年第 10 期。
2. 李春光：《一代廉吏張伯行述評》，《遼寧大學學報：哲學社會科學版》，2004 年第 2 期。
3. 李帆：《姚鼐學術思想述論》，《福建論壇（人文社會科學版）》，2006 年第 10 期。
4. 李和山：《曾國藩對姚鼐學術思想、古文理論的改造與創新》，《蘇州大學學報（哲學社會科學版）》，2007 年第 1 期。
5. 李墨：《黄彭年與蓮池書院藏書》，《貴圖學刊》，2008 年第 1 期。
6. 李柱梁：《姚鼐辭官原因新探》，《安徽師範大學學報（人文社會科學版）》，2010 年第 3 期。
7. 林存陽：《蘇州紫陽書院與清代學術變遷——以錢大聽爲研究視角》，《中國史研究》，2005 年第 4 期。
8. 劉來春：《曾國藩對桐城派文論的發展》，《湘潭師範學院學報（社會科學版）》，2004 年第 3 期。
9. 劉相雨：《論桐城派與清代政治、文化的關係》，《河南師範大學學報（哲學社會科學版）》，2002 年第 1 期。
10. 劉曉莉、熊賢勇：《論清代科舉及書院與姚鼐的爲文》，《四川文理學院學報》，2011 年第 6 期。
11. 劉玉才：《論清初書院的理學與教化》，《南京曉莊學院學報》，2007 年第 4 期。
12. 劉再華：《一個主張維新的舊文學流派——後期桐城派作家的經學立場與文論話語》，《湖南大學學報（社會科學版）》，2006 年第 4 期。
13. 柳春蕊：《蓮池書院與以吳汝綸爲中心的古文圈子的形成》，《東方論壇》，2008 年第 1 期。
14. 柳詒徵：《江蘇書院志初稿》，《江蘇國學圖書館年刊》，1931 年第 4 期。
15. 陸聯星：《桐城文派的興衰》，《文史知識》，2000 年第 6 期。
16. 羅書華：《〈古文辭類纂〉的雙重意義》，《古典文學知識》，2012 年第 2 期。
17. 呂美生：《姚鼐散文藝術理論——兼論桐城派》，《阜陽師範學院學報（社會科學版）》，1995 年第 1 期。

M

1. 馬亞中：《試論姚鼐古文的藝術特色》，《江淮論壇》，1983 年第 6 期。
2. 孟偉：《方苞〈古文約選〉的編選、評點及其影響》，《安慶師範學院學報（社會科學版）》，2009 年第 8 期。

O

1. 歐立軍：《膠著與裂變——從「經濟」觀看桐城派散文的近代化》，《婁底師專學報》，2001 年第 1 期。

P

1. 潘務正：《回歸還是漂流——質疑吳汝綸對桐城文派的「復歸」》，《江淮論壇》，2004 年第 3 期。
2. 潘志和：《從〈古文辭類纂〉到〈經史百家雜鈔〉——論曾國藩與桐城派的承傳關係》，《廣東技術師範學院學報》，2008 年第 10 期。
3. 龐磚：《從姚鼐的〈古文辭類纂〉看桐城古文派的理論得失》，《成都教育學院學報》，2001 年第 11 期。
4. 彭小舟、周曉麗：《曾國藩與蓮池書院》，《貴州社會科學》，2003 年第 3 期。
5. 彭志琴：《分析姚鼐〈古文辭類纂〉選文標準之源流關係》，《包頭職業技術學院學報》，2008 年第 4 期。

Q

1. 屈寧：《方東樹禮學思想評議》，《安慶師範學院學報（社會科學版）》，2007 年第 2 期。

R

1. 榮方超：《〈清代書院與學術變遷研究〉與〈清代東南書院與學術及文學〉述評〉，《圖書與情報》，2008 年第 6 期。

S

1. 尚小明：《門户之爭，還是漢宋兼採？——析方東樹〈漢學商兑〉之立意》，《思想戰線》，2001 年第 1 期。
2. 沈黎：《梅曾亮研究》，蘇州大學 2007 屆碩士學位論文。
3. 沈豔：《理學經世路線與曾國藩的理學經世》，《湖北大學學報（哲學社會科學版）》，1998 年第 1 期。
4. 施立業：《姚瑩與桐城經世派的興起》，《清史研究》，2004 年第 2 期。
5. 宋巧燕：清代書院文學教育制度述論——以詁經精舍、學海堂爲考察對象》，《學術研究》，2008 年第 7 期。
6. 孫運君、楊振姣：《從書院祭主變化看晚清學術思想之轉圜——以詁經、南菁兩書院爲例》，《船山學刊》，2006 年第 2 期。

T

1. 邰紅紅：《曾國藩與桐城中興》，上海大學 2008 屆博士學位論文。

W

1. 汪長林：《張裕釗與方宗誠交遊述考》，《安慶師範學院學報（社會科學版）》，2006 年第 2 期。
2. 汪效駟：《吳汝綸與蓮池書院》，《安慶師範學院學報（社會科學版）》，2004 年第 3 期。
3. 汪祚民：《〈古文辭類纂〉李刻本校勘原委與學術價值》，《安慶師範學院學報（社會科學版）》，2009 年第 5 期。
4. 汪祚民：《〈古文辭類纂〉評選辭賦發微》，《安慶師範學院學報（社會科學版）》，2005 年第 5 期。
5. 汪祚民：《〈古文辭類纂〉圈點系統初探》，《安慶師範學院學報（社會科學版）》，2007 年第 5 期。
6. 汪祚民：《〈古文辭類纂〉重視辭賦選錄的理論指歸》，《安慶師範學院學報（社會科學版）》，2006 年第 6 期。
7. 王高宇：《〈古文辭類纂〉與續補三種的異同》，《淮北煤炭師範學院學報（哲學社會科學版）》，2007 年第 3 期。
8. 王建梁：《清代與漢學的互動研究》，北京師範大學 2002 屆博士學位論文。
9. 王坤：《清代蘇州書院研究》，蘇州大學 2008 屆碩士學位論文。
10. 王麗紅：《後期桐城派作家與近代教育轉型》，《淮北煤炭師範學院學報（哲學社會科學版）》，2006 年第 2 期。
11. 王樹林：《張謇散文的師承淵源和審美取向》，《南通師範學院學報（哲學社會科學版）》，2003 年第 3 期。
12. 王衛平：《張伯行書院教育實踐及其理學思想的傳播——以蘇州紫陽書院爲中心》，《學習與探索》，2008 年第 5 期。
13. 王友勝：《方東樹論蘇詩對桐城家法的承繼與突破》，《衡陽師範學院學報（社會科學）》，2004 年第 2 期。
14. 魏際昌、吳占良：《桐城古文學派與蓮池書院》，《文物春秋》，1996 年第 3 期。
15. 魏曉虹：《梅曾亮對桐城派的發展》，《古典文學知識》，2007 年第 4 期。
16. 翁飛：《吳汝綸與京師大學堂》，《安徽大學學報（哲學社會科學版）》，2000 年第 2 期。
17. 吳洪成、李占萍：《傳統向現代轉型的失落——保定蓮池書院個案研究》，《保定學院學報》，2008 年第 4 期。

18. 吳景賢：《安徽書院志》，連載於《學風》1932年二卷第4期到第8期。
19. 吳微：《吳汝綸與桐城派古文》，《文史知識》，2003年第12期。
20. 吳未意：《曾國藩的文體觀研究》，四川大學2006屆碩士學位論文。
21. 吳新雷：《南菁書院的學術研究及其對文化界的貢獻》，《南京大學學報》，1985年第2期。
22. 吳修成：《近十年來近代桐城派研究綜述》，《甘肅聯合大學學報（社會科學版）》，2006年第2期。
23. 武海軍：《〈涵通樓師友文鈔與「嶺西五大家」緣起〉》，《時代文學（雙月上半月）》，2009年第3期。

X

1. 徐美君：《論中國古代書院的學術功能》，《四川教育學院學報》，2008年第1期。
2. 徐雁平：《清代書院研究的價值、現狀及問題——以江南地區爲討論範圍》，《南京曉莊學院學報》，2005年第2期。
3. 徐雁平：《書院與桐城文派傳衍考論》，《南京曉莊師範學院》，2006年第1期。
4. 許麗英：《曾國藩教育思想淵源探析》，《湖南人文科技學院學報》，2007年第1期。
5. 許維勤：《論鼇峰書院及其對閩臺教育文化的影響——兼及閩臺學緣》，《福建論壇（文史哲版）》，2000年第6期。

Y

1. 晏富宗：《宋代書院師生關係研究》，江西師範大學2006屆碩士學位論文。
2. 楊布生：《姚鼐從事書院教育40年考略》，《益陽師專學報》，1991年第3期。
3. 楊純：《學術與書院》，《華夏文化》，2002年第1期。
4. 楊祐茂：《近代文化名人賀濤》，《衡水師專學報》，2004年第3期。
5. 楊祐茂：《李鴻章與蓮池書院》，《衡水學院學報》，2008年第3期。
6. 楊祐茂：《吳汝綸與冀州的文教》，《衡水師專學報》，2003年第3期。
7. 元英：《從章法的關注到審美的強調——〈古文辭類纂〉評點的美學價值》，《美與時代》，2005年第10期。

Z

1. 曾光光：《變法維新思潮中的吳汝綸與桐城派》，《江淮論壇》，2001年第3期。

2. 曾光光：《徘徊於「文」、「道」之間的桐城派》，《江淮論壇》，2004 年第 1 期。
3. 曾光光：《桐城派的傳承與傳統教育》，《清史研究》，2005 年第 3 期。
4. 曾光光：《桐城派與嘉道時期的經世致用思潮》，《江淮論壇》，2003 年第 5 期。
5. 曾光光：《桐城派與漢學關係辨析》，《貴州文史叢刊》，2006 年第 3 期。
6. 曾光光：《桐城派與清代學術流變》，《福建論壇・人文社會科學版》，2004 年第 12 期。
7. 曾光光：《桐城派與晚清社會思潮》，《江海學刊》，2001 年第 6 期。
8. 曾光光：《桐城派在中國近代文學史上的貢獻與地位》，《江淮論壇》，2004 年第 6 期。
9. 曾光光：《晚清桐城派嬗變的文化軌跡》，《江淮論壇》，2006 年第 1 期。
10. 曾光光：《文學流派與學術變遷——論桐城派與清代理學的流變》，《貴州社會科學》，2005 年第 1 期。
11. 張後銓：《張裕釗革新觀念的形成及其內涵》，《鄂州大學學報》，2004 年第 1 期。
12. 張靜：《瑰瑋俊邁，詼詭恣肆——曾國藩對桐城派陽剛文風之張揚》，《湖南第一師範學報》，2005 年第 3 期。
13. 張靜、雷新明：《試論曾國藩對桐城派之變革與超越》，《遼寧師範大學學報（社會科學版）》，2005 年第 6 期。
14. 張靜：《試論曾國藩對桐城派之傳承與對接》，《貴州大學學報（社會科學版）》，2005 年第 5 期。
15. 張靜：《桐城文派一縷從封閉走向開放的新曙光——曾國藩〈經史百家雜鈔題語〉析論》，《蘇州科技學院學報（社會科學版）》，2006 年第 1 期。
16. 張娟娟：《姚鼐的陽剛陰柔說》，《北方文學（下旬）》，2012 年 11 月。
17. 張寧：《姚鼐〈古文辭類纂〉評點研究》，鄭州大學 2008 屆碩士學位論文。
18. 張維：《「嶺西五大家」與藏書》，《社會科學家》，2004 年第 4 期。
19. 張維：《「嶺西五大家」與書院》，《南京曉莊師範學院》，2006 年第 1 期。
20. 張維：《清代嘉道時期桐城派的中堅——嶺西五大家》，《河池學院學報（哲學社會科學版）》，2005 年第 4 期。
21. 章翅：《論姚瑩的經世思想及其形成原因》，《淮北煤炭師範學院學報（社會科學版）》，2008 年第 1 期。
22. 章啓輝、徐雷：《曾國藩教育思想的理學經世特徵》，《大學教育科學》，2005 年第 4 期。
23. 趙棟棟：《桐城文派的形成及其古文理論意義之闡釋》，陝西師範大學 2006

屆碩士學位論文。

24. 趙杏根：《桐城派與江蘇》，《文教資料》，1998 年第 5 期。
25. 趙子雲等：《姚鼐與鍾山書院》，《江蘇地方志》，2011 年第 1 期。
26. 鍾揚：《兼濟·相容·兼美——姚鼐古文理論及其文化背景概說》，《南京師範大學學報（社會科學版）》，1999 年第 6 期。
27. 周進、高鵬、白菲：《清代書院的興衰及其學術活動》，《國農業大學學報（社會科學版）》，2002 年第 3 期。
28. 周遠政：《〈古文辭類纂〉版本述略》，《古典文學知識》，2003 年第 5 期。
29. 周中明：《論姚鼐的語言藝術》，《東南大學學報（哲學社會科學版）》，2011 年第 6 期。
30. 周中明：《論姚鼐的政治思想——紀念姚鼐逝世 180 週年》，《安徽史學》，1995 年第 4 期。
31. 周中明：《姚鼐「不關心國計民生」嗎？——論姚鼐散文的思想和藝術特色》，《安徽大學學報》，1996 年第 1 期。
32. 周中明：《姚鼐對君子人格理想的堅守和追求》，《東南大學學報（哲學社會科學版）》，2010 年第 5 期。
33. 周中明：《姚鼐追求自我的思想嬗變過程及其時代特色》，《安慶師範學院學報（社會科學版）》，2003 年第 5 期。
34. 朱達明：《陽湖派與桐城派的異同》，《常州工學院學報》，2002 年第 1 期。
35. 朱洪：《胡適論桐城派》，《安慶師範學院學報（社會科學版）》，2003 年第 6 期。